RING

LES AMAZONIQUES

Du même auteur aux éditions Ring :
La Femme qui valait trois milliards, 2013

BORIS DOKMAK

LES AMAZONIQUES

ring.fr

ÉDITIONS RING

Collection
RING NOIR
-
RING

www.ring.fr
-

À Anselme,
Armance,
Ambroise
et Adélie.

Prologue

Partie 1 Chambre 21

Partie 2 La ville kérosène

Partie 3 *Es gente perdida*

Partie 4 Les larmes du rimacana

Épilogue

Prologue

I

PFF-PFF

Kourou, Guyane française. Centre Spatial Guyanais.
De nos jours.

Pff-pfff-pfff... Oui, c'est ça... *Pff-pfff-pfff*... Oui, continue comme ça, ma jolie : souffle, allonge, pousse... Du rythme ! Du rythme avant toute chose ! Adélaïde, 40 ans depuis quelques semaines, 1m59, 60 kg. Elle vise quarante minutes ce matin ! Et cinq kilomètres ! Elle sait qu'elle peut le faire. *Pff-pfff-pfff*... Deux mois qu'elle court ainsi. Le matin. Pas trop chaud, et à cette heure, pas de gamins, pas de mère, pas de nourrice dans le parc, pas trop de bruit, quelques piafs qui chantent... Un tour de parc vaut un kilomètre. Aujourd'hui, cinq tours. *Pff-pfff-pfff*...

Deux mois qu'elle court ainsi parce que, deux mois plus tôt, ses fichus mamelons se sont inversés : c'était un petit matin qui s'annonçait comme tous les autres ; elle était face au miroir, sortie de la douche, elle s'essuyait, se regardait et soudain elle a vu qu'elle avait paumé un téton, puis vu qu'elle avait paumé l'autre. Les deux ! Elle en était restée scotchée une bonne minute à regarder ses deux nichons pendouiller ; elle se rappelait qu'elle avait pris son sein gauche, qu'elle l'avait pressé, étiré pour qu'il lui rende ce fichu téton qui s'était barré dans les profondeurs, jusqu'à se faire mal, qu'elle avait grogné, gémi, imploré, mais que dalle... Puis elle avait tapé sur Google « perte de téton » pour savoir quelle maladie étrange la frappait et avait découvert qu'il s'agissait d'un des premiers signes de déclin chez la femme : déclin, sénescence, décrépitude. Grosse déprime.

Quarante ans et déjà vieille ? Quarante ans et seule, sacrément seule. Putain de tropiques. Pas une bite à se mettre sous la dent. C'était quand qu'elle en avait vu une de près ? *Pff-pfff-pfff*... Vieillir. Elle ne fait que ça. Elle a même pensé un temps au *tittooing* – les tétons tatoués. Il paraît que c'est bluffant. *Pff-pfff-pfff*... À chaque fois qu'elle produit son impulsion, elle repense à ses nibards et elle en fait de la bouillie... Et ses cheveux ! *Pff-pfff-pfff*... Elle a horreur des tempes grises. Chez une femme, s'entend. Sa mère avait les tempes grises. À la mode baba cool. « Quand on est vieille, faut l'accepter ! » qu'elle disait, sa mère. Connerie ! *Pff-pfff-pfff*... Elle ne court pas ; elle enrage ! Après sa mère. La solitude. Les tropiques. Après ses tétons et ses cheveux blancs. Pffff-pfff-pfff...

Elle a pris un coach. Andrew, cinq mille euros de contrat d'entretien annuel, pas l'once d'une hétérosexualité : « Écoute ton *body* », qu'il dit sans cesse. *Pff-pfff-pfff*... Alors elle pense à sa rotule qui la fait souffrir depuis peu : la lever, la travailler, mais sans la brusquer. À son quadriceps également, bien le tendre, bien le détendre ; oublier son âge et ses cheveux, et penser à tous ses muscles ; pas seulement ses jambes, mais également les muscles du cou, du tronc, ses pectoraux : ses seins ; voilà encore ses seins ; ses seins qui tombent et retombent. Reste que, là maintenant, elle sent bien une chaleur qui de bas en haut se diffuse dans son *body*, et ça fait du bien : derrière la nuque ; en bas du ventre ; partout sur le visage. Qu'elle a chaud... *Pfff-pffff-pffff*...

Sauf que soudain, elle a froid. Et même sacrément froid ! Une froideur moite et intense ; elle sent que ça va pas : accélération du pouls, horripilation des poils, suées subites, souffle coupé. Malgré elle, elle ralentit. *Pffffffff*… Qu'est-ce qui se passe ?

La trouille ! La trouille qui cavale jusqu'au système limbique de son cerveau, qui affole l'amygdale, titille l'hypothalamus, s'y goinfre d'adrénaline, de tyrosine ou de stathmine, la trouille qui fout le bordel partout dans son *body* ! Car elle a vu quelque chose ! Un quelque chose qui va creuser de près de 25 % chacune des ridules de son visage ; pour toujours ; qui va aplatir ses seins jusqu'à ce qu'ils pendouillent comme deux chaussettes tristes, qui va blanchir l'entièreté de sa chevelure en moins de quarante-huit heures, un quelque chose qui va lui filer vingt ans d'un coup. Elle a vu quelque chose ! Et ce quelque chose est sur le point de lui filer la peur de sa vie !

Ça a surgi brusquement des fourrés, et ça lui coupe la route maintenant. En éructant, avec un couteau immense dans la main droite, et une sorte de livre noir dans l'autre main, un livre qu'il serre contre lui comme si c'était la photo de sa *madre*. Une sorte de vieil homme, presque totalement nu, si l'on excepte une sorte de tuyau d'arrosage qu'il porte à la place du pénis. Ce qui frappe Adélaïde, c'est sa laideur, mon Dieu qu'il est laid, avec une oreille pourrie, un nez grumeleux et des fils à la place des cheveux. Et cette grosse boule rouge sur le cou.

– Sâmârrs, sââârmmmârrss…

Quoi ?! Qu'est-ce qu'il dit ? Voilà qu'il s'avance vers elle, elle le voit mieux maintenant : il porte en travers de la lèvre inférieure une sorte de bâton noir, la bouche est un peu ouverte, et un filet de bave épaisse coule le long du bâton, mais, elle, immobile, tremblante, la bouche béante, reste obnubilée par cette boule rouge sur le cou, par ses yeux gris et voilés, par ce couteau énorme, convaincue qu'elle va y passer. D'autant qu'il ne cesse d'avancer vers elle, en tendant ses doigts tout tordus…

– Sâmârrss, sââârmmmârrs...

Et juste là, il se met à vomir un torrent verdâtre.

Et cet immense couteau.

Elle, elle hurle. Beaucoup et longtemps, surtout qu'il s'agrippe à elle et qu'il lui tombe dessus, qu'ils tombent ensemble, lui sur elle. En vomissant encore, dans son cou, ses oreilles, son nez. Surtout qu'il s'accroche encore plus étroitement, et qu'il la secoue avec une sorte de vibration électrique. Son visage, avec les yeux gris et le bâton qui coule, est à quelques centimètres du sien. Elle hurle, même lorsque tout s'arrête. Les tremblements, les vomissures, les onomatopées – « sâââmmmârrs... » – lorsque tout le corps du vieux se raidit et cesse de bouger et que le couteau tombe au sol.

Tout cesse, mais pas les hurlements d'Adélaïde.

2

BIP… BIP…

Cayenne, Guyane française. L'Hôtel de Police.
Le lendemain.

– Allo ?

– …

– Allo ?

– … *bip… bip… bip…*

Le lieutenant Fred Telli fixe son téléphone qui bipe, et jure. Il regarde le feuillet qu'on lui a transmis, le numéro qu'il a composé est le bon. Il regarde sa montre. Vingt-deux heures. Avec le décalage horaire, ça fait deux heures du matin en métrop'. Bien sûr, c'est un tantinet tôt. Mais s'il pouvait rédiger le pré-rapport avant d'aller se pieuter, ce serait une bonne chose. Donc, re-belotte.

– *Bip…* Oui ?…

– Lieutenant Telli…

Le type à l'autre bout du fil allume son cerveau. Ce qui demande cinq bonnes secondes.

– Qu'est-ce qui se passe ?

Même à plusieurs milliers de kilomètres, on sent l'haleine putride du mec au réveil.

– Vous êtes le Professeur Lherbier ?

– Oui, pourquoi ?

– J'ai des questions.

– À cette heure ?

Comme s'il y avait des heures pour les certitudes et d'autres pour les interrogations. Telli lève les yeux au plafond.

– Si je vous dis un Indien, la Guyane, et une oreille coupée, vous me dites quoi ?

– Quoi ? C'est une connerie ? râle le téléphone.

– Vous me dites quoi ? insiste Telli, la voix plus sèche.

Un petit silence au bout du fil. Puis des bruits et des voix. Manifestement, le coup de fil a réveillé sa bonne femme. Et son chien. Voire un chat. Ça gueule dans tous les sens. Après un court instant :

– Une oreille coupée, vous dites ?

– Hum...

– Gauche ou droite ?

Telli regarde sa photo.

– Droite.

– Coupée net, ou légèrement bourrelée ?

– Bourrelée, l'oreille, je dirais, dit Fred.

– Avec des boucles d'oreilles, ou des colifichets ou des amulettes ?

– Non rien.

– Y a-t-il d'autres motifs sur le corps ?

Le lieutenant manipule les autres photos.

– Non, à part peut-être une cicatrice à l'épaule. En étoile. Ah si, un bout de bois dans la lèvre inférieure.

– Perpendiculaire ou oblique ?

– Oblique.

– Quelle longueur ?

Étonnant. C'est lui qui était censé poser les questions.

– Quinze ou vingt centimètres.

– …

– Alors ? fait le lieutenant.

– Arumgarani.

– Sûr ?

– Non.

– Comment ça ?

– Faudrait que je voie le dessin, ou que je lise la description.

– Mais ce sont les seuls à avoir une oreille comme ça, n'est-ce pas ?

– Mmoui.

Telli ferme les yeux et serre les dents.

– Putain, Prof, vous pouvez pas être plus précis ?

Un léger silence en face. Fred a l'impression que son interlocuteur n'est pas du genre à se faire bousculer. Ou alors, il n'est pas du matin.

– Pourquoi ces questions ? ronchonne-t-il.

– Répondez-moi et je vous répondrai.

Un silence. Le Prof n'est pas joueur.

– Oui, ce sont les seuls. L'oreille coupée est un de leurs signes distinctifs.

– Et c'est quoi les autres signes ?

– Férocité, extrême sauvagerie, exocannibalisme…

– Exocannibalisme ?

– Oui, ça veut dire qu'ils mangent les gens d'autres ethnies. Et non pas seulement leurs propres morts. C'est assez rare.

– Diable ! Et ça vit où les Arumgaranis ? s'enquiert Telli.

– Nulle part.

– Comprends pas !

– Les Arumgaranis ont disparu. On les a décrits au XVIIIème siècle, puis à la fin du XIXème, et dans les années 20 ; une expédition brésilienne les a peut-être vaguement croisés en 1940, et une autre française dans les années 50. Mais on considère que le peuple arumgarani s'est définitivement éteint vers 1970, et sans doute même dans les années 60. Peut-être atteint par une épidémie secondaire. Ou victime d'une guerre généralisée. On pense qu'ils n'ont jamais été contactés.

– Je vois, enfin à peu près, murmure Telli en regardant avec plus d'attention la photo qu'il a devant lui.

– Alors ? Pourquoi ces questions ? reprend l'autre.

– Et le mot « samar », ou « samarss », ça veut dire quoi ?

– En quoi ? En *guarani*, en *achuar*, en *guayaki* ? En arumgarani ? Ça ne me dit rien.

Telli lève les yeux vers la fenêtre et se dit qu'un sacré orage se prépare. Cayenne sera noyée avant midi. On toque à la porte, le brigadier entre et mime le téléphone avec deux doigts en articulant : « la morgue... », et désigne Telli : « pour vous ». Telli cligne de l'œil et revient à sa conversation.

– Professeur ?

– Oui ? soupire le téléphone qui a visiblement envie de se repieuter.

– Si les Arumgaranis ont disparu...

– Oui ?

– ... comment expliquez-vous que j'en ai un sous les yeux ?

3

WOUIN-WOUIN

Cayenne, Guyane française. La morgue.
Le lendemain.

Fred regarde le ciel, de plus en plus noir. Et il presse le pas. Ce n'est pas le moment de traîner. Il remarque juste que le parking de l'Institut médico-légal est vide. Étrange. Il jette un œil encore aux nuages qui s'accumulent. On lui aurait dit, quand même, s'il devait y avoir une alerte météo. Si un typhon se pointait. Puis, il se rappelle qu'il a manqué le briefing du matin. Arrivé en retard.

C'est quand il pousse la porte de l'Institut qu'il se dit qu'il y a vraiment un truc super bizarre qui se passe. Les couloirs sont vides, l'accueil est désert, les lumières basses, et une alarme stridente retentit.

– *Wouiiiinn-wouiiinn…*

Il ouvre les mirettes grand angle en même temps qu'il se bouche les oreilles. Il ne supporte pas ce genre de fréquence. Sur l'ordi de l'accueil, en grosses lettres rouges, « ALERT » clignote. Il s'immobilise, assez circonspect. Il a l'impression d'être dans un mauvais film d'anticipation. Ou d'horreur. Genre, troisième séance du samedi soir. Au-dessus de l'ordi, un gros bouton rouge « ALARM ». Il appuie dessus, et immédiatement l'alarme cesse et la lumière revient. Il s'autorise un sourire intérieur.

– Y a quelqu'un ? crie-t-il en progressant dans le couloir.

Mais il n'a pas fait trois pas que l'alarme recommence, et la lumière se coupe.

– *Wouiiiinn-wouiiinn*...

Un juron intérieur.

Tout à coup, une grande double-porte devant lui s'ouvre.

– Fred, par ici !

Un long cylindre blanc vient de surgir devant lui. En toile plastique. Comme une cigarette. Mais qui parlerait et qui marcherait. Avec un hublot dans la partie supérieure, et avec la tête du Docteur Muller-Bohm, le chef-adjoint de l'Institut, derrière le hublot. C'est déstabilisant, pense Telli qui est déstabilisé. Mais il la suit tout de même.

– Qu'est-ce qui se passe ? demande-t-il d'une manière tout à fait légitime. Qu'est-ce que tu fous dans cette tenue ?

La cigarette ne répond pas, car elle a d'autres chats à fouetter, parce qu'elle gesticule, se virgule et contre-virgule, et enfin se décapite.

– Putain de combinaison, souffle le docteur Muller-Bohm, qui vient de se découvrir.

La cagoule enlevée, tous ses cheveux sont dressés. Pendant quelques secondes, Telli a l'impression de parler à un mec pendu au plafond.

– Qu'est-ce qui se passe ? répète-t-il.

– On est en alerte de niveau quatre.

– Ouah ! Et c'est quoi une alerte de niveau quatre ?

– C'est alerte max pour menace max !

– Ouah !

Puis après un temps :

– Et quelle menace ?

– À toi de me le dire, Fred. C'est le mec que tu nous as amené hier qui a provoqué ce bordel.

– Le gros noyé ?

– Non, l'Indien !

– C'est lui qui sonne ?

– Ouaip. Ingrid commençait les examens préparatoires, ce matin. Photos, liquidités, rigidités.

– Hum...

– Mais tu sais, vous avez trouvé le gars dans le CSG*.

– Hum...

Fred, qui ne voit pas où veut en venir le doc, hoche la tête, cligne des yeux, interjecte intelligemment dès qu'il le peut...

– ... alors il y a des protocoles particuliers à suivre...

– Hum...

– ... et notamment des protocoles de détections de rayons gamma et ionisants. Et là, ton Indien a affolé tous les compteurs *Geiger*. Jamais vu une telle pagaille !

– Comment ça ?

– Il est chargé, le gars. Complètement radioactif. Tu me dirais qu'il a participé au coffrage de Tchernobyl ou à celui de Fukushima, je ne serais pas étonné.

– L'Arumgarani ? Fukushima ?

– Je sais pas quel est son nom, mais ce que je sais, c'est qu'il fait gueuler tous nos compteurs depuis deux bonnes heures. Il indique un niveau de cent micro-sieverts. C'est suffisant pour déclencher une alerte atomique de niveau quatre.

Fred regarde sa montre en secouant la tête, un peu désespéré ; il va avoir du mal à boucler son pré-rapport avant la sieste.

– Tu veux aller le voir, ton Indien nucléaire ? demande le doc en lui tendant le filtre à hublot de la cigarette.

* Centre Spatial Guyanais.

PREMIÈRE PARTIE

Chambre 21

Chapitre 1

Cinquante ans plus tôt. À peu de choses près. Juillet 1967. Paris.

90 mg à 15h00.

Berchon à Saint-Mars : « On attend ou pas, lieutenant ? ».

Rue Cujas, plein Quartier Latin. Une petite rue qui monte, et un petit hôtel étroit. Des néons bleus et verts qui clignotent timidement dans la nuit mouillée.

Saint-Mars, dit S.M., dit La Marquise, dit plein de trucs encore, regarde sa montre.

– T'es arrivé quand ?

– À trois heures pétantes, lieutenant.

– Sûr ? demande-t-il sèchement.

Il est un poil sur les nerfs. C'est leur troisième intervention de la nuit. À croire que ce soir, les tarés et les ratés ont décidé de faire la nouba tous ensemble. À onze heures, une partie de poker, boulevard de Sébastopol, virait au dézingage généralisé : deux blessés graves. À une heure du matin, c'était une petite pédale que trois soldats en perm sabotaient à coups de talon, à la sortie de *l'Atlantic*, rue Pigalle. Le gamin, un petit négrillon de quinze ou seize ans, gisait presque nu dans le caniveau quand ils sont arrivés, la tête dans une mare de sang, le dos cassé, le nez écrasé et un œil qui avait roulé assez loin de l'orbite. Noir mat, l'œil. Les salopards s'étaient évaporés, et leur signalement laissait peu d'espoir de les retrouver. Pour couronner le tout, son ventre s'est réveillé et lui fait souffrir le martyre.

– C'est moi qui vous ai appelés, chuchote une grosse dondon, au-dessus de lui, dans l'escalier.

Saint-Mars regarde mollement le papier froissé que lui a refilé Berchon : une certaine Marinette Boujut. Il passe devant elle, sans lui répondre, et monte l'escalier ; elle le suit.

– C'est la première fois qu'on est dérangé de… cette manière ! dit-elle, avec de grands yeux ; jusqu'à aujourd'hui, c'était un établissement correct.

Premier palier. Saint-Mars jette un œil à sa tocante : 3 h 05 ; puis à la tête de la grosse Boujut, rouge et gonflée. Il doit faire trente degrés, et pourtant elle s'est capitonnée sous deux ou trois épaisseurs : chemise de nuit, robe de chambre, châle. Ça doit être l'étuve là-dessous ! Derrière elle, à trois ou quatre marches, se tient le gardien de nuit de l'hôtel : mal rasé, le profil creusé, et des yeux sans éclat qui lui tombent sur les joues. Le type pue le vieux vinaigre et la mauvaise conscience.

Arrivé sur le second palier, il entend nettement un petit cri. Court et aigu. Derrière la porte 21. Comme si on avait marché sur la queue d'un chat.

– Oh mon dieu ! s'exclame la grosse et chaude.

S.M. se tourne vers Berchon, le sourcil haut, et le pouce vers la porte. Berchon acquiesce. Il s'adosse alors contre le mur face à la porte et sort une cigarette. La douleur dans le ventre s'est totalement réveillée à mesure qu'il montait l'escalier, chaque marche lui tirant une grimace. Il a l'impression qu'une centaine de cafards lui bouffent les intestins. Berchon le regarde en coin. Il se sait les traits tirés et les yeux fatigués, et peut-être bien le teint jaune. Un nouveau jappement derrière la porte. Il a mal, mais c'est la porte devant lui qui crie.

– Non, mais vous entendez ?! dit la grosse.

Il la regarde sans amour. Il n'aime pas sa tronche, pas sa voix, ni sa robe de chambre à grosses fleurs, ni ses bas épais qui lui tombent sur les chevilles. Et surtout il n'aime pas son odeur, elle sent le chou du midi. Il soupire et se contente de visser sa Dunhill dans le porte-cigarette, une petite tige en ivoire et argent pleine de motifs arabes. Des feuilles, des fleurs. Il avait fait les poches d'un fellagha, en 58, dans la vallée de l'Oufkir. Tout indiquait que le type n'en aurait plus jamais l'usage. L'ivoire en est creux, suffisamment pour qu'il puisse y glisser quelques fibres opiacées de chandoo qui, chauffées par la fumée, lui font oublier ses douleurs. La main de Saint-Mars tremble légèrement. Trois ou quatre rotations précautionneuses ; sans hâte. Berchon ne le quitte pas des yeux.

Un cri. Plus long peut-être. Il regarde sa montre à nouveau : 3h07. La Boujut, s'adressant à tout l'escalier :

– Vous avez prévenu Monsieur Dubarri ? Le patron ?

S.M. jette un œil au gardien de nuit : la situation se corse pour lui. Il s'agite et triture son passe, main droite, puis main gauche. Certain que c'est une pute qui est là-dedans et qu'il a touché sa commission au passage. Un cri, encore.

– On attend, lieutenant ? répète Berchon, à ses côtés.

Une mèche en apesanteur, des petites taches de rousseur sur le nez, des petites joues pommelées, Berchon est un quasi gamin. Saint-Mars ne lui répond pas, il cherche son briquet. La poche de droite ? Que dalle. La poche de gauche ? Pas mieux.

Le gars de l'autre côté de la porte, dans la chambre, n'a rien du tendre, et la gamine a l'air de sacrément morfler. Elle serre les poings, ferme les yeux, pince les lèvres et attend que ça passe. Des bruits mats leur parviennent ; ça fait trembler les croûtes accrochées aux murs et les appliques faiblardes du couloir. Grimace de Saint-Mars : cette saloperie de crampe lui cisaille le nombril ; elle ne va pas tarder à remonter vers la poitrine, et là ce sera l'enfer, étouffement et compagnie.

Sur sa droite, un petit grincement timide : la porte de la 23 s'entrouvre. Il fait sombre, mais il devine le nez morveux et rouge d'un petit vieux, et des petits yeux chiasseux et sévères. Le vieux est en train de lever un doigt virgulé par l'arthrite, il veut protester contre tout ce ramdam, il aimerait bien pioncer cinq minutes. Mais il croise le regard sec du lieutenant et referme la porte. Sans la ramener.

3 h 10. Ah ! La Marquise sent enfin au fond d'une poche intérieure l'acier chaud de son briquet *Rosetta* à gaz. Il le sort et allume sa Dunhill. Une petite flamme bleue fragile, devant les yeux, pendant quatre ou cinq longues secondes, qui projette des ombres blafardes tout le long du couloir. Pendant quatre ou cinq longues secondes, tout est gris et noir et blanc.

Devant lui, la porte vibre plusieurs fois encore. Presqu'en rythme. Accompagnée des plaintes aiguës de la gamine et des grognements rauques du vieux salaud qui la démonte. Tam-tam et chants, ça a tout du rite païen. Dans la rue, un grand clair de lune, et des pas isolés qui résonnent.

– La pov' petite, quand même. Et pourquoi vous n'y allez pas ? pleurniche la Marinette.

La Marquise la regarde : à quoi bon lui expliquer qu'à cette heure-là, en pleine nuit, nul n'est autorisé à déranger le citoyen moyen s'il n'a pas dans la poche, et dûment tamponné, un avis de perquisition.

– Je crois que ça barde là-dedans ! dit Berchon.

La Marquise se tourne vers lui. La mèche du gamin est tombée et colle au front et il peut sentir sa sueur rousse qui lui dégouline sur le col. Vrai que la petite beugle plutôt beaucoup maintenant. Le problème, c'est qu'à l'oreille, comme ça, c'est pas vraiment donné de distinguer le plaisir de la douleur. L'homme est ainsi fait que le mal se mêle au bien ; le bon au mauvais ; la douleur à la douceur ! Voilà ce que se dit Saint-Mars en tirant une bouffée profonde de sa clope au pavot. Qui dit que la gamine n'est pas en train de prendre le pied de sa vie ? Peut-être qu'elle aime se faire démonter le raffouin avec orchestre symphonique, section cuivre et section vent au complet ? Et les percussions. Surtout les percussions, pour le cas présent.

Un cri.

On lui avait parlé d'une pauvre fille qui chantait joyeusement la *Carmagnole* à chaque fois qu'elle se faisait tabasser par son homme. Une autre qui paniquait l'ensemble de son immeuble, rue d'Hauteville, quand on la faisait grimper au rideau. Où est l'orgasme ? Quand est le supplice ? Comment les discriminer ? À chaque fois, c'est le même bordel.

3 h 12. Alors, les prédécesseurs et collègues de La Marquise ont établi un petit protocole : au-delà d'un certain laps de temps, un quart d'heure sont-ils convenus, il y a présomption de non-coït. C'est simple et technique. C'est quasi administratif. Le parquet cautionne. Officieusement. En rougissant. Sauf que, pour Saint-Mars, même s'il est clair que le mal dure sacrément plus longtemps que le bien, un quart d'heure, ça fait long.

Ça vibre encore. Ça crie encore plus. Il regarde sa montre, il leur reste trois minutes.

– Elle va jamais tenir ! prédit Berchon, de plus en plus pâle.

Soudain, comme pour confirmation, un cri plus long que les autres se fait entendre. Juste suivi d'un « oh, Seigneur-Marie-Joseph ! » dans l'escalier. Puis un silence : plus aucun gémissement, plus aucun grognement, et les tam-tams se sont tus. Dans le couloir et l'escalier, pas un bruit. La Marquise a levé la tête, et s'est décollé du mur. Ils sont tous en suspension, les oreilles agrandies en paraboles. Rien. Même pas un chuchotis. Même pas une petite baffe. Encore quelques secondes, et La Marquise lance un clin d'œil au veilleur de nuit pour qu'il lui file le passe. Berchon sort son *MAB-D 9mm* et fait signe à la grosse Boujut et au gardien de nuit de descendre de quelques marches. Lui, regarde sa montre : un quart d'heure pile. Les gestes sont précis : il enfile la clé dans la serrure, trouve le pêne, et le tourne en même temps. Doucement. Les tripes de Saint-Mars s'apaisent, et la porte ne grince même pas.

Chapitre 2

80 mg à 6h30

– Quelle merde !

Le crâne rose de Legras se balance avec lenteur. Il a devant lui deux rapports et en tourne alternativement les pages ; les pages jaunes du rapport du lieutenant de Saint-Mars, formulaire cr-154, et les pages bleu azur du rapport de Berchon, formulaire cd-98.

– Quelle merde !

La Marquise, face à lui, de l'autre côté du bureau, approuve, pour le principe. Il y a passé la nuit, et une bonne partie de la matinée, deux doigts sur sa vieille *Japy 9* dont le « s » ne percute plus. Décrire la pluie de coups que la gamine a reçus sans utiliser le pluriel a été plutôt héroïque. Mais les bleus s'effacent, pas les écrits.

– Quelle salope d'enflure ! reprend Legras.

Saint-Mars opine du chef.

– Putain, quatorze ans…

Puis Legras lève la tête. Son œil gauche, plus petit que le droit, ne cesse de sauter ; c'est, chez lui, le signe d'une tension intérieure.

– Quatorze ans ?

Saint-Mars produit un sourire triste en guise d'acquiescement. Sans dire un mot. Il revoit le vieux porc dans la petite chambre d'hôtel et la gamine. Lui, debout et bedonnant, à poil, le dos appuyé à une commode Louis-Philippe, un rictus tordu vissé sur les lèvres, qui les regardait entrer, presque outré qu'on le dérange en pleine bourre ; elle, assise sur le lit, cachant son visage dans le creux de son épaule. Elle avait la main encore attachée au montant du lit et elle tournait le dos à La Marquise. Un ton bistre, des courbes légères. Une petite Indo. Il les reconnaissait à cent mètres. Et c'est ce qui avait perdu le vieux bouc. Une niakoué, on n'en fait pas rentrer comme ça dans un hôtel bourgeois familial, quelqu'un l'avait balancé.

Au sol, une perruque rousse, avec des boucles, et une petite robe, bleu satin, une longue couture déchirée à l'épaule. Régulièrement, des sanglots secs secouaient la poitrine et les épaules de la petite. Le noir brut et profond de ses cheveux, leur éclat, le blanc des draps, et le rouge sanguin qui les avaient mouillés, avaient repeint l'esprit de Saint-Mars et réveillé de vieux souvenirs.

– Le côté positif, c'est que c'est une niak ! Sans même parler du fait que c'est une pute !

Sourire froid de Saint-Mars. Il regarde sa main droite, et les ecchymoses sur chacune des phalanges. Ses doigts sont violets.

– Berchon a contacté les mœurs ; ils la connaissent. Elle devrait ne pas trop nous faire chier !

Des gouttes de sang allaient du lit jusqu'au braquemart du vieux salaud. Un braquemart énorme. « Putain, a-t-on jamais vu un truc de cette taille » n'avait pas pu s'empêcher de dire Berchon.

– Berchon et l'IGS* sont en train de la travailler, je crois bien, monologue Legras.

Puis après un temps, avec un petit ton vert empire, presque un sourire :

* Inspection Générale des Services.

– D'après ce que vous écrivez dans votre rapport, lieutenant, il y a eu des « violences sexuelles »…

Le commissaire Legras lève son crâne rose et fixe le lieutenant droit dans les yeux, avec gravité. Comme s'il avait voulu deviner ses pensées comme d'autres attrapent un spaghetti. Saint-Mars cligne des paupières, et le divisionnaire ronchonne, en remarquant que le lieutenant n'a pas l'air dans son assiette. Le teint jaunâtre, et l'air absent. Legras soupire : tous ces anciens coloniaux ont le système digestif à la ramasse. Il reprend tout doucement :

– Franchement, lieutenant, qu'est-ce que ça peut nous foutre qu'elle soit…, je vous cite, « choquée », la gamine ? Qu'elle ait « subi des violences » ?

Il tourne deux, trois pages du rapport de Saint-Mars avec dédain.

– Quatorze ans, se permet le lieutenant.

– Et alors ? râle l'autre.

– Vous avez vu les conclusions du Dr Plisson ?

– Non, pas encore. Mais j'ai lu celles du Professeur Gazier, et c'est pas joli-joli. Putain, quelle mouche vous a piqué ?

La Marquise revient à ses mains abîmées. Il pousse un long soupir, ferme les yeux pour se rappeler les termes du rapport médico-légal, et poursuit d'un rythme égal :

– Des hématomes en nombre sur le visage, les bras, le dos, rien sur les jambes ; une côte fêlée…

– Faites pas chier, Saint-Mars. On s'en fout de la gosse ! Le type, lui, a un nez cassé, une pommette tuméfiée…, le coupe Legras.

– … des marques probables de strangulation, des signes de morsures profondes sur l'une des épaules, la droite je crois bien ; une dent presque déchaussée et les deux lèvres fendues…, continue S.M. avec un débit de plus en plus rapide.

– Attendez ! fait Legras en tournant les pages de son rapport : côte cassée, j'ai aussi, une lèvre fendue… et un bras fracturé… Un bras fracturé, lieutenant ! Ce n'est pas rien !

– Ce n'est pas tout, dit Saint-Mars, en élevant la voix.

Legras fronce les sourcils, et lève la main pour faire taire son subordonné. Le silence s'installe. Il a toujours su que Saint-Mars allait le faire chier un de ces quatre. Il l'a su le jour de sa nomination, quand le Préfet l'a appelé en personne pour lui dire qu'un nouvel officier allait se pointer dans ses services et qu'il ne fallait pas compter sur la lecture d'un dossier ou d'un cv. Il l'a su quand il a compris, par des rumeurs, que le type était nimbé d'une sorte de mystère à la mords-moi-le-nœud, genre barbouzard béni et protégé – on parlait de clandestinité, d'OAS, des mains sales de la République. Il l'a su lorsqu'il l'avait vu rentrer pour la première fois dans son bureau, avec son petit air de marquis déchu, ses traits presque féminins, ses gestes délicats de petite pédale, quand il avait vu son regard bleu acier qui vous faisait sentir, dès qu'il se portait sur vous, que vous n'étiez rien, rien d'important. Il pose la main sur le bureau, doucement. Il en a la confirmation, là, ce matin, quand il voit ces rapports et qu'il apprend ce qui s'est passé cette nuit.

– Le pénis..., reprend timidement Saint-Mars.

– Quoi, le pénis ? s'irrite le divisionnaire, le petit œil de plus en plus épileptique.

– Disproportionné...

– Quoi ? Vous voulez dire qu'il a une bite énorme, Saint-Mars ? Une queue d'âne ? Un jonc d'éléphant ?

– ...

– Vous voulez en venir où, lieutenant ? Vous voulez dire que ce mec, avec son engin sorti des ateliers de la NASA, exploserait même le cul d'une baleine à bosse, alors, subséquemment, imaginez ce qu'il a fait à une gamine de quatorze ans ! C'est ça que vous me dites, lieutenant ?

Saint-Mars remarque que le crâne de Legras, en rougissant, produit de curieuses zébrures sur tout le cuir chevelu. Comme un buste en marbre cerise de Carrare veinulé. Il précise :

– Les dommages sont peut-être irréversibles !

Legras le fixe, en essayant de le percer. Des cheveux bruns parfaitement coiffés, un visage plein de lignes claires, des yeux mi-clos, tout chez Saint-Mars dessine un portrait sans expression émotive. Voilà un type, se dit-il, qui ne fera jamais un bon modèle de roman psychologique.

– Irréversibles, et alors ?

Un flingue ! Le visage de Legras s'éclaire d'un coup. Ce type est aussi froid qu'un flingue. Un *luger P.08* peut-être ? Froid, capricieux à l'usage, précieux, avec quelque chose d'une vieille élégance à la con. Malgré lui, il hoche la tête avec un air satisfait. Et pénible à démonter, impossible à remonter, qui peut vous péter à la gueule n'importe quand ! Legras lève un sourcil suspicieux vers son subordonné.

– Les blessures les plus importantes se situent au niveau vaginal et anal, commissaire.

À l'extérieur, un fourgon *Citroën type-H* sort sirène hurlante, et un temps, le crâne rose cerise de Legras est bleu clignotant. Des odeurs d'essence et d'échappement leur parviennent qui font tousser Saint-Mars.

– C'est une pute, lieutenant. Des lésions à l'oreille m'auraient étonné. Pas vous ?

Saint-Mars ne répond pas.

– Par contre, le client n'avait pas prévu de retourner chez lui avec une tête deux fois plus grosse qu'à l'aller, sans parler de ses couilles. Berchon m'a dit que vous aviez des talents de dribbleur.

Chapitre 3

80 mg à 9h00. 80 mg à 20h00.

Un soupirail.

Une table, deux chaises simples, et au fond de la pièce, un lit à barreaux avec des boules de laiton, couverture et draps défaits. Brodés, les draps, avec des armoiries devenues illisibles. Pas d'oreiller. Deux plaques militaires, en fer blanc, pendent le long d'un montant. Plus loin, une petite desserte Louis XVI est décorée de motifs de perles et de trémies en bois doré ; la dorure est terne ; dessus, un plateau en marbre rouge porte un petit réchaud à gaz, une longue pipe fine, une petite boîte d'argent aux motifs draconiens, ouverte la petite boîte, des boules de chandoo, et une bougie qui s'est éteinte depuis longtemps ; une seringue aussi ; sur le mur, des papiers jaunis et décollés, mais aussi une haute tapisserie de Beauvais, un travail délicat du XVIIIème, qui tombe jusqu'au sol, et un simple lavabo d'acier avec un robinet unique. Le robinet goutte.

Au centre de la pièce, face à l'unique et grande fenêtre, un vieux fauteuil Directoire au tissu jaune élimé ; dans le fauteuil, les épaules hautes et la tête basse, Saint-Mars. Les yeux intenses et dilatés, il fixe la même goutte d'eau depuis des heures. Elle tombe trois ou quatre fois par minute, et il n'a pas idée du temps qu'il a passé à la contempler ; et encore moins du temps qui lui reste à le faire.

Pour quelle raison la contemplation de cette goutte d'eau lui paraît-elle plus essentielle et plus nécessaire que toute autre chose ? Il ne le sait pas, mais il ne parvient pas à décrocher. Par trois fois, le téléphone a sonné ; il n'a pas bougé. À deux reprises, des pas ont résonné dans l'escalier et sur le palier, sans doute madame Merlot et son chien, l'ancienne gouvernante de la famille devenue, le temps évoluant, la concierge serviable de tous les habitants de l'immeuble ; mais sa concentration n'a pas faibli. Trois ou quatre fois par minute, son regard tombe comme tombe la goutte, à la même vitesse.

Des gouttes de sueur perlaient aussi sur le crâne de Legras, et elles étaient tombées avec des trajectoires aléatoires lorsqu'il avait secoué la tête pour lui dire :

– Non, non, non, vous ne m'avez pas rendu ce rapport et vous ne me le rendrez pas, Saint-Mars.

Il s'était alors levé en poussant son rapport vers un coin du bureau – en surplomb de la corbeille à papiers – et avait posé son fessier décadent sur le bureau, face au lieutenant.

– Vous savez qui vous avez coincé ?

– La gamine ?

– Mais non, lieutenant ; je vous parle du bonhomme sur lequel vous avez eu la bonne idée de passer vos nerfs. La gamine, on s'en bat les couilles !

Le pauvre Legras avait les veines du cou saillantes et le crâne plein d'idées qui allaient dans tous les sens. Saint-Mars avait gonflé les joues, fait le type concentré, l'œil au plafond, et s'était souvenu que le bonhomme n'avait pas de casier, aucune affaire de mœurs au cul, qu'il venait de Nevers, qu'il avait été invité par des industriels de la capitale pour… il ne savait plus trop quoi.

– Eh bien justement, il est de Nevers, avait fulminé le divisionnaire. Et à Nevers, c'est plutôt un homme connu. Copain du sénateur de C…, industriel…, attendez.

Il s'est retourné vers son bureau et a saisi un papier griffonné.

– Ça vient de la place Beauvau, dit-il comme s'il était Big Ben et sonnait le réveil de la Reine. Le gars est héros de guerre. Ça devrait vous parler Saint-Mars, vous, l'ancien para ?

À ce moment, La Marquise avait levé les yeux vers son chef : jamais ils n'avaient évoqué ensemble son passé, militaire... ou autre.

– L'escadrille Bishop ; il a descendu seize boches le gars, et s'est fait descendre six fois. Churchill lui-même lui a mis la médaille de chèpasquoi sur la vareuse ; de Gaulle veut en faire un Compagnon de la Libération ; il a la Légion d'Honneur à titre militaire et on parle de lui pour une carrière politique locale.

Il avait fait silence pour mesurer l'effet que produisaient ces considérations ; il était revenu bredouille.

– Et c'est pas tout : il est responsable de trois cent cinquante emplois, le gars. Un industriel de la pharmacie et de la plasturgie ! À lui seul, il fait marcher la ville ; les syndicats l'adorent. C'est lui qui fera nos prochains combinés téléphoniques, tout en plastique, finie la bakélite, si j'ai bien compris. Vous avez chopé le mec à pas choper, Saint-Mars ! Vous avez cogné le type qu'il ne fallait même pas égratigner !

Après, les souvenirs se faisaient confus. Il se rappelait vaguement les mots « ministre », « parti », « veilleuse », « emmerdes », que ça « allait chauffer pour son matricule » et qu'il fallait « enterrer tous ces putains de rapports ».

La nuit est tombée depuis deux bonnes heures, et les gouttes d'eau deviennent, dans l'ombre, des perles blanches. Par le vasistas, il voit la lune qui se balance sur le toit droit et austère du Trocadéro.

Cette affaire de mœurs s'est vite transformée en tuyauterie de chiottes bouchées pour Saint-Mars. À cause du gros pervers, il n'est pas près de sortir des putes à trois sous, des ivrognes, des fêtards, des adultères petits-bourgeois, des cambriolages et des agressions nocturnes. Trois ans qu'il demande sa mutation.

« Enterrer » a été le dernier mot de Legras. Enterrer le dossier ? Ou sa carrière ?

– La gamine ne porte pas plainte ; et elle ne compte pas le faire ; parce que ce n'est pas dans son intérêt. Elle n'est pas bête, la petite. Le bonhomme est prêt à ne pas porter plainte contre vous, si bien entendu on le laisse tranquille. Alors ce rapport, mon petit Saint-Mars, vous allez me l'enterrer, avait dit Legras en mâchouillant chacune des syllabes.

Une nouvelle perle frappe l'acier du lavabo. Suivie quinze secondes plus tard d'une autre. Saint-Mars n'avait pas du tout envie de voir le gros salaud rentrer chez lui, mais son beau rapport formulaire cr-154 s'était transformé dans les mains de son chef en une petite pluie de confettis jaunes. Legras souriait à Saint-Mars, heureux de voir les petits papiers jaunes tomber au sol comme d'autres se réjouissent de pisser dans la neige. Avec une satisfaction de gosse. Un nuit de boulot et deux inflammations digitales pour que dalle, avait pensé alors le lieutenant.

Il ferme les yeux et accuse le coup : la fatigue, les fumées opiacées, les ténèbres. Ploc : une nouvelle goutte. Il les rouvre. Seul le son change : tantôt clair et cristallin ; tantôt courbe et creux. Mais sinon, rien ne ressemble plus à une goutte d'eau qu'une autre goutte d'eau. Voilà ce qu'il se dit, là au milieu de sa chambre, sous le toit, devant la nuit tombée depuis longtemps sur Paris et le Trocadéro. La Marquise n'en démord pas. Une goutte d'eau vaut pour une autre; ici comme ailleurs, le même pèse sur tout, et c'est ce qui tient son putain de boulot de flic. Il s'en fout que le gros lard fasse copain-copine avec des hauts-fonctionnaires des ministères. Qu'il soit héros de guerre et médaillé... Ce n'est pas à lui, Saint-Mars, de choisir ceux qui passent entre les mailles et ceux qui se font choper.

Une nouvelle goutte. Au loin, c'est-à-dire trois étages en dessous, la petite Joséphine vocalise. Une berceuse.

Il ne connaît pas la clémence ; elle n'est pas de son ressort. Est-ce qu'on demande à un plombier de réparer ou de ne pas réparer une fuite ? Cette fuite-là mais pas celle-ci ? Y a-t-il des fuites dignes d'être rebouchées et pas d'autres ? Faut-il négocier avec la flotte qui gerbe dans tous les sens ? Et le boucher ? Elle est où sa clémence, au boucher ? Quand négocie-t-il avec le veau, le bœuf et l'agneau ? Douze semaines, un agneau, putain ! On les flingue alors qu'ils n'ont pas trois mois, ça c'est pas de l'injustice ?! Il se fait tard : l'agneau, le boucher, la gamine, le salaud, tout se mêle dans son esprit. Il regarde sa montre, une heure du matin, puis pose le regard sur le combiné téléphonique. L'Indo et l'agneau, ce sont deux gouttes d'eau.

Il fronce les sourcils. Comment s'appelait-il ? Cagnot ? Carnot ? Un pote officier en Indochine qui, au sortir de la guerre, n'avait pas rempilé ; et si ses souvenirs étaient justes, il avait fait des piges au *Journal du Centre*, à Nevers, jusqu'à devenir rédac'chef adjoint. Cougnaud ! C'est ça ! Le capitaine Cougnaud. Sûr que Legras n'a jamais lu *Le Journal du Centre*.

Il laisse passer un temps, soit deux gouttes, et décroche le combiné téléphonique... en bakélite.

Chapitre 4

90 mg à 7.30

Premier gros soupir.

Il n'est pas huit heures, et Saint-Mars se sent déjà épuisé et moralement vide. Il vient de se poser sur sa chaise, modèle administratif fer et bois, n°253.69, et il expire, doucement, lentement. Devant lui, les gratte-ciels des dossiers que ce grand con de Martel lui a filés. Sur ordre de Legras bien entendu. Deux bons mois qu'il les a en visuel. Ils sont bleus, ils sont verts, roses, jaunes, orange : un véritable arc-en-ciel de conneries à ranger par date, par cas criminel. Ce sont les dossiers dits « sangsues », parce que sans solution. Absence de preuves, absence de corps, absence d'armes, absence de mobile, insuffisance de témoignage solide. La bibliothèque des crimes parfaits… ou des incompétences policières, à voir. À lui de les classer par date d'ouverture d'enquête.

Troisième sous-sol : son nouveau bureau. Quinze mètres carrés, un fin vasistas, une porte vitrée opaque. Ici, le soleil ne rentre jamais. Après l'article du *Journal du Centre*, ce salaud de Legras avait piqué une colère monumentale. La tête rouge, voire violacée, une grande bouche ouverte vers le ciel, le cou tiré à l'extrême, il avait juré sa perte : « hiroshimez-moi cette pédale sur-le-champ ! », avait-il hurlé. Il ne voulait plus voir Saint-Mars, plus l'entendre et plus entendre parler de lui. Donc les archives ; donc le placard et la remise. Donc le sous-sol, derrière cette porte, bois et verre glacé, à peine translucide, qui ne s'ouvre jamais.

Sauf qu'à cet instant précis, la porte s'ouvre en grand, et avec violence. Saint-Mars met un temps à comprendre ce qui se passe. Son sourire s'est figé, et son soupir s'est suspendu. Il s'étonne tellement de ce qui arrive qu'il ne reconnaît pas celui qui occupe tout le seuil.

– Mais alors mon con, on se branle ?

Legras *ipse* devant lui, comme un Méphistophélès. Il n'en croit pas ses yeux ; pas ses oreilles. Première apparition après deux mois. Il se prend un mégavolt de décharge tout le long de la colonne vertébrale, et de haut en bas avec une apothéose au creux des reins qui le propulse debout et qui le fait rebondir sur sa chaise modèle 253.69.

– Comm... commissaire !

Legras a l'air jovial. Il contemple avec délectation le caveau dans lequel il a enterré La Marquise.

– Repos lieutenant, se marre-t-il. *Rest in peace* !

Il regarde les piles de dossiers, le bureau de pin, le sol cimenté, et il a l'air d'apprécier. Saint-Mars remarque une petite feuille rose dans sa main gauche qu'il semble cacher derrière le dos. Après un moment, Legras se décide à parler.

– Vous connaissez la « clause d'ouverture » ?

Gros étonnement de Saint-Mars :

– Ouverture à quoi ?

Sourire satisfait de Legras.

– La « clause d'ouverture des vœux de mutation », reprend celui-ci, qui manifestement boit du petit lait.

Saint-Mars fait un geste de dénégation. Il se sent complètement largué, et tout pâteux, les jambes en coton ; une petite pointe apparaît au creux de son ventre.

– La petite clause que vous avez automatiquement choisie quand vous avez demandé « tout poste vacant ».

Du petit lait avec une pointe de miel de lavande. Nouveau geste de dénégation de S.M. qui se demande où veut en venir le gros morse. Legras passe un doigt lent le long de l'arête du bureau. Un truc à se foutre des échardes, se dit Saint-Mars.

– Et alors ? s'enquiert-il en masquant du mieux qu'il peut l'inquiétude qui naît.

– Eh bien j'ai obtenu une mutation pour vous, mon petit marquis.

Il ne se rappelle pas que Legras l'ait jamais appelé de cette manière.

– Mutation à titre provisoire, bien sûr ! Mais j'ai déjà l'ordre de mission en bonne et due forme.

Et il montre le feuillet rose qu'il a en main. Un épais silence s'installe entre les deux hommes. Saint-Mars se demande quelle destination ou quel service lui est tombé sur la pomme qui mette tant en joie Legras.

– Quand ?

– Vous voulez dire « où » ?

– Non, quand ?

Legras se montre légèrement décontenancé.

– Euh, mais dès maintenant ! C'est effectif. Vous êtes affecté à compter de ce matin.

– Je quitte ce sous-sol ? fait Saint-Mars qui prend aussitôt sa veste.

Le geste déstabilise Legras pendant quelques secondes. Il est venu en apôtre du Mal, et Saint-Mars le reçoit en prophète-libérateur. Il essaie de reprendre la main.

– Vous connaissez le Professeur Loiseau ?

– Non, je devrais ? répond le lieutenant sans montrer trop d'intérêt et en rangeant sa chaise sous son bureau.

– Un savant, directeur de... je ne sais plus. Il est rattaché au Musée de l'Homme de Paris.

– C'est tant mieux pour lui.

Saint-Mars est en train de piocher dans les différents tiroirs de son bureau et en extrait divers documents qu'il glisse dans une sacoche en cuir.

– Il a disparu.

– Ah ! répond S.M. sans montrer trop d'intérêt.

– Il aurait tué, aussi...

– Ah ! fait-il encore.

Mais un petit problème se présente soudain à Saint-Mars : il doit sortir du tiroir central de son bureau son petit nécessaire médical – pipe d'opium, boîte de chandoo, seringue à morphine – et le glisser dans sa sacoche sans que Legras, qui l'examine attentivement, le voie. Un seul de ces instruments suffirait à une mise à pied indéterminée. Il suspend donc son déménagement.

– Et qui aurait-il tué ?

– Un Américain. Un de ses amis.

– Et qu'est-ce que j'ai à voir avec cet illustre monsieur ?

Grand sourire surjoué de Legras. Il écarte les bras et lève les yeux vers le plafond comme s'il attendait qu'un rayon de la Grâce le frappât. Saint-Mars en profite pour faire le transfert tiroir-valise de la pipe, de la boîte de chandoo, et de la seringue. Ni vu ni connu.

– C'est vous qui avez été choisi pour mener l'enquête et ramener Loiseau.

Malgré lui, Saint-Mars succombe à la curiosité.

– On a une idée de ce qui s'est passé ?

Ses gestes se ralentissent, et il cherche les yeux rieurs de Legras pour les sonder.

– Ils se seraient querellés ... et le Professeur aurait tué l'Américain. On a un témoin ; enfin on avait. Le témoin a disparu depuis. J'en sais pas vraiment plus.

S.M. examine son chef qui lui sourit d'une manière torve. Qui repasse son doigt sur l'arête du meuble, encore, dans l'autre sens.

– Pourquoi moi ?

– Parce qu'avec vous le simple devient complexe.

– Pourquoi moi ? répète-t-il, un brin agacé.

L'autre grimace un nouveau sourire.

– La petite croix...

– Hum ?

– La petite croix que vous avez mise dans la case « tout poste vacant »...

– Et ?

La douleur au ventre recommence à le brûler. Il sent les emmerdes arriver.

– Et la « clause d'ouverture »...

– Comprends pas.

– Vous êtes devenu soudainement le plus qualifié pour retrouver cet homme... ou élucider sa disparition.

– Parce que j'ai fait cette croix ?

– Parce qu'il a disparu à Pétaouchnoque, mon cher, ce scientifique de mes deux ; aussi parce que le seul flic sur place, un certain Monneron, est incapable de faire le boulot. Votre demande de mutation vous met dans les premiers rangs pour combler ce poste « devenu vacant ».

– Les premiers rangs ?

– Oh, vous n'étiez pas le seul à « postuler ». Il y a des grands cons prétentieux dans tous les services.

Il soupire : ça sent vraiment les emmerdes !

– Merci.

– Mais personnellement je vous considère comme le premier de tous.

– Re-merci, hésite-t-il.

Petite inclination de la tête de Legras.

– Je vous en prie… et j'ai poussé un peu votre candidature. Je ne vous cache pas que le ministère m'a bien aidé.

Dernier gros soupir. Saint-Mars baisse les bras.

– Et Pétaouchnoque, c'est où ?

Du lait, du miel de lavande, et une larme d'Armagnac pour Legras, qui ferme les yeux. S.M. l'imagine en train de visualiser une carte de la France, et de viser le trou le plus perdu qui soit. Une belle carte avec des couleurs relevées : bleu pour la Normandie, rose pour l'Île de France, vert pour le sud…

– En Guyane, mon cher !

Merde ! se dit S.M., c'est quoi la couleur pour ce bled ? Il n'a jamais vu Legras, qui le re-bigle, aussi heureux. C'est même la première fois qu'il le voit se marrer aussi frénétiquement.

Chapitre 5

120 mg à 6.00.

120 milligrammes de morphine. Deux fois la dose habituelle, ce matin. À six heures.

Ses mains tremblent. Ses jambes tremblent. Sa mâchoire tremble. Et pas sûr que ce soit dû aux seules vibrations et vrombissements de l'engin. Ses yeux vont de droite à gauche ; son cuir chevelu est une ruche. Il n'en mène pas large.

Une épaisse couche de mousse latex, peut-être sept ou huit centimètres, enrobée d'une toile de moleskine noire satinée recouvre l'accoudoir gauche. Les doigts de Saint-Mars s'y sont profondément enfoncés. Ses ongles ont percé la moleskine, puis petit à petit creusé la chair de l'accoudoir jusqu'à contacter la tringle en métal de la structure du fauteuil. Sans vraiment qu'il s'en rende compte. Il regarde du coin de l'œil le hublot, la descente est amorcée. Sur sa cuisse, des dizaines de particules jaunes de mousse. Il ne songe même pas à les évacuer.

– Tout va bien ? demande l'hôtesse.

Isa. Il y a pas une heure, elle lui disait, avec une voix tiède, qu'il pouvait l'appeler « Isa », avec une main qui s'était attardée sur son épaule, et un œil qui avait sans ambiguïté fouillé le sien, avant de s'attarder juste une seconde… mais elles s'attardaient toutes une seconde – sur la cicatrice qui étoilait sa joue gauche, sa « fossette de tueur » avait dit un jour une poétesse avec des yeux verts et des cils à rallonge.

Mais lui s'en fout. Il a envie de gerber. Et ce qu'il veut, c'est un truc gazeux, avec un citron, et une pointe de quinine. Ouaip, une pointe de quinine, ce serait bien. À deux reprises, il lui a chopé le bras, adoptant un regard de tueur à fossette :

– La gazeuse, elle vient ?

La première fois elle s'est marrée ; elle a dû se dire que le petit dur en pinçait pour elle. La seconde fois, elle a grimacé de douleur et l'a zyeuté avec crainte.

Mais lui s'en fout. De toute manière, il n'a jamais aimé les gonzesses coupées par des uniformes, avec des hanches rognées par des jupes trop serrées. Quand une fille lui plaît, et qu'elle regarde comme ça sa joue, il lui raconte un vague historique de la cicatrice. Une balle de 7.65 tirée d'un vieux *MAS 38*, en 57. La fille fait alors des grands yeux. Il était en train de beugler sur un fellagha, la gueule bien ouverte lorsque la balle lui avait traversé le museau, pénétrant par la joue gauche, plein centre, et ressortant par la bouche pour aller se fracasser au sol sur le sable, à trois mètres de lui. Sans même rayer une dent. Le médecin-major était un équarisseur, doublé d'un boucher et l'avait recousu à l'arrache au fil d'acier, lui laissant une singulière cicatrice en étoile. Ou en forme de cible, disaient d'autres, plus imaginatifs. Pas une qui résistait.

Mais là, il a dû s'asseoir sur sa gazeuse et sa quinine. Il l'examine à nouveau, avec sa petite jupe bien étroite et son petit cul qui se glisse dans la travée centrale. C'est à ce moment-là qu'il surprend à nouveau le regard fuyant du binoclard du fond de la cabine. Troisième fois. À trois reprises, le type a eu l'air d'être pris en faute. Chapeau mou fantaisie, chemisette claire, bermuda à poches, appareil photo *Retinette Kodak* autour du cou, chaussettes hautes, des lunettes d'écaille légèrement trop grandes... Le mec fait trop Américain ; c'est presque une caricature. La première fois, S.M. s'est dit que c'était une tarlouze qui en pinçait lui aussi pour son profil étoilé ; mais maintenant, il a désexualisé son évaluation : ce type est une tique. En tout cas, il lui renifle le cul. Dossier à suivre, se dit-il en se retournant vers le hublot, vers les nuages qui font disparaître et réapparaître l'aile zinguée du DC-3, une aile qui secoue sacrément. Isa vient s'installer sur son strapontin, face à lui, à deux mètres à peine. Un bouton de son chemisier a sauté et laisse deviner les courbes généreuses de sa poitrine, et un millier de taches de rousseur. Dans d'autres circonstances, ça aurait pu l'émoustiller, mais là, ça le refroidit recta. Si la *Colombian Airlines* n'est pas fichue de filer des uniformes corrects à ses hôtesses, comment doit-elle entretenir ses zingues ? Il n'a jamais pensé qu'un jour la vue d'une paire de lolos pourrait lui filer la trouille ! Il creuse encore plus son accoudoir, et se prend un regard juste dédaigneux d'Isa, l'hôtesse.

Elle se marrerait si elle savait qu'il est un ancien para. Qu'il avait volé non seulement plusieurs centaines de fois, mais qu'il avait volé dans des situations plutôt périlleuses. Dans des *Douglass*, des *Junker*, des *Messerschmitt*, et même par deux fois dans des planeurs. Il se bouffe la joue de l'intérieur. Comment pourrait-elle comprendre que ce ne sont pas les avions qui l'angoissent mais ces putains d'atterrissage. Un para, par définition, ça descend pas de l'avion, lui avait dit un jour son chef-instructeur. Un para, ça saute. Saint-Mars avait déjà vécu deux *A-crashes,* des *Airborne crashes* comme les appellent les SAS. Les crashs d'atterrissage.

Une première fois en Indochine sur un terrain de fortune en pleine jungle à l'ouest de *Na-San*, sous une averse de mousson, à bord d'un *Junker 52* déjà pas mal usé. Le pilote ne voyait pas à trente mètres mais avait insisté pour poser la bête... Pile poil dans un trou tout juste creusé par l'eau ravinée. Manque de bol. Double salto pour tout le monde, et une réception sur le dos. La moitié de la section, soit quatorze paras, y était passée. Et les deux pilotes. Saint-Mars, lui, s'était retrouvé empalé dans un des haubans de l'aile ; le foie transpercé. Il y avait définitivement gagné une cicatrice en croix sur le bide, et des crises hépatiques chroniques. En y repensant, il se frotte le ventre.

Au même moment, Isa actionne la lampe qui informe tout le petit monde de la nécessité d'attacher sa ceinture. Son voisin, un gros truc plein de sueur, s'active mais pas lui, qui ne l'a jamais ôtée. Il ferme les yeux, et déglutit difficilement.

La deuxième fois, son deuxième crash, c'était en plein désert saharien. Un petit matin, et la météo était au mieux cette fois-ci ; tout le monde pionçait l'âme en paix avant de sauter pour une mission clandestine derrière la frontière tunisienne. Tous dans un *Noratlas*. Soudain, le pilote se l'était joué kamikaze et avait plongé vers une dune. Incompréhensible. Saint-Mars était sorti de son sommeil dans un tintamarre d'alarmes hurlantes. Dans le cockpit, le pilote, quasi debout scotché au manche, s'était convaincu d'être revenu à la base, d'avoir aperçu la piste et engueulait la tour de contrôle – « bordel éclairez la piste, burnes de singes ! ». Il avait le visage extatique, et des fils de salive qui s'échappaient de son casque. Le copilote, à ses côtés, beuglait autant que lui pour qu'il lâche le volant et l'avait flingué d'une balle de 9mm dans la tempe. Trop tard. Il n'avait pas eu le temps de redresser, et l'une des roues de l'avion s'était mangé le sommet d'une dune. Re-salto. Ce fut moins dramatique : trois blessés mortellement qui agonisèrent pendant deux jours dans le désert. Et une fracture ouverte du tibia droit pour La Marquise. Il avait failli perdre sa jambe, et avait gagné l'un de ses alias : S.M., pour saute-mouton ; S.M. pour sado-maso, surtout pour maso d'ailleurs... Depuis, il pisse dans son froc à chaque fois qu'il entend les trains d'atterrissage sortir.

Dehors, les nuages disparaissent d'un coup, et il découvre sous l'aile le grand tapis de l'Amazonie, avec son camaïeu de vert et d'ombre. Il oublie alors, pendant un court instant, tous les *A-crashes* de l'histoire de l'aviation, et reste hébété devant l'immensité végétale : des traits de brume accrochés à la cime des arbres qui ondulent, des serpents d'eau argentés, et surtout l'infinité sauvage. Il regarde, et il a l'impression d'un ailleurs sans limites. Le jour où un type survolera la Lune, ou Mars, il n'aura certainement pas d'autres impressions que celles-ci. Saint-Mars tire encore plus la tronche : il n'a rien d'un astronaute.

L'avion saute maintenant. Isa doit plaquer ses deux mains contre la paroi de la cabine pour ne pas tomber, mettant en péril un autre bouton et en valeur le volume de ses nibards. Sans parler du balancement que les mouvements de l'avion leur impriment. Un moment, il se dit qu'il lui raconterait bien finalement l'histoire de sa petite cicatrice. Ouaip, mais c'est quand même pas rassurant.

Des objets tombent dans l'allée, et deux balles de golf roulent sous ses pieds. Coup d'œil en arrière, l'autre fiotte américaine est en vrac : c'est lui qui arrose la cabine avec ses balles vérolées : quel con ! se dit-il, et son regard revient à la forêt vierge, et n'y voit ni fairway, ni green. Puis il jette un œil encore en arrière, intrigué. Le golfeur d'opérette ramasse sa casquette et se penche en avant. Ce qui permet à S.M. de constater deux choses : le mec est sacrément chauve, et il porte un flingue sous sa chemise. Vu la forme de la crosse, il pencherait pour un *Browning Baby 6.35* : y a pas plus petit comme flingue. C'est une arme de gonzesse, parce que ça se glisse facile dans un baise-en-ville. Mais c'est réputé aussi pour être une arme d'enfoiré, rapport à sa discrétion. L'arme du mec à entourloupes. Il va falloir se méfier de lui, se dit Saint-Mars, en se bouffant encore plus l'intérieur de la joue.

Oups, il n'aurait pas dû se retourner. Il va payer le va-et-vient du regard golfeur-cul-d'hôtesse-hublot-cul-golfeur. Sa croix dans le bide est en train de lui renverser l'œsophage. Il jette un œil vide à Isa, qui affiche un sourire sans joie, juste professionnel ; lui, lui adresse une petite grimace pré-désolée et vomit dans le couloir, à ses pieds… Vérification faite, sur ses pieds.

Elle n'avait qu'à lui apporter sa gazeuse…

Il a été le premier à sortir du *Douglass* de la *Colombian Airline*, et il est le dernier à quitter la petite salle des pas perdus de l'unique aérogare. Isa-grololo est passée devant lui en lui tirant la tronche ; la tarlouze au *Browning Baby* a fait mine de ne pas le voir, portant son gros sac de golf sur l'épaule ; son voisin de siège, qui avait tout du péquenaud latino moyen, lui a lancé un regard avec un manche de corne et une lame crantée en acier trempé.

« Aérogare » est à la vérité un bien grand mot ; il s'agit plutôt d'un ancien hangar pour les petits coucous qui a été réaffecté à l'accueil des passagers quand la ligne Bogota-Cayenne a été ouverte. Au sol, du ciment et de grandes taches sombres d'huile et de gasoil. De chaque côté, des parois en tôles ondulées surchauffées par le soleil ; peu d'ouverture, et pas d'air. Et une sacrée odeur de kérosène.

Pendant trente minutes, à attendre son contact, le brigadier Monneron, il a le loisir d'examiner par l'unique fenêtre du hangar la faune locale : des métis pour la plupart, amoncelés sur des charrettes brinquebalantes ou des vélos improbables, venus trafiquer dès l'ouverture des soutes de l'avion, et des mômes qui arrivent en bandes pour aider les touristes à porter leurs sacs et valises. Saint-Mars remarque aussi deux ou trois limousines noires, deux *Buick* et une grosse *Cadillac*, aux vitres drapées, venues chercher quelques grosses huiles locales manifestement traitées comme des milords. Un nuage de domestiques et de chauffeurs voltige autour d'elles.

Puis, très vite, le vide s'est fait autour de lui. Le zingue a été vidé et orienté vers un grand hangar en fin de piste, les voitures ont quitté le parking de terre, les gamins se sont envolés sitôt les voyageurs partis. Le désert, et en son centre un homme seul, Saint-Mars.

Après quinze minutes supplémentaires, il n'en peut plus. Il sue à grosses gouttes sous son chapeau de toile, et a soudain des petites envies d'injections blanches.

Pas de brigadier Monneron.

Chapitre 6

90 mg à 8h00

Des tôles ondulées comme murs et des tôles ondulées en guise de toit, un sol de terre inégal, et une fournaise. Quarante degrés, voire plus, à l'intérieur. Il n'y voit goutte, la lumière n'entrant que par les fentes des tôles qui ne se jointent pas. Partout une puanteur âcre. Pas d'air. À peine entré, il se couvre le nez avec la main.

Deux heures qu'il traîne dans une ville comme il n'en a jamais vue, pour trouver où crèche le brigadier. Des bouts de cabanes peintes avec des couleurs criardes, des routes terreuses et dévastées, des égouts à ciel ouvert, des cochons crados tous les dix mètres, des chiens galeux assommés par la chaleur... et des yeux, pâles, vides qui le regardent passer sans expression. Et curieusement, partout, cette même odeur d'essence et de kérosène.

C'est un drapeau bleu-blanc-rouge délavé qui marque la maison du brigadier. Et une curieuse série de bestioles clouées sur la porte en bois : il reconnaît un lézard, une chouette et d'autres piafs ; peut-être un gros rat, aussi.

Maintenant qu'il est à l'intérieur, il regrette l'extérieur. Deux ou trois poules déplumées lui passent entre les jambes, et au-dessus de sa tête, il sent un déplacement d'air, un léger mouvement. Instinctivement, il rentre la tête dans les épaules et avance avec prudence. Ça pue la bête. Il a souvenir d'être tombé, môme, dans une fosse à purin près de la ferme du vieux Martial. Il avait gardé l'odeur dans les cheveux et sur la peau pendant plusieurs jours. Mais c'était senteur de cerisiers en fleurs à côté de cette souille.

Après deux pas à l'aveugle, il distingue une sorte de ronronnement, comme le vol d'un gros scarabée, assez caverneux. Ça vient du fond de la baraque. Avec un effort, il y distingue une ombre. Encore un pas, mais il jure – « bande de cons ! » – parce qu'il n'y voit rien, parce que ces maudites poules vont le faire tomber. Une silhouette, accroupie, semble se balancer à quelques mètres.

– Brigadier Monneron ? demande-t-il d'une voix basse.

Pas de réaction. Le ronronnement persiste. Qui peut vivre dans un tel four ? Et une telle puanteur ?

Ses yeux commencent à s'habituer à la pénombre. Au sol, des seaux et des bassines... des papiers gras, du verre et de la poterie brisés... Il progresse à petits pas. Encore un mouvement au-dessus de lui. Comme un battement d'ailes. Accroché à un maigre crochet, il devine un fusil *Lebel modèle-86*.

– Monneron ? Je suis le lieutenant de Saint-Mars. On avait rendez-vous... sur le tarmac de l'aéroport... Ce matin...

Silence. Au moins le ronronnement s'est tu. Et la silhouette a cessé sa petite houle. Puis, Saint-Mars s'arrête, les gestes suspendus. Alors qu'il s'apprête à passer l'unique poutre de la charpente, il voit nettement une dizaine d'yeux qui l'observent, à quarante, cinquante centimètres tout au plus. De bas en haut de la colonne vertébrale, c'est comme si on le caressait avec une fleur de cactus. Des petits yeux noirs qui brillent dans l'ombre, et le fixent. Il plisse les siens, et comprend avec horreur que des petits crânes charnus sont pendus à la poutre. Ils portent au milieu du front la tête épaisse d'un clou forgé. Des crânes pas plus gros que son poing, à la chair toute fripée, coiffés de cheveux profondément noirs et longs, des traits primitifs, avec des bourrelets sous des yeux clos, avec des bourrelets autour de la bouche, le front scarifié, et l'authentique expression de la mort. Soit un sculpteur de génie, se dit-il, a su caricaturer l'indigène, soit ce sont des...

– *Tsantsas* !

L'ombre du fond a parlé. Avec une voix rauque. Elle se tient immobile, ne semble pas le regarder. Elle reprend :

– Faut pas avoir peur ; le plus jeune est mort il y a un bon siècle !

Puis la voix rit. Enfin, produit une sorte de raclement bronchique et répétitif. Le lieutenant hoche la tête. Les réductions *jivaros*, il en a entendu parler, mais jamais vu. Son grand-père était grand chasseur devant l'Éternel. Il chassait sur les terres familiales, bien sûr, cerfs, chevreuils, sangliers, mais aussi dans des réserves d'Afrique qu'un ancien garde-chasse avait en charge de réguler pour de puissants propriétaires germaniques. Fréquemment, il en ramenait des têtes de lion, de phacochère, ou de panthère. Des massacres qui habillaient les murs du château familial. Il y avait notamment dans un des salons, le grand salon jaune, une longue tête de guépard que le taxidermiste attitré du grand-père avait naturalisée la gueule menaçante et grimaçante, les babines retroussées et des dents de porcelaine pointues. À chaque fois qu'il la voyait, quand il avait cinq ou six ans, il avait l'impression que la bête le surveillait, avec un regard en coin, et s'apprêtait à jaillir des profondeurs du mur pour l'éventrer – Grand-père lui avait expliqué le mode singulier du meurtre de ce type de félin : choper la gorge, retourner la victime qui dévoile ainsi son abdomen, immobiliser avec les pattes antérieures puis lacérer et creuser le ventre avec les pattes postérieures, en dégageant les intestins. Reste plus qu'à bouffer la victime ainsi vidée. Il en a encore des suées froides. Pourtant, le guépard, c'était du bonbon acidulé comparé aux cinq têtes réduites qu'il a devant lui. Pendues comme des chauves-souris, la rage guerrière inscrite dans leurs traits, on dirait qu'elles lui jettent un millier de sortilèges.

S'étant baissé pour passer la poutre, il s'est maintenant rapproché de la voix. Qui a repris son bourdonnement. Et son balancement. Saint-Mars voit mieux le type. Il est sale, presque nu, de race blanche, couvert de barbe, les cheveux gris en bataille, un long nez agressé par la vermine, des lèvres martyrisées et les yeux fous. Un vieux képi de toile qu'il n'identifie pas est vissé sur le crâne, légèrement de travers. Il est accroupi, les pieds bien écartés, et se prosterne régulièrement, comme un juif en prière. Mais quelle divinité implore-t-il ? Il l'entend mieux aussi. Son bourdonnement est habité par des mots, tous reliés par une ligne monocorde.

– *Amenez les chiens. La meute. Ils ont pas bouffé.*

– Brigadier ?

– *Ah les chiens, tu les avais oubliés ? Bons toutous.*

Et il se met à les appeler et produit une curieuse vibration avec sa langue.

– *Yoyoyo...*

– Monneron ?

– *Et t'as vu leurs dents ?*

Un long silence. Puis, il reprend sa danse juive et son chant guttural.

– *Ils sont contents. Vous avez de quoi faire aujourd'hui, mes bébés...*

Puis il recommence, plus fort, à beugler presque :

– *Oyoyo...*

Mais c'est une véritable chasse à courre qui se passe dans la tête de ce type, se dit S.M., sans trop comprendre la bestiole après laquelle il court ; en tout cas, le brigadier déraille sacrément. Puis Monneron s'immobilise et sort de derrière le dos une bouteille qu'il bascule généreusement dans sa gorge grande ouverte. Le liquide est vert et épais. Saint-Mars qui est pris d'une soif intense sous ce couvercle de tôle n'y tremperait pas l'extrémité des lèvres. Peut-être est-il seulement ivre, le type ?

– *Tout doux mes agneaux ; on y va mollo ; la piste sera facile, il pue la trouille à des kilomètres, le petit.*

Ivre, mais aussi complètement désossé du ciboulot. Derrière S.M., un souffle à nouveau au niveau de la nuque ; il se retourne vivement et attrape par la patte un petit singe qui se baladait sur la poutre et qui se met à brailler comme un nouveau-né, pour finalement le mordre au pouce. Petit cri de S.M. qui le relâche aussitôt.

– Petite pute !

Un collier de fer et une petite corde le retiennent. Il est couvert d'excréments. S.M., lui, pisse le sang. Il soupire, jette un œil à Monneron qui reprend son mouvement mécanique de balancier et décide de laisser tomber.

– Bande de cons !

Dehors, il fait presque moins chaud. Derrière lui, le singe continue ses vagissements, et le vieux flic, ses implorations. Il pousse un long soupir.

Chapitre 7

90 mg à 7h00

Ding-dong ! Un parquet sombre, à grandes lattes, de facture marine, de l'acajou moucheté. Dessus, des tapis d'Inde, visiblement des *Agra*, vert olive et or, complexes, pour l'un, à ramages et feuillages entrelacés, pour l'autre, à motifs *herati*. Ils recouvrent la moitié de la pièce. Contre le mur, une horloge indique que son hôte a vingt minutes de retard. À côté, une carte de la région. Une grande bibliothèque, remplie de reliures administratives, et le large fauteuil de cuir dans lequel est assis Saint-Mars, complètent le mobilier du petit salon où un vieux négrillon, gants blancs, livrée sombre et haut col blanc sévère, l'a fait entrer et patienter. À part le tic-tac profond de l'horloge, et le carillon qui avait déjà tinté deux fois, un grand silence. Tout lui paraît, dans cette pièce, dans cette maison, capitonné et lointain.

Cayenne est une ville bruyante. Comme toutes les villes qu'il avait connues dans les colonies ou sous les tropiques. Les petits marchés, les charrettes, les taxis en surnombre, les camionnettes, les cafés, les camelots... Le silence de la résidence du Préfet résonne comme une anomalie. Saint-Mars examine la fenêtre qui donne sur les jardins, puis plus loin sur la grand-rue, mais le bruit de la ville ne la passe pas. Il jette encore un œil à l'horloge. Trente minutes de retard. Profondément enfoncé dans un fauteuil à capitons, sous un immense ventilateur à grandes pales, il se sent plutôt bien, et rien ne presse. Ce matin, son ventre lui fiche la paix.

La double porte s'ouvre violemment, et le même négrillon laisse entrer une petite boule grise. Grise et nerveuse.

– Lieutenant !

Saint-Mars s'est levé.

– Je vous demande la plus grande souplesse. Ce dossier est… des plus sensibles.

Saint-Mars se rassoit.

– Va falloir être très, très habile.

Le Préfet se montre bourré de tics : le menton qui tremble, les épaules qu'il secoue, les mains qui virevoltent dans tous les sens et des yeux qui n'accrochent pas. Saint-Mars a beau le fixer, leurs regards ne se croisent pas plus d'une seconde.

– J'imagine que vous avez déjà étudié la carte ?

Absolument pas, pense S.M., avec un sourire désolé.

– Vous voyez cette zone claire ? C'est la *Perusta inhabitabilis* de Macrobe !

Le Préfet s'agite devant la carte et indique une région deux fois grande comme la main.

– Pardon ? réagit S.M.

– Macrobe, le géographe.

– Connais pas.

– Qu'importe ! Il divise le monde en parties plus ou moins imaginaires : un monde froid et inhabitable ; un monde tempéré et habité ; un monde tempéré et inconnu, et une zone infernale, la *Perusta inhabitabilis*, réputée inhabitable en raison des conditions naturelles, de la chaleur notamment, de laquelle nul n'est revenu vivant. La région dans laquelle Loiseau s'est réfugié ressemble à cette *Perusta inhabitabilis*.

Et il indique du doigt trois ou quatre zones blanches, sans ligne de relief, sans rivière ni forêt. Non relevées. Saint-Mars hoche la tête tout en tentant de suivre les mouvements et les explications du Préfet.

– Aucun géographe ne l'a cartographiée.

Là, le petit gris se met à faire des va-et-vient, devant la carte.

– À cause des rapides qui rendent la rivière impraticable, et en raison aussi de la forêt qui est ultra dense et difficile. Le mont *Carpito*...

Là, il s'arrête brutalement.

– ... que vous voyez là au nord de la zone, n'a été découvert qu'il y a huit ans. Et c'est une zone inondée six mois dans l'année ; voyez ce marais : il doit faire la taille de la Belgique. La faune, la flore et surtout les sauvages qui l'habitent sont inconnus ; et donc l'objet de fantasmes divers. Nous serions au Moyen Âge, je vous dirais qu'il y a des dragons. Ou des lions ; et autres créatures merveilleuses.

– Des lions ?

– Une image. Mais en tout cas, cette zone attire toute une tripotée d'aventuriers de pacotille qui ont un flingue dans chaque main.

Il repart, à droite, à gauche, Saint-Mars choppe vite le tournis.

– Par ailleurs, c'est dans cette zone que le Brésil et le Surinam se disputent leur frontière commune. Un siècle qu'ils sont en conflit à cause de cela. Un faux pas, et vous faites tout péter ! fait le Préfet en claquant dans les mains.

Saint-Mars ne s'y attend pas, et sursaute. L'autre reprend d'une voix plus douce :

– Mais si cette zone est inexplorée, c'est surtout à cause de ces Indiens arumgaranis qui fichent la trouille à tout le monde depuis des centaines d'années.

Le Préfet, du coin de l'œil, regarde le lieutenant, et ses mains surtout, car les mains en disent beaucoup sur les hommes : leur force, leur travail, leur souci de soi ; elles disent le tenace, l'intellectuel, l'habile ou l'artiste. Pour le lieutenant, il s'attendait à des mains courtes, à des doigts forts, à la peau élimée, à des mains de soldat ; mais il voit plutôt des doigts fins, blancs, transparents, des ongles rose pâle, longs, aux courbes propres. Il poursuit :

– Ces Indiens sont des fantômes. Le Consul américain me soutenait l'autre soir qu'ils n'existaient pas.

Des mains de harpiste !

– Autre chose, fait-il se haussant sur la pointe des pieds : si c'est bien en Guyane que Loiseau a tué McHenry, enfin aurait tué, sourit-il, le témoin qui a révélé l'affaire, lui, l'a fait à Santa Margarita, là-bas, au Surinam.

Le Préfet ne donne pas dix jours à Saint-Mars dans la forêt. On n'a jamais vu un harpiste survivre aux crocos, aux jaguars, ou aux vermines tropicales.

– Donc c'est la police locale qui s'est chargée des premières vérifications, poursuit-il, avec une grimace dédaigneuse. Vous connaissez Santa Margarita ?

Signe de dénégation de Saint-Mars. Le Préfet adopte un masque de dégoût moral, comme le ferait un commissaire aux comptes devant une table de poker, et sa voix se met à chevroter.

– Tijuana, à côté, c'est le Vatican. La corruption, la crapulerie, la duplicité sont partout. C'est l'empire du fric sale, du caoutchouc, du sucre, du trafic d'Indiens, et tout ce que vous voulez. Qui tient la ville ?

Il agite la main, en signe d'ignorance.

– Mystère ! Pas le Gouverneur local en tout cas.

Il lève un doigt vers le ventilo.

– Mais c'est la ville qui tient la forêt. C'est la porte d'entrée obligée vers la verdure. Vous allez devoir y passer. Tout en jouant finement, puisque vous n'êtes pas sur le territoire de la République (*cling*).

Le Préfet dit « République » avec un curieux frétillement des paupières :

– Peut-on vous faire confiance ? Vous saurez jouer finement, lieutenant ?

– Par ailleurs, les Américains nous cassent la bonbonnière, dit le Préfet en percutant du doigt son bureau acajou.

– Pourquoi ? s'étonne S.M.

– À cause de McHenry. Le mort ! Sa famille est visiblement puissante. Le Département d'État à Washington fait le siège du quai d'Orsay. Il aurait même demandé à avoir un œil sur l'enquête.

Le Préfet secoue la tête, désapprobateur, et marteau-pique le bureau (*tacatac*).

– Comme s'ils n'avaient rien d'autre à faire, franchement. Les Viêts leur tombent sur le paletot, les Cubains les ridiculisent, et eux viennent nous... ennuyer, ici, en Guyane. Et puis de toute façon, Paris a dit non. (*Tacatac*) Pas question qu'ils s'occupent d'une affaire franco-française.

Puis il ajoute avec un nouveau regard en coin.

– La sœur de McHenry serait dans la région.

– Pour quoi faire ? demande Saint-Mars vivement, comme contaminé par l'électricité préfectorale.

– Elle vient chercher son frère, ou ce qu'il en reste, et s'assurer que Loiseau ne pourra pas se soustraire à la justice. Mais, en vérité, elle se contrefiche de la justice de la République. (*Cling*). Arrogance étatsunienne typique.

Il fixe Saint-Mars.

– Elle compte bien arriver avant vous, ramener le corps de son petit frère chez elle, au Texas, et peut-être bien faire une jolie sépulture au Professeur Loiseau. C'est une femme, m'a-t-on dit, au caractère bien trempé. Et la République...

Il ferme les deux yeux ! (*Cling-cling*)

– ... devra s'asseoir dessus.

– Elle est convaincue qu'on ne va rien faire. À cause de la forêt, des Indiens, de notre incompétence... D'une certaine manière, vous êtes là pour relever un défi.

S.M. lève un sourcil. Rien de tout cela ne lui avait été dit à Paris. On lui avait seulement communiqué un dossier d'une page et demi sur lequel apparaissait un extrait de P.V. mentionnant un certain Matéo qui avait témoigné du meurtre de McHenry, citoyen américain, par Georges Loiseau, à l'arme blanche au beau milieu de la forêt sauvage. Le crime aurait eu lieu lors d'une bagarre généralisée – que fallait-il entendre par généralisée ? Par bagarre ? – en plein milieu de la région du Bulchara, au sud-ouest de la Guyane française. Nulle part n'était faite mention de la qualité V.I.P. de la victime. Le petit gris poursuit :

– Je sais qu'elle est en train de monter une expédition parallèle à la vôtre. Expédition à l'américaine. Avec de très gros moyens. Elle aurait embauché des pisteurs indiens, des géographes, des mercenaires... Tout ce qui traîne ; et ils s'armeraient en lourd.

Un trait barre le front de Saint-Mars. Les choses se compliqueraient-elles ?

– Enfin... il faut que je vous parle des Indiens, précise le Préfet.

Il s'en va ouvrir un tiroir d'un grand cartonnier. Il en sort un dossier. Épais comme une Bible de Gutenberg.

– Tous les ethnologues de la planète m'écrivent, continue-t-il.

– Et qu'est-ce qu'ils veulent ? s'inquiète Saint-Mars, commençant de se ronger un ongle.

– Les Indiens supposés vivre dans cette zone, sont considérés comme les plus sauvages. Les plus purs, en quelque sorte.

– Les Arums chèpasquoi ?

– Oui

– Ceux qui n'existent pas ? sourit Saint-Mars.

– Oui, fait le Préfet, irrité, vous risquez de commettre des gestes peut-être irréparables pour la science, qu'ils disent. Du thé ?

Sans attendre la réaction de Saint-Mars, le Préfet tire sur un ruban de velours épais, et résonne au loin une petite sonnette.

– Nous recevons ce soir les Consuls de Grande-Bretagne, des Amériques, d'Argentine, d'Espagne... Bref, tout le monde nous regarde, et je ne serais pas étonné qu'ils me parlent de vous !

Soudain, en prenant une voix de tragédienne, et un visage de dompteur.

– Allez-y au bistouri, je vous en supplie. Du travail précis et discret, voilà ce que je veux. On m'a dit que vous seriez l'homme de la situation.

Le négrillon revient à ce moment-là avec une montagne de porcelaines, et commence à disposer tasses, coupelles, gâteaux devant eux. Le Préfet en profite pour reluquer à nouveau Saint-Mars, et s'étonne de son allure que sa réputation et son passé ne laissaient pas soupçonner. On lui a dit le rôle qu'il a tenu à la 11ème Division Parachutiste, pendant la bataille d'Alger, et son surnom de « cap'tain volt » qu'il y a gagné. Il sait aussi – le SDECE* lui a fait passer discrètement des extraits de son « dossier rouge » – qu'il avait viré Algérie française, et plutôt OAS, et peut-être même Commandos delta. Avec, éventuellement, des participations à des attentats à son actif. Malgré lui, il grimace. Ce type n'a rien d'un soldat : son petit costard de flanelle claire, ses pompes bien cirées. C'est un tortionnaire, un assassin, un terroriste, harpiste de surcroît, mais certainement pas un soldat de la République. Il cligne de la paupière. Comment la République – clignement – peut-elle se retrouver à utiliser des créatures pareilles ?

Saint-Mars, de son côté, réfléchit avec intensité. Ce que vient de dire le Préfet gris est bobard. Il n'avait jamais été une seule fois l'homme d'une seule situation. Et s'il est là, c'est seulement parce qu'il a coffré le type à pas coffrer, parce qu'il a balancé à la presse le nom qu'il fallait pas balancer. Rien d'autre. Il vit son purgatoire.

* Service de Documentation et de Contre-Espionnage, ancêtre de la DGSE.

– Quels sont les moyens dont je dispose ? demande-t-il d'une voix plate.

– Hum... j'ai mission de vous faciliter la tâche... C'est tout... hum ! Vous aimez la cannelle, lieutenant ? Ce sont les mêmes biscuits que le roi des Indes a fait servir au Maharadja Gaipajama lors de la reddition de Golionarad. Le Maharadja perdait le territoire que sa famille détenait depuis mille ans, mais lui ne s'intéressait qu'à la manière de cuire la cannelle. La grande histoire passe par de petites choses, n'est-ce pas ?

Napperons, tasses transparentes, thés rares, il a visiblement dressé son personnel à le servir comme on servait à la cour des Indes. Le lait avant le thé. La Marquise sourit.

– Donc, reprend le Préfet, dès que vous avez besoin de quelque chose, vous envoyez une demande et je vous mettrai à disposition les fonds requis.

– J'envoie une demande ? interroge La Marquise, avec une moue amusée.

En sortant de la Préfecture, grand bâtiment sans imagination mais avec des colonnades, Saint-Mars allume une de ses cigarettes anglaises au chandoo et, en même temps, essaie de recoudre ensemble les éléments qu'il détient : un dossier visiblement sensible ; un Préfet prêt à le lâcher à la première occasion ; une enquête indigène peu détaillée ; des Américains remontés voire bouillants ; une zone de recherche à la fois impossible et délicate. Bref, une affaire bien pourrie, et trois questions : où est le témoin qui a balancé l'affaire ? Il doute qu'il soit resté à Santa Margarita à l'attendre. Où est le cadavre ? Pas sûr qu'ils aient des glacières dernier cri dans la jungle pour le conserver nickel pour une autopsie. Où est le meurtrier ? Au milieu des Indiens arumgaranis, il ne va pas être facile à ramener, le gars.

Non, finalement, il y a une quatrième question : c'est qui ce niakoué qui lui file le train depuis deux plombes ? Il l'a suivi de son hôtel jusque chez le Préfet, et il l'attend maintenant sur le grand perron de la Préfecture, coincé entre deux colonnes. Grand, fin, assez bien fringué, du moins au regard des mœurs locales, petite moustache fine, et petit Panama de toile. Et les pompes : mocassins crème en croco. À Tanger, peut-être, mais pas ici : aucune chance de passer inaperçu. Ce n'est pas une lumière de la filoche, le gars. Même Tirésias l'aurait repéré !

Chapitre 8

90 mg à 10h00

Monneron a l'air à peine plus frais que la veille. La même casquette. S.M. le distingue mieux : ses traits sont bouffés par les parasites et la maladie. Des plaques noires et des zones rouges alternent. Il en a vu des cadavres ambulants rongés par les colonies. Le palu, le béribéri, le choléra même. Des corps osseux, jaunes, ridés, creusés, des articulations exagérées et boulées, des yeux glacés, et gris, parfois blanchis, des cheveux rares, des dents noires... Mais Monneron concentre à lui seul tous les symptômes des maladies exotiques. Un véritable cas d'école. Visiblement, il ne peut même pas se soulever. Posé sur une fesse, en réalité un bout de fémur, il paraît prêt de basculer et de s'effondrer à n'importe quel moment. Son bras lui sert de béquille.

– Trente ans que je suis là, Saint-Mars, et voyez où je suis rendu.

Il tousse. Ses poumons partent en sucette. Saint-Mars s'attend à en voir des morceaux s'échapper de la bouche.

– Quand je suis arrivé, je vous assure, j'étais solide. Quatre-vingt kilos, vous entendez. Putain de pays !

Il y a une Amérindienne qui l'assiste : elle est sans âge, petite, râblée, des cheveux longs et épais qui lui tombent sur les épaules, presque nue. Elle fume une longue pipe et ne cesse de projeter sur le côté, par le coin de la bouche, d'immenses jets de salive. Trois ou quatre par minutes. Et vu la cuvette qui s'est formée près de la porte, cuvette quasi pleine, c'est une habitude. Avec mille précautions, elle cherche à faire boire à Monneron un liquide chaud, dans une sorte de grosse louche de fer blanc. Les lèvres du débris tremblent et ses quelques dents cognent le fer. Il s'en met partout.

– Barrez-vous dès que vous le pourrez, vous entendez. Vous êtes jeune, et...

Il lui jette un regard myope, et Saint-Mars s'aperçoit qu'un des verres de ses lunettes est manquant.

– ...pas très épais. La forêt va vous bouffer, mon petit.

S.M. sèche immédiatement Monneron.

– Qu'est-ce que vous savez de l'affaire ? À la brigade, ils disent que c'est vous qui avez les papiers et tous les documents, articule-t-il.

– Les papiers ?

Il reprend :

– Les papiers ? Je me marre. Des papiers... Vous êtes en pleine Amazonie, ici, lieutenant. Quels papiers ? Le moindre papelard ici se décompose en une journée.

Sa bouche est maculée du liquide épais et vert que l'Indienne lui fait boire :

– 98 % d'humidité, vous entendez. Les feuilles font buvard en quelques minutes, l'encre se dilue et les mots que vous écrivez deviennent vite des petits signes bleuâtres qui ne veulent plus rien dire.

Il imite une sorte de papillon avec sa main libre, puis s'essuie les lèvres maladroitement.

– Ça fait vingt ans que je n'ai rien écrit, que je n'ai pas tenu un stylo.

Il montre sa main osseuse et tremblante. Son poignet n'est pas plus gros qu'un manche de marteau, et certainement moins solide.

– Ici, tout s'efface. Tout se change en pourriture ou en boue, *hierk-hierk*.

Il tousse, ou rit, le bruit et l'effet sont les mêmes : il gerbe ses poumons. Puis il fait un geste fragile avec sa main, et se tape la tempe de son doigt tordu et sur-arthritique.

– Mais tout est là !

Nous voilà bien barré, songe Saint-Mars qui le considère avec impatience.

– Ici, c'est invivable... reprend l'autre ; vingt mètres d'eau qui tombent dans l'année.

Puis il se met à pleurer lentement, et étrangement, avec des pleurs secs. Et des grands sanglots qui fragilisent son équilibre.

– Tout, tout, de la flotte !! Même moi je deviens de la flotte ; putain de dysenterie ; ça fait des années que je n'ai pas chié comme un mec normal.

Il se tord sur lui-même, et crache une pâte rougeâtre. S.M. ne parvient pas à retenir un haut-le-cœur.

– Tu es flotte et tu retournes à la flotte... La forêt va te bouffer petit... Les gars qui viennent ici ne devraient pas avoir d'entrailles. Dans une forêt aussi dense, il n'y a pas d'air, pas de vent qui souffle. Tout est stagnant : l'eau croupit, tu respires l'humidité, t'étouffes, tu bouffes des moustiques. Et un boucan du tonnerre : les piafs, les perroquets, les singes... Tu sais pas où tu dois mettre les pieds ; tu sais jamais dans quel sens tu dois aller ; ni même où regarder.

Saint-Mars n'en est pas certain, mais il lui semble bien qu'un rat vient de passer entre ses jambes.

– Et personne sait où ça s'est passé leur scène de ménage, aux deux tourtereaux. La forêt est tellement immense.

– À l'ouest du *Rio*, précise Saint-Mars, pas loin d'un des affluents : le *Mercal* ou le *Rio Chacho*, d'après ce que je sais.

Depuis la veille, il a bossé la carte du coin, et jeté un œil au dossier. Ça lui a pris une petite demi-heure. Suffisant pour comprendre qu'il va dans une région des moins commodes ; suffisant pour mesurer la grande désinvolture de la police de Santa Margarita qui n'a rien fait pour instruire le dossier de manière satisfaisante.

– À l'ouest du *Rio* ? Vous me faites marrer, reprend le foldingo, c'est un territoire qui fait dix ou vingt fois la métrop'. Le pauvre Indien qui est venu annoncer la mort du Ricain avait marché des dizaines de kilomètres et peut-être navigué des centaines d'autres. Et il est mort le lendemain. Peau de balle pour les indications.

– Certain qu'il est mort ? Et mort de quoi ? s'intéresse S.M., qui a noté combien ce qui entoure le témoin du meurtre reste des plus lacunaires.

– J'en sais rien, moi. Ici, de toute façon, c'est pas les raisons ou les occasions qui manquent pour crever.

Il tend son bras pour montrer les tremblements de sa main. C'est à croire qu'une turbine autonome anime chacun de ses doigts.

– Ce pays met le sang au supplice. La maladie, vous choisissez : béribéri, dysenterie, le mal jaune, le mal rouge, le *vomito-negro*, prenez la couleur que vous voulez et vous crevez en pleurant et en vous tordant ; la moindre écorchure peut vous être fatale si elle s'infecte ; ou des champignons, regardez mon pied...

Et il avance son pied, maintenant.

– Ça fait cinq ans qu'il est noir et que mes ongles se sont barrés...

– Mais qu'est-ce qu'il a dit, l'Indien ? Qu'est-ce qu'il a raconté précisément ? insiste Saint-Mars.

– Quel Indien ? débarque Monneron.

– Le témoin ! Celui qui a dit que McHenry avait été tué !

– Ah. Pas vraiment un Indien ; un métis ! Un des pisteurs de McHenry. Il est... Enfin, il était connu à Santa Margarita. Il bossait régulièrement pour les uns ou les autres.

– Qu'est-ce qu'il a dit ?

– « Maquito est mort. Shuwa l'a tué… ».

– Maquito ?

– C'est ainsi qu'ils appelaient McHenry. Et Shuwa, c'est Loiseau. Il a dit aussi que la forêt était devenue folle. Il a dit que c'était la guerre, que les Arums étaient devenus fous furieux ; non pas contre les blancs, mais contre eux-mêmes. Les Arums contre les Arums ; deux camps qui s'opposaient : Shuwa-Loiseau d'un côté et Maquito-McHenry de l'autre, avec des villages de chaque côté, en amont et en aval du *Rio*. Putain quel bordel ça doit être là-bas. Les Arums ont une réputation de démons ; je n'ose pas imaginer ce que c'est que des Arums en colère ! Encore moins des Arums fous de colère !

– Ces Indiens, ils existent ou pas ? demande Saint-Mars.

– Bien sûr qu'ils existent. Comme le Mal sur la Terre ! J'aimerais franchement pas être à votre place, lieutenant.

Chapitre 9

– La forêt est devenue folle, voilà ce qui se dit ; le grand *Yamadù*, l'esprit de la forêt est en colère. Ils disent que la rivière est en retard, que les cultures sont en retard, que le jaguar ne chante plus la nuit. Et les Arums se tuent entre eux. Pourquoi ? Allez savoir ! Il y a eu des morts de part et d'autre ; des frères se tuent, des cousins, des parents se tuent ; les oncles tuent leurs neveux. Et Loiseau a tué McHenry ; mais c'est peut-être le contraire, allez savoir. Tout est confus.

Il lève un doigt hésitant.

– Moi, ce que je pense, c'est que c'est la forêt qui rend fou. Elle vous fait moisir le cerveau. Comme de l'éponge.

Un gros soupir gonfle sa poitrine osseuse. Un des soufflets est manifestement crevé et lui arrache une grimace de douleur.

– Alors quand ils m'ont dit chez le Préfet : brigadier Monneron, on a un boulot pour vous en amont du *Rio*, je leur ai parlé de ma retraite.

Un petit silence.

– Dix ans casquette au bagne. Dont deux à l'Île du Salut. Vingt ans bricard à la Brigade, dont quinze tout seul. C'est plus de mon âge, les safaris. Surtout si c'est pour ces deux illuminés. Surtout si c'est les Arums !

Puis soudain, le visage se durcit, et la voix change.

– On vous a déjà parlé de Bill Anderson ?

– Non, murmure Saint-Mars, usé par les plaintes du cacochyme.

– Un con d'Amerloque, lui aussi… qui s'est pointé par ici, il y a plusieurs dizaines d'années, en 32 ou 33, la gueule enfarinée avec trente ou quarante nègres africains comme porteurs et comme pisteurs. Avant ça, il avait fait l'Afrique Orientale, il avait tué des tonnes de lions et de gazelles, le monde était à lui.

Un moment, S.M. se demande où est barrée l'Indienne ; il ne l'a pas vue sortir.

– Ce qu'on sait, c'est qu'après quelques semaines, la moitié de ses nègres étaient partis nourrir les crocos et les moustiques. Et un jour qu'il se baladait avec sa troupe sur le *Rio*, là-haut, après les grands rapides…

Il montrait du pouce son épaule droite.

– Il est tombé sur un groupe d'Arumgaranis qui barbotaient dans la flotte. Ils sont reconnaissables : les hommes ont tous une oreille coupée ; on dit que c'est le père qui arrache avec les dents l'oreille du fils et la bouffe : après le môme est adulte.

Grimace de Saint-Mars.

– Ce sont pas des tendres ! Bref le courant poussait Anderson vers eux. La rencontre était inévitable. Une petite dizaine, les Indiens ; Anderson et ses boys étaient vingt ou trente. Il n'a pas hésité, le con : il a sorti la *Tommy* et appuyé sur la gâchette. Il les a allumés. Même pas un coup de semonce.

– À la mitraillette ?

– Oui, monsieur.

Silence.

– Et alors ?

– Grosse connerie.

S.M. fronce les sourcils.

– S'il y a bien une arme discutable en forêt, c'est le fusil-mitrailleur. Même la *Thompson*. Ça fait du bruit, ouaip ; ça fait son effet dix minutes, ouaip...

– Des victimes ?

– Il a flingué deux mômes et trois bonnes femmes. De bonnes Indiennes qui devaient faire un bon manioc. Et des chiards qui se pendaient à leurs nibards.

– Pourquoi il a fait ça ?

Monneron rigole en sifflant.

– Il s'est cru à Chicago : les singes, les perroquets, la chaleur, ça prête à confusion ! Ou tout simplement, il a paniqué le con ! Et d'ailleurs, en entendant la *Tommy*, les Arumgaranis ont paniqué aussi. Les gamins et leurs mères gémissantes ; ça leur a filé un coup, sûr ! Mais sont pas vraiment émotifs les gars ; ils ont paniqué quelques minutes, ouaip ; p't-être quelques heures, mais ils se sont repris.

– Et ?

– Les quelques nègres qui suivaient Anderson et qui ont réussi à survivre ont dit qu'ils avaient entendu la *Thompson* pendant deux jours et deux nuits.

– Comment ça ?

– Les Arumgaranis couraient après Anderson ! Ils avaient décidé de se le faire. Faut le savoir, les Arumgaranis sont joueurs. De « grands enfants », c'est pas ça qu'ils disent les missionnaires ?

Saint-Mars ne sait s'il doit répondre.

– Faut que vous sachiez une chose : arumgaranis, ça veut dire « les hommes ». Ils se considèrent comme les seuls hommes vivant sur terre. Il y a aussi les autres tribus de la forêt, mais eux ce sont les ennemis ; il y a encore la forêt, les animaux, les rivières, et d'autres conneries, du genre l'esprit du vent. Mais le blanc n'entre dans aucune de leurs catégories ; ni famille, ni ennemis ; ni esprit, ni gibier ; attention je ne dis pas qu'ils ne le bouffent pas quelquefois...

Saint-Mars se fige.

– Mais ils font ce qu'ils veulent avec les blancs ; pas de règles. Le Anderson, pendant trois jours, il les a sentis derrière lui, au-dessus de lui, tout autour, sans cesse… Il a dû vivre un cauchemar.

Il se marre dix secondes :

– J'suis sûr qu'ils doivent encore en parler les Arums, pendant les veillées ; faut dire qu'un blanc avec mitrailleuse, il y a de quoi rigoler, fait Monneron avec une voix rêveuse. Depuis Anderson, plus personne n'a osé monter si haut sur le Rio. Sauf les deux crétins qu'on vous envoie chercher. Et je ne serai pas le prochain.

S.M. hoche la tête, pris dans ses réflexions. À sa place, il aurait sans doute lui aussi décliné. S'il avait eu ses os friables, ses yeux jaunes, et ses intestins ravagés.

– *Yoyoyo…*

Sans parler de la caboche à la renverse. Devant lui, le vieux brigadier retombe dans sa folie de la dernière fois, avec sa danse à bascule, et son ronronnement, et paraît l'avoir totalement oublié.

– *Yoyoyo… Reviens petit, ne t'en va pas ! Tu vas le regretter.*

Le vieux bidule démonté était gardien de bagne.

– *Mes mastards, ils t'aiment ! Viens petit !*

Pour ce qu'il sait, geôlier au bagne, et plus particulièrement sur l'Île du Salut, n'était pas une sinécure.

– *Fallait pas filer dans la forêt sans prévenir.*

Ça laissait des traces.

– *Allez, mes salauds, vous le laissez, maintenant, y a plus rien à bouffer.*

En plus des conditions hostiles de l'environnement, il fallait tenir compte des bagnards, qui se barraient sans cesse et qui n'étaient pas les meilleurs du genre humain. Mais peut-être pas les pires, quand on entend Monneron parler des Arumgaranis.

– *Yoyoyoyo…*

Mais pour l'instant, il laisse seul le vieux achever sa saloperie de chasse à l'homme.

DEUXIÈME PARTIE

La ville kérosène

Chapitre 1

90 mg à 3h00. 50 mg à 11h00.

Trois jours sur un vieux cargo fluvial, le *Barbosa*, tremblant et toussant, avec une fumée basse qui avait rendu le pont supérieur invivable, et S.M. arrive enfin au Surinam, à Santa Margarita*. Il a dû partager sa cabine avec deux types singuliers, des Colombiens à l'hygiène problématique et pas vraiment francs du collier. Il n'a pas fermé l'œil durant les deux nuits nécessaires au périple. Leurs messes basses, leurs regards traînants, leur face tordue et décharnée ne l'avaient pas mis en confiance.

Tout le long, le fleuve, qu'il percevait du petit hublot de la cabine, aussi large qu'une mer, l'avait impressionné ; sa puissance, son ampleur, sa couleur caramel clair impénétrable ; la forêt, de part en part, n'apparaissait que comme deux horizons verts foncés, régulièrement couronnés de kyrielles d'oiseaux. Trois jours, deux nuits, avec pour seuls repères ces lignes de rive, à lire et relire les quelques cartes qu'il avait apportées, à parcourir les récits de Humboldt et de Badias. Pour comprendre qu'il arrivait dans un continent des plus incompréhensibles. Trois jours et deux nuits

* Sainte Marguerite comptait près de 5000 habitants en 1965. En 1890, avec l'essor du caoutchouc, la ville était devenue un centre économique important, avant de connaître un long déclin. Le 24 décembre 1967, un incendie a ravagé la ville faisant 574 victimes. La ville n'a pas été reconstruite.

à lire et relire les éléments maigres du dossier : un rapport de police sur le témoignage de l'Indien métis, Matéo Mario Sirina, dit Matéo, qui avait vu Loiseau tuer McHenry (dix lignes) ; un rapport d'autopsie du même Matéo (trois lignes) : le gars avait visiblement succombé à ses blessures, le ventre perforé par un instrument que le flic, le *Rangero* Villejos, dans un autre rapport (dix lignes en tout), n'avait pas identifié. Quelques mots étaient ajoutés afin d'estimer la zone où avait eu lieu le crime reproché à Loiseau (région du *Bulchara*, au sud-ouest de la Guyane française, grande comme la métropole). À bien y réfléchir, ça avait tout d'un crime sans témoin, sans corps, sans arme, sans preuve et sans coupable. Quant au mobile, mystère.

Le troisième jour, le grand fleuve s'est brutalement étréci, les oiseaux se sont rapprochés et des îles sont apparues. Des bouquets d'arbres fichés sur quelques mètres d'une terre argileuse ; les racines baignées. Comme des oasis secs et contradictoires. Et enfin, après que le vapeur a zigzagué entre ces îlots, Santa Margarita est apparue au détour d'une courbe. Lentement, le courant contraire du fleuve se renforçant à cet endroit. Comme Saint-Mars, les passagers sont montés sur le pont, malgré les fumées épaisses, malgré la chaleur et le soleil de plomb. Ils ont tous eu le temps de voir venir à eux la ville. Ville singulière, qui s'égrène en multiples sites coupés d'arbres hauts et de méandres sauvages. Ville plate qui s'étire sur la rive, avec des maisons sans étages, fichées sur pilotis, aux toits de fer qui font des milliers d'éclats. Ville fleuve aussi, au centre de multiples cours d'eau. Des constructions grises et sombres, des rues qui partent en profondeur, vers la forêt. Des épaves en nombre sur la rive, à demi-noyées, comme des carcasses de monstres marins, et des proues pointues qui implorent le ciel.

Tout le long du fleuve, une foule grandissante accompagne la remontée du *Barbosa*, puis se masse sur le petit ponton de bois qui fait office de quai de débarquement. L'arrivée du vapeur constitue visiblement l'unique attraction hebdomadaire de la cité, comme son unique lien à la civilisation.

Partout des tons bistre et bâtards, des visages émaciés d'Indiens, des peaux hâlées de négrilles. Des femmes colorées, des enfants excités, et des péons courts sur pattes prêts à débarder. Tous se massent contre la paroi d'acier qui accoste, au risque d'être bousculés, de tomber à l'eau et d'être écrasés par les deux cents tonnes de la machine. Sur l'autre bord, côté fleuve, des dizaines de pirogues, apparues de nulle part, couvertes de marchandises, l'eau à ras bord, avec deux ou trois Indiennes aux commandes, viennent piquer de leur proue le *Barbosa*. La Marquise regarde toute cette agitation avec un relatif détachement. Que ce soit à Alger, sur le *Djezair*, ou à Saigon, sur le *Pasteur*, il a déjà connu ces curées invraisemblables.

Les bossoirs sur le bateau et les grues sur le quai commencent leurs mouvements. Et immédiatement, une tête attire l'attention de Saint-Mars, une tête qui le regarde, lui, fixement. Mais la foule bouge trop, et trop vite, dans tous les sens. Des ballots prennent place sur des crânes, d'immenses colis passent sur la foule... Tout lui est caché. Il la perd. Il lui semble bien que c'était une tête fichée d'un bob, sur une chemise colorée... La tête de l'Américain qui le zyeutait dans le *Douglass* de la *Colombian*. Pas sûr, mais presque.

Il a eu du mal à fendre la foule, mais maintenant la ville s'offre à lui, presque déserte, lui laissant la liberté de la parcourir. Première remarque : la ville pue. Elle pue l'essence et le kérosène. Il avait noté la même odeur à Cayenne : certains génies imbibaient le bois de leur baraque de gasoil pour qu'il ne pourrisse pas. Mais ici, à Santa Margarita, ça a l'air d'atteindre un niveau industriel, et il a l'impression de se balader dans un réservoir de bagnole. Après une cinquantaine de pas, ses yeux lui font voir des volutes et des tournicots.

Au sol, du sable fin et rouge, des ornières profondes, des herbes hautes. Il compte une maison sur trois en sale état, et vraisemblablement abandonnée. Toutes en bois, elles portent des reliefs baroques et extravagants : des visages indiformes, des grandes têtes de rapaces, des serpents. Une ville bestiaire et floue. Et manifestement une ville champignon aussi, nostalgique d'un bref âge d'or fait de caoutchouc et d'essences rares, dans les années 20, avant une longue déshérence.

Après quelques minutes de marche, il n'a croisé que quelques gamins qui s'ennuient et un petit clodo handicapé et vermoulu, sans âge, borgne, visiblement ivre, posé en déséquilibre contre un ancien bec de gaz ; il attire le regard de Saint-Mars qui ralentit le pas en l'approchant, et l'écoute chanter, avec une drôle de voix grave, une mélopée si triste, se dit-il, qu'elle ferait chialer un hilariste de Saint-Antoine.

Une centaine de pas supplémentaires et il se retrouve entre deux grandes maisons, de part et d'autre de la rue : l'une est « *Gran Hotel* », assez miteuse d'apparence ; l'autre est « *Gran Pension* », souvenir de pierre de la gloire ancienne de la ville : un long mur blanc, éclatant sous le soleil, des fenêtres hautes aux contours travaillés à base de fleurs d'acanthes et de volutes variées, avec sur une longue terrasse, des chaises longues plutôt accueillantes. Il n'hésite pas et monte le perron de pierre. Face à lui, tout de suite, une petite femme ; elle est vêtue d'une extravagante robe rouge à volants, un grand éventail en main, coiffée d'un grand peigne doré en diadème. À force de bourlinguer, on les reconnaît vite : Alger, Santiago de Chile, Saigon, Panama, elles sont toutes les mêmes, à quelques détails près. Celle-ci se singularise par le voile noir qui tombe du diadème et lui cache le visage, mais c'est bien une pute. Il fait immédiatement demi-tour, sans un mot, pour traverser la rue d'un pas vif et s'engouffrer dans le « *Gran Hotel* » d'en face, comme si de rien était. À aucun moment, il n'ose se retourner sur la « *peinata de oro* » (peigne d'or).

Deux heures plus tard. Il est debout, en équilibre, un pied sur le barreau supérieur d'une chaise rongée par la vermine, un autre sur la traverse en fer de son lit. Il essaie de remettre en route le ventilateur du plafond ; il dégouline de sueur ; la ville cuit, et lui avec. Il a besoin d'air, de fraîcheur. Et l'eau, lui a dit le patron, ne monte même pas jusqu'à son étage. Problème de pression.

Il est debout, en équilibre lorsqu'il surprend une des femmes du bordel d'en face, sur le balcon opposé au sien ; enfin, sans l'apercevoir vraiment, seulement son profil, et à peine ; car comme celle qu'il a vue tout à l'heure, son visage demeure couvert d'une gaze noire. Mais, à un moment, le voile se lève légèrement, sans doute pour qu'elle voie mieux les gens qui descendent la rue. Il distingue alors des boucles rousses et douces, prises dans une résille, un profil rectiligne et fin digne d'un *fijnschilder*, une peau blanche et opaline, légèrement tachetée de rousseur. Sous ce tulle, elle doit brûler. Pourquoi se cache-t-elle ainsi ?

Quelqu'un lui parle ; quelqu'un derrière elle, juste quand elle lève les yeux vers lui et surprend son regard. Pendant quelques secondes, tout s'arrête. Puis, elle porte sans hâte les mains aux joues, faisant la surprise, et ça lui fait un singulier visage en calice. Comme si elle s'affolait mollement qu'on la voie. Alors, une grosse patte velue sort de l'ombre, attrape son épaule et la tire en arrière, vers le rideau qui l'enveloppe. Avec force.

Jamais il n'a vu son visage entièrement. Des lèvres, un nez, une peau rose. Elle lui semble inattendue. Des cheveux miel, une peau de lait, au milieu de tous ces cheveux de charbon et ces teints ambigus… Un de ses oncles possédait dans l'un de ses salons parisiens le portrait d'une femme brune à sa toilette. Étonnamment, on ne la voyait que de dos, mais sa nuque, ses courbes, la danse serpentine de sa colonne, la chute de ses cheveux noirs l'avaient rendue, pour lui, le jeune Jean-Eloi de Saint-Mars, hautement et érotiquement énigmatique. À chaque fois qu'il voyait le portrait, il se posait la question de ses seins, de son visage, de ses lèvres, de son cou, de ses cuisses... Ils étaient cachés, mais lui ne voyait que cela.

La jeune femme profilée et voilée d'en face vient de lui faire le même effet.

Chapitre 2

70 mg à 10h00

Le lendemain matin, S.M. est en eau. Le ventilateur n'est jamais reparti, et toute la nuit, des bestioles ont gratté dans les murs et grignoté le bois du plafond. Ici, les nuits sont pires que les jours : une chaleur étouffante, épaisse, lourde, humide, et des moustiques gros comme le pouce qui transpercent les toiles et les draps.

La veille au soir, vers 19 heures, des nuages noirs électriques s'étaient accumulés au-dessus de la ville, comme accrochés par les grands arbres de la forêt, et la ville s'était subitement assombrie. À son grand étonnement, les rues, comme dans un monde de vampires contrariés, s'étaient alors vidées. Puis une grande ombre était venue couvrir les toits, ensuite la rue : des dizaines de millions d'insectes s'installaient. Le temps de comprendre, et avant qu'il ne ferme la fenêtre, ils entraient en masse dans sa chambre. Pendant plusieurs minutes, une longue serviette de toile en main, il avait dû lutter contre eux, les frappant, les écrasant au sol sur lequel se dessinaient des plaques rouge sombre, râlant, les pieds et les mains en sang, l'écume aux lèvres de rage, ne parvenant pas à éviter leur dard qui le pilonnait, se giflant avec fureur. Après la lutte, il avait compté une cinquantaine de piqûres ; la peau était gonflée, chaude et glissante.

Alors, le matin, c'est avec une certaine crainte qu'il ouvre la fenêtre. Une crémone, et deux verrous. C'est la première fois qu'il voit des serrures aux fenêtres ; celles-ci ajoutées aux quatre gros verrous de la porte de la chambre donnent une idée du degré de crapulerie qui règne dans ce coin du monde. L'air qui entre par la fenêtre n'est pas plus frais que celui de la veille, mais aucune bestiole ne se jette sur lui. La même humidité, la même lourdeur. Avec un goût en plus, un goût épais qui n'est pas seulement celui du kérosène. La fenêtre rousse d'en face est restée close. Un rideau blanc l'opacifie. Dans la rue, un petit attroupement s'est fait à peu près à l'endroit où, la veille, alors qu'il arrivait, le clodo se tenait et chantait. Il regarde les gens dans la rue : des chapeaux et des fringues fripés et des yeux fuyants. Cette ville a l'air grosse de vices et de coups tordus, elle pue la trouille, une trouille qu'il pourrait presque toucher. Il gonfle ses poumons, et il la respire, elle lui colle au palais, lui bouffe le nez et les poumons, déchire l'œsophage et vient former une boule dans l'estomac. Elle s'ajoute à ses douleurs.

Un bruit. Dans cette ville perdue, le bruit d'une voiture ; il voit sur sa droite un long capot noir vernis, sans tache. Une vieille limousine *Daimler*, avec des roues à rayons, des pneus à flanc blanc. Une merveille dans cette forêt primitive. Son père avait à peu près la même. Des rideaux froncés, pâles, cachent son occupant lorsqu'elle passe en bas de l'hôtel, le moteur ronronnant doucement. D'où vient-elle ? Qui transporte-t-elle dans cette ville à trois rues sans issue ? Elle tourne, plus bas, dans la grande avenue parallèle au fleuve, avec la même lenteur de couleuvre.

Saint-Mars remarque alors que la petite troupe, sur le trottoir d'en face, s'est éclaircie au passage de la limousine, et il voit ce qu'ils voyaient tous : une vieille momie inca est accroupie contre un mur. La peau rouge et parcheminée, le visage étiré et tendu, un corps osseux, les genoux exagérément montés sur la poitrine, les coudes posés sur les genoux, comme un penseur de Giacometti.

De là où il est, il voit ses grands yeux noirs et creusés comme deux petites cavernes. Il lui faut un temps pour reconnaître le clodo triste de la veille, visiblement mort et sec au milieu d'une troupe sans émotion. Le pauvre homme a été vidé de son sang par ces fichus *mosquitos*. Ou autres bestioles nocturnes, les suceurs de sang ne manquent pas dans ces contrées. Il avait entendu que, dans certaines régions d'Amazonie, les *péons* s'empressaient de ranger leurs vaches et leurs chevaux, les soirs d'orage, pour ne pas les retrouver siphonnés. Le clodo n'avait pas eu cette chance. Il se tourne vers les grands arbres de la forêt, derrière les toits, et se dit que son safari ne va pas être de tout repos.

Lorsqu'il est dans la rue, on a débarrassé le plancher de la momie depuis longtemps. Seule, une flaque sombre d'humeurs séchées témoigne de son existence, comme une ombre tardive. La Marquise s'en détourne vite, il a des gens à dénicher. Sur un bout de papier, des plans à main levée et deux adresses griffonnées : celle de la famille indienne qui a recueilli le témoin, Matéo, qui est à l'origine de toute l'affaire, d'abord. Celle d'un certain Alejandro enfin, quincailler, pharmacien, barbier de son état, qui, selon le Préfet, devrait pouvoir lui fournir tout le nécessaire pour son expédition. La ville est petite, il devrait trouver. En outre, elle a une structure simple, ultra-géométrique comme bon nombre de villes coloniales d'Amérique du sud : une *plaza mayor*, puis des *manzanas* constitués de *cuadras* faisant échiquier.

Sauf qu'il ne s'y retrouve pas. À la vérité, la ville, sans inscription des noms des rues et sans numérotation affichée, devient vite déconcertante. Il tourne deux ou trois fois. Il revient sur lui, fait demi-tour, passe et repasse par les mêmes voies étroites, devant les mêmes gamins désœuvrés qui le regardent sans émotion ; et à deux reprises, il bute contre la forêt. Comme s'il s'agissait d'une limite verte. Partout, des maisons et des hangars en bois sont envahis et transpercés par la végétation, éventrés par des troncs ligneux. À un autre moment, c'est face à une petite locomotive qu'il se retrouve, circonspect : en bois, usée et rongée par la mousse et des lichens agressifs, elle regarde le mur vert de la forêt comme si elle attendait qu'un tunnel s'ouvre. Encore quelques jours, quelques semaines, quelques mois, et elle tombera en poussière. Plus loin, derrière les arbres, l'ancienne petite gare reste visible, les murs en partie à terre. Fut un temps, la ligne de chemin de fer rejoignait *Santa Fincha*, une autre ville champignon, à trente kilomètres de là. Cette ville-là a déjà disparu.

Chapitre 3

Il a dû passer les faubourgs et remonter vers le point le plus haut de la ville et aussi le plus miséreux. Là, la rue n'est pas une rue, mais une immense rigole dessinée par le ravinement des eaux de pluies, et les maisons ne sont pas vraiment des maisons, mais des bouts de bois fichés en terre, reliés par les lianes, contre lesquelles viennent se fixer d'autres morceaux de bois mal taillés et des tôles ondulées ; le toit est bricolé de la même manière, dans un mélange de planches et de ferrailles. Pas de fenêtre, pas de porte, un feu doux qui fume sous un pot de terre, et une odeur âcre qui agresse le nez et la poitrine.

Devant la maison, une gamine, onze ou douze ans à tout casser, est assise sur une pierre taillée. Le teint rouille, les cheveux d'un noir profond qu'elle a attachés en palmier sur le haut du crâne, elle est presque nue devant Saint-Mars, et sans gêne. Pour le moment, elle s'amuse à canarder un vil chien de l'autre côté du chemin. Avec des cailloux aussi gros que sa main. S.M. s'arrête quelques instants pour regarder la scène : la gamine est adroite, et agit en suivant un curieux manège. Elle prend le caillou, le lève au-dessus de la tête, et s'immobilise pendant quelques secondes, paraissant passer à autre chose alors qu'elle ajuste en réalité sa proie ; puis quand le chien a oublié la menace, parce qu'il n'est franchement pas futé, elle lui décoche son trait. Sur la tête, sur le dos, les pattes, une fois même sur les roubignoles, qu'il a volumineuses, et à chaque fois la pauvre bête, maigre, galeuse et laide, jappe en même temps que la gamine émet une sorte de cri de victoire (*wichi*) ; puis le chien grogne et secoue la tête, et se campe sur ses pattes antérieures, bien fermement, toutes dents dehors, comme un receveur de baseball ; *boum*, un autre caillou sur la tronche, nouveau jappement, nouveau sourire de la petite, nouveau grognement; cette fois-ci, l'animal se déplace de quelques centimètres sur la droite, mais ne fuit pas. Soit c'est le chien le plus con du monde, se dit Saint-Mars, soit c'est le plus teigneux.

– Bonjour !

S.M. prend son sourire le plus aimable et s'est fait une gueule de sucette à la fraise. La gamine le regarde, mais sa tronche ne vaut pas celle du chien. Elle se détourne et recommence à canarder la teigne. *Boum-ouaf-wichi-grrr*. Comme s'il n'existait pas. Aussi décide-t-il de contourner la petite et ses petits seins pointus, ses yeux noirs comme des olives, et de frapper la tôle d'une des parois de la maison. Elle tremble et fait un bruit de cymbales. Un Indien qu'il n'avait pas vu dans l'ombre, se lève et lui fait face, grand comme un totem. Il tient sa tête légèrement de côté, comme s'il avait choppé un torticolis mahousse.

Sans attendre, avec force gestes et sourires sucrés, S.M. explique, dans un espagnol de classe élémentaire, qu'il est là pour avoir des renseignements sur le métis qu'il a recueilli dans la forêt. Que lui a dit le témoin en question ? Où l'a-t-il trouvé exactement ? Que faisait-il ? Quelles étaient ses blessures ?

– Les blessures ? Profondes ou superficielles ? A-t-il parlé *del Professor* Loiseau ? De *Maquito* ? A-t-il prononcé le nom de « *Maquito* » ? De McHenry ?

Le Totem reste immobile, les yeux fixés sur lui. Pas un sourire, pas un rictus.

– Il a euh... parlé de McHenry ? ... De *Maquito* ? se déstabilise Saint-Mars.

– Il comprend rien.

Saint-Mars se retourne, comme happé par la petite voix qui a parlé dans son dos. La petite, dont le stock de caillasses est épuisé, le regarde, avec aplomb.

– Il n'entend rien non plus. Il est sourd.

– C'est... ? fait-il sur un ton interrogateur.

– C'est mon père.

Elle parle un espagnol difficile à comprendre, truffé de mots *guarani*.

– C'est ton père qui a trouvé le monsieur dont je parle ?

– Matéo ?

– L'Indien qui est sorti de la forêt, l'autre jour pour dire que le *gringo* a été tué ?! C'est ça ?

Elle acquiesce.

– Tu as entendu les questions que j'ai posées à ton père ?

La gamine acquiesce encore. Pas tellement causante.

– Tu saurais me répondre toi ?

Elle est assise sur une pierre, regardant le clebs qui n'a pas bougé, et qui s'est seulement assis, à attendre des pierres sur le coin de la tronche, et elle se retourne maintenant vers La Marquise. En pivotant sur le haut de la pierre, avec des pas chassés. Son petit pagne en tissu ne suit pas le mouvement, et soudain devant lui, elle se livre entièrement. Il voit ses cuisses écartées, son sexe à peine couvert de quelques poils, il remarque ses tétons qui maintenant se sont raffermis et ont doublé de volume. Il ferme trois secondes les yeux, en se demandant si la gamine est tout à fait innocente ou pré-salope. Il rouvre les yeux, et jette un œil inquiet au père qui continue de regarder le vide.

– Matéo, il a dit quelque chose ?

– Il a demandé qu'on l'aide.

– Puis ?

– Il a dit que le grand blanc avait tué le petit blanc.

– Il a dit les noms ?

Elle hausse les épaules. Ça doit vouloir dire non.

– Où était-il blessé ?

Elle hausse encore les épaules. Il fronce les sourcils et entreprend d'y aller plus doucement.

– Il était blessé, n'est-ce pas ?

Elle prend un petit temps, pendant lequel elle réfléchit, ce qui donne un mouvement à ses cuisses : elle ouvre, elle ferme, elle ouvre, elle ferme, et La Marquise se surprend à guetter la petite araignée velue. Un regard au père qui compte toujours les atomes d'hydrogène et d'oxygène qui lui passent sous le pif. La petite fait un signe de dénégation.

– Il n'était pas blessé, conclut-il. Ah ! Et malade ?

Il a du mal à se concentrer.

– Il avait soif, il avait faim. C'est tout. Et gros fatigué.

Puis elle hausse les épaules. Lui, s'étonne. Il se souvient que le brigadier Monneron lui a dit que le type était blessé. Il est vrai qu'il n'était pas vraiment clair du ciboulot, non plus. Si l'autre n'était pas blessé, de quoi était-il mort ? Il revient vers elle.

– Et il n'a rien dit d'autre ?

Elle fait non de la tête.

– Et qu'est-ce qui s'est passé, après ?

– Il a dormi.

– Et après ?

– Le *Rangero* Villejos est venu. Il a pris lui.

Luis Villejos. Il a vu son nom traîner dans le dossier ; c'est le flic local en charge de l'enquête. La gamine se retourne vers le chien, toujours assis dans son coin à attendre on ne sait quoi ; elle se tourne avec le même mouvement de rotation que précédemment et les mêmes pas chassés, mais inversés. Le pagne toujours en vrac. Les fesses à l'air maintenant. Il aura tout vu.

– Il l'a emmené où ?

Elle fait un geste vague vers la ville.

– Chez le *medico* !

Et elle allonge la jambe pour choper un gros caillou. Celui-ci est tranchant. Y en a un qui va chanter, se dit S.M. au moment de s'en aller. Il fait un signe au père débile qui n'a pas bougé.

– *Señor* ! l'appelle-t-elle.

– Hum ?

– Matéo, il disait que c'était à cause d'un livre que les blancs se tuaient. À cause d'un livre noir. « Livre noir », « livre noir », il disait.

Elle n'en dira pas plus. Alors il s'en va. Après quelques pas, alors qu'il s'apprête à rejoindre le jeu complexe des rues de la ville qui le mèneront chez le quincailler, il n'est plus seul, et le chien lui colle aux basques. La gamine a encore fait mouche et la truffe saigne. Il le virerait bien, mais d'après ce qu'il a vu, la bête n'est pas facile à dissuader.

Chapitre 4

– Diphtérie, rougeole, coqueluche, polio, typhoïde, rage, fièvre jaune…

Alejandro se baisse et farfouille derrière son comptoir sommaire, fait de planches épaisses posées à champ. Saint-Mars entend des chocs de verre et de boîte.

– C'est tout ?

Bec de lièvre, six doigts à la main droite et un petit air simplet, Alejandro est peut-être un bon quincailler, mais Saint-Mars doute de ses compétences de pharmacien. Mal rasé, calvitique, la peau grise, les avant-bras couverts de verrues grosses et noires comme des noix, des lunettes épaisses et salies, et un nez tordu tendant vers le rouge, il ne lui reste, pour ce qu'il a pu compter, que deux ou trois dents dans la bouche, toutes posées en équilibre sur la mâchoire inférieure.

– Et ça fait combien de trous dans la peau ?

Alejandro sort de sa cachette, les sourcils froncés. S.M. remarque une autre verrue noire sur le dos de son poignet, grosse et poilue comme une petite tarentule. Le gars aurait fait fortune dans les foires.

– Trois. Non, quatre. Mais c'est pas ça qui pose problème. C'est pas les trous, c'est les bosses qu'il y a après. Vous pourrez pas vous asseoir avant quelques jours.

Il repart sous ses planches. Les mêmes bruits. Saint-Mars n'aime pas ce type. Quelque chose en lui ne lui revient pas. Pour l'instant, caché derrière son comptoir, il fait l'affairé, mais il se défausse dès qu'il peut, sur la défensive.

– Sûr que c'est nécessaire ?

– C'est mieux pour tous ! souffle l'autre.

Il ressort la tête. Avec ses gros verres opaques sur le nez, il fait penser à une taupe. Il prend un air pénétré.

– Pas possible d'atteindre les Indiens si vous ne passez pas par la case-vaccin. Comprenez : le moindre virus et vous les flinguez tous.

Il replonge. Puis, après un temps.

– Ah ! Je l'ai !

Il se relève alors avec en main une sorte de pince courte rose et blanche, couverte de poussière et de poils longs. Il crache dessus et la frotte avec le revers de sa manche, une manche encore plus jaune que le blanc de ses yeux, et l'enfile dans la bouche, la main allant jusqu'à la gorge, laissant seul le sixième doigt dehors. Pendant quelques secondes, il ressemble à un python gobant un cerf, puis Saint-Mars entend un claquement et voit la mâchoire du type tressauter.

– Voilà une bonne heure que je cherche ce truc. Hier soir, après cette saloperie d'orage, un putain de *Wayapi* a fait un scandale devant la *Gran Pension*. Depuis quand on accepte les Indiens aux bordels ? Je vous demande !

Et il se marre :

– Les Indiennes, oui !

Il se marre encore ; S.M. ne lui renvoie aucun sourire.

– Enfin, j'étais par-là, et je me prends un coup de coude dans le pif. Je sais, vous allez me dire que les *Wayapis* sont pas méchants.

Mais ces sauvages seront toujours des sauvages. Surtout les *Wayapis* quand ils ont bien picolé. Mon ancien dentier a explosé.

Il fait de grands yeux de lémurien, que les lunettes démultiplient :

– Mais je me suis rappelé que j'en avais perdu un autre, il y a un an ou deux, ici, sous le comptoir.

– Un autre quoi ? demande Saint-Mars qui suit moyennement.

– Un autre dentier…

Il lève un index vers le mur derrière lui :

– Je suis prothésiste.

Sur trois étagères, derrière Alejandro, des dizaines de bocaux remplis de mâchoires plus ou moins dentées. Plus loin, d'autres remplis de dents. Une sorte de catacombes canines au formol. Le prothésiste se donne un coup sur la gencive, puis claque la langue contre le palais et regarde fièrement Saint-Mars :

– Voilà, le mal est réparé.

Il produit un large sourire de porcelaine cassée. Puis d'un coup, ses gestes se suspendent et son visage change d'expression :

– Le Professeur Loiseau…

Les yeux magnétisés, la voix adoucie, l'exaltation révérencieuse.

– Quoi, Loiseau ? interroge Saint-Mars.

– Son regard vous transperce. Comme… je sais pas… comme s'il ne vous voyait pas vraiment… comme s'il regardait au-delà de vous, vers ailleurs…

La Marquise lève un sourcil. Quel « ailleurs » ?

– … vers la… la…

Il cherche ; fait silence ; puis :

– La vérité !

Il a trouvé son mot, et en louche de plaisir. Il développe :

– On peut rien cacher à cet homme. Deux mots, et il sait ce que vous avez dans la caboche. Comme s'il avait des antennes qui vous fouillaient dans le crâne.

Saint-Mars le regarde fixement : ce mec a tout de la cerise dénoyautée.

– Peut pas lui dire des sornettes, à c't'homme ! Et quelle science ! Il parlait de tout, de la forêt, des arbres… Il les connaissait tous, et par leur nom latin, m'sieur ; les bestioles qui les habitaient aussi… Il les dessinait… Un véritable artiste ; il a un gros cahier sur lequel des centaines d'oiseaux et d'insectes sont griffonnés. Très précis. Mais pas de couleur, ça dénature, comme il disait.

Après un temps :

– Le problème…

– Oui ?

– C'est que j'en ai plus.

– Plus quoi ?

– Plus de vaccin contre la rougeole. Contre la typhoïde non plus ; il n'y en a plus un seul dans le coin. Toutes les pharmacies ont été dévalisées.

– Comment ça « dévalisées » ?

– Quelqu'un a tout acheté.

– Qui ? Et où ?

– Ici, ici, ici, Surinam, Brésil, j'en sais rien. Y a un type (*tchiiing*) – je sais pas qui ! – qui les a tous achetés. C'est tout ce que je sais.

En plein milieu d'une phrase, un drôle de tintement (*tchiiing*) est sorti de la gueule de la bête. Puis l'élocution s'est déréglée. Les lèvres ont commencé de trembler à chaque syllabe et à projeter des averses de salive. En même temps, le pauvre Alejandro a montré tous les signes de la plus intense introspection : yeux en l'air, sourcils froncés, mâchoires en mouvement, et une longue main dans la bouche. Saint-Mars fait un pas prudent en arrière, se méfiant d'un type qui joue de la guimbarde avec ses dents. Puis, il comprend que la prothèse a lâché. (*Re-tchiing-crac-tching*)…

– Ouaip, un féritable hold-up ! reprend Alejandro avec tout plein de doigts dans le museau.

Saint-Mars hoche la tête, et pendant que l'autre se répare, regarde autour de lui. C'est une caverne infernale et bancale qu'il a sous les yeux et il y a quoi de hurler : des boîtes de conserve surmontent des caisses de médicaments à moitié éventrées, des sacs de visses et des cartons de clous qui se sont vidés par terre, des grandes bobines de fer barbelé rouillé, des cages vides d'oiseau, des armes dans des emballages de toile, sans graisse, des couteaux en nombre, des sacs de semence gris et verts de moisi, des sacs d'engrais, une tondeuse en pièces détachées, deux ou trois postes de radio... et des dentiers, donc. Il se tourne vers Alejandro.

– Vous avez des réserves, j'imagine ?

– Des réserves ? Non, tout est là. On ne fait pas de réserves, par ici ; tout pourrit à une vitesse vertigineuse. Pensez donc !

Il montre les sacs de semence.

– Rien ne se conserve !

– Comment vais-je faire pour préparer mon...

Saint-Mars s'étonne de ne pouvoir donner un nom à ce qu'il va entreprendre : expédition ? Aventure ? Petit voyage ? Périple ? Enquête ? Opération ?

– ... mon petit voyage ?

– Vous avez besoin de quoi ?

La Marquise sort une liste.

– Farine, dix kilos, en plusieurs sacs ; viande séchée, quinze kilos, en trois ou quatre caisses ; du riz ; quarante kilos ; de l'eau de vie ; des médocs : pénicilline, quinine, morphine ; morphine surtout ! Un petit ballot de tabac ; quarante litres d'eau ; quatre fusils de type *Mauser*, *Enfield* ou *Springfield*, deux tentes épaisses ; six moustiquaires...

– Opopopo... Je vous arrête, j'ai rien de tout ça ! Et de toute façon, les grosses provisions sont inutiles ; les insectes bouffent tout et ce qu'ils ne bouffent pas pourrit en vingt-quatre ou quarante-huit heures.

– Faut bien que j'emmène des trucs à bouffer...

– Bah, pas trop. Il faut chasser, et pour ça, il vous faut un chasseur ; et pour le reste, on peut commander.

– Commander ? Et on peut obtenir ça en combien de temps ?

Alejandro réfléchit puissamment, puis parle d'un mois, peut-être moins, ce qui pose un problème en raison de la saison de pluies.

– Quelle saison des pluies ?

– Dans deux semaines, ça va pleuvoir sans arrêt ; l'eau du fleuve va monter, et la forêt va être inondée sur plusieurs centaines de kilomètres ; vous ne pourrez rien faire avant décembre ; pas avancer, même pas vous arrêter pour dormir sur un coin sec : n'y pensez pas.

Saint-Mars se tatouille. Pourquoi personne ne lui a parlé de ces fichues pluies ? Il comprend difficilement le pays ; et ses habitants. Quel plaisir ont-ils à patauger ainsi la moitié de l'année ?

– J'aurais besoin donc d'un chasseur compétent, et surtout de quelqu'un qui connaisse bien la rivière au moins jusqu'aux monts, et puisse m'y amener… Vous en connaissez ?

Alejandro fait un rapide geste de dénégation ; bien trop rapide au goût de Saint-Mars. C'est à ce moment que S.M. saisit enfin ce qui cloche chez ce type. Il s'en veut de ne pas l'avoir vu plus tôt ; sans doute la chaleur humide, la fatigue de la nuit, la pénombre du magasin expliquent-elles son inattention. Mais incontestablement, derrière les carreaux, l'œil d'Alejandro papillonne ; la paupière tremble et l'œil virevolte comme si une bestiole survolait le crâne de S.M. Soit il a un problème oculaire, soit il n'a pas les idées tranquilles. Lui qui a interrogé plus d'hommes que ne pourrait en abriter cette ville du bout du monde aurait dû voir tout de suite que l'Alejandro lui dissimulait quelque chose. Il peut deviner le mensonge à l'éclat d'un œil, à la vitesse d'élocution d'un bonhomme, aux mouvements de ses paupières, au diamètre des gouttes de sa sueur, à l'écume, blanche ou jaune, qui entoure ses lèvres, à la desquamation de son cuir chevelu…

– Vous trouverez personne, continue le quincailler, en secouant la tête.

S.M. l'examine avec plus de soin maintenant. Invariablement, le regard du quincailler traîne derrière lui. Là où se trouve une petite porte de bois, obstruée de caisses diverses. *A priori* condamnée, *a priori* inaccessible.

– Qu'est-ce qu'il y a derrière cette porte ? articule-t-il sur le ton de l'interrogatoire moyen.

L'autre suspend son discours, adopte pendant un quart de seconde un regard fou, et replonge dans sa gueule pour ajuster la mâchoire tout en fixant le plafond. Pensant faire diversion.

– Qwwellche paaortte ?

Dans la tête de S.M., c'est un long soupir fatigué. Il allonge le bras au-dessus du comptoir, et se saisit du coude d'Alejandro, sans violence ni hâte, et enfonce doucement l'avant-bras dans sa gueule grande ouverte. Très vite, – *tching* – le type s'essouffle, a des haut-le-cœur, rougit, bleuit, – *tching-clac* – violace. S.M. prolonge son geste, finissant d'exploser le dentier et plaquant l'arrière du crâne de l'aimable commerçant contre la paroi de bois du magasin. Le choc est si doux qu'il est à peine audible. La main entière est entrée dans la gueule, avec tous les doigts – *tching-tching* – ; le sixième doigt a résisté un temps, mais finalement a cédé, soit qu'il fût plus souple qu'un doigt ordinaire, soit qu'il ait cassé, et, cette fois-ci, le python a gobé le cerf. Le bec de lièvre, lui, est en train d'exploser, fendant tout le reste de la lèvre supérieure. Ce mec aura ce soir une bouche plus grande que ce matin. C'est maintenant le poignet qui progresse dans l'antre, poussant – *tching* – la grosse verrue noire poilue contre les trois dents ; elle pénètre à son tour. Trois petits sons secs – *poc-poc-poc* – sur le sol. C'est la petite souris qui sera contente.

– Fouichuiooii...

– Quoi ?

– Fooooоiiiiiffiu...

– La porte : c'est la réserve, c'est ça ?

L'autre résiste faiblement, et secoue la tête avec un geste de déni, ce qui n'est pas chose aisée avec un avant-bras qui chatouille la glotte. Il le regrette aussitôt d'ailleurs, et quatre petites larmes apparaissent aux coins de chaque œil. S.M. le traîne alors jusqu'à la porte mystérieuse, pendant que le type, pas plus lourd que le squelette d'un rachitique, se bile sur son avant-bras bêtement resté planté dans la gueule. Un coup de pompe dans la serrure, et la porte s'ouvre en geignant. Une odeur fade agresse le nez de S.M., qui après un temps commence à distinguer des formes. Des cartons en nombre, des fusils à foison, des ballots en masse, des bonbonnes à profusion, une dizaine de tentes, des pelles, trois postes radio. Tout correctement aligné et ordonné. Sur une étagère supérieure des centaines de flacons et de petits cartons marqués d'une croix rouge, et une inscription « *vaccinos* » dessus. S.M. ouvre grand les yeux et en a la mâchoire inférieure qui tombe.

– Pfffftt ! Mon salaud !

– ... iejosos...

Il le regarde, avec sa lèvre en sang et sa bouche obturée, et se demande s'il ne doit pas en remettre une couche. Il relâche la pression :

– C'est quoi, ça ? Tous ces putains de vaccins ? Je croyais que t'en avais plus !

L'autre est à quatre pattes, en train de reprendre son souffle ; il tousse tant qu'il peut.

– Villejos...

– Le *Rangero* ?

– Oui.

– Tout ça... c'est pour Villejos ?! Mais pourquoi ?

– Il travaille pour la *Señora* McHenry.

– La sœur ?

L'autre, épuisé, acquiesce.

– Oui !

– Elle est ici ?

– Si vous ne l'avez pas vue, vous n'avez rien vu, lieutenant. Elle se balade dans une grande limousine noire. Une femme… une déesse… et des cheveux… comment dire ? Longs !

Quincailler et poète ! S.M. ferme les yeux et cherche à broder les quelques fils fragiles qu'on lui tend.

– Et que fait-il pour elle ?

– Il l'aide à monter une expédition pour aller dans la jungle ! Elle veut la peau de Loiseau.

S.M. parcourt les étals : des fusils – quelques *Springfield,* des *Enfield*, mais aussi des *Garand M1* à la pelle, trente ou quarante – des conserves intactes, des lampes *Coleman*, des casseroles en tas, des machettes, des moustiquaires…

– Et tout ça, c'est pour le *Rangero* ?

– Oui, lieutenant. Il m'a clairement dit de tout lui réserver.

– Mais pourquoi autant de vaccins ? C'est une armée qui s'en va ?

Le quincailler secoue la tête en signe d'ignorance.

– Il t'a payé ? demande S.M. en manipulant un petit sac de graisse.

– Pas encore !

L'autre fait un sourire étrange, sans dents, les lèvres inondées d'une bave qu'il ne maîtrise pas.

– Mais on ne dépouille pas le *Rangero* ! Vous êtes une noisette à côté de lui. Les Indiens ont plus peur de lui qu'ils n'ont peur de *Yamadù*, l'esprit de la forêt. On dit qu'il a dix vies ; certains le prennent pour un fantôme ; d'autres l'ont déjà vu mourir, se noyer, être transpercé par des flèches… et renaître le lendemain. Les *garimpeiros* le fuient comme la peste, les *perdidos* lui bouffent dans la main…

– Les *perdidos* ?

Alejandro fait le signe de croix.

– Les pirates, dans la forêt, des dégénérés ! Pires que des crotales ! Ne les rencontrez jamais !

Geste dubitatif de S.M., et il lui fait signe de poursuivre.

– Quand il dit, le *Rangero*, que le lieutenant français doit rester aussi nu qu'un Indien de la forêt, je m'exécute… et toute la ville s'exécute. Personne ne voudra vous suivre, lieutenant, continue le monstre aux onze doigts. Il vous a jeté un sort.

Saint-Mars se tait, sous le coup, et se dévore l'intérieur de la joue. Le revers de la cicatrice. Voilà maintenant que non seulement le pays et ses crues mais aussi ses habitants et leurs motivations tordues s'érigent en adversités baroques.

– Où je peux trouver le *Rangero* ?

– À la « *Gran Pension* » ! C'est toujours là qu'il se repose…

– Chez les putes ?

La Marquise regarde attentivement la réserve :

– La morphine, tu en as ?

L'autre d'un coup le regarde avec un air vicieux, comme si enfin il voyait une partie de son âme. Il sourirait presque, s'il pouvait le faire.

– J'en ai eu.

Lorsque Saint-Mars sort de la boutique, un vieux tonneau qui traîne là se met à geindre, et à vibrer. Puis le chien qui le scotche depuis quelques heures en sort, avec un rat plus gros que lui dans la gueule, rouge de son sang. Il trottine jusqu'à lui, et vient poser sa victime en offrande aux pieds de La Marquise, un air satisfait, et la queue battante.

Chapitre 5

50 mg à 8h00

Le lendemain.

La Marquise a maintenant un compte à rebours dans la trombine. « Deux semaines » a dit Alejandro ; deux semaines avant que des cascades de flotte douchent la région et la fassent couler. Et aussi des bâtons dans les jambes ; la ville joue le *Rangero* gagnant. Santa Margarita *versus* Saint-Mars.

Au réveil, La Marquise pense comme un militaire, c'est-à-dire stratégie. Connaître son adversaire. Il doit dénicher la McHenry ou son factotum et les tâter, mesurer leur degré de préparation, la qualité de leur motivation. Et c'est alors que la providence vient à lui. Sous l'espèce d'une petite enveloppe, et d'un carton bristol blanc crème, avec des lettres d'or, glissés sous sa porte. On l'invite à l'hôtel du Gouverneur. Une réception en l'honneur de la *señora* McHenry. On y chantera des airs d'opéra italien. En milieu d'après-midi bien sûr, les soirs ici sont réservés aux insectes.

Une légère odeur d'éther. Son bras le démange. Personne dans la salle d'attente de la *Clinica*, nom pompeux pour une grande maison de bois et trois chaises bancales. Par deux fois, il s'était rendu à la maison de la *Policia* ; mais il avait trouvé porte close, et personne pour le renseigner sur Matéo. Ni agent en faction, ni adjoint, ni *Rangero* en chef. Alors, il s'était rabattu sur la *Clinica*, et le *medico*. Qui l'a fait attendre une bonne heure. Seul, dans la salle d'attente. Une bonne heure à tourner en rond, sans ventilo. Il enrage. Ça et son expédition qui tourne dans le vide, son bras, et son ventre, et cette fichue odeur d'éther, il est furax, à fleur de peau, il a des suées. Alors quand la secrétaire du *medico* – une jolie métisse qui lorgne sur sa cicatrice avec ses nibards – l'appelle et le fait entrer dans le cabinet, il cogne sur le bureau, plusieurs fois et ce pourrait être sur la tête du *medico*, ce ne serait pas moins convaincant. Le pauvre docteur laisse échapper un petit cri à chaque choc, et tremble de tous ses membres. Il a une tête ovale, et haute, et chauve ; un long nez aussi, et des petits yeux perdus derrière de grosses lunettes rondes. Ses lunettes sautillent sur son nez à chaque fois que S.M. frappe le bureau. *Ja*, il a bien vu Matéo ; *nein*, il n'était pas blessé, que des pieds écorchés, rien de plus ; *ja*, il était très fatigué, mais rien de krave ; *nein*, il ne sait pas où il est, mais rien de krave…

Ce gars est aussi surinamien que moi, se dit S.M. au bout d'un moment. Pendant quelques minutes, il le jauge néerlandais. Il y en a quelques-uns en ville, mais lui a un accent différent, plus cassé, plus guttural. Un Allemand plutôt. Le *medico* est un *doktor* !

Ja, Matéo avait toute sa tête ; *was* ? Qu'est-ce que Matéo a dit ? Mais il ne sait pas ce qu'il a dit ! *Nein*, c'est pas son travail d'interroger les gens, lui, il les ausculte ; *nein*, il ne sait pas s'il avait un carnet noir, *nein*, il n'a rien vu ; *nein*, il ne sait pas où il est passé, Matéo, *ja*, il est mort, peut-être, mais rien de krave ; *nein* ce n'est pas lui qui a rédigé le rapport d'autopsie, il ne sait même pas s'il est mort ; *nein*, il ne l'a pas zigné ; *nein*, il n'a pas de morphine, pas de vaccins non plus, il n'y en a plus sur toute la ville, la pharmacie a été dévalisée, il y a plus rien, mais rien de krave ; faut demander au *Rangero*, lui sait où en trouver.

Saint-Mars debout dans la rue ; immobile ; il n'est pas calmé. C'est quoi cette histoire de témoin-pas-blessé-mort-fatigué ? Il a souvenir d'avoir lu un putain de rapport d'autopsie, quand même. Signé du *medico-doktor* ! Mais si ce n'est pas le *medico-doktor* ici présent qui l'a écrit, alors qui l'a écrit ? Et où est passé ce témoin, s'il n'est pas mort et autopsié ? Est-il retourné en forêt ? À la fenêtre de la *clinica*, il y a encore la petite tête de la secrétaire qui le regarde. Quand il est sorti du bureau du *doktor*, son décolleté s'était copieusement élargi, exhibant les anneaux de Saturne. Mais La Marquise a d'autres chats à fouetter, ce soir. C'est quoi cette ville où on ne peut pas se fournir en morphine ? Rien de grave ? Non, mais lui n'en peut plus ; et dire qu'on a osé comparer Santa Margarita à Tijuana.

Il fait quelques pas dans la rue, et aperçoit soudain Ducon, face à lui. Comme le chien ne le quitte plus, il a décidé de le baptiser ; et comme il n'est pas la lumière de son espèce, il l'a appelé « Ducon ». Ça allait presque de soi. Et chose étrange, Ducon répond à son nom ! Un petit corps musculeux, râblé, des pattes courtes, une grosse tête et de hautes oreilles, un ton marron-gris de fin de palette, et une petite queue en pointe qui ne cesse de battre. Il frétille tout autour de lui, sautille sur ses deux pattes arrière, grogne de plaisir comme si La Marquise était Ulysse revenu à Ithaque.

L'après-midi est à la fête. On fête la riche Américaine. Il marche d'un pas résolu vers l'hôtel du Gouverneur. Contourne l'ancien opéra de la ville, baroque à souhait, avec des toits en nombre, des pentes et des soupentes, des statues à la gloire de grands compositeurs germaniques, un grand balcon avec des ferronneries brodées tenu par des atlantes de pierre. Il y a dans cette petite ville une folie babélienne, un refus de l'histoire et de ses couches, un effort fou pour faire surgir de la boue une pierre domestiquée.

Mais pour Saint-Mars, ça reste une ville d'argile et de bois qui pue le pétrole et la trouille.

Des Indiens, des métis, des *latinos*, quelques *gringos*, des femmes portant des paniers d'osier sur la tête, des hommes tirant des charrettes surchargées aussi hautes que les plus basses maisons, la ville, en ce début d'après-midi, paraît bien animée.

L'hôtel qui abrite le Gouverneur de la ville n'a visiblement jamais été achevé. D'une éclatante blancheur, construit avec une pierre calcaire inédite apportée sans doute à grands frais, l'édifice est surtout violemment asymétrique : cinq travées bien franches constituent une aile ouest ; au centre un perron en architrave prononcée, d'allure néo-classique, puis une aile à l'est plus régulière mais interrompue après deux travées. Là, l'immeuble s'est subitement arrêté et tend des murs vides de toit. Comme si l'architecte, fantaisiste ou visionnaire, savait son édifice voué à la ruine et qu'il en avait suspendu la construction. Mais ce n'est pas là sa plus grande singularité : toute la ville regarde le fleuve, et toutes les artères de la ville mènent à la *Gran Via* qui le longe, grande esplanade ombragée où toute la ville se plaît à flâner. Toute la ville, toutes les artères ; mais pas le palais, qui ostensiblement, comme un gamin boudeur, tourne le dos à la *Gran Via*, à l'esplanade et au fleuve. La construction est à l'inverse des autres, comme un palais à contresens qui regarde non pas la ville et le fleuve, mais la falaise et la forêt en arrière, c'est-à-dire rien.

Une allée de sable fin doré, qui ne mène nulle part, des colonnades que nul ne voit, un perron qui ne surplombe personne, des lucarnes travaillées avec soin pour rien. Sinon pour les singes et les grands arbres. L'architecte aurait inversé les plans, confondu l'avant et l'arrière de la construction ; ni visionnaire ni audacieux, seulement crétin ; devant le grand escalier, aucune artère donc pour desservir des parterres ordonnés de fleurs exotiques et inutiles. Aucun boulevard pour accentuer la perspective d'arbustes taillés à la française, les boulingrins et les lignes de fuite.

L'architecte avait été pendu au lustre du grand salon du palais avant même de pouvoir terminer son grand œuvre, et aucun autre fou n'avait voulu finir l'édifice.

Pour arriver devant la grande porte du palais, il faut donc procéder à un long détour et se glisser dans un couloir de quelques mètres qui le sépare de l'immeuble voisin, jusqu'à de grands jardins désolés. Et là, au pied de l'édifice, à l'arrière de la ville, La Marquise découvre le bal de l'opéra : des fracs et des hauts-de-forme sortis de vieilles malles, des robes longues à froufrou et dentelles colorées, des grands chapeaux aux structures fragiles, des éventails éclatants et des ombrelles inattendues processionnent sur le grand escalier. La fête se prépare comme une émulsion sortie de nulle part, et lui rappelle d'anciennes réceptions que donnaient ses grands-parents à Freneuse, dans leur château normand et dont les vieilles photographies jaunies et cornées l'amusaient tant lorsqu'il était enfant. Sur la plus haute marche, le Gouverneur, grand homme maigre et osseux, aux vertigineuses moustaches grises, trône comme un roi Maya en haut de sa pyramide. Salue l'un, harangue l'autre. Il embrasse ; il accolade ; il baise-main tous azimuts.

Il a examiné trois secondes La Marquise lorsqu'il est arrivé, soit une seconde de trop, s'est dit celui-ci. Trop pesant pour être innocent.

Puis, alors que Saint-Mars vient de le contourner, un petit affolement agite le Gouverneur et sa suite. Les gens qui queue-leuleutaient dans l'escalier s'écartent soudainement, se consternent et s'ébaubissent. La longue berline *Daimler* noire de l'avant-veille, roues à rayons et pneus à flanc blanc, s'avance vers le palais. Là où il n'y a pas de route ni de chemin. Plein milieu du jardin à la française ; côté forêt et falaise ; plein milieu des parterres de fleurs exotiques qu'elle laboure et aplatit comme si de rien n'était. Elle arrive par l'aile ouest du Palais, et arrogante à souhait, massacre les pelouses et fait s'envoler des oiseaux verts et dorés, se balançant – amortisseurs *Grindgerg* d'origine – comme une goélette en pleine tempête. Ses roues s'enfoncent dans le sable doré, patinent légèrement et projettent les grains dans tous les sens. C'est sans doute la première voiture à passer par ici depuis longtemps. Et vu le massacre, probablement la dernière.

La foule s'écarte, éberluée et éventails tremblants, devant la machine qui s'arrête doucement, et qui tangue. Pendant de longues minutes. En craquant et grinçant. Comme si, à l'intérieur, la suite du Maharadja de Jaipur s'organisait sans hâte. Les rideaux bougent. Personne n'a idée d'aller ouvrir les portières.

Enfin, un gros lard se décide à sortir, une grosse moustache sombre, une barbe de deux jours sur le menton et sur les joues, presque jusqu'aux yeux, deux taches noires sur le front, un bandeau gris ardoise sur l'œil, un cigare de calibre moyen en bouche. Éteint, le cigare. Et surtout un immense goitre qui remue à chacun de ses mouvements. À croire qu'il a bouffé une roue de brouette qui ne passe pas. Il a une gueule d'iguane, mais à peau de vache, normande la vache, et une petite étoile en fer gris sous la veste sur laquelle Saint-Mars peut lire « *Rangero* ».

À aucun moment, il ne se soucie des bourgeois endimanchés qui l'entourent et qui regardent tout cela comme si c'était du cinémascope et du technicolor. Ils sont cinquante autour de lui, cinquante à faire un pas en arrière, mais lui est seul. Il s'étire, comme s'il était venu de Santiago du Chili par la piste, il se recoiffe et se défroisse. Quelques secondes après lui, une grande femme blonde allonge une jambe jusqu'au sol, dévoilant le modelé doré d'une cheville, juste en-dessous d'un pantalon de tailleur étroit et noir.

Le Gouverneur bouscule deux ou trois personnes, descend quelques marches – « *Señora* McHenry… » – et allonge les lèvres pour baiser la main de la jeune femme. Les doigts sont longs et fins, le poignet libre de tout bracelet, la chair dense. Saint-Mars observe sa taille serrée dans un gilet gris, sa poitrine compressée dans un chemisier blanc et mis en valeur par une légère cravate noire et lui reviennent en mémoire ses cours de balistique pleins de courbes et de contrecourbes, d'arcs et de contre-arcs, de cycloïdes et de trochoïdes. Lorsqu'il lève les yeux à nouveau, il la voit qui le voit, un sourire glacé vissé aux lèvres, et il note tout de suite l'anomalie de son grand regard vert, en léger contrepoint : un strabisme minime qui asymétrise tout le visage. Pour le reste, des traits fins, des lignes fermes, des lèvres pincées.

L'échange s'interrompt vite, car le regard de S.M. s'oblique aussitôt vers la veste du *Rangero,* ou plutôt sous elle, vers la crosse ronde d'un *Mauser 96*, et sa goupille en acier. Pourquoi se pointer au carnaval outillé d'une telle arme ? Un automatique avec chargeur de dix qui pourrait réduire toute l'assemblée en confettis en moins de cinq secondes.

Chapitre 6

Un buffet extravagant, des danseuses plutôt agiles, un petit ensemble, piano et violons, qui pleure du Mendelssohn, et un Gouverneur assiégé par ses gouvernés. Une longue table fait le tour de la pièce, et cerne les invités. Une montagne de pâtisseries blanches et poudreuses la recouvre ainsi que des fruits acrobatiques qu'il n'a jamais vus ailleurs, des viandes rôties surplombées de plumes jaunes, bleues et rouges. Toute la forêt semble y être passée !

Mais ce qui l'étonne le plus, ce sont les serveurs. Un mètre cinquante pour le plus grand, ils sont une dizaine à courir partout dans la pièce. Quasi nus, à l'exception d'un short rouge qui leur enserre la taille, ils sont barbouillés de peinture rouge vif et blanche, avec des points et des traits noirs : sur la poitrine, en zébrures, et sur le visage surtout. Toute leur face est rouge orangé, et deux traits noirs la partagent en deux, horizontalement, en suivant la ligne des yeux, intensifiant le blanc faible de leurs regards. Leurs cheveux, d'un noir mat, tombent en bol sur le front. Quelques-uns ont des nez emplumés. L'un d'eux, le plus grand, a coincé dans le lobe de l'oreille une sorte de petit cylindre long et épais comme une pompe à vélo, et dans le nez, un grand panache jaune vif, l'ensemble donnant à chacun de ses mouvements une sorte de rémanence à bascule. Il admire leur ballet pataud à petits pas saccadés, leurs maladresses et leurs bourdes, et les invités n'ont aucun scrupule à les moquer ou les mettre en difficulté.

Une grosse dondon bleue, luisante de sueur quoiqu'enfarinée, s'amuse en tenant un verre si haut que le pauvre indigène censé le remplir ne peut l'atteindre. Il est à bout de bras, sur la pointe des pieds, pas question qu'elle abaisse le verre, c'est si drôle, et au bout d'un moment, alors que deux ou trois smokings et robes longues à l'entour rient à gorge déployée avec elle, le petit Indien rouge se met à balancer des rasades de champagne à un mètre de lui, vers le plafond, dans l'espoir enfantin d'atteindre le verre. Ses gestes, et surtout son visage qui prend tous les caractères de l'intense concentration et du plus total dévouement, font sourire Saint-Mars. En deux secondes, la grosse bleue et les bourgeois qui l'accompagnent sont rebaptisés et cessent de se marrer.

– Des Panikours !

S.M. se retourne, la McHenry se tient derrière lui, une *long-size* éteinte aux lèvres.

– Ce sont des Panikours, répète-t-elle, des Indiens du littoral, je crois.

Une voix grave et chaude. Elle s'est approchée de lui sans se faire entendre, et lui a posé une main nonchalante sur le bras, comme s'ils étaient de vieilles connaissances. Lui, sort son briquet *Rosetta*, et allume le petit cylindre blanc qu'elle pince dans le coin des lèvres. La fumée est rose tout autour d'elle et saturée de cardamome.

– Des petits Indiens domestiqués depuis belle lurette... continue-t-elle, un brin méprisante. Ils font tout ce qu'on leur demande.

Lui, se dit qu'il y a la pluie qui arrive. Dans deux semaines.

– Madame McHenry, j'aurais des questions...

Immédiatement, sa main se retire, ses joues s'affaissent et le sourire s'efface. Son visage devient dur. Saint-Mars aurait presque pu entendre les zygomatiques de la dame se détendre, « *clac* ! », comme des élastiques de chaussette. Là-bas, le Panikour arroseur se fait engueuler et se barre en courant. Après un temps, elle lui sourit froidement.

– Pour votre enquête, j'imagine, lieutenant ?

– En effet.

– Comment se déroule-t-elle ?

– Bien, elle commence bien.

Elle hoche la tête et n'en croit pas un mot. Sa main revient sur Saint-Mars, sur son bras, tout en pesanteur savante. En même temps, son regard se porte vers le fond de la salle, vers le *Rangero* autour duquel une petite assemblée vassale se masse.

– Une enquête, dans la jungle, ça se fait comment ? demande-t-elle, faussement ingénue.

Saint-Mars observe à son tour le *Rangero* qui bavasse avec un grand type, une grande tige à l'air arrogant avec des grosses lunettes carrées et un regard fuyant. Il balance sans cesse et dans tous les sens ses grandes mains fines, comme s'il cherchait à hypnotiser ceux qui l'entourent. Saint-Mars l'entend parler d'ici : un Américain ! Une pression sur sa main, il revient à elle :

– Je me demande... marmonne-t-elle en le fixant, comment faire justice avec ces sauvages ?

Devant eux, un Panikour passe. Elle le regarde, soigneusement, puis regarde à nouveau Saint-Mars. Par sûr qu'elle le voie derrière tous ses cils.

– Comme partout ailleurs, je le suppose, lui répond-il, un poil troublé par ses yeux, ses courbes, son cou... Si Loiseau est coupable du meurtre de votre frère, on le prouvera et on le ramènera.

Elle hoche à nouveau la tête, et tire une longue bouffée.

– « On » ? sourit-elle, puis : vous pensez que vous pourrez interroger les Indiens ? Ces fameux Arumgaranis ? On dit qu'ils n'ont jamais vu un blanc... Enfin, avant de rencontrer Loiseau et... mon frère.

Un regard dur à nouveau : « *clac* ! », et une bouffée nerveuse de tabac blond. Ses doigts tremblent. Saint-Mars la dévisage, tout à fait attentif.

– Vous croyez qu'ils vont venir à confesse ? reprend-elle, plus nerveuse. Qu'ils vont venir déballer tout ce qu'ils ont vu, tout ce qu'ils ont entendu, tout ce qu'ils ont compris ? Par la grâce de votre insigne ? Parce que vous êtes flic ?

Au fond de la salle, le *Rangero* et l'Américain aux lunettes carrées se sucent l'oreille en jetant des regards par en-dessous vers Saint-Mars. S'il n'est pas le sujet de leur conservation, il ne doit pas en être très loin.

– Ils ne savent même pas ce que c'est, la loi.

Elle attrape un Panikour au passage et l'allège d'une coupe de champagne.

– On m'a dit que pour eux, fait-elle en désignant l'Indien, les mots, les phrases, la vérité n'ont pas le même sens que pour vous et moi.

Saint-Mars lui sourit :

– « On » ?

Puis il détourne les yeux et ajuste l'Américain grande tige aux lunettes carrées qui sort dans le grand vestibule ; une porte s'ouvre, il se glisse dehors et rejoint une ombre, grosse, fleurie et chapeautée qui semble l'attendre. Saint-Mars reconnaît le touriste américain vu dans l'avion et à l'aérodrome. Le mec qui ne cessait de le zyeuter. Le golfeur ! Il avait eu l'impression de l'avoir aperçu sur la jetée, quand le *Barbosa* était arrivé à Santa Margarita. Il vient d'en avoir d'une certaine manière la confirmation. La belle McHenry poursuit de son côté.

– Ils ne disent pas ce qu'ils ont entendu, mais plutôt ce que vous voulez entendre. Ils peuvent dire une chose maintenant, et le contraire tout à l'heure. Certains Indiens peuvent être des pisteurs lamentables. S'ils ont l'impression que vous voulez aller vers l'ouest, alors ils vous diront que c'est la bonne route... Ils ont perdu plus d'un type comme ça...

Elle prend un temps pour griller un quart de sa cigarette, et sourit de manière ambiguë.

– Mais il n'y a pas de mensonge pour eux.

Elle pose son bras sur son épaule, son regard s'attarde sur sa cicatrice et le fixe droit dans les yeux. Une pointe chaude s'insère dans le bas du ventre de Saint-Mars et accélère son pouls.

– Alors dites-moi, sur quelle vérité vous allez enquêter, lieutenant ?

Les Panikours, des affabulateurs ? Saint-Mars se demande si le plus grand Panikour n'est pas, ici et maintenant, la McHenry elle-même. Sa voix de miel, ses yeux singuliers, sa main traînante, elle cache un jeu qu'il ne saisit pas bien mais qui vise à le pigeonner, il le sent. Il lève les yeux vers le *Rangero*, vers le vestibule où sont passés le grand Américain et le touriste louche, et se dit que les Panikours sont même plus nombreux qu'on ne croit.

Chapitre 7

45 mg à 11h00.

Une odeur de fleur d'oranger flotte dans le petit salon aux tons parme ; des canas en nombre, et d'autres fleurs, longues et épaisses, comme des becs de toucan. Saint-Mars se retrouve posé sur un canapé rouge et or, avec des capitons profonds, des tapis épais et pourpres, des rideaux lourds aux fenêtres, et regarde des ombres passer derrière un grand voile gris, dans l'autre pièce. Il entend des chuchotis, des petits rires, mais aussi des ritournelles qui tombent de l'étage. Une voix aussi, une voix de femme, un timbre jeune et triste qui chante une berceuse de Brahms, puis cesse, et puis se reprend, encore et encore, butant sur une syllabe, ou une note, finissant de donner à cet ensemble une épaisseur d'hypnose.

– « *Guten Abend, gute Nacht,*
Mit Rosen bedacht
Mit Näglein besteckt... »

Au-dessus de lui, des plafonds peints, interprétant un ciel et des oiseaux exotiques, des chérubins aussi, et aux murs des boiseries dorées et compliquées. Une dizaine de bougies arrosent la pièce d'une faible lumière.

Il fut un temps où le Gouverneur du district de Santa Margarita logeait ses concubines dans cette haute et grande maison baroque ; on était en 1910 ou 1920. Les *seringaes** faisaient fortune, de l'or avait été trouvé à quelques dizaines de kilomètres en aval, et la culture du bois commençait d'être prospère. De la grande esplanade, on pouvait voir d'immenses radeaux de bois descendre la rivière, sans pilote, à l'aveugle, cogner les îles, puis les contourner, jusqu'à d'autres fleuves et finalement la mer. La ville se faisait florissante et on parlait de paver la rue centrale, de l'éclairer, d'une ligne fluviale régulière jusqu'aux ports maritimes. La maison et ce salon se souviennent de ce temps.

Devant Saint-Mars, le voile s'entrouvre, et le *Rangero* Villejos entre dans le salon. Les traits forts, ridés, marqués, le bandeau flibustier, l'œil terne, la moustache en broussaille, le ventre bedonnant, des fringues de flanelle froissées, les pieds nus, et le goitre qui repose sur la poitrine. Il mâchouille le même gros cigare éteint que la veille, à peine plus entamé, et traîne une bouteille pleine d'un alcool épais. Le pas n'est guère assuré, visiblement le *Rangero* est ivre. Il vient s'asseoir face à Saint-Mars, dans une ottomane, mais sans le regarder, sans lui dire un mot, pendant de longues minutes, en picolant son alcool épais. Une bonne heure que Saint-Mars a fait connaître sa présence. Puis :

– Alors, comme ça…

Il parle mollement, avec un gros accent argentin. La langue alourdie par l'alcool.

– … tu veux aller…

Il fait un geste vague de la main, montrant quelque chose qui se situe au-delà du mur et de la fenêtre.

– là-bas…, dans la forêt…

Il glougloute encore une fois. Sans urgence.

– … *li-eu-te-nan-té* ?

Puis péremptoire :

* Exploitations de caoutchouc.

– Tu devrais pas !

Silence de La Marquise. Deux autres lampées. Du *cana* : un alcool jaune quasi visqueux et à base de sucre de canne, généralement entre 85 et 90°. Beaucoup s'en servent ici, en raison de sa consistance, comme alcool à brûler dans des lampes *Coleman*.

– La forêt, c'est pas bien.

Villejos ferme alors l'œil, avec douceur. La berceuse encore.

– « *Schlupf' unter die Deck!*
Morgen früh, wenn Gott will,
Wirst du wieder geweckt. »

Et il paraît s'endormir. Et dans son sommeil, parle encore :

– Certains parlent du paradis vert ; mais... c'est des conneries !

Ses lèvres se collent l'une à l'autre, prises par la pâte que forme l'alcool autour de la bouche. L'articulation faiblit.

– Y'a des bestioles partout. Dans l'eau, sur la terre, dans les arbres...

Il ouvre l'œil, fixe un chérubin au plafond comme s'il l'avait appelé, puis sort une allumette pour allumer son gros cigare. Saint-Mars jette un œil inquiet à la bouteille de *cana*. Derrière le rideau, une petite pute indigène ; elle est grasse, cuivrée, presque nue, et le visage couvert d'une dentelle. Comme la femme rousse de l'autre jour sur son balcon. Ça doit être le genre de la maison. Des putes pudiques ? En tout cas, pour ce qu'il en voit, celle-ci ne doit pas avoir quatorze ans. Elle traverse le grand vestibule en sautillant avec un rire d'enfant ; des éclats de voix alcooliques et mâles lui répondent.

– Tu vois cet œil, dit le gros, en montrant le tissu noir qui le cache. C'est une saloperie minuscule qui l'a embarqué. La « bilharzia » qu'ils disent par ici.

Il crache au sol un filet de salive.

– Une salope de mouche qui m'a piqué le cul.

Il prend une bouffée d'air, et fixe pour la première fois Saint-Mars.

– J'étais sur les rives du *Parana*. Une piqûre comme une autre. En réalité, cette chienne a pondu une tonne d'œufs ; l'un des œufs s'est transformé en larve et s'est baladé dans tout le corps. Jusqu'à ce qu'elle trouve un point de sortie ; tu crois ça possible : du cul à l'œil ! Aux frais de la princesse ! L'œil, c'est par là qu'elle a décidé de se barrer. Elle te grignote le nerf optique, elle te sirote le liquide optique... À boire et à manger ! La douleur...

Il hoche la tête, fait un petit sourire...

– ... est certaine...

Une rasade.

– Quinze kilomètres sur une putain de civière pour aller à la mission *San Anselmo*. C'est un véto de la cavalerie qui m'a opéré. Il n'a pas fait dans la dentelle, l'enfoiré.

Nouveau crachat. Une mare se dessine au pied de l'ottomane. Des fils de bave et des gouttes de *cana* se mêlent à la barbe. Il se met à marmonner.

– Il faisait tout en grand, ce connard. Les aiguilles et les pinces étaient...

Et il fait un grand mouvement de la main, balançant quelques gouttes de *cana* sur le rideau derrière lui. Aspiration nouvelle.

– ... énormes ! Quand tu vois sortir de ton œil un vers grand comme deux fois ton doigt...

Il fait un geste d'enrobement comme s'il moulinait.

– Quand tu vois ça, tu gerbes direct. Sauf que t'es trop occupé à hurler de douleur et à cogner sur ces connards. Ils étaient trois à me tenir ; des mastards. J'en ai foutu deux au tapis. Ces bites n'avaient plus de quoi m'anesthésier.

Il se tait et vide un tiers de la bouteille. Saint-Mars devine sous la barbe et le goitre la pomme d'Adam, qui monte et descend, doucement et régulièrement. Il parvient à compter une demi-douzaine de gorgées. Puis le *Rangero* pousse un long soupir et se mouche sans hésitation sur le tapis du salon. Une narine, puis l'autre.

– Les petites bêtes… Les petites bestioles, les pires.

Il parle dans une hypnose alcoolique. La Marquise connaît. Les zombies à 70° et plus, il a passé sa vie à les consoler.

– Mais…, c'est pas les bestioles…

La tête se pose sur la poitrine, d'un coup. L'œil clos. Saint-Mars compte dix tic-tacs à la pendule, et la tête se relève.

– Pas les bestioles que tu dois craindre le plus ; où alors… Celles qui ont deux pattes… et pas de plumes.

L'œil s'ouvre, et il rit par saccades ; un rire qui lui soulève les épaules et les secoue. *Ding-ding* fait la bouteille, et *floc-floc* le ventre.

– Ici, le pire, ce sont les… les Indiens. Et les pires Indiens, c'sont les Arumgaranis !

Il cesse de rire. Le visage tombe. Comme si on l'avait douché. L'œil est maintenant grand ouvert, et il fouille le regard du lieutenant. Il essaie de se lever, sur deux guibolles qui grelottent. Ce mec prend dix ans à chaque gorgée.

– À en croire certains, ces Indiens seraient des hommes primitifs, des petits innocents, des bons sauvages ; « non contactés » qu'ils disent ; des hommes purs : putain, moi, je te le dis, *lieutenanté*… Y a pas pire que ces créatures. Ce ne sont pas des hommes…

Il lève un doigt et produit de grands gestes de la tête de dénégation en se posant à nouveau sur le fauteuil.

– Pas des bêtes…

Un autre doigt.

– Pas des anges, non plus…

Trois doigts en l'air, et l'œil devient énorme, avec un sourcil qui le survole, très haut :

– C'est autre chose !

Il continue ses pantomimes avec les doigts.

– Ils vont d'un arbre à l'autre…

Puis se touche le nez :

– Ils ont un flair : ils savent que t'es là avant même que t'aies prévu d'y aller...

Il montre son bandeau :

– Ils lisent dans les merdes de pécaris comme toi dans un dico. Et je ne te parle pas de ce qu'ils font des sarbacanes et des arcs. Un de mes gars a rapporté un arc Arum une fois. Impossible à tendre ! On dit qu'ils les fabriquent dans du bois de *quebracho*. Plus solide que le métal.

Quelques tic-tacs, et la pomme d'Adam, *glou-glou*, suit le même rythme.

– En tout cas, moi, je dis que ces types n'ont rien d'humain ! Ils peuvent t'éventrer pour se servir de tes tripes comme d'une liane ; ou parce qu'ils jugent que ton odeur de blanc pourrit la chasse, ou chagrine le grand *Yamadù* qui gouverne la forêt et le grand ordre des choses ; qui gouverne le jour et la nuit, le bas et le haut, le sec et l'humide, la pisse et la merde.

Il montre la bouteille de *cana*, maintenant presque vide.

– Les Arumgaranis boivent ce truc en rigolant. Tout juste s'ils ne filent pas ça à leurs mômes en guise de lait maternel.

Il suce le goulot.

– C'est pas ici que Custer aurait empapaouté *Crazy Horse* avec des whiskies de contrebande. Les Arumgaranis, d'après ce que je sais, biberonnent, eux, au *jugo de muerte.*

Une nouvelle gorgée de son lait à flamber. La même voix, plus loin, reprend la berceuse :

– « *Guten Abend, gute Nacht,*
Von Englein bewacht,
Die zeigen im Traum
Dir Christkindleins Baum. »

– Le « jus de la mort », ça porte bien son nom ! Ils font ça avec de l'herbe, du *matè* et un jus qu'ils tirent du corps en décomposition de leurs plus grands ennemis.

Il crache :

– C'est vraiment à gerber ! Tous ces négros jaunes et rouges sont à gerber ! Tout le monde ici, et les autres Indiens les premiers, ont une trouille bleue des Arumgaranis. Et tu devrais aussi...

Et il se rendort.

– « *Schlaf nun selig und süß,*

Schau im Traum's Paradies... »

Pendant de longues minutes, Saint-Mars continue d'examiner le *Rangero*. Sa tête a basculé en arrière et repose sur le bois doré du dossier du canapé, offrant le cou, et une longue cicatrice à son regard. La bouche est entrouverte, la mâchoire crispée et les dents serrées sur le cigare, ce qui lui dessine un sourire cynique et crispé. Sa respiration est lourde et régulière, et le bandeau qui lui barre le visage s'est détendu, laissant deviner un bourrelet blanc-gris en lieu et place de l'œil. Saint-Mars fait une grimace de dégoût. Sa main gauche serre toujours la bouteille. La manche de sa chemise est relevée jusqu'à l'intérieur du coude et montre des hématomes bleu et rouge, ainsi que d'importantes traces de piqûres ; certaines sont récentes. Les veines, noires par endroits, sont constellées de nœuds et de varices. Il se rappelle ce que lui a dit le *doktor* : pour la morphine, faut demander au *Rangero*. Une ou deux fois par minute, l'extrémité du cigare rougit et s'enfume. Comme un bâton d'encens dans un temple khmer. C'est la première fois que La Marquise voit un type fumer en dormant. Il se lève, sans bruit. Rien ne montre, dans cette masse amorphe, l'homme redoutable que lui a décrit Alejandro. Il sourit : tout ici lui semble être le jouet des imaginations les plus folles. Les soldats sont des jaguars ; les jaguars, des démons ; les démons, des Indiens, et les Indiens d'immondes sauvages. On aime se faire peur.

Il sort et passe le voile gris, laissant derrière lui les ronflements lourds de Villejos et la fumée âcre de son cigare. Les hôtesses et les clients ont déserté le vestibule de l'*alojamiento*, les chants à l'étage ont cessé, et la plupart des bougies se sont éteintes. Saint-Mars s'avance vers la grande porte qui donne sur la rue centrale lorsqu'un frou-frou attire son attention. Il plisse les yeux pour percer l'obscurité. Dans l'ombre, à mi-étage, une grande et fine silhouette se tient immobile, debout, fichée dans le sol comme une armure en pied. La hallebarde en moins. Elle le regarde. Un grand et long voile noir descend jusqu'au menton et lui cache le visage. Pendant quelques secondes, ils se font face, à quinze mètres l'un de l'autre, sans un mot, sans un geste, puis la grande silhouette se retourne, et monte l'escalier, sans empressement. Il peut apprécier la jolie étroitesse de la taille, la finesse des chevilles, et les spirales rousses qui tombent sur ses épaules.

Les femmes ici sont aussi des fantômes.

Chapitre 8

30 mg à 9h00.

La ville bout. Et lui avec elle. Des gouttes de sueur qui tombent sur le parquet et qui sèchent immédiatement. Pas un souffle, pas d'air. Asphyxie climatique. Huit jours que ça dure. On lui annonce les pluies, on les redoute, mais lui ne rêve que d'elles. Huit jours que l'expédition McHenry est partie, qu'elle s'est enfoncée dans la forêt, qu'elle a remonté le fleuve, tous les hommes équipés comme des *conquistadors* : quarante porteurs, des malles pleines de réserves, des pacotilles et des verroteries à la tonne. Peut-être sont-ils déjà arrivés aux dernières cataractes du *Rio*, celles qui précèdent les monts *Chachos* ? À moins d'une semaine de la zone théorique des Arumgaranis. Et lui est en rade.

À peine est-il parvenu à réunir l'alcool pour les lampes *Coleman*, les tentes de toile, les lits de camp, une pirogue en acier, à dénicher deux sacs de riz, trois de farine, deux fusils *Springfield* d'occasion. Mais à part ça, personne pour l'assister. Apparemment la ville a perdu tous ses forestiers, tous ses chasseurs, tous ses pisteurs. Tous aux ordres du *Rangero*. Il en croise pourtant dans les rues, mais tous l'évitent comme un pestiféré, incapables de désobéir au *Rangero* qui rôde. Y a que les gamins métis pour se frotter à lui, à lui demander la pièce, et ce foutu clébard qui s'est pris d'affection. Alors Saint-Mars attend. Pour lui, le paysage n'a pas bougé et tout est immobile.

Une lettre au Préfet de Cayenne est partie par le *Barbosa*. À la vitesse d'un cargo fluvial. Il y demande son aide. Mais, par le plus mauvais des hasards, le bateau a connu toutes sortes d'avaries pendant la descente qui le ramenait à *Puerto Libre* et a dû rester bloqué à *Port Alberto* cinq jours. D'habitude, on peut envoyer les courriers les plus pressants par l'hydravion de Mattews. Un vieux *Junker-Wasser 52* en tôles ondulées des années trente. Mais Mattews a refusé, il bosse pour la McHenry, et ses rotations sont complètes. Tous les deux jours, le *Junker* survole la ville, avec son vrombissement de tôles mal ficelées, et le nargue.

Alors il zyeute. La ville, bien sûr. Dont il commence à connaître les moindres recoins. Le quartier des notables, et des directeurs de plantations, réduit à une petite rue pleine de maisons hautes et blanches ; celui des ouvriers forestiers ou des employés des *seringaes*, des pêcheurs, des cueilleurs, des chasseurs, celui des dockers, quartier gris et boueux où les bouges succèdent aux bouges, où les pauvres putes métisses, semi-nègres et semi-indiennes, racolent les clients au milieu de la rue, pour les traîner à quelques mètres seulement, entre deux maisons, où elles bâclent la passe et se font tabasser une fois sur deux. Leurs plaintes et leurs pleurs ne font plus se retourner personne. Il a vu lui-même un *gringo*, costume de lin blanc, piétiner une gamine qui ne dépassait pas douze ans ; elle était à terre et à poil, et sur son visage, les larmes se mêlaient à la boue.

Ici, tout se trafique : ballots de caoutchouc, or, objets sacrés, piafs flamboyants plus ou moins rares, peaux de jaguar, petites Indiennes à baiser, Indiens à réduire en esclavage, armes, poudre, balles, sacs de riz, de farine, contrats d'assassinat...

Mais en huit jours, il ne s'est réellement intéressé qu'à la femme rousse. Chaque jour, à scruter un mouvement, ou des lumières et des ombres derrière les rideaux de la fenêtre, à attendre qu'elle s'ouvre, ou s'entrouvre, ou s'entrebâille, à surveiller les entrées et les sorties du bordel, à attendre que son allure singulière traversât la rue. En vain. Et en huit jours, il ne l'a vue qu'une fois, alors qu'elle sortait pour la messe.

C'était dimanche, les cloches venaient de se taire, et tout le bordel s'en était allé en procession vers la petite église, au bout de la ville, près de la falaise, non pas au centre d'une place qui serait au centre de la ville, mais bien à l'écart, au bout d'un espace inhabité, comme si on avait voulu exiler le Christ aux limites de la ville perdue. Il avait pu compter une quinzaine de putes qui avançaient, toutes en robes sobres, toutes voilées, toutes coiffées de petits chapeaux gris ou noirs qui laissaient visibles leur peigne d'or. Avec ici ou là, une pointe de couleur : une fleur ou un ruban. Elles progressaient la tête basse, protégées par leurs éventails et leurs ombrelles. De chaque côté de la rue, les hommes s'arrêtaient pour les regarder passer. En silence. Saint-Mars, lui, n'avait d'yeux que pour la rousse qui se tenait quelques mètres en arrière. Sa démarche et sa ligne n'avaient rien de semblables à celles des autres jeunes femmes. Ses pas s'allongeaient et dansaient dans l'air, tout en légèreté et en grâce, alors que les autres se satisfaisaient de trottiner et sautiller, pieds écartés. Elle seule ne portait pas de peigne. Si elle n'était pas une pute, que faisait-elle avec les autres ?

Et puis, alors que la caravane virait dans une des rues qui fendaient la ville et s'en allaient vers la jungle, une bourrasque avait malmené et fait trembler les robes et leur jupon, les ombrelles et les éventails, et Saint-Mars, de son balcon, avait vu certains voiles se lever. Même si les putes s'étaient empressées de rabaisser la gaze, il avait été épouvanté par les visages ainsi découverts. Par les masques grimaçants qui s'étaient révélés. La petite pute qui précédait la rousse était une petite Indienne à la peau très sombre ; très jeune ; peut-être quinze ans. Il n'avait vu que la partie inférieure du visage : le menton, la bouche, le bas de la joue, une partie du nez... sauf qu'il n'y avait ni menton, ni bouche, ni joue, ni nez. Mais un rictus affreux. Tout en dents éclatantes qu'aucune lèvre ne recouvrait. Plus loin, une autre jeune femme avait révélé un nez rongé de moitié qu'elle tentait vainement de cacher avec son éventail. Mais il voyait, de là où il était, sa peau scrofuleuse et grumeleuse qui gagnait la tempe et l'œil. Malgré lui, il avait serré la main courante de son balcon. Il ne voyait pas des femmes mais des charognes. Des masques de farfadettes. Toutes s'étaient arrêtées, comme giflées par le vent et avaient crié d'effroi. Effroi non pas de ce qu'elles voyaient, mais de ce qu'elles montraient.

Alors, pendant la messe, il avait filé chez Alejandro, le quincailler prothésiste dentaire. Le pauvre type avait tremblé une bonne minute en le voyant arriver, se couvrant le visage de ses deux bras, et chafouinant un baragouin incompréhensible. Saint-Mars s'était contenté de le cogner à la lèvre, du revers de la main, à cinq ou six reprises, histoire de lui rappeler leur degré d'intimité et d'arranger un peu plus son bec de lièvre qui depuis les derniers soins avait tendance à gonfler et à lorgner sur le nez.

– Tu m'as dit que t'allais chez les putes, des fois… C'est quoi ces putes ? Pourquoi ce voile ? Qu'est-ce qu'elles ont ?

L'autre chialait, avec des gros sanglots de gosse.

– C'est le bordel de *Dona Carmina*. Elle est morte… Elle était bonne sœur… Paix à son âme….

Une maquerelle bonne sœur, on aura tout vu. La porte de l'arrière-boutique était ouverte, et les réserves avaient été vidées ; l'équipe du *Rangero* n'avait rien laissé.

– Elle était infirmière… dans un hôpital… près de *San Filipe.*

Les lèvres du quincailler tremblaient, et son articulation s'épaississait. S.M. avait dû taper encore un bon coup pour fluidifier le discours.

– Elle devait soigner plein de gamins qui étaient frappés d'une saloperie de maladie contagieuse… Pire que la syphilis !

Des mômes détruits par des virus ou des champignons, Saint-Mars en avait vus à la tonne : en Indochine notamment, dans la région de *Boi Giang*. Les toubibs ne savaient plus où donner de la tête.

– Quelle maladie ?

– *El Pian* ! Ça mange la chair du visage comme la lèpre. Une des filles est aveugle parce que cette vermine lui a bouffé les yeux, littéralement.

Saint-Mars n'avait vu qu'un profil de la rousse. Un profil parfait, sans doute, un dessin de plume. Mais quid de l'autre moitié du visage ?

– Et puis, un jour, les missionnaires ont fermé l'hôpital parce qu'il était régulièrement attaqué par des meutes de *bandeirantes*, les faiseurs d'esclaves. *Dona Carmina* n'a pas voulu que les gamines soient laissées comme ça dans la nature ; elle les a gardées sous sa coupe. Plus tard, les hommes du *Rangero* les ont prises sous leur protection.

– Et elles sont toutes comme ça, les filles ? Je veux dire, victimes de la maladie ?

– Je sais pas moi, et je m'en fous ! Ce qu'ils veulent les clients, c'est tâter le cul de ces salopes ; et leur nibards ; leur enfiler des doigts, et autre chose, partout où ils peuvent les enfiler. On s'en balance qu'elles sourient ou pas. De toute manière, elles n'enlèvent pas leur voile. Elles ont interdiction. C'est le *Rangero* qui leur a défendu de leur faire ; et je peux vous assurer qu'il n'y en a pas une qui désobéirait.

– Elles sont nues, tu me dis... mais voilées ?

– Ouaip, à poil, mais habillées du visage ! Ça fait bizarre au début, mais on s'y habitue. Ça devient même, comment dire, plutôt chouette.

– Tu n'as jamais vu leur visage ?

– Jamais ; enfin si, une par accident. Mais... à peine, parce que... tout se fait dans l'ombre.

Paf-pif : il avait la langue qui grippait encore.

– Arrrght !

– Parle et articule ! Alors qu'est-ce que t'as vu ?

– Une gamine ! Elle avait un trou à la place du nez. Et pas de lèvres non plus. Sa bouche était fermée, mais je voyais toutes ses dents.

Saint-Mars s'était demandé s'il s'agissait d'un bordel ou d'un sanatorium.

– Et… est-ce que tu connais une femme grande, rousse… ?

Alejandro avait fait un petit sourire, et jeté un œil tordu à S.M. avant de cracher au sol quelques gouttes de sang qu'il avait étalé avec son pied, histoire de faire propre. Il avait pris son temps, le bougre, jusqu'à ce qu'il obtînt un résultat satisfaisant.

– Ah, elle !

Puis il fit une pause.

– T'y vas tout seul ou je t'aide ? s'était énervé S.M.

– Je crois qu'elle s'appelle Calypso.

– Sans blague ! Et ?

– Et, quoi ?

Visiblement, il jouait au con. S.M. s'est alors un peu lâché, et au bout de quelques secondes, c'était à la serpillère qu'Alejandro devait nettoyer le sol de la boutique.

– Son visage, il est comment à Calypso ?

S.M. hurlait plutôt qu'il ne parlait. Le pauvre Alejandro peinait désormais à ouvrir l'œil gauche, qui avait doublé de volume en quelques secondes. On aurait dit une pèche. Même taille ; même couleur.

– Je sais pas, je sais pas… Calypso, personne n'y touche… Elle est pour le *Rangero*… Je ne l'ai jamais vue…

– Et d'où vient-elle ?

Il était plaqué au sol, et chialait comme une fillette…

– Je sais pas, je sais pas… D'Europe, elle est grecque, je crois… peut-être.

Chapitre 9

La messe n'est pas dite. Il ne ratera pas celle-ci.

S.M. presse le pas, Ducon à deux mètres derrière lui, en ange gardien ; ce clébard l'adore et réagit comme une vraie teigne avec tous ceux qui s'approchent de lui. Il y a deux soirs, La Marquise traînait sur le port en quête d'un capitaine susceptible de lui faire remonter le *Rio*. Nombre de *lunchas* amarrés n'étaient pas praticables : vermoulus, rouillés, à moitié enfoncés dans la flotte épaisse du port, pris par les algues et les lentilles d'eau, ils tombaient littéralement en morceaux. Les quelques bateaux à peu près solides étaient déjà réservés. Des gamins s'amusaient à fureter entre quelques barcasses en cale sèche, peut-être à l'espionner, ils se marraient, sifflotaient, ils lui ont même peut-être balancé quelques graviers : Ducon n'a pas hésité longtemps, et en a massacré un qui avait trop ri, et de trop près. La bête s'était mise à ramper, comme un félin, avait contourné le bateau encalé derrière lequel les gamins s'amusaient et en avait mis un au sol, en grognant. Saint-Mars n'aurait jamais pensé qu'une bestiole si petite pouvait faire autant de boucan et de dégâts. Le chien avait mordu le gamin au ventre, et à la jambe, et l'avait traîné en-dessous de la coque du bateau pour finir le boulot tranquille. Le pauvre petit beuglait comme un singe hurleur et le chien l'aurait sans doute déchiqueté si Saint-Mars ne l'avait pas sorti de là. Ramolli par l'effroi, les yeux agrandis par la terreur, il avait tout d'une poupée de chiffon vaudou.

Alors, il prend ses précautions quand il arrive près de l'église. Il y a foule : une trentaine de personnes agglutinées devant le porche, dix fois ça, certainement, à l'intérieur, et la bête serait capable de tous les dévorer. Aussi doit-il la calmer, et fermement. La moindre ambiguïté pourrait être fatale. Et étonnamment, le fauve lui obéit et s'assoit comme un sphinx, bien digne, langue pendante sur le côté, un regard bienveillant pour La Marquise, puis vigilant sur la place de terre rouge qui le sépare de l'église et des pauvres gens qui y traînent.

C'est en approchant du porche que La Marquise remarque pour la première fois une forte odeur d'éther. La même que chez le *medico*, mais sacrément plus forte. Si forte qu'elle irrite le nez et pique les yeux. Tous, autour de lui, ont des yeux rouges, des yeux ivres, certains se mouchent, beaucoup essuient leurs larmes. Il essaie d'entrer dans l'église, mais les idées se font petit à petit confuses, et il sent sa tête tourner, se balancer dans une sorte de ouate. Il pense *morphine*, il pense *souffrance*, il pense *manque*. Automatiquement, comme par association, il se gratte le bras, se touche le ventre, et sent, à travers sa chemise, la cicatrice chéloïde qui l'irrite. Mais il progresse tout de même, s'appuyant ici sur un bras, là sur une épaule. La foule compacte le maintient debout. Dans l'église, l'odeur s'accroît pourtant. On s'habitue aux odeurs, dit-on, même à celle de gasoil et de kérosène : mais pas à celle-ci, qui le prend à la gorge, et la lui grignote, sinon la râpe. Il éructe, toussote, et éternue par deux fois. Une vieille, à quelques chaises de lui, est à terre ; une bile jaune lui coule sur le côté de la bouche, dans l'indifférence générale. Car tous, les yeux au ciel, exaltés, les poitrines hautes et les bouches béantes, chantent et psalmodient au rythme d'orgues folles et désaccordées.

– *Alléluia, alléluia... Santa Maria*... et tagada...

Saint-Mars cherche le groupe des *peinatas de oro*.

– *Alléluia* !!!

Il cherche leur petit chapeau, leurs petits rubans colorés et leur voile triste.

– *Alléluiaaaa* !!!

Mais que dalle.

L'église est petite, et toute la ville semble s'être enfilée à l'intérieur. Il remarque à deux ou trois chaises de lui le groupe des Indiens Panikours, mais sans plume ni peinture, cette fois-ci. Ils ont l'air de s'ennuyer mortellement et observent mollement la foule qui les entoure. Ici, il reconnaît la petite pute qui se faisait tabasser dans le quartier du port, et plus loin, le *gringo* blanc, chapeau à larges bords arrogants, qui la tabassait, accompagné de sa femme et de ses trois filles, l'aînée doit avoir l'âge de la pute. Il y a aussi Alejandro, la tronche un peu de travers, qui lui lance des regards apeurés : sa lèvre, énorme, lui fait une gueule de crapaud baveux. Et le Gouverneur, sur le côté de la nef, a une place de choix, surélevée, au milieu des plus grands bourgeois de la ville qui se couvrent tous la bouche et le nez : toutes ces robes blanches et tous ces grands chapeaux auraient plu à Velásquez.

– Mes frères, mes sœurs...

– *Alléluia*, crie la foule.

Et devant eux tous, le *Rangero*. Costard blanc chantilly, chapeau blanc chantilly, que souligne un ruban grenat, foulard noir, chaussures cirées, et un bandeau rouge du dimanche sur l'œil borgne. Sur la veste, astiquée pour l'occasion, l'étoile de *Rangero*. Derrière lui, une petite bonne femme métis, 1m50 de haut, 1m50 de large, et une demi-douzaine de gamines, toutes habillées comme leur mère à qui elles ont chipé également la silhouette. Une poupée gigogne qu'on aurait déclinée en farce.

– Mes frères et mes sœurs, hier, encore, je suis mort...

– *Alléluia*...

Enfin, sur une chaire en hauteur, le Père José. Maigre comme la Rossinante du chevalier de *la Mancha*, long comme sa lance, les doigts rongés et les ongles bouffés, il a la tête hallucinée des exaltés et des mystiques. Il gesticule et vocifère, mais étonnamment, alors que tous sont en eau, lui ne sue pas. Les yeux clairs et une longue mèche blanche qui lui coule sur le front. Quel âge a-t-il ? Aux premiers mots, dits d'une voix claire et haute, avec un gros accent germanique, Saint-Mars s'attendait à voir un jeune homme. Mais le teint plombé, des yeux agités, des lèvres qui se crispent en permanence, comme habitées par une nervosité extrême, le poil et les cheveux blancs brillants, les rides creusées dans les joues, le front et le menton, les chairs rares mais tombantes, il paraît sorti des premiers textes de la Bible, de ces temps où le temps ne comptait pas : il a une tête de Mathusalem.

– Comme avant-hier, et tous les jours d'avant... je suis mort, et je reviens des morts. Vous savez qu'ici, chez Santa Margarita, un homme, votre serviteur, est mort tous les jours, et qu'il revient des morts...

– *Alléluia.*

– Pourquoi, revient-il ?

Silence.

– Il revient pour vous épouvanter... Et pourquoi vous, vous venez ici ?

Silence.

– Vous venez pour frémir !

– *Rummm*, font les ouailles en acquiesçant.

– Pour avoir la chair de poule... Je suis venu, en me tenant les tripes, j'ai pleuré sur tout le chemin...

Et il montre, avec son doigt osseux, une petite porte au fond de l'édifice. C'en est trop pour deux vieilles folles qui, à quelques pas de Saint-Mars, tout à coup, se tiennent la tête et la secouent avec un air complètement désespéré.

– ... j'ai pleuré...

Et le curé se met authentiquement à chialer. Des grosses larmes qui pleuvent et inondent sa chemise. Il sort un mouchoir, et crache dedans tout ce qu'il peut. Puis :

– Tous ont suivi notre Seigneur dans la Gloire. Mais ici, nous le suivrons dans la terreur.

– La terreur, répètent les pécheurs.

– Sachez, vous tous les damnés, que je suis mort...

– *Ouuuh*, font les damnés.

– ... et que je suis revenu des morts.

Puis un silence, plus long que les autres, seulement perturbé par des cris et des gémissements ici ou là.

– Sachez qu'à l'heure même où j'ai expiré, trente-trois mille autres âmes...

Il fusille son auditoire avec de grands yeux humides :

– Trente-trois mille âmes ont expiré. Prions pour elles.

– *Alléluia.*

– Tous, les trente-trois mille, nous sommes montés au Ciel.

– *Alléluia.*

– Les bons sont rares et les méchants nombreux !

– *Alléluia.*

– Sur trente-trois mille, trois !

Il érige trois doigts vers le ciel.

– Pas trois cents, pas trois mille... Trois, pas une de plus ! Trois sont entrées au Purgatoire et toutes les autres sont tombées en Enfer.

– *Ouhou...*

– Je les ai vus, mes frères et mes sœurs. Ces morts se tenaient tous les uns aux autres, criaient, demandaient pardon, résistaient... mais tous sont tombés dans l'abîme.

Deux péons s'écroulent devant Saint-Mars, pleurant et tremblant.

– Vous vivez un déluge de vices, de pourritures, de péchés, mes frères et mes sœurs, et je suis votre Noé !

Une vibration se lève de la foule. Sur un fond de *la mineur* dégobillé par l'orgue antique. Une sorte de petit trémolo très doux. Tous les yeux, admirateurs, sont sur le curé. Saint-Mars qui avait bouffé de la messe tous les dimanches avec mère, père, frères et sœurs, tantes et oncles, n'avait jamais vu ni jamais entendu un sermon de cette nature.

– Du temps de Noé, combien furent sauvés ?

Trémolo. *La mineur.*

– Combien ?

Trémolo. *La mineur.*

– Huit personnes seulement. Et combien échappèrent à l'incendie de Sodome et des autres villes infâmes qui périrent avec elle ?

Trémolo. *La mineur.*

– Quatre personnes seulement. Et combien des deux millions de Juifs qui sortirent d'Égypte ont atteint la Terre Promise ?

Il regarde la foule effarée. Comme un fauve sur son rocher qui s'apprête à dévorer une caravane de zébus. Un long filet de salive lui coule de la bouche et tremble à chacun de ses mots.

– Deux âmes sauvées.

Et il montre la porte à nouveau :

– La porte est étroite, mes frères et sœurs. Car il en est peu qui se sauvent, alors renoncerez-vous ?

Trémolo, de plus en plus fort. *La mineur* qui faiblit. Saint-Mars jette un œil au joueur d'orgue. Il le voit de dos, et sa tête s'affaisse sur le côté. Il ne lui donne pas deux minutes avant de succomber à son tour aux vapeurs éthériques.

– Peu sont élus, mais vous, renoncerez-vous ? J'ai vu, car je suis mort et je suis revenu pour vous le demander : renoncerez-vous ? Combien, parmi vous, croyez-vous qu'il y aura d'élus ? Mes frères, mes sœurs, je pleure avec vous, mais c'est l'eau du baptême qui coule dans vos yeux !

Des pleurs, des cris, ici ou là.

– La loi la plus ancienne est la loi de Dieu, et nous la portons tous écrite en notre cœur, elle s'apprend sans maître. C'est pour cela que les Sauvages eux-mêmes se cachent au fond de la forêt pour commettre leurs péchés. Parce qu'ils savent le mal qu'ils font : mais vous, vous cachez-vous ?

Boung ! fait la tête du joueur d'orgue sur son clavier. Et plus loin, en arrière, Saint-Mars découvre enfin le groupe de putes du bordel, bien à l'écart de la foule ; et plus loin encore, la rousse qui les dépasse toutes d'une tête. Elle est la seule, dans l'assemblée, à ne pas fixer le curé fou qui hurle et bavasse son discours.

– On aurait pu naître, tous, dans la forêt barbare ; mais nous sommes ici dans la cité ; si malgré cela, on est damnés, à qui sera la faute ? À toi, mon fils, à toi, mon frère et ma sœur, *Perditio tua ex te.*

Elle le regarde lui, derrière son voile fin, elle le regarde avec une intensité et une impudeur inquisitrices qui lui font oublier les vapeurs d'éther et la fièvre ambiante. Au milieu de toutes ces damnations et de tous ces délires de rédemption, c'est elle qui, avec son masque de carnaval, lui file le plus la chair de poule.

– Si malgré tout cela tu te damnes, à qui la faute ? À toi, mon fils, mon frère, ma sœur, à toi : *Perditio tua ex te.*

Chapitre 10

Des chocs… et un grognement… Puis une grande voile blanche et fine, souple, qui épouse les courbes que lui impose le vent, qui se gonfle et se dégonfle. Plus loin, comme la proue sculptée d'un navire, une tête échevelée de femme, le nez clair, et la poitrine offerte aux vagues. Des grosses vagues d'une eau glacée qui frappent ses seins, qui frappent son cou, ses lèvres. Qui ruissellent sur sa peau. Le bateau fend les vagues ; il va vite, poussé par un vent tempétueux, les voiles copieusement gonflées, il fuit quelque chose. Un bruit sourd, mais aucun éclair.

La voile se tient maintenant au-dessus de lui, elle lui masque le disque d'or du soleil, lui cache la vue, elle est sur lui, englobante et envoûtante. Il sent le tissu sur sa peau, comme une pression légère ; il la repousse, mais elle pèse plus étroitement contre lui encore ; il ouvre grand la bouche car il étouffe ; il ouvre grand la bouche car il crie pour avoir de l'aide, car il implore la chose pour qu'elle le laisse. Un murmure dans son oreille : elle l'aime, elle l'a toujours désiré.

Le sourcil de Saint-Mars tremble, nerveusement ; sous ses paupières, la pupille virevolte comme si elle suivait un oiseau de paradis. Un fracas. Un choc. Ses bras, ses jambes, sa poitrine sont pris par ce voile, qui recouvre doucement son visage, son nez, sa bouche, qui pénètre sa bouche, l'obstrue d'un baiser de toile. Des chocs à nouveau. Comme si, sous lui, le bateau cognait l'onde. La chose blanche se blottit à nouveau, elle l'embrasse, il sent ici, là, des pinces humides qui lui enceignent la bouche, la main, le sexe... avec une tendresse obstinée. Un cri.

Il crie parce qu'elle s'éloigne, en claquant sèchement dans le vide, parce qu'on ne lui a jamais dit des mots si doux, il crie parce qu'elle le quitte comme un rêve en bout de nuit, lui laissant une impression de sexualité blanche.

Un fracas. Il ouvre les yeux.

Une lumière vive le frappe, et réveille une douleur ancienne, fichée loin dans le crâne. Il a l'impression qu'un docteur viêt lui a acupuncturé tout le cuir chevelu dix ans d'affilée. Il ouvre la bouche pour laisser échapper une plainte, mais les lèvres ne bougent pas, collées l'une à l'autre. Pour ce qu'il voit, il est toujours allongé dans son lit. Trempé de sueur. Le drap jusqu'au cou. Devant lui, deux billes noires, et une escalope rose. Et surtout une odeur de chiottes. Ducon le regarde avec amour, à dix centimètres du visage, langue pendante, et lui projette son haleine de morue au rythme d'une expiration toutes les deux secondes. Encore ; encore. S'il ne puait pas tant, il aurait fait un ventilo potable. *Vou* ! V'là qu'il se retourne, le fauve : et c'est maintenant sa queue d'interrogation et son trou de balle rose que La Marquise a en visuel. Ducon fixe la porte, la porte de la chambre, là-bas, et grogne et re-grogne. Méchamment. Vu la marre de bave dans laquelle baignent ses pattes avant, ça fait un bon bout de temps qu'il engueule le mur comme ça. Saint-Mars baisse la tête et lève le drap. Sur sa poitrine, il a toujours sa chemise de lin, celle de la veille ; sur ses jambes, toujours son pantalon, en flanelle. L'odeur de ses fringues lui donne le haut-le-cœur : ça sent la vieille vinasse, la sueur rance et la moins rance, et les vomissures les plus étranges. La fenêtre est un rectangle jaune et bleu. Il doit être midi, voire plus. Qu'est-ce qui lui est arrivé ?

– Putain, ferme-la dix secondes ! crie-t-il au clebs.

Ce qu'il a fait la veille lui paraît aussi mystérieux que le tombeau d'Alexandre. Où a-t-il passé la soirée ? Autour de lui, aucun indice. Mais pour sûr, il n'a pas bu que de l'eau. Sa tête a quelque chose des machines de la canonnière du Yan-Tsé en train de se lancer ; de grosse bielles qui cognent lentement, lourdement sur une butée et qui ne cessent de résonner.

Il s'assoit, avec des grimaces de singe, et comprend alors après quoi gueule Ducon. Quelqu'un cogne à la porte. À l'autre bout de la chambre qui lui semble être le bout du monde. *Boum-boum*. Il se lève difficilement, glisse sa main sous le matelas et sort son flingue, aussi lourd qu'un Panzer, et avance fléchi et faible à la manière d'un oracle hindou, puis entrouvre la porte. Le couloir de l'hôtel ressemble à une tranchée de la Marne, y'a des fumigènes partout : il ne voit rien et ne capte pas plus. Il ferme un œil pour mieux ouvrir l'autre, les fumigènes disparaissent un peu, et il devine une silhouette basse, à moins d'un mètre de lui, plutôt nerveuse.

– Bonjour mon lieutenant, vous allez mieux ce matin ?

Son œil lui fait un mal de chien, sa tête aussi, ses intestins, ses guiboles.

– Mon lieutenant ?

Saint-Mars traite comme il le peut trois infos en même temps. Primo. Ce mec le connaît. S.M. a beau le regarder, son visage ne déclenche dans son cerveau aucune réaction synaptique. Pourtant, curieuse tête que celle-ci : des cheveux ras, mais une barbe si longue qu'elle peut lui servir de pagne. Deuxio. Ce type est français ; pas un poil d'accent latino dans sa phrase. Un bon gars de chez nous. Tertio. C'est un ancien militaire. La coupe de cheveu, cette façon de se tenir sur ses deux cannes, prêt à tenir deux siècles comme ça, sa manière de l'appeler par son grade, avec le possessif obséquieux, et sa gueule de sous-off bloqué dans la carrière. Et la barbe, encore : un ancien légionnaire !

Il n'a pas le temps de synthétiser et de conclure que Ducon se lance déjà sur le rasé-barbu, les ratiches en avant, prêt à l'alléger de quelques grammes de bidoche, mais il est arrêté en plein vol par la manchette que S.M. lui balance dans le groin et qui l'envoie rouler-bouler sous le lit. Des plaintes, deux secondes, puis des grognements encore. Frustré, la bête se met à bouffer l'un des pieds de lit. Le petit rasé, de son côté, a ostensiblement fait un pas en arrière.

– Un *woodog* ! Merde, mon lieutenant, vous devriez pas ; un de ces quatre, il va vous bouffer les roubignoles, ce sont des bêtes incontrôlables, ces trucs. Ici, on les flingue à vue. J'en reviens pas d'en voir un à l'intérieur d'une baraque, et dans une chambre d'hôtel en plus.

– *Woodog* ? s'étonne Saint-Mars, en regardant Ducon entamer son deuxième pied de lit.

Et le rasé-barbu d'expliquer qu'ils n'ont de chien que le nom, que ce sont des bâtards mutants retournés à l'état sauvage, des chiens-bois…

– Chiens-bois ?

– Ouaip ; des chiens abandonnés et qui ont filé dans la forêt. Ils sont capables de se mettre en meute pour aller choper un tapir, p't-être même un jaguar. Mais pour ce qui est de copuler, c'est en ville qu'ils viennent : ils prennent de force des chiennes errantes. Elles gueulent toute la nuit, les pauvres. C'est un spectacle à vous désintoxiquer du cul, je vous assure. Et ça donne des chiens encore plus bâtards qu'eux, moitié-domestiqués, moitié sauvages, et surtout complètement dégénérés et super dangereux.

Ducon a cessé sa menuiserie, et regarde sans bienveillance le rasé déblatérer sur son compte. En grognant, comme s'il comprenait ce qu'il dit.

– Rappelle-moi ton nom !

Le petit rasé-barbu se pétrifie aussitôt. Droit comme un *i* au beau milieu du couloir. L'œil soumis, et inquiet lorsqu'il fixe l'*Astra 400-9mm* ; puis goguenard, pour peu qu'on puisse deviner un air goguenard sur la tronche d'un grizzli.

– Vous me situez pas, lieutenant, c'est ça ?

Silence de S.M.

– Ratain. Jules Ratain. Dit Petit Poil.

S.M. hoche la tête. Le nom ne lui dit rien. Le surnom pas plus. Il n'est pas plus avancé.

– Petit Poil ?

L'autre se passe une main sur le crâne, en manière d'explication, avec un grand sourire. Une dent sur deux est partie en colo. Y aurait du boulot pour Alejandro, se dit La Marquise.

– Vous avez du mal à décoller, c'est ça lieutenant ? Sûr, vous n'y êtes pas allé de main morte, l'autre soir, avec le *matè especial* au bordel...

Il se marre maintenant, le Ratain.

– L'autre soir ? Le bordel ? demande inquiet S.M.

Ils sont assis dans un petit bar, en réalité une terrasse de bois avec deux tables, tenu par un ancien *seringueiro*.

– Une bonne moitié de la bouteille, ouaip. Et une bonne moitié de la nuit, marmonne Ratain-Petit Poil.

Un grand type avec des oreilles en feuille de chou, un grand front et un nez pendant, qui leur sert le café comme d'autres filent le coup de grâce dans un peloton d'exécution. De grands harpons décorent les murs, et le long squelette d'un poisson. Les ouvertures n'ont pas de fenêtres, mais des persiennes en bois. Aucun courant d'air ne rafraîchit l'atmosphère. Ratain regarde le ventilo au plafond comme s'il devait en attendre une quelconque inspiration. Et se caresse la barbe.

– Mais je ne peux rien dire de ce qui s'est passé après.

– Et c'était avant-hier, tu dis ?

– Oui, mon lieutenant, ça fait deux jours que je vous ai ramené dans votre chambre. En travers de mes épaules. On dirait pas à vous voir, mais vous pesez votre poids. Et depuis, personne ne vous a vu.

Saint-Mars tourne les yeux vers la forêt, de l'autre côté de la rue, derrière les toits ; il essaie de se rappeler ces deux journées, mais ne voit que du blanc, et du blanc épais. De vagues phases de réveil, mais le reste est confus. La soirée est plus marquée. Le bordel, il a le souvenir d'y être allé, il a le souvenir d'avoir traversé la rue, les yeux vissés sur le balcon et les rideaux de la chambre de la jeune femme rousse. Avec un pouls qui s'accélérait. Il se souvient du vestibule, il entend le rire des putes qui résonnait dans le salon parme, il se rappelle le goût du *matè* dans la bouche, sa substance épaisse qui coulait doucement dans le gosier, comme du métal fondu, des petites putes dorées qui lui tournaient autour, et l'appelaient « La Marquissè », leur parfum odieux et capiteux qui lui faisait tourner la tête, il se souvient avoir chanté, gueulé, et dansé peut-être, avec une petite grassouillette… puis plus rien. Ah si, il cognait sur un type. Il se souvient d'un gars à terre qui lui demandait grâce. Il jette un œil à ses mains, la droite est bleue et couverte de plaie.

Deux gamins passent à ce moment-là dans la rue, en courant et en gueulant des trucs que ne comprend pas Saint-Mars. Qu'est-ce qu'il a bien pu faire après cela ?

– Et on s'est rencontrés, là-bas ?

– En quelque sorte lieutenant, bredouille Ratain de manière ambiguë.

Les yeux de Saint-Mars s'étrécissent et fixent ceux de Ratain qui tourneboulent. Tout en avalant une gorgée de café, il ne peut pas s'empêcher de grimacer : le café est brûlant, épais et extrêmement amer. Ratain se marre.

– Ouaip, ici, ils ne torréfient pas toujours autant qu'il le faudrait.

Soudain, dans la rue, devant eux, tout se précipite. Deux bonshommes à chapeau de paille cavalent comme des dératés, vers le haut de la ville, suivis d'une petite troupe pas moins pressée : deux femmes, trois gosses, et cinq ou six types, tous aussi salopés que s'ils avaient vécu pendant des mois dans la vase du fleuve. Des cris, des claquements, des pleurs aussi qui leur dégoulinent des yeux. Ratain et Saint-Mars se lèvent à demi de leur chaise pour comprendre.

– Qu'est-ce qu'ils ont tous à cavaler comme ça ? s'étonne La Marquise.

– Je sais pas trop, mon lieutenant.

D'un coup une paire de chevaux, noirs, brillants, ennuagés d'un blanc d'écume, costauds comme des percherons, apparaît au bas de la rue ; les bêtes virent large, et commencent à remonter la rue, accélérant leur foulée puissante, soufflant comme des dragons fantastiques, tirant derrière eux une longue charrette couverte d'un grand drap gris que tiennent deux métis. Le cocher, debout et funambule, fait des grands gestes des mains, pour que la voie se libère, il gueule contre ceux qui sont trop lents. De chaque côté du véhicule, des hommes, visiblement des débardeurs du port, courent, presque en procession, les traits tirés, la mine fermée, insondables, le pas régulier. Le cortège, arrivé au niveau de La Marquise et de Petit Poil, progresse à une vitesse folle, et laisse derrière lui un large nuage rouge de poussière. Il est passé comme un cri.

– On dirait qu'il y eu un accident au port. Un mec qu'est tombé à l'eau. Dans la vase, p't-être bien. Le port en est tout encombré. Ça fait des années qu'ils doivent le curer. Cette vase, elle est tellement épaisse qu'elle aspire celui qui rentre dedans. *Glouglouglou*, fait-il avec des lèvres bien avancées.

Il reprend, pour être certain d'être bien compris :

– Plus vous tirez, plus elle retient.

– Ils vont où ? Chez le *medico* ?

– Non, ils vont à l'église.

– À l'église ?

– À la morgue. Le *medico* et sa *clinica* sont de l'autre côté de la ville ; là, je dirais qu'ils vont à la morgue. C'est le Père José qui s'en occupe. C'est l'antichambre du cimetière.

Saint-Mars le regarde bien dans les yeux. Il ne comprend pas vraiment. La rue, elle, a repris son rythme de vie, tout en lenteur et nonchalance.

– Pourquoi courent-ils, si c'est pour aller à la morgue ?

– À cause de la chaleur. Et de l'humidité. Ici, les cadavres se mettent à pourrir dès la première heure. Après une demi-heure, ils empestent tellement que vous ne pouvez plus les approcher.

– Une demi-heure ? Ils vont l'enterrer ?

– Non, pas si tôt. Faut pas exagérer. Cette ville est peut-être un lieu de perdition, mais certaines règles communes au genre humain restent en vigueur. On prend soin des morts, ici aussi, mais un peu différemment.

– C'est-à-dire ?

Il lisse sa longue barbe.

– On les formole !

– Formole ?

Il cligne les yeux en manière d'acquiescement.

– Le plus tôt possible. Vous avez peut-être vu à côté de l'église un grand bâtiment rouge ?

Saint-Mars grimace une nouvelle gorgée de café.

– C'est la morgue. Il y a des tonnes de litres de formol là-dedans. Dès qu'un type meurt, il est transporté au plus vite là-bas ; le Père José le baigne dans le produit, il a une grande baignoire pour cela ; il en enfile aussi par la bouche et par...

Sur sa chaise, Ratain se balance d'une fesse à l'autre, et sa barbe est prise dans un léger mouvement de houle.

– ... avec une grosse seringue. C'est la seule façon pour que le cadavre tienne jusqu'à l'enterrement. Sinon, c'est de la flotte pourrie que vous avez dans le cercueil.

Ainsi s'explique l'odeur d'éther qui enceignait l'église. Et la tête folle du curé, ses yeux explosés, ses mains bouffées par l'acide, ses sermons fous. Cet homme rencontre effectivement les morts ; il les soigne ; sûr qu'il doit leur causer et les confesser dans sa baignoire empoisonnée. Après un moment, Saint-Mars a une barre qui lui divise le front.

– Comment ça, « en quelque sorte » ?

Ratain suspend son geste, il portait sa timbale aux lèvres, et manifeste son incompréhension.

– Tout à l'heure, tu as dit qu'on s'était rencontrés au bordel « en quelque sorte ». Tu voulais dire quoi ?

Petit Poil annonce un sourire crispé, et manipule sa timbale de manière nerveuse, comme si c'était du cristal de Baccarat.

– On s'est pas vraiment rencontrés, c'est plutôt moi qui vous ai rencontré.

Visage interrogateur de S.M.

– Je vous cherchais.

– Au bordel ? Et pourquoi ? demande Saint-Mars.

– Je sais que vous cherchez un bateau. Et du matériel pour aller plus haut dans la forêt et sur le *Rio*.

Il trimballe sa timbale sur toute la table en bois. La Marquise l'observe avec attention. Une petite note d'espoir vient d'apparaître chez lui, pas très loin du cortex cingulaire.

– Et bien,... j'ai.

La Marquise n'est pas certain, mais il croit voir Petit Poil rosir comme une gamine en train d'avouer un amour.

– Quoi ? Tu as quoi ?

– Le bateau... et le matériel pour remonter le *Rio*... Jusqu'aux premiers rapides. Et ce que je n'ai pas, je peux l'avoir.

Et il s'enfonce tranquillement sur sa petite chaise de bois. Il a l'air content de son effet. Et soulagé en même temps. Saint-Mars le regarde attentivement. Non, Petit Poil ne se fiche pas de sa tête. Il sait repérer les rigolos. Non, là, Ratain lui propose en toute innocence de lui sauver la mise. De le sortir du cul-de-sac dans lequel tous s'amusaient à l'amener : Legras, le Préfet, la McHenry, le *Rangero*, Alejandro… Est-ce que cela signifie que le sort va tourner en sa faveur ?

– Et les crues ? Les inondations ? demande-t-il, encore incrédule.

– On fera avec ! Ça fait trois ans que je trafique sur le *Rio* et ses environs, et ce n'est pas les inondations qui m'ont arrêté. Elles ont même un avantage…

– Lequel ?

– Elles rendent praticables certaines rivières. En éloignant les hauts fonds ; on s'échoue moins souvent.

– Et le *Rangero* Villejos ?

Le rasé-barbu se gondole. Soudain, il affiche un visage de pierre.

– J'ai entendu parler du sort qu'il vous a jeté. Je m'en fous. J'ai jamais travaillé pour lui ou avec lui. Ni même avec des gars qui travaillent pour lui ou avec lui. Je me sens libre. Et je me fous de ses représailles.

À chaque mot, la timbale avait cogné la table. Saint-Mars ne comprend pas vraiment les motivations de Ratain. Se moquer de la menace du *Rangero* est une chose, notable, louable, mais cela n'explique pas la volonté qu'il a de l'aider.

– Et pourquoi ?

Ratain prend un petit air cachottier, pendant quelques secondes. Il jette un œil à droite, à gauche, comme s'il ne savait pas qu'ils sont seuls depuis près d'une demi-heure dans le bar. Il s'approche de La Marquise et lui dit qu'ils se sont déjà rencontrés, et devant son étonnement, il précise :

– À Oran, en décembre 1961.

Saint-Mars se sent électrisé soudainement. Il dévisage son interlocuteur avec la plus grande prudence. Et lui aussi, malgré qu'il en ait, regarde à droite et à gauche, tout en cherchant à rester calme.

– Je ne vois pas, marmonne-t-il, prudent.

Le petit Ratain s'excite un peu, recommence à sautiller sur sa chaise. Un coup d'œil de chaque côté.

– Mais si, voyons, chez Turringer. On était quelques semaines avant l'attaque du port… Enfin vous savez de quoi je parle. L'incendie…

Un silence s'installe. Plutôt pesant. Saint-Mars, pour la première fois depuis longtemps, ressort son petit porte-cigare en ivoire ciselé, et y glisse une fine cigarette Dunhill. Douleurs au ventre, doigts qui tremblent, une poussée de sueur, les symptômes qui le poussent à fumer sont toujours les mêmes. Il tapote ses poches, et retrouve son briquet. Il doit s'y reprendre à plusieurs fois. La pierre, altérée par l'atmosphère de flotte, peine à étinceler. Puis il examine Petit Poil à travers la fumée. Il le considère un peu différemment maintenant. Il avait entendu dire que des anciens de l'Organisation avaient fui dans tous les sens, dès 62. Quelques-uns en Amérique du sud, d'autres en Afrique du sud, ou à Djibouti, ou dans des guerres mercenaires en Afrique Occidentale ou en Asie du sud-est. Ratain participait donc de ceux-ci. Serait-il possible que ce soit un soldat à principes ? À idées ? Avec des valeurs ? Pour la première fois, La Marquise s'attarde sur les mains du sous-off ; elles ont des traces de brûlures et des cicatrices profondes. Le dos de sa main droite est imberbe et rose bébé. Manier les explosifs n'a jamais été de tout repos ni sans risque. Mais sa fuite reste un indice plus sérieux encore. On ne se terre pas dans ce cimetière tropical sans bonnes raisons. Ce type a du sang sur les mains ou S.M. n'y connaît rien. Mais quel sang ? Celui des terroristes bicots du FLN ? Celui des appelés vendus à la cause du Général ? Celui de civils innocents et ignorants des enjeux, sinon indifférents à la cause de la France historique et millénaire ? Il hoche la tête. Bien sûr, Ratain, qu'il voit de quoi tu parles.

Soudain, de l'autre côté de la rue, une silhouette presse le pas et longe les murs. Elle descend vers le port et le fleuve. Grande et longiligne, coupe élégante, petite moustache fine, et un petit Panama, elle reste convaincue de son invisibilité, mais Saint-Mars l'a identifiée immédiatement : le niakoué de Cayenne, avec ses mocassins en cuir croco ivoire.

Chapitre 11

Une petite porte en bois peint ; il colle son oreille. Aucun bruit. Rien. Il regarde dans le couloir de chaque côté pour s'assurer qu'il n'est pas grillé. Rien non plus. Toc-toc, et il se glisse sur le côté de la porte. Question de prudence, il pourrait se prendre une balle mal intentionnée. Un silence pesant, puis il entend un mouvement à l'intérieur, un mouvement qui ne voudrait pas être entendu. On bouge à une vitesse d'escargot, on marche comme un héron, on fait son taï-chi-chuan… Rien d'inquiétant, Saint-Mars s'est assuré qu'il n'y avait aucune autre issue. Le bâtiment compte deux étages, et donne droit sur le *Rio*. Si le gars veut prendre la tangente, il devra se mouiller dans une eau sordide, épaisse, boueuse, envahie d'algues et de crocos. Pendant ce temps, il s'allume une cigarette, sans porte-cigare cette fois-ci, trop fragile pour l'usage qu'il va en faire, et l'allume en tirant bien dessus. Re-toc-toc. Il attend cinq secondes. Re-toc-toc. Cinq secondes, et le même manège encore deux ou trois fois. Histoire de faire comprendre qu'il ne va pas s'en aller et qu'il est prêt à casser les bonbons du gus à l'intérieur éternellement. Par expérience, il sait que personne ne peut résister. Le bruit se fait moins discret, de l'autre côté, et après quelques secondes, la porte se déverrouille. Saint-Mars entend nettement trois cadenas et une chaîne. Le type entrebâille la porte, mettant en tension la chaîne, et montre son visage le plus ouvert.

– Allo ?

Quand il découvre Saint-Mars, son visage s'ouvre encore plus. Étonnement et circonspection. En un quart de seconde, S.M. note que le type panique puis réfrène sa panique, qu'il garde une main suspecte dans le dos, sans doute une arme, ce qui n'est jamais bien pratique ou malin dans un espace réduit, qu'il est pieds nus, aussi...

Immédiatement, sans même dire un mot, il lui talonne les orteils, grosse grimace de douleur, et il donne un coup d'épaule dans la porte, faisant sauter la chaîne, les gonds de la porte, et le pauvre Asiatique moustachu décolle jusqu'au mur opposé. Trois bons mètres en vol plané, Saint-Mars y est allé de bon cœur. Curieusement, le type n'a pas crié ; pas dit un mot. Il a seulement fait « *hompfft* », en vidant tout l'air de ses poumons, pareil à un ballon de baudruche qu'on libère et qui spirale dans le vide. Son arme, un *Beretta 34*, a volé en même temps que lui, mais ailleurs. À peine a-t-il atterri que S.M. est déjà sur lui, à lui griller le front avec le bout incandescent de sa cigarette. Rien de mieux pour réveiller un type vaguement assommé par un crash. Hurlement. Et des interjections nippones. Il essaie de se dégager, mais Saint-Mars l'a bloqué au sol. Il s'est dit naïvement qu'un Japonais devait certainement posséder une collection de ceintures noires, en Judo, Sumo, Kendo, Jiu-Jitsu, Karaté... C'est pourquoi il a attaqué fort, direct, et qu'il pèse de tout son poids sur son torse. Avec la cigarette qui lui grille la peau du front entre les sourcils et son *Astra 9mm* sur la tempe. L'autre hurle toujours, et sent le roussi. Et interjecte tout autant. S.M. lève sa cigarette. Les cris cessent. Sourire aimable.

– Je vais me lever, mais pas toi ! Compris ?

Le Nippon ne montre rien. S.M. doit le griller à nouveau. Hurlement, puis :

– Okay, okay !

S.M. se lève, et tout de suite, l'autre porte la main à son front.

– Mais qu'est-ce qui te prend ? Vous êtes fou ?!

Faut avouer que la cloque sur le front ne cesse de grossir ; elle lui fait comme un troisième œil. Rouge et blanc. Saint-Mars jette un regard circulaire à la pièce : deux malles, des livres, des boîtes de bobines de film à la tonne et plusieurs trépieds de caméra. Dans une boîte en fer, ce qui ressemble à une caméra.

– Pourquoi tu me suis ?

Le cyclope ne répond pas. Des larmes apparaissent dans ses yeux, et son front lui fait souffrir le martyre. Son poignet également, qui enfle et bleuit. Et ses orteils. Il a peut-être plus morflé que prévu, et S.M. s'en voudrait presque. Il se dit qu'il a pris pour les autres, ce qui ne constitue en rien une excuse. Simplement une explication inférée de son propre état psychologique, fait de fatigue et d'amertume. Dit autrement, cette ville le fait gerber, et il est temps qu'il la quitte. Problème : cette ville l'adore et fait tout pour le retenir. Il tire sur sa cigarette.

– Pourquoi tu me suis ?

– Je ne te suis pas.

Le Jap secoue la tête frénétiquement. Il a trente ans, toutes ses dents, c'est rare par ici, la mise correcte, et une gueule plutôt avenante, enfin, du moins l'était-elle avant sa rencontre avec La Marquise.

– Je t'ai vu à Cayenne ; et je te vois là.

– À Cayenne, je te suivais. Ici, je m'en fous de toi !

S.M. s'en va cueillir des infos sur le bureau, tout en tenant son *Astra* pointé vers le gars resté au sol, mais plus mollement. Beaucoup de choses écrites en nippon ; mais rien de compréhensible. Dans la famille Saint-Mars, on est doué pour les langues. Plein de diplomates chez les oncles et les cousins. Lui, avait vite baragouiné du viêt en Indo. Et de l'arabe en Algérie. En quinze jours, il était parvenu à se faire comprendre des autochtones.

Mais il n'avait jamais été capable de lire les dessins viêts et l'écriture bicote. Alors là, devant ces gribouillis quasi géométriques, il se sent largué. En dégageant les premières couches de papiers – ce type est bordélique – il découvre un petit rapport d'une quinzaine de pages rédigé en anglais. Un texte très propre, de type administratif, et surtout très confidentiel : « *Top secret* » y est inscrit à l'encre rouge sur chaque page. Et un sigle, aussi : « ABCC ».

– Et pourquoi tu me suivais à Cayenne ?

– Parce que tu voulais aller là-bas ! Et moi aussi.

Des chiffres, des schémas, des croquis d'anatomie, ça a tout d'un rapport médical. Cancer par-ci, brûlures par-là. Les noms propres sont biffés.

– Et en quoi ça t'intéresse ?

– Je veux y aller aussi.

Sur la dernière page du rapport, l'acronyme est décrypté : *ABCC* pour « *Atomic Bomb Casualty Commission* ». D'un coup, La Marquise se sent frissonner. C'est quoi cette commission atomique ? Il a l'impression à lire ces mots que de l'iode 135 lui chuinte le cerveau et lui flingue la thyroïde. Il jette un œil au Jap, qui le fixe avec force. Il a oublié sa cloque un moment, et essaie de savoir si S.M. mesure bien ce qu'il lit.

– Alors pourquoi as-tu arrêté de me suivre si tu veux aller là-bas, dans la forêt ? Qu'est-ce qui a changé ?

Comment ce type a-t-il pu obtenir de tels documents ? Du genre super-confidentiel ? S.M. bouge d'autres papiers, ouvre un carton, un tiroir.

– Pourquoi je ne vous suis plus ? Parce que tu vas pas y aller, là-bas. Personne y veut que tu y vas. Je trouve un autre moyen que toi pour y aller. Toi tu vas rester bloqué ici. Moi être là-bas.

La Marquise entend à peine. Il vient de trouver une demi-douzaine de passeports de différentes nationalités. Chinoise, coréenne, australienne, américaine... Toutes avec des photos du

Japonais. Un coup, il s'appelle John Mortimer, un autre Fueng Chang, ou Friedrich Lang... Il se tourne vers lui :

– C'est quoi ton nom ?

L'autre ne répond pas. S.M., lui, vient de tomber sur un nouveau rapport américain. Il le feuillette. Un gros pavé, pas secret mais « *strictly reserved* ». « *Reserved* » à qui ? Partout, l'acronyme « AEC ». Dr Wayne, membre de l'AEC qui renseigne le Pr Gunther, expert de l'AEC qui, lui, correspond avec Mr Ross, président de l'AEC... Tous les trois évoquent à tout bout de champ des « *human products* ». De quoi parlent-ils, précisément ? De patients ? De sang ? De greffons ? D'expériences faites sur l'homme ? De médecins formés ? Il doit se faire une idée rapidement parce qu'il ne compte pas rester là indéfiniment. *Boum*, dernière page : AEC signifie « *Atomic Energy Commission* ». Et hop, il rebouffe de l'iode.

Il fait une petite moue, celle qui donne un air intelligent à Spencer Tracy.

– Tu es japonais... ?

– Oui.

– Comment on les appelle, les Services Secrets chez toi ?

Le Nippon à trois yeux le regarde intensément, et prend la mine de l'amant surpris entre les cuisses de madame la Générale, ou celle du gamin chopé avec le doigt dans le pot de miel.

– *Koanchosacho,* susurre-t-il, à peine audible.

– *Koancho* quoi ? insiste S.M.

Avant d'ajouter, en baissant son 9mm.

– On va jouer franc-jeu...

Il regarde l'un des passeports.

– ... Friedrich. Tu veux bien ?

L'autre cligne des yeux, en signe d'acquiescement.

– Tu balances ce que tu sais sur Loiseau. Et moi je te laisse tranquille, tout de suite, maintenant, voire, je m'excuse pour les dommages que j'ai occasionnés. Et crois-moi, c'est pas tous les jours.

– Pas intéressant, sourit faiblement Friedrich.

– Vu comme ça, en effet ça ne l'est pas ; mais c'est parce que j'ai pas exposé l'autre option. La voilà : si tu ne me dis rien, je ne m'excuserai pas tout à l'heure pour les dommages que je vais occasionner maintenant.

Et en même temps qu'il dit cela, il se saisit de son *Astra* par le canon, comme d'un marteau, et s'avance vers Friedrich. Tout de suite, ce dernier cherche à s'éloigner de lui, en poussant sur les jambes, en rampant en marche arrière, ce qui demande une certaine pratique et surtout de l'espace, et son dos cogne à plusieurs reprises contre le mur. Une petite panique apparaît sur son visage.

– Je te pose une question. On va dire que c'est une question test, dit S.M. en se faisant plus pressant.

L'autre, la mine verticale, fait un grand « oui » de la tête.

– Que viennent faire des documents confidentiels américains, ici ? Dans ta chambre ? En ta possession ?

– Mon travail !

– Mauvaise réponse, largement insuffisante, Friedrich.

– Katsuhiko, dit l'autre en changeant de ton.

– Quoi ?

– Je m'appelle Katsuhiko.

– Ka... Ce sera Friedrich, tu veux bien ?

À cet instant, ils entendent un foin du diable dans le couloir. Des pas rapides et une voix rauque, et gutturale, qui parlerait une langue étrange avec des mots inouïs. Sur le visage de Katsuhiko-Friedrich, l'appréhension se montre tout de suite. Ses yeux passent de la porte défoncée, ouverte sur le couloir, à Saint-Mars et son flingue. Ce dernier n'est pas plus rassuré. Jamais il n'a entendu un bruit aussi sordide. Les pas se rapprochent, il abaisse le chien de son revolver avec un regard en coin à Friedrich, pour s'assurer qu'il n'y a pas entourloupe, et s'apprête à allumer l'intrus.

C'est alors que l'immonde Ducon fait son entrée, précédé d'une odeur terrible, sale, bavant, recouvert de boue, dégoulinant, avec une sorte de bâton terreux en gueule qu'il secoue bruyamment en projetant de chaque côté des gerbes de bave. Qui s'avance, comme une fleur, indifférent à la tension ambiante, qui s'approche de La Marquise, battements de queue, puis du pauvre Friedrich resté à terre, re-battements de queue, devant lequel il pose le bâton, et devant lequel il s'assoit. Langue de côté, poitrine haletante, queue qui cogne le parquet de plus en plus fort, et trique diabolique. Ducon aime Friedrich. Ducon veut jouer avec lui, mais Friedrich a plutôt peur. Ses mains, son dos se plaquent au mur, et il pousse sur ses jambes pour se tenir le plus éloigné du fauve. S.M. baisse le canon de *l'Astra*, avec un sourire, tout en se demandant comment la bête a su qu'il était là.

– *Woodog*, fait le Jap.

– Oui, et sa spécialité, c'est de bouffer les couilles ! Sur ordre. Un signe de ma part et tu peux te recycler en geisha à ton retour sur la Grande Île.

Le pauvre perd toute lucidité face au fauve, et est prêt à croire tout et n'importe quoi à son propos.

– Qu'est-ce qui t'intéresse chez Loiseau ? Pourquoi tu veux aller les voir ?

– Parce que Wayne veut y aller. Et que j'ai ordre de suivre Wayne partout où il va.

À cet instant, Saint-Mars, revenu au bureau, repère un dossier gris, qu'il ouvre. Dedans, un ensemble de petites photos. Des photos floues, prises au téléobjectif, d'assez loin. Une première image montre un amas de ruines. Sans doute une usine, un entrepôt, un hangar. Des poutrelles en acier dépassent des gravats, et pointent vers le ciel. Elles sont tordues, les poutrelles. Il n'y a qu'une chaleur infernale qui a pu les tordre de cette manière. Trois militaires traînent sur des montagnes de béton et de bois. Ils portent des masques à gaz et de bien curieuses capuches.

Sur une autre image, c'est un quartier de ville qui paraît rasé ; quelques murs dépassent, quelques toits, on devine des routes, mais elles sont encombrées des immeubles effondrés, des troncs d'arbres sectionnés à hauteur d'homme. Au loin, Saint-Mars croit reconnaître, au-dessus de ruines calcinées, le bout de charpente courbe d'un temple Shinto. À part ça, personne, un désert.

Il jette un œil à Friedrich qui, lui, ne quitte pas Ducon, toujours aussi placide qui, question menace, semble plus efficace que le 9mm.

Sur une troisième photo, prise de loin, un homme apparaît, en plan américain. Il a l'air grand, fin, cheveux grisonnants, une grande paire de lunettes qui lui couvre les yeux et les tempes et qui le rend méconnaissable, il porte un gros instrument en main qui a tout d'un compteur *Geiger*.

Un dernier cliché montre le même homme de face, mais sans lunettes ni masque. Il a de grandes mains, et il est en train de parler à un autre individu, montré de dos, et Saint-Mars reconnaît la grande tige qui discutait avec le *Rangero* à la fête du Gouverneur. Le même regard fuyant. Il tourne l'image vers Friedrich.

– C'est lui, Wayne ?

– Oui..., chuchote-t-il.

– Et c'est qui ?

– Un médecin. Spécialiste d'hérédité et de génétique. Il rêve de décrocher le prix Nobel.

– Et les Services Secrets japonais ont quelque chose à redire à cela ? Pourquoi il vous intéresse ?

– Il a dirigé la commission d'expertise d'évaluation des effets des explosions d'Hiroshima et Nagasaki.

S.M. note que Katsuhiko-Friedrich n'a pas cherché à nier qu'il faisait partie du *Koanchosacho.*

– Et alors ?

– Wayne est resté marqué par ce qu'il a vu à Hiroshima, non seulement les effets directs, les brûlures, mais surtout les effets indirects, les retombées, les maladies liées aux radiations. Il a été le premier à en parler. Il est obsédé par les conséquences à long terme, cinq, dix ou vingt ans, des pollutions ionisantes, et les mutations génétiques qu'elles provoquent. Il a obtenu des fonds secrets colossaux pour travailler dessus. Ils appellent ça le « *Projet Sunshine* ».

Saint-Mars feuillette les rapports, regarde encore les listes de chiffres, les successions des calculs, des courbes et des droites, des tableaux comparatifs...

– Et alors ? s'ennuie-t-il. Qu'est-ce que vient faire Wayne, dans ce coin ? Parce que le rapport entre les radiations atomiques et Santa Margarita, ça ne me saute pas aux yeux.

L'autre reprend son souffle, en portant la main au front. La brûlure de cigarette doit sacrément se faire sentir maintenant.

– On sait que Wayne bosse toujours sur les mêmes sujets : les radiations, les mutations génétiques qu'elles induisent, les grosses maladies, les petites...

– Ici ?

Friedrich fait un geste désolé de la tête, et il lève la main. Ça, Ducon n'aime pas, et grogne. L'autre verdit, et la repose, doucement. Et reprend :

– Ce que je sais, c'est que c'est Loiseau qui intéresse Wayne. Ça fait des années qu'ils s'écrivent. Et je suis sûr que Wayne est là pour rejoindre Loiseau.

– Mais alors pourquoi n'est-il pas parti avec les hommes du *Rangero* Villejos ? s'interroge à haute voix Saint-Mars.

Katsuhiko-Friedrich du *Koanchosacho* hoche la tête aussi perplexe que le lieutenant. En tout cas, pour Saint-Mars, l'enquête connaît une modification certaine de sa couleur et de sa profondeur. Il n'est plus du tout certain maintenant de travailler seulement sur un homicide à la con qui aurait vu un type en colère découper un autre énervé. Ça a l'air d'être un poil plus complexe. Il y a, ici ou là, des coups tordus et plein de gens qui zyeutent dans la même direction que lui. Son départ pour la forêt presse maintenant : voilà ce qu'il se dit en voyant Katsuhiko hésiter à se relever devant un Ducon toujours aussi bien disposé, mais méfiant et puant.

Chapitre 12

30 mg à 9h00. 10 mg à 12h00

Une odeur d'éther. Très forte ! Aussi forte que le jour de la messe. Il attend dans un bureau, un petit salon au fond du presbytère, que le Père José le rejoigne. Les cafards sont revenus. Dans son ventre. Il les sent qui lui grignotent les entrailles. Par la fenêtre, une vue superbe sur le grand bâtiment rouge décrit par Petit Poil, et censé abriter la morgue ; plus à gauche, il voit le cimetière : une grande surface entourée de hauts murs, et des tombes régulièrement rangées ; pour chaque tombe, des petites barrières en bois, les plus belles peintes en rouge, ou blanc, ou vert, ou bleu, et quelques-unes sont couvertes d'un parapluie ouvert, en guise de parasol, les plus récentes, imagine Saint-Mars. Des parapluies noirs, mais aussi certains blancs comme des ombrelles, ou colorés. Au fond, vers la forêt, à l'ombre des grands arbres, quelques caveaux, en pierre blanche, surmontés de croix immenses.

– Vous voulez ?

Saint-Mars se retourne, en cachant une grimace ; le Père José se tient devant lui. Il porte un costume bleu pétrole satiné, et avec sa petite chemise bleu sombre, il a un petit air de choriste de la *Motown*.

– Mon Père..., commence-t-il.

– Mais encore ?

Le regard du Père est superbouillant. 110° au moins. Saint-Mars a rarement vu des yeux aussi fébriles, bien plus allumés encore que lors du sermon. Ses lèvres, sanguinolentes et gercées, ne cessent de trembler. Saint-Mars sait reconnaître un junky quand il en rencontre.

– Il y a quelques mois vous avez reçu le corps de Matéo…

– Matéo qui ?

– Matéo Sirina.

– Connais pas. Ni d'ici ni d'ailleurs.

– Au mois de mars de cette année. Vers le 20, je dirais, précise-t-il.

– Aucun souvenir, fait le Père avec un geste de dénégation, il a visiblement autre chose à faire et ne désire pas s'attarder.

– Un métis qui a raconté le meurtre de McHenry, l'Américain, et la possible responsabilité de Loiseau, insiste Saint-Mars.

Le Père José lève les yeux sur lui. Des yeux intérieurs.

– Quel homme extraordinaire !

– Qui, Matéo ?

Il secoue vivement la tête, les yeux vers le Seigneur, comme s'il Le prenait à témoin de cette méprise grossière.

– Mais, non ! Le Professeur Loiseau ! Une connaissance très fine de la théologie, dit le Père en clignant doucement des yeux et en hochant la tête.

Jamais vu une tête aussi mobile, se dit La Marquise. Il a un long cou, et dessus une petite boule chevelue qui ne cesse d'aller dans un sens ou un autre. Et toujours cet accent germanique qui résonne comme un air de Wagner sous les tropiques.

– Une très pelle konnaissance des bères de l'églizeu.

C'est quoi une « belle » connaissance. Une « bonne », Saint-Mars voit ce que c'est ; une « vraie » aussi ; une « grande » également. Mais une « belle », il ne comprend pas.

– De saint Augustin surtout ; incollable sur *Les Confessions* ; il récitait des passages entiers du livre dixième, vous savez, sur la stupéfaction de soi, notamment…

Non, S.M. ne sait pas. Peut-on parler de « belle » ignorance ? En attendant l'éther lui file la nausée.

– … un texte admirable ; il l'a cité en latin, s'il vous plaît ; et Plotin, il connaissait Plotin également.

De près, le curé fait plus vieux encore que de loin.

– Quelle merveilleuse conversation il avait.

Il rêve ou le curé lui dit qu'il s'ennuie, là, maintenant, avec lui, avec sa maigre conversation de flic à œillères ?

– Un tel homme ne peut pas être tout à fait coupable.

Ah, ouais ? Et qui peut l'être ? se demande S.M., soudain irrité ; cette dernière réplique déclenche un léger éclair jaune dans son cerveau. Il ne sait pas ce que c'est, mais il l'a ressenti.

– Et Matéo ? le coupe-t-il.

– Je ne l'ai jamais vu.

– Vous ne vous êtes pas chargé de… « ses derniers soins » ?

– Pardon ?

– Au formol… Vous ne lui avez pas mis du formol ?

– Pourquoi aurais-je fait ça ?

S.M. l'examine ; il a même commencé à se grignoter par l'intérieur la cicatrice de la joue. Il se demande si l'autre ne se fiche pas de sa tête et il regarde ses poings. Le problème, c'est que, s'il peut interroger à « sa manière » le *medico*, ou Alejandro, ou le Japonais, ou n'importe qui d'autre, « sa manière » reste incompatible avec le respect que sa mère lui a imposé des gens d'Église. Donc, il soupire et sourit, plein de patience.

– On m'a dit que…

– Ici, nous parlons de « permanence corporelle ».

Air ahuri de Saint-Mars.

– Pour le formol, fait l'autre en bougeant la tête et en fermant les yeux.

– Et… vous vous occupez de tout le monde ? hésite-t-il.

– Oui ! Chrétiens, et non-chrétiens.

Second éclair jaune. Quand il a dit « non-chrétiens ». Un éclair plus fort.

– Pour la « permanence corporelle », bien sûr ! reprend l'autre, de tout le monde. Pour ce qui est de la cérémonie, c'est une autre chanson.

– Vous êtes-vous occupé de la « permanence corporelle » de Matéo en mars dernier ?

– Mais non ! bafouille-t-il en faisant de la tête un mouvement latéral.

– Certain ?

Et la tête qui bouge de haut en bas, maintenant. S.M. se rapproche de la fenêtre qui donne sur le cimetière. Juste devant elle, sur un guéridon, une orchidée pique du nez, et répand ses pétales sur le sol. Il l'effleure des doigts, un autre pétale tombe.

– L'éther, dit le Père José.

– ?

– Les vapeurs d'éther ; ça tue tout ; les plantes ne supportent pas.

Troisième éclair jaune. Plus fort que les précédents. Les mains de S.M. commencent à trembler, et son ventre se creuse. Il serre les dents. « Coupable… », « non-chrétien… », « vapeur d'éther… ».

– Mon Père, vous venez d'où ?

Il lâche la question comme ça, sans même l'avoir pensée ni voulue. Qu'est-ce qu'elle vient faire cette question au milieu de la conversation ? Qu'est-ce qu'il en a à faire de l'origine du curé ? Le curé, lui, sourit faiblement, et a les yeux qui flottent.

– Vous étiez à l'office dimanche, je vous ai vu ; vous avez dû m'entendre…

La Marquise fronce les sourcils, et réfléchit un moment. Mais il sèche. Puis :

– Le… monde des… morts ? susurre-t-il, n'osant croire qu'il dit bien ce qu'il dit.

– Ekzacteu !

– Vous vous foutez de moi, là !

Soudain, la question devient urgente. Reste que sa mère lui a filé des principes, il doit s'en rappeler.

– Vous venez d'où, mon Père ? La question n'est pas compliquée ! Vous n'êtes pas d'ici. Depuis quand êtes-vous là, à Santa Margarita ?

Les yeux rouges du curé s'affolent légèrement ; ils flottent encore, mais sur une mer tourmentée ; il recule vers le mur de son bureau. Et soudain, il en oublie son effort d'intégration ; son accent germanique ressort, en râpe à gruyère.

– Ça ne fous indérezze bas du tout ! Bourkoi zes questions ?

– Père José, mon cul ! Vous vous appelez comment en réalité ? Karl ? Wilhelm ? Gustav ?

– *Nein* !

– José, c'est pour Joseph ?

– *Nein* !

– Franz, vous vous appelez Franz ? Ou Heinz ?

– *Nein* !

– Ou peut-être bien Adolf ?

– *Nein* ! *Nein* !

Les principes, Saint-Mars, les principes ! Les mains qui tremblent.

– Putain, et ton grade, salope, c'était quoi : sous-off ? Non, t'as une gueule de petite salope, toi : capitaine ? S.S. ? T'étais posté où ? Peut-être que t'étais aumônier ? T'as béni combien de massacres, mon salaud ?

Et il l'attrape par le col, tout bleu et tout satiné. À ce contact, il lui semble bien que son tremblement cesse.

– *Nein…*

Les principes, à bien y réfléchir, déterminent deux scholies. Il y a les bonnes conduites à tenir – dis bonjour à la dame, va à la messe le dimanche, sois généreux avec ton prochain, ne tabasse pas les prêtres – et il y a les remords qui suivent les mauvaises conduites. Les secondes ne compensent pas les premières, certes, mais, se dit S.M., elles sont moralement satisfaisantes. Sinon suffisantes. En tout cas, elles iront pour l'instant, se dit-il en lâchant son poing sur les lèvres du Père José.

– Ton nom !?

– *Nein* !

Lèvres qui explosent comme des prunes trop mûres. Bien juteuses, et presque violettes. Le Père tombe.

– Ton nom, ma salope !

S.M. n'a pas tant mal à la main, qui ne tremble plus – il est soulagé de le voir –, qu'aux muscles du bras, qui, à force d'allers-retours sur les dents, les pommettes, le nez du curé, se fatiguent vite. La faute au climat et à la morphine qui commence à lui manquer sérieusement. Demain, il aura des courbatures. Sûr !

– Ton nom ? Qu'est-ce que vous venez foutre ici les bochards ? Toi et le *doktor* ? Ton nom ? hurle-t-il, et vous l'avez mis où, le Matéo ?

Le visage du curé, qui est couché à terre, est en sang ; rouge, violet. C'est bizarre, La Marquise s'attendait à voir sortir du formol de ses veines. Son poing, à plusieurs reprises, a glissé sur la peau qui est devenue molle et visqueuse.

– Ton nom ? répète-t-il dans un souffle, continuant à taper au rythme d'*Alte Kameraden*, il se dit qu'il pourrait apprécier.

– *Nein* ! répète l'autre dans un soupir.

– Ton nom ?

– Johan..., finit par chialer le curé, Johan... Johan...

S.M. lui en file deux ou trois en bonus, et le lâche. Sa poitrine vide la pièce de son air et remplit ses poumons avec, et recrache, et reprend. Jusqu'à ce qu'il réalise qu'il se fout complètement de son nom, comme de tout le reste, d'ailleurs. En rage, il se retourne et tatane l'orchidée qui vient s'écraser à quelques centimètres du seul œil ouvert du curé. Et il se fout de McHenry, du Professeur Loiseau, de Matéo… Matéo qui est blessé mais que personne ne soigne ; Matéo qui est mort mais que personne n'autopsie, que personne ne formole, qui est mort mais que personne n'enterre. Il souffle, épuisé, mais c'est rien à côté du boucan de locomotive que fait José-Johan derrière lui, qui mêle à sa respiration des bulles et des sanglots. Il lui en foutrait, lui, des textes en latin de saint Augustin !

Après un temps, il secoue la tête. Qu'est-ce qui lui a pris ? Il a toujours consommé de la morphine pour diminuer ses douleurs au ventre. À petites doses. Pour raisons médicales ; rationnellement, et avec contrôle. Jamais, il ne s'est mis dans le même sac que tous ces junkies qui sniffaient et s'enfilaient tout et n'importe quoi, en loucedé, dans les chiottes de gare ou de *speakeasy* pour *beatniks* plus ou moins dégénérés, des saloperies de coke ou d'héro, avec des gueules de zombies, jusqu'à l'overdose, jusqu'à au revoir maman, au revoir papa. Sauf que là, il ne contrôle plus rien. Son royaume pour une dose ! Il devient *loco*. Il se redresse, et regarde par la fenêtre le cimetière. Ça se trouve, le Matéo est par là, sous un parapluie coloré, en train de pourrir, incognito.

Tout à coup, La Marquise se met sur la pointe des pieds. Au loin, dans le fond du cimetière, à l'ombre d'un grand arbre, une longue silhouette vient d'apparaître. Ou, plutôt, vient de lui apparaître car, coiffée par l'ombre, il ne l'avait pas encore vue. Le chapeau, le voile, une longue robe sombre… une ligne tout en grâce. Elle est trop loin pour qu'il la voie précisément, mais il sait que c'est la rousse. Que doit-il faire ? Il ne sait pas trop ce qu'il lui a dit… ou fait, l'autre soir. Le curé gémit au sol et l'empêche de se concentrer. Il lui en remettrait bien une pour qu'il la ferme. Et l'odeur d'éther lui tétanise le crâne. Il tergiverse. Et elle s'en va. Il voit la silhouette qui lui tourne le dos et qui se rapproche de la sortie, loin, loin.

Alors il court. Vers la sortie du presbytère ; vers l'entrée du cimetière ; il pousse deux ou trois portes, et il se perd. La tête tourne, c'est un labyrinthe ; il arrive dans la morgue rouge ; des cercueils à droite, des cercueils à gauche ; et des baignoires aussi ; et surtout, des vapeurs éthérées partout ; il doit retenir sa respiration. Enfin, une porte ; enfin il est dehors ; entre deux caveaux, à l'air libre. Deux grands caveaux noirs. Il respire, puis tousse ; il ne la voit plus. Il se met à courir vers les grands arbres, et joue à saute-mouton sur une bonne dizaine de tombes... Mais elle a disparu. Il regarde dans tous les sens. Rien. Elle s'est évaporée. Cette fille est un fantasme. Il pourrait la suivre dans la rue ; l'arrêter, lui parler, s'excuser ! Mais de quoi ? Et apprécierait-elle cette exposition publique ? On ne porte pas de voile quand on aime se pavaner. Derrière lui, un alignement de tombes. Il s'en rapproche. Une pierre paraît plus grande que les autres. Avec une grande table rouge en marbre. Comment font-ils pour avoir du marbre par ici ? Dessus, un bouquet frais de fleurs de broméliacée. Jaunes, et orange. C'est là que se tenait la rousse. Sur la tombe, un nom, un seul : « Miklos ». Un prénom. Sur la tombe, des dates : « 11 mars 1960 – 15 juillet 1966 ». Un enfant ! Cette femme n'est pas une femme ; ce n'est pas une pute ; même pas une beauté rousse qui erre dans une ville sans âme ; c'est une mère, une mère qui chante des berceuses.

Et une mère sans enfant.

Chapitre 13

Il a froid. Il doit faire 40° dehors, dedans, partout, et il a froid. Ses fringues sont trempées, et lui collent au corps. Il tremble, même. C'est ça, la seconde scholie ? La mauvaise conscience ? Alors elle ressemble à une crampe d'estomac, à une envie de vomir, à un ulcère… Sur les mains, sur sa chemise, le sang séché de l'église. Il monte comme il peut l'escalier qui mène à sa chambre, traînant derrière lui une ombre qui tombe sur les marches, en ligne brisée. L'épaule contre le mur, il y laisse une traînée de sueur. Deux antennes, et il aura tout de la limace. Il arrive à l'étage ; il a l'impression d'avoir grimpé une pyramide inca. Exténué. Il ne remarque même pas le trait de lumière sous sa porte ; il ne remarque même pas qu'elle est légèrement entrouverte. Il la pousse, ou plutôt il tombe sur elle, et elle s'ouvre avec fracas. Pendant un moment, il ne comprend pas et reste immobile, à s'interroger. Il aurait dû plonger au sol, sortir son flingue, balancer un objet, la poubelle par exemple, sur la lampe pour qu'elle s'éteigne…

Et… et ce type, là, tout flou, c'est qui ? Il le voit de dos, il est gros, non ? Il est immense, coiffé d'un chapeau clair, assis à califourchon sur la petite chaise en bois, il fume, un cigare s'il se fie à l'odeur, même s'il a le nez plein d'éther encore ; ce type regarde par la fenêtre celle d'en face ; sa fenêtre rousse à lui. Sans pudeur. Il glisse un œil au-dessus de l'épaule du gars. Les rideaux là-bas restent hermétiquement clos. Comme ils l'étaient hier ; et avant-hier. Elle n'a pas changé, la petite ; elle fait la tronche. Maintenant, il porte la main à la ceinture, et il sent l'acier froid de son *Astra*. Trop froid ; et trop lourd. Il ne se sent pas de le sortir et de menacer le gros. Dans son état, il ferait bien une connerie.

Il n'en est pas certain, mais il semble bien que le type lui parle. Avec une grosse voix et un accent argentin. Il ne le regarde pas, mais il lui parle. De quoi ? Il se concentre. Ça parle d'enfant. Le type lui demande s'il a des enfants. Quelle question à la con ! Qu'est-ce qu'il foutrait de gosses ? L'autre parle des siens. De sa fille qui adore les sciences ; et la botanique ; et les leçons de choses ; et la zoologie. Il ne s'est toujours pas retourné, et S.M. se demande bien s'il ne l'a pas déjà rencontré quelque part et où il peut bien vouloir en venir. Il aimerait tellement se coucher.

Le gros lui explique la chaîne alimentaire, maintenant, comme il l'a expliquée à sa gamine qui devait faire un exposé. En termes de pyramide. Il le voit de dos faire la pyramide avec ses mains.

– À la base, il y a la bactérie, dit-il, une sorte de saloperie microbienne plutôt vicelarde ; puis le plancton, ou l'insecte, genre mouche, moucheron ; et t'as le poisson qui bouffe le plancton, ou l'oiseau qui gobe le moucheron, je lui dis à ma gosse.

Saint-Mars, sans avoir les idées bien nettes, se dit qu'il n'est pas sûr que la rigueur scientifique soit au rendez-vous.

– Au-dessus, continue le gros lard, t'as un plus gros piaf, ou un plus gros poisson qui doit bouffer à son tour, du type piranha ou toucan ; puis on arrive bientôt à du solide, au prédateur qui roule des mécaniques, parce qu'il bouffe plus qu'il n'est bouffé ; c'est le requin, le croco ou le rapace, tu vois, l'aigle, ou le jaguar. La bestiole qui impose le respect parce qu'elle ratisse large.

Le gros se marre et Saint-Mars voit ses épaules sauter et tressauter. La petite chaise en bois sous lui souffre et plie, il ne s'est toujours pas retourné. Il mate toujours cette fenêtre close avec des rideaux tirés.

– Au-dessus du jaguar ou du requin, faut dire ce qui est, y a pas grand monde. Ou alors faut changer de catégorie. T'as le chasseur qui prend son pied quand il se fait un jaguar. Celui qui tue pour tuer, parce qu'il aime voir le sang gicler, ou l'œil de la bête se fermer. Il court après le jaguar alors que tout le monde sait qu'il n'y a rien à bouffer dans le jaguar. Ça, tu vois, que j'ai dit à ma gamine, c'est le prédateur suprême. Le haut de la chaîne alimentaire et de la pyramide des espèces.

Silence, pendant lequel il reprend son souffle.

– T'es d'accord, lieutenanté ?

Puis à nouveau :

– Et bien tu te trompes.

Et là, le gros se tient les côtes, avec un rire gras, et sonore. La Marquise le voit qui s'essuie les yeux, le voit sortir d'une de ses poches un mouchoir jaune, le voit sauter sur la chaise, et la chaise s'affaisser légèrement et se rapprocher du plancher de cinq bons centimètres. Saint-Mars, lui, n'a pas envie de rigoler.

– Au-dessus du harponneur et du chasseur de jaguar, au-dessus du requin, du rapace, ou de toutes les merdes qui ont des dents aussi longues que ma bite, il y a ...

Il se fait soudain plus grave. Et il se lève, et il se retourne enfin.

– ... il y a encore une bestiole.

Il est grand. Il a un visage gras, et rond, déformé par le rire, et un bandeau sur l'œil, et à côté, un autre œil, petit, noir, vicelard recouvert d'une paupière lourde, et plus bas, une grosse moustache sombre : le *Rangero* et sa gueule d'iguane.

– Il y a... tu sais quoi, mec ?

Si c'est pas curieux de le retrouver dans sa piaule, se dit Saint-Mars. Le gros se rapproche de lui, il est à cinquante centimètres et il pue la viande faisandée.

– Il y a moi !

Il répète :

– *Mio* !

Il fait des grands yeux, soudain, pour être sûr d'être bien entendu :

– Il y a le *Rangero* Villejos. Le prédateur absolu. Le prédateur des prédateurs.

Et il se tait en tirant sur son gros cigare. Une fumée dense lui sort par la bouche, par le nez, par les pores de la peau. Saint-Mars, lui, n'a plus froid.

– Moi, insiste-t-il, apparemment déçu de l'absence de réaction de S.M.

Soudain, celui-ci a un éclair de lucidité :

– Où est passé Matéo ?

L'iguane le regarde en tirant sur son cigare. Puis s'avance encore vers lui, et La Marquise sent, à ce moment-là, sa grosse main qui lui saisit les burnes, et qui les serre, presque à faire mal. Il frissonne malgré lui, grimace mais ne bouge pas. Une main lente et forte.

– Moi, répète le *Rangero*. Alors, tu ne me fais pas chier !

Chapitre 14

La McHenry. Elle s'est pointée en début de soirée, *toc-toc*, un soir plus chaud que les autres soirs, un soir de Carnaval, on fête la patronne de la ville, Santa Margarita qui se balade sur un petit char. La ville avait sorti ses masques et ses grimaces, on chantait, on sifflait, on dansait, on processionnait, un tintamarre de cymbales et de tambourins, on buvait à pleine gorgée du *matè* et du rhum, on en arrosait le sable des rues, la « nuit des vampires » disent-ils, parce que personne ne dort et que tout est permis. Elle s'est pointée et a frappé à la porte, deux petits coups discrets. Il a ouvert et l'a découverte là, dans le couloir de l'hôtel, seule, ses yeux décalés se posant doucement sur lui, sur sa cicatrice, sur ses mains. Avec gourmandise.

– Vous aviez des questions, lieutenant ?

Une voix sourde, une voix chaude.

Elle avait les pieds nus et des lèvres entrouvertes formant une légère virgule. Une robe de satin verte à même la peau. Collée par la chaleur. Des épaules nues, un décolleté, une gorge profonde. Dehors, des rythmes de sambas et de Waye-Cotto.

Il n'a pas répondu ; il lui a juste saisi la main qui tombait le long de sa hanche, il l'a attirée vers lui et l'a embrassée, lèvres contre lèvres, dents contre dents, il l'a mordue, elle était nue sous sa robe, la chaleur sans doute, il l'a retournée et l'a projetée contre le mur de la chambre, ni « bonjour », ni « comment tu vas, ma belle », pour voir sa nuque, la mordre aussi, elle ne disait rien mais elle haletait, le corps lourd et livré à ses gestes. Pas un mot. Toujours rien. La robe a vite fait tapis.

Elle n'avait pas fait un pas dans la chambre qu'il l'emportait nue jusqu'à la fenêtre, la chaleur sans doute, juste un petit filet d'air. Dehors des pétards et des feux d'artifices illuminaient la rue, et des gamins se chiquenaudaient avec des bruits et des rires.

Il l'a retournée encore, parce qu'il voulait voir son visage grimacer et gémir quand il allait la pénétrer, pour voir ses yeux plonger dans les siens, se perdre dans l'envie, perdre de leur maîtrise, il allait adorer son abandon, il voulait des cris et des plaintes qu'elle ne pourrait pas retenir. Il l'a soulevée par les hanches, brutalement, elle n'a rien dit, et l'a portée jusqu'au garde-fou de la fenêtre, sur lequel elle s'est équilibrée, la tête au-dessus du vide, au-dessus de la rue qui chantait et criait, au-dessus de Santa Margarita qui se promenait par là, il a serré son cou, plaqué sa main sur son visage, son regard n'a pas vacillé.

Alors, *boum*, il l'a pénétrée, les feux d'artifice redoublaient d'intensité, *boum*, il a recommencé, il a senti son dos se cabrer et se tendre, il a vu ses lèvres se pincer, mais aucun gémissement n'en est sorti, alors il l'a secouée, encore, plus loin, plus haut, plus fort, il voyait ses deux seins danser à la sauvage juste sous ses yeux, ses doigts blancs agripper la rambarde de bois du garde-fou et sa peau brillante refléter le ciel de la ville et ses étoiles de fête : *boum*, elle était rouge, *boum*, elle était verte, puis jaune, *boum*, elle était bleue. Un léger souffle de vent, et le voile du rideau est venu s'appliquer sur elle, comme un masque mouillé sur son visage et sur ses lèvres. *Boum*. Elle était rouge et bleue. Elle participait à la fête, mais les seuls cris venaient de la rue, et c'étaient des cris de liesse collective, et elle, singulièrement, il ne l'a jamais entendue.

Des yeux mi-clos, une respiration plus régulière, plus apaisée et quelques gouttes de sueur qui perlent sur son visage, sur le nez, les joues. Elle lui adresse un petit sourire, avant de s'allumer une *long-size* et de projeter des petits nuages de fumée qui s'emmêlent dans le ventilo du plafond. Toujours cette odeur épicée de cardamome verte.

Dans la ville, le carnaval est rentré dans les maisons, et ce sont des cris de femmes et des rugissements d'hommes que l'on entend. La ville est en rut.

Elle ferme les yeux, la respiration plus douce, et, lui, assis au pied du lit, le dos bien droit, il peut la regarder à souhait. Ses jambes longues, fines, blanches, brillantes, son ventre creux et humide, ses seins lourds aux aréoles larges et pâles, sa gorge, humide de sueur, sa nudité parfaite et dorée, lisse et pure de toute cicatrice.

– Sue, dit-elle.

Il lève un sourcil.

– Mon prénom, c'est Sue.

Il trouve que ça lui va bien.

– La Marquise ?

– Oui ?

– Pourquoi... ils t'appellent tous comme ça ?

Il la fixe, sourit à peine, laisse passer deux, trois rafales de pétards, embrasse un sein, sa peau est salée, et lui parle d'Indochine. Du village de *Dan Sang*, en 53. Il avait pour mission de suivre les coloniaux du 9ème DIC, à titre d'agent du 2ème Bureau de Renseignement. La région de *Dan Sang* devenait de moins en moins tenable, les embuscades et les accrochages se multipliaient, et l'État-Major se demandait s'il n'y avait pas des potes d'Hô Chi Minh planqués au QG de la 9ème. À Saint-Mars de faire la lumière. Sauf que les Coloniaux du 9ème étaient sur les nerfs, et le village de *Dan Sang* le moyen de les passer. Une trentaine de baraques incendiées, des potagers ravagés, des vaches et des cochons allumés à la *Sten*, des mères et des filles dénudées, frappées et violées, et des morts. Éventrés, égorgés, décapités. Dix, ou douze, ou quinze, tout le monde se foutait de ces paysans, et personne ne ferait l'appel. Le capitaine, un certain Cougnaud, complètement dépassé par ses hommes, avait laissé faire.

– Il y a une chanson populaire, en France : « tout va très bien, Madame La Marquise, tout va très bien », tu connais ? chantonne-t-il.

Elle fait non de la tête, légèrement amusée. Il lui sourit à nouveau.

– Il y a le château de la Marquise qui brûle, mais le majordome la rassure au téléphone, tu saisis ?

Elle hoche la tête. À l'État-Major, on pestait. Ils avaient entendu dire que les Coloniaux du $9^{\text{ème}}$ avaient pété un plomb. Que la jungle brûlait. Saint-Mars devait rendre compte, et lui, il avait couvert la $9^{\text{ème}}$ en expliquant qu'elle était tombée dans une embuscade, que le village était un nid de rebelles surarmés, et patatipatata… L'incident avait été rapidement classé, mais sa complaisance, appréciée dans les rangs, s'était sue dans les hautes sphères et sa carrière avait pris une claque.

Elle le regarde derrière la fumée de sa cigarette, un sourire grave au coin des lèvres. Elle fait celle qui comprend. Il ne lui parle pas de la gamine, dix ans pas plus, qu'un enfoiré de sous-off avait violée comme un damné, la bite d'abord, la baïonnette ensuite. Il avait retrouvé la petite plongée dans la boue et la merde de porc, couchée face contre terre, entre deux cadavres de chèvre, à deux mètres de celui de son petit frère, Saint-Mars l'avait relevée, son ventre était béant, l'avait prise contre son épaule, elle avait des grands yeux qui le regardaient par en-dessous, des yeux qui ne comprenaient rien, rien à ce qu'on lui avait fait, rien à sa douleur, rien à ce que lui voulait Saint-Mars : allait-il lui faire mal encore ? Aussi mal que l'autre soldat ? Il avait remarqué combien ses traits étaient fins, ses yeux et ses cheveux brillants et profondément noirs. La boue et le sang ne cachaient pas sa grâce. Elle tremblait. Des convulsions qui affolaient ses petits membres. Il n'avait jamais été très fort pour les consolations. Il se rappelle qu'il l'avait embrassée, sur le front, avant de lui mettre une balle au même endroit. C'était la première fois qu'il embrassait une enfant. Il réfléchit. C'était aussi la dernière.

– Je vais le ramener, tu sais ?

– Qui ?

– Loiseau. Je vais le ramener et il va payer pour ce qu'il a fait.

Le visage de la McHenry se durcit, un éclair dehors, et à nouveau il prend les couleurs du ciel. Il est rouge cette fois-ci. Elle le fixe, droit dans les yeux.

– Il y en a qui disent, dans la ville, que tu n'es pas flic. Enfin pas vraiment.

Il montre son étonnement. Cette femme a décidément l'art de le surprendre.

– Et je serais quoi ?

Elle tire sur sa cigarette une longue bouffée.

– Une sorte de taupe. Ou d'espion. Tu ne viendrais pas chercher Loiseau ; mais des informations, voilà ce qui se dit.

– Des informations sur quoi ? Et pour qui ?

– Je ne sais pas... Dans cette ville, tout le monde trafique toutes sortes de trucs : des femmes, de l'or, des protections, et pourquoi pas des infos ?

– Et toi, tu trafiques quoi ? lâche-t-il.

Elle affiche une petite grimace.

– On m'a même dit qu'il y avait quelquc part l'ancienne maîtresse d'un colonel-dictateur de je ne sais plus quel pays qui venait se faire oublier.., fait-elle sèchement en montrant la fenêtre.

Évoque-t-elle la rousse ? Que sait-elle à son propos ? Puis plus douce :

– J'ai un cadeau pour toi...

Elle se lève et traverse la chambre ; il peut admirer sa silhouette qui chaloupe et son cul levé et ferme qui attrape la lumière comme une star de la Paramount. Elle chope son petit sac, dix centimètres carrés, et en sort une pochette en cuir. Elle revient à lui, les courbes de devant valent celles de derrière, et elle ouvre la pochette tout en affichant un drôle d'air. Trois, non quatre flacons, malgré lui Saint-Mars sourit. Sur chacun de ces flacons, une petite étiquette et des lettres bleues qui commencent à danser : « morphine ». Il y a deux seringues.

100 mg à 23h00.

Chapitre 15

70 mg à 8h00

La rue porte les stigmates d'une nuit de fête folle. Des ivrognes sont allongés sur le sable comme des cadavres, et partout des vêtements, des bouteilles, des drapeaux déchirés jonchent le sol. L'odeur, épaisse, est un ambigu de poudre, d'alcool et de vomissures. Il a connu Tanger, Saigon, Casablanca, Barbès, mais c'est la première fois qu'il voit une ville qui a la gueule de bois.

De l'autre côté de la rue, chez les putes, des rideaux épais ont pris la place des voilages des jours précédents. Par deux fois déjà, il est allé cogner à la porte, mais la porte est restée close. Après les réjouissances, le bordel est en inventaire. Il ouvrira quand il ouvrira, et la rousse est invisible, terrée, semble-t-il, dans son abri. Il se demande si elle les a vus, la veille, quand la ville hurlait sa fausse joie, et que lui fouillait l'Américaine. Ce n'est pas parce qu'elle est invisible qu'elle ne voit rien. En se disant ça, il fixe la fenêtre opaque d'en face, cherchant à la percer. Un frémissement pourrait témoigner d'une présence espionne.

C'est alors que passe devant le bordel, presque sous son balcon, l'air sérieux et pénétré, la grande tige avec laquelle conspirait le *Rangero* l'autre jour, le Dr Wayne, à en croire le Jap aux mocassins croco. Il discute et gesticule tout en marchant et en évitant les cadavres ivrognes, comme le magicien d'Oz. Avec qui parle-t-il ? Son interlocuteur est caché par les soupentes des maisons, ou par des toiles qui couvrent les trottoirs. Saint-Mars le suit du regard alors qu'il passe devant l'hôtel, jusqu'au croisement de la *Gran Via*, quarante mètres plus bas, vers le fleuve. En même temps, comme par réflexe, il a chaussé ses pompes, et s'est emparé de son *Astra*. Il a complètement oublié les rideaux de la rousse. Les deux hommes se sont arrêtés ; et le grand à binocles lui cache le second. Sans cesse Wayne se retourne, regarde si on les regarde. Pas très à l'aise. Puis ils se séparent, et le second homme apparaît : c'est le touriste de l'avion qu'il a déjà vu à la réception du Gouverneur. Le Dr Wayne s'oriente vers le palais, l'autre vers le port.

La Marquise sort de la chambre, suivi de Ducon surexcité comme un croco affamé, et dévale l'escalier de l'hôtel en se demandant qui il doit filer. La grande tige est certainement la plus intéressante ; Friedrich en faisait un cador, pour autant, il se sent attiré par l'allure plastique du second. Cette manière de ne ressembler à rien, de rester discret, visible seulement entre les portes, entre deux volets, cette manière de se fondre dans les ombres et la masse, le titille.

Lorsqu'il arrive au croisement, Wayne a disparu, pris dans le magma d'une ville qui s'éveille. Par contre le bob coloré est plus lent. Il lui emboîte le pas. Après dix minutes, il le voit monter un escalier de bois qui le mène à l'étage d'un commerce, puis déverrouiller une porte avec moult précautions, non sans vérifier qu'un regard indiscret ne le surveille pas. Mais il ne voit pas Saint-Mars, car son regard est attiré par le boucan que Ducon a provoqué au milieu de la chaussée en s'attaquant à une petite vache qu'un gamin menait au marché. La pauvre bête meugle sa détresse pendant que le bâtard lui rectifie la rotule, indifférent aux coups de bâton que lui administre le gamin. Une petite foule se presse autour d'eux, et pendant ce temps, le bob s'est engouffré par la porte du haut. Sa chambre, ou son repaire, imagine S.M.

qui passe quelques minutes à examiner les environs. Des magasins, des entrepôts, rien dont il doive se méfier *a priori*.

Pendant ce temps, Ducon a réduit en bouillie le bâton du petit et il doit maintenant faire face à une bonne dizaine de passants qui se sont résolus à lui faire la peau. Faut dire que la vache, flageolante, n'est plus vraiment quadrupède. Ducon commence à paniquer, vu qu'il se prend un nombre de coups et de bouteilles vides sur la tronche de plus en plus conséquent, il jappe et grogne, et sa queue est bien rangée à l'abri sous le ventre. Ils sont quinze maintenant à le pourchasser d'un côté de la rue à l'autre ; il se cache derrière des tonneaux, il monte sur une charrette, redescend pour aller se mettre sous un étal, les oreilles basses et les yeux hauts ; sur le dos, deux ou trois plaies rouges sont apparues. Il n'en mène pas large, le fauve. La Marquise décide que c'est le bon moment pour l'exfiltrer, sauf qu'à ce moment, le bob à fleurs, là-haut, ressort de son antre, et descend l'escalier puis s'en va vers le Palais du Gouverneur. Saint-Mars décide de monter l'escalier à son tour. Un seul verrou. Ça devrait pouvoir se faire. En bas le chien vient de faire une percée, et s'est sorti de la mêlée qui lui court après, entre cris et rires. Vers le fleuve.

C'est un petit appartement. Deux petites pièces. Dans la première, un lit simple, des murs nus, une table, vide, deux chaises. Ce n'est pas le luxe. Sinon cet étrange sac de golf. Trois balles au sol. Marque *Goblin Four*. La seconde pièce est libre, à l'exception d'une chaise posée en plein milieu. Derrière, une petite porte donne sur la salle de bain. Les pieds de la chaise ont marqué le sol, profondément, et de fortes rayures vont du centre de la pièce à la baignoire. En hauteur, une prise électrique a cramé : une auréole noire l'entoure. Il examine la baignoire : l'émail est explosé à plusieurs endroits, et les éclats sont récents. Les rideaux ont été arrachés, la tringle a été enlevée et le tuyau de douche a bien morflé.

Malgré lui, il porte la main à son arme, et la dégage de sa ceinture. Il dégoupille la sécurité.

Il est maintenant sûr que le touriste américain n'est pas un touriste américain, et qu'un type a été torturé ici, il n'y a pas si longtemps. Il a d'abord été attaché et tabassé sur la chaise : deux trois petites tâches sur le sol pourraient bien être du sang ; puis électrocuté à partir de la prise de la salle de bain, mais le transfo utilisé ne devait pas être terrible, et il a provoqué un court-jus. On a donc traîné le gars, ficelé sur la chaise, jusqu'à la salle de bain, jusqu'à la baignoire, ce que dévoilent les rayures au sol, et on a tenté de le noyer, et même de l'étrangler avec le tuyau de la douchette : les dégâts sur les murs de la salle de bain montrent que le type étaient moyennement d'accord. Pourquoi a-t-il été torturé ? Ce n'est pas la priorité de S.M. que d'apprendre ça. Qui a torturé ? Voilà qui l'intéresse plus.

Alors qu'il s'apprête à revenir vers la première pièce, il remarque une cantine de fer derrière la porte de la salle de bain. Rouge, bien cabossée et usée. Sur le côté, une étiquette. « J. Stewart ». Probablement le nom du type au bob. Ou un alias. La malle est cadenassée et lourde, donc probablement pleine, donc fichtrement intéressante.

Nouvelle hésitation : s'il la force, le type, Stewart, saura qu'il est passé par là. Sans doute, mais il ne saura pas que c'est lui. Pas tout de suite. Il prend son *Astra* par le canon ; tout le monde râle après ce flingue : trop lourd, mal équilibré, mais Saint-Mars l'apprécie, lui, pour sa polyvalence. Il fracasse le cadenas avec la crosse.

À l'intérieur de la malle, une radio VHF flambant neuve, identique à celles qu'il a vues dans la réserve d'Alejandro ; deux flingues, deux *38-Smith & Wesson* apparemment récents, sinon neufs eux aussi, et une pile de documents. Des extraits d'articles de journaux sur des gens qu'il ne connaît pas ni ne reconnaît ; un ou deux sur un hôpital en Ohio, deux ou trois sur des tribus amazoniennes du coin : des articles en allemand, en espagnol mais la plupart en anglais, à partir de journaux américains... Tout cela rangé sans ordre. Un autre dossier porte apparemment sur des éléments médicaux. Des analyses de sang, des photographies de plaies diverses et variées, sur des joues, des bras, sur des ventres, des maladies de peau aussi, des tableaux comparatifs : Saint-Mars ne voit pas à quoi ça correspond ni où ça peut le mener, mais ça lui laisse un petit sentiment de familiarité : tout ça ressemble à ce qu'il a vu chez le Jap du *Koanchosacho* ; une dizaine de pages en japonais avec, dessus, le tampon « *top secret - Red level* » lui confirment cette impression.

Quatre clichés encore, accompagnés d'une mention « *Sunshine Project* ». Un trait lui barre le front. N'est-ce pas ce qu'évoquait Friedrich à propos de Wayne et de ses recherches ? Dessus, trois hommes et une femme, allongés sur des lits d'hôpital, emballés dans des fils, des sondes, des électrodes, entourés de machines énormes. Visiblement, ils sont en mauvais état. À côté de l'un d'entre eux, trois types posent, comme à la fête, le pouce levé. L'un d'eux sourit même. Tous les trois portent des combinaisons NBC* et ressemblent à des astronautes. Au dos des photos, les indications « HP14 », « HP3 », « HP18 », « HP23 », manuscrites.

La salle d'interrogatoire, le calibre *38-S&W,* l'arme de prédilection du service action de l'Agence, et ce code « *Red Level* » : tout ça pue la CIA. Et « HP », réfléchit-il encore en se rappelant les dossiers du Japonais, ça pourrait pas signifier « *Human Products* » ? Saint-Mars reste, une petite minute, dubitatif devant la cantine avant de poursuivre l'exploration.

Un bouquin en niakoué encore, montrant des désastres atomiques apparemment, avec des tons rouges prononcés, puis deux fusains – des portraits de jeunes Indiens - du professeur Loiseau,

* NBC pour Nucléaire Biologique Chimique.

la signature est au dos. Joli coup de crayon. Mais qu'est-ce qu'ils font là-dedans ?

Il poursuit et trouve un nouveau dossier, recouvert de plastique et d'un élastique. Tout enlever avec précaution, le plastique et l'élastique, pour qu'il puisse tout remettre dans le même état après. À un moment, il suspend ses gestes, croyant entendre un bruit en extérieur. Faudrait pas que le bob de la CIA le surprenne dans sa piaule, ça ferait désordre. Alors il active : premier étonnement, le nouveau dossier, qui fait bien trois ou quatre centimètres d'épaisseur, est en français. Il tourne deux ou trois pages, et tombe sur une photo grand format d'un type. Elle est à l'envers, il s'y prend mal, elle lui glisse des doigts, elle tombe sur le verso, il la retourne, l'époussète en maudissant sa maladresse, et... Deuxième étonnement : sur la photo, c'est lui. Il se regarde aussi longtemps que pourrait le faire une jeune mariée devant le portrait de son époux, mais le ravissement en moins. Il se surprend à parler seul.

– Bande de cons...

La photo a visiblement été prise à Paris, il y a quelques semaines. Il reconnaît la chemise et la veste. Que peut bien lui vouloir la CIA ?

Soudain, une voix, pas très loin, mais feutrée, une voix de femme. Il se fige. Il entend aussi les quelques notes d'un piano qui l'accompagne. Cette voix lui est familière. C'est celle qui chantait la berceuse au bordel, quand il était avec le *Rangero*. Et c'est la même mélodie. La rousse. Maintenant, ça lui revient : elle lui a chanté la même berceuse l'autre soir, lorsqu'il était près d'elle, allongé contre elle. Il lui avait même dit que sa mère la chantait aussi parfois, elle avait alors souri et ses caresses étaient devenues plus tendres. Il ferme les yeux. À moins qu'il ait tout rêvé. Comment peut-il se souvenir de son sourire, mais pas de son visage ? Une note plus forte que les autres, et la ritournelle recommence. Il réfléchit : l'appartement de Stewart se situerait donc à l'arrière du bordel.

Il tourne à nouveau quelques pages : des notes blanches des DCRG* le concernant, des extraits de rapport du SDECE, des originaux s'il vous plaît – pour quelles raisons les services français collaboreraient-ils avec les Américains à son propos ? - des photographies de lui à Paris, en train de bosser avec Berchon, une autre avec Legras et deux gardiens de la paix, une photographie du bas de son immeuble, du château de famille, de son domicile, de sa chambre, de son lit... Il se lève soudainement, en sueur, les mâchoires tendues. Mais à quoi ça rime tout ça ? Ils le suivaient. Ils le parasitaient donc avant même qu'il arrive en Amérique du sud, avant même que son départ ait été prévu ! Pourquoi ? Il n'en revient pas. À se demander si sa venue ici n'était pas télécommandée. Mais à quelle fin ? Il poursuit sa lecture. Il reste encore une bonne trentaine de pages, et la suite va le terrasser.

D'abord une nouvelle photographie, assez anodine, au volant de la 404 blanche de sa mère. Il fronce les sourcils, et s'assoit à même le sol, le dos contre la paroi de la douche. Sa mère s'est séparée de la 404, il y a six bons mois de cela. Or, Loiseau et McHenry se sont auto-massacrés, il y a à peine cinq mois. L'intérêt de la CIA pour lui tiendrait donc à des éléments encore bien plus anciens ; mais lesquels ?

Saint-Mars se laisse prendre par un sentiment contradictoire : d'un côté, il se sent touché par une sorte d'élection, comme s'il avait une importance qu'il ignorait et qui le dépassait, comme si une étoile avait traversé le ciel pas très loin de chez lui. D'un autre côté, il s'estime être le plus couillon des hommes. Il se serait fait filocher pendant des mois sans s'en rendre compte. Et encore une fois, pourquoi ?

Il tourne une nouvelle page. Des transcriptions d'écoute téléphonique. Puis une fiche. Une fiche à son propos, un mémo CIA qui résume une fiche rouge du SDECE. Il apprend qu'il a fait l'Indochine d'abord au 2nd *Régiment Parachutiste,* puis

* Direction Centrale des Renseignements Généraux.

au 2ème *bureau du Renseignement**. Qu'il y a été blessé en 1954, à la Bataille de *Hanang*, d'où il en est sorti dépendant à la morphine (les doses sont précisées : de 50mg à 80 mg /jour). Qu'il a fait l'Algérie, au sein de la 11ème *Division Parachutiste* jusqu'à sa démission en juin 1960, qu'il aurait rejoint ensuite l'OAS, les Commandos Delta Maerens. Il parcourt la fiche rapidement et pâlit. On indique, platement, qu'il aurait participé à trois, non quatre assassinats. Et même qu'il aurait dirigé les attaques du port d'Oran qui avaient fait sauter les citernes d'essence et déclenché un incendie de trois jours.

Mais ce qui intéressait surtout l'enfoiré qui avait fait la fiche, c'était une série de trois clichés. Les photos sont en noir et blanc et de mauvaise qualité. Sur une des images, des camions de l'armée française et des ambulances militaires. Sur une autre, un type ensanglanté, allongé sur une civière, sur la terrasse d'une maison : il a un visage de cire, et hurle, la bouche ouverte, au milieu de médecins et d'infirmiers. Le dernier cliché montre un type, sur les bords d'une piscine, le ventre à terre, le visage contre le ciment, surplombant une grande flaque noire et brillante. Ses yeux vagues ne laissent planer aucun doute ; il est raide mort. Saint-Mars retourne les photos, cette dernière image est la seule à être légendée : « James Edward Barber/02-18-62 ». 18 février 1962 ? Les yeux de Saint-Mars restent fixés sur cette légende, et sur cette date. Son visage se fige et devient aussi blanc que la baignoire. Il revient aux deux premiers clichés. Avec un petit effort, il peut lire sur la première une indication en arrière-plan, le bout d'une enseigne : « ...djah ». Ses lèvres remuent, mais aucun son n'en sort. Mais il pense fort « putain ! ». L'hôtel Radjah à Alger. Les deltas du Commandant Maerens l'avaient attaqué pour y « déloger » un commando de barbouzes anti-OAS. Il y avait eu une trentaine de morts, dont un Américain, James Barber, c'est le

* Le 2ème bureau surnommé le « 25ème bureau » en allusion aux 25 méthodes de torture qu'on y pratiquait.

cadavre de la photo, un agent de la CIA qui filait aux barbouzes tous les tuyaux que l'Agence pêchait sur les OAS de la zone. Il avait été exécuté lors de l'assaut, une balle dans la nuque. Les Américains semblent attribuer directement la mort de Barber à Saint-Mars, et l'on sait qu'il n'est pas dans leurs habitudes de laisser la mort d'un de leurs agents impunie. Sa gorge s'est soudainement asséchée. Il se demande d'un coup s'il n'est pas tombé dans un sombre traquenard.

Et dans tout ce foutoir, aucun carnet noir !

TROISIÈME PARTIE

Es gente perdida

Chapitre 1

70 mg à 6h00

Depuis plusieurs heures maintenant, ils ne croisent plus personne. Ni pirogue, ni vapeur, ni diesel. Sur les berges, les habitations et les *puertos*, constitués d'un ponton et de quelques toits, ont disparu. Il n'y a plus que l'eau noire et quasi morte, la forêt et ses grands arbres bruns, les sous-bois épais et compacts, impénétrables à l'œil, les chants des oiseaux, plus forts, plus nombreux, les perroquets qui passent d'une rive à l'autre, les hurlements des singes et des toucans… Et eux, sur le vieux *luncha*, tout en bois et rouille.

Ils sont peu à peu rentrés dans un autre monde, celui de la forêt sauvage des premiers âges. Par moments, des carcasses anciennes et rouillées de petits vapeurs, coincées entre deux troncs ou deux rochers, rappellent que la rivière peut être brutale.

Saint-Mars, légèrement penché sur le bastingage, regarde les bords de la rivière qui défilent de chaque côté. Comme des grands rideaux qui glissent, avec douceur, presque imperceptiblement. Derrière lui, dans la cabine haute du bateau, il voit briller le crâne nu de Ratain, son sourire, et ses yeux fixés sur l'horizon courbe de la rivière, les mains bien serrées sur la roue de la barre. Une petite pipe et un sifflotement guilleret au bout des lèvres ; il est heureux et joue au cap'tain. Au-dessus de lui, sur le toit de la cabine, comme une vigie inquiète, Ducon regarde la poupe, comme s'il s'attendait à voir à tout instant jaillir des poursuivants. Depuis son lynchage, il boîte et la moitié de son oreille gauche a disparu, lui donnant un air de vieil iguane.

Ils sont partis, la veille, comme des pillards après une nuit de rapine. Au petit matin, le moteur tournant peu, dans une brume épaisse, à une vitesse de croco à l'affût. Petit Poil avait préparé le *San José* comme un sous-intendant de légion : tout était bien ordonné, rangé, à portée de main, hors d'eau, les moteurs chauds, vidangés, à bonne pression, propres comme la batterie de cuisine d'un grand hôtel, avec les niveaux vérifiés et optimisés, et les cales remplies avec mesure.

Ils ont d'abord longé la rive du *Gran Rio*, pendant une demi-journée, et Saint-Mars a longtemps craint de voir surgir l'agent Stewart, avec son bob fleuri, ou le *Rangero* Villejos… avec un flingue, un bazooka, un canon de 75.

Puis ils sont parvenus à un jeu complexe de rivières noires qui s'enfonçaient dans les profondeurs de la forêt. S.M. n'avait pas pu cacher son inquiétude en voyant tous ces méandres rhizomiques et leur figuration sur la carte. Les rivières s'y étoilaient et se constellaient, se décomposaient et se recomposaient, s'associaient puis se dissociaient, s'enfilaient ici, se défilaient là, pareilles à un labyrinthe fou. Petit Poil l'avait rassuré, en traçant au milieu de toutes ces veinules, une ligne au feutre rouge : les rivières et ses affluents n'avaient aucun secret pour lui et son bateau.

L'encre avait bavé, mais pour ce que Saint-Mars en avait vu, la route à suivre apparaissait sacrément tourmentée, et longue. Dix jours de navigation, jusqu'aux premiers grands rapides, dix jours au terme desquels le bateau serait volontairement échoué, n'importe quelle plage ferait l'affaire, et l'expédition deviendrait terrestre.

La Marquise y songe encore et peine à se rassurer. Au bout de la veinule rouge, la zone cartographiée est blanche et coiffée d'un copieux point d'interrogation. La *Perusta inhabitabilis* décrite par le Préfet. Il lève son regard sur le fleuve, sur la percée qu'il fait dans la forêt. Ici, tout est immense ; tout est infini : le *Rio* et la forêt éternellement étalés.

– La pe'le au cul !

Il se retourne. Ça gueule dans les machines. Le bateau fuit de partout ; des durites pètent toutes les heures, et Barth, le mécano, doit s'employer à les chuinter, les colmater et les remplacer en permanence. Depuis le départ, il n'a pas chômé, et grâce à lui, le *Sanjo* ne s'est pas encore arrêté. Mais chaque demi-heure, ils ont droit à « la pelle au cul ».

Outre Petit Poil, il y a donc Barth, le mécano. S.M. le voit peu, parce qu'il passe son temps à huiler et soigner son moteur, qu'il envisage avec les yeux d'une petite mère pour son môme capricieux. Régulièrement, aussi, il relance les batteries qui alimentent les pompes pour évacuer l'eau qui ne cesse de s'infiltrer par les faiblesses de la coque.

– Pe'le au cul de p'le au cul...

Barth, un grand noir que Ratain a ramené d'Afrique et qui lui paraît absolument dévoué. Immense, large d'épaules, il dépasse La Marquise d'une bonne tête, son corps est étiré et noueux, avec des saillies de tendons et de muscles dans tous les coins. Sur le visage et le corps, d'immenses scarifications zèbrent la peau et habillent sa nudité, comme des lèvres qui parsèment les joues, la poitrine et les bras. S.M. ne l'a pas encore vu sourire ; ni rire. Un nègre qui fait la gueule, c'est pire qu'un clown triste.

– P'le au cul ! p'le au cul !

Il ne se rappelle pas l'avoir entendu jusque-là dire autre chose. C'est un Bambara du Sénégal, de la région de Joal. La forêt, et les fleuves grands comme des mers, il ne connaît pas. Il a retenu de l'école de la République quelques règles de calcul et quelques poésies et chansons révolutionnaires, dont *Ça ira ! Ça ira !*, qu'il chante par extrait et dont il tire ce juron grotesque.

– « *Ah ! ça i'a, ça i'a, ça i'a,*
Les a'istocrates on les pend'a ;
Et quand on les au'a tous pendus,
On leur fiche'a la p'le au cul... »

Petit Poil remonte des cales vers son poste de pilotage en râlant et en secouant la tête.

– Cet abruti a flingué la pompe !! dit-il en montrant la salle des machines.

Chapitre 2

Le soir, ils arrivent à *Puerto Isadora*. Ce nom le fait confusément rêver depuis qu'il l'a vu sur la carte, mais il doit vite déchanter. Ça n'a rien d'un port ; même pas un ponton. C'est juste un bout de bois tors qui sort de la vase et qui signale un départ de piste au fond d'une faible crique. Juste assez profonde pour que le *San José* s'y range. Rien de plus.

La piste, elle, va jusqu'à *San Bernardino,* à une bonne journée de marche, vers l'est, une mission jésuite. Saint-Mars a l'intention d'aller y faire un tour. Pour pêcher des informations : sur l'expédition de Loiseau, sur celle du *Rangero*, sur ce qui s'est passé en amont du Chacho, entre McHenry et Loiseau, sur Matéo, et son petit carnet noir, sur les Arumgaranis, etc.

Le matin, de bonne heure, Saint-Mars et Petit Poil entreprennent leur marche vers la mission. Barth reste seul sur le bateau. Au début, ils voulaient lui laisser Ducon, mais celui-ci n'en fait qu'à sa tête, et après deux bonnes heures de marche, ils le trouvent qui les attend, couché, en travers de la sente. Comment est-il arrivé là ? Par où est-il passé ? Mystère qui épate tellement S.M. qu'il oublie de l'engueuler. De part et d'autre du chemin, ce sont des marécages et des eaux mêlées de boue ; les trois quarts du temps, ils marchent dans une eau croupie, et sur un sol ni vraiment liquide, ni vraiment solide. Il faut arracher le pied au sol, qui l'aspire, le retient, et ne le concède que dans un obscène bruit de succion. Ducon est noir de boue.

Vers la première heure de l'après-midi, alors qu'ils expédient, en marchant, un repas à base de farine et d'eau, le chien quitte d'un coup le sentier, et file vers le sud. Petit Poil maugrée dans son coin, et râle tout à fait lorsqu'ils l'entendent aboyer. Puis les cris deviennent fous. Soit il a trouvé une duconne, soit il a été mordu par un *Cinqo minuto.*

– Un quoi ? demande Saint-Mars.

– Un crotale ; quand il vous pique, il vous reste cinq minutes à vivre, dit-on. Et ces cinq minutes ne sont pas les plus joyeuses de la vie.

Saint-Mars regarde autour de lui la terre inondée qui les cerne depuis le matin, les bambous et les algues terrestres, et déglutit.

– Allons voir ce qu'il veut.

Après une cinquantaine de pas, ils trouvent le chien penché sur un trou. Un trou net de presque un mètre de profondeur. Il est furax, tourne sur lui-même et grogne. Dans le trou, un cadavre, encore tout habillé. Bras en croix et jambes repliées sous lui. S.M. évalue la décomposition du corps, par cette latitude, à quelques heures seulement. Il remarque aussi un curieux collier de sang à la base du coup.

– C'est quoi, ça ? demande-t-il la main sur le nez.

Étonnamment, Petit Poil ne s'intéresse pas au cadavre, qui empeste, mais aux arbres, au-dessus de lui.

– C'est un *angelito* ! dit-il sans baisser le regard.

– Quoi ?

– C'est comme ça qu'on les appelle par ici.

Puis, pour lui-même, entre ses dents :

– On n'est pas très loin de la frontière brésilienne ; peut-être même qu'on est déjà de l'autre côté.

Saint-Mars regarde lui aussi en l'air, comme s'il devait y voir un drapeau ou un panneau indicateur.

– À quoi tu vois ça ?

Petit Poil montre le cadavre.

– La junte, c'est comme ça qu'elle se débarrasse des opposants politiques les plus gênants. Elle leur fait faire un petit tour en avion, ou en hélico, et *hop*, elle les balourde à bonne hauteur. Cinq cents mètres, c'est la bonne altitude. Les corps tombent et s'enfoncent d'un bon mètre dans le sol humide. C'est un des rares cas où le cadavre creuse sa propre tombe. Les crabes, la vermine, les charognards, les champignons, l'humidité font le reste.

S.M. regarde d'un autre œil le macchabée, et à son tour contemple les cieux. Quelques branches sont en effet cassées au-dessus d'eux. « Enterrement par gravité molle », pense-t-il.

– Et celui-là a de la chance, reprend Petit Poil, en montrant son propre cou. Le plus souvent, les *angelitos* quittent l'avion en vie et sont tués et enterrés dans le même mouvement.

Petit Poil paraît profondément affecté, et alors qu'ils reprennent leur marche vers la mission, il sort une fiole de son sac à dos, et s'enfile une série de trois ou quatre rasades. C'est la première fois que Saint-Mars le voit boire autre chose que du café. Après cela, Petit Poil ne cesse de monologuer et de montrer son irritation, quelques pas en avant.

– Les Brésiliens n'ont rien inventé. Les Argentins faisaient ça bien avant eux. Oui, exactement, les Argentins, lieutenant ! C'est cet enfoiré d'Arumsburu qui a lancé cette putain de mode. Pendant *José León Suarez*, et l'*Opération Massacre*. Un jour, il brûlera en Enfer, cette enflure.

Il s'arrête puis repart.

– Il pleuvait littéralement des *angelitos* pendant la *Revolución*.

Il s'arrête à nouveau, et dix pas derrière lui, Ducon et S.M. cessent leur marche également, suspendus au discours du sous-off.

– La différence, avec les Argentins, c'est qu'il y avait toujours un curé dans l'hélico. Il confessait le type avant son envol, ou le bénissait. Bref, il y avait un peu plus de cérémonie… et un peu plus d'élégance.

Puis silence radio. Pendant de longues heures. Et des pas rapides, à la mesure de la rage du sous-off. Silence que S.M. respecte et qu'il met à profit pour penser. Ratain a l'air un peu plus mystérieux que ce matin. Si ce type est un clando de l'OAS poussé à un exil sud-américain depuis peu, qu'est-ce qu'il faisait en Argentine en 56 ? Pendant les massacres de *José León Suarez* ? Si ses connaissances sont exactes, le général Arumsburu a flingué cette année-là la révolution péroniste du général Valle. En faisant arrêter Valle, ses officiers, et pas mal de conspirateurs civils. Aucun n'a été retrouvé. Ce sont des barbouzes qui ont fait le sale boulot, ça, tout le monde en convient. On dit que la CIA y a aussi participé. S.M. a beau se gratter la dure-mère méningée, il n'a pas d'autres infos en stock. Depuis quelques minutes, il doit, en même temps qu'il réfléchit, se battre contre des moustiques énormes. Petit Poil a-t-il participé au massacre ? Faisait-il partie des barbouzes tueurs ? A-t-il été un faiseur d'anges façon hélico ? Il fixe le sous-off : qui es-tu Petit Poil ?

– *Picas toc-toc*, dit soudain celui-ci en se retournant.

S.M. le regarde avec de grands yeux, plutôt surpris.

– Quoi ?! s'étonne-t-il.

– Ces putes de moustiques, ce sont des *picas toc-toc*. Ils piquent une première fois ; ça fait un mal de chien, et ils reviennent moins d'une minute après pour achever le travail. D'où le nom de « toc-toc ».

Chapitre 3

Ils arrivent à la mission en début de soirée. Ils sont noirs et rouges. Piqûres de toc-toc et boue jusqu'au ventre. La mission se constitue en fait de deux bâtiments d'inégale longueur. Un petit bâtiment rectangulaire, d'abord, d'assez bonne allure, avec des murs peints et des persiennes aux fenêtres, sans doute l'enceinte réservée aux missionnaires, imagine tout de suite Saint-Mars. Un autre, plus long, couvert de palmes et de chaume, aux murs de torchis sombres, abrite des pauvres bougres à peu près tous ravagés par les maux de la jungle. La plupart restent couchés sur leur paillasse à gémir, mais quelques-uns, efflanqués et osseux, se tiennent assis près du bâtiment, et les regardent venir sans réactions. Partout, des animaux malingres en liberté, des barrières déglinguées, des détritus au milieu du jardin. Rien n'est entretenu.

En contrebas, Saint-Mars croit apercevoir d'autres formes brunes, entre des arbres, posées contre les troncs. Elles paraissent être fichées dans le sol. Il se rapproche un peu, plein de curiosité. Une dizaine de pauvres indigènes meurent. Autour d'eux, c'est un ballet assourdissant de mouches et de *picas*. Derrière un buisson, dans la pénombre verdâtre, un jeune Indien, presque adolescent encore, est moribond, le visage couvert d'insectes qu'il ne repousse pas. À son approche, il remue à peine la tête, et ses paupières, lourdes, mettent un temps infini à se lever. Ses yeux, d'un blanc sinistre, le fixent. Des yeux défaits. Derrière lui, deux autres paquets sont posés sur la boue. Pas sûr qu'ils soient encore vivants. Un autre est en train de ramper, derrière une grande fougère. Alors que ses frères fantômes sont osseux, qu'ils ont des jambes de corde nouées au niveau des genoux, lui traîne des membres grossis de manière exagérée. La cheville, le mollet, le genou, la cuisse constituent un même cylindre aussi gros que le tronc des arbres alentours. Il se porte sur les coudes, sur quelques centimètres, et s'effondre dans une flaque d'eau épaisse qu'il lape doucement. Là-dedans, c'est la mort assurée.

– Qu'est-ce qui se passe, ici ? demande doucement Saint-Mars.

– Quelle horreur ! entend-il, derrière lui, comme un écho.

Il se tourne vers Petit Poil, qui pâlit.

– Lui, c'est le béribéri, continue le sous-off en montrant l'Indien aux jambes d'hippopotame. Il n'en a pas pour longtemps. Lorsque le mal arrive à la ceinture, c'est que tu tutoies Saint-Pierre !

Il secoue la tête, et les mots se coincent dans la gorge.

– Mais qu'est-ce qu'ils foutent ici ? C'est une mission ou un mouroir ? Ils peuvent pas les soigner ?!

Il défait sa gourde, et se penche sur le gamin aux mouches. S.M. lui emboîte le pas, le dépasse et va ramasser celui de la flaque. Son corps est horriblement froid.

Quelques instants plus tard, ils trouvent le missionnaire dans le plus petit des bâtiments. Il se porte à peine mieux que ses pensionnaires. Avachi sur un grand fauteuil en rotin, une carabine *Berthier m16* posé sur les cuisses, à la crosse cassée, il montre un visage aussi blanc que l'âme d'une vierge. Il les regarde venir à lui sans émotion.

– Père Marcello ? demande La Marquise.

Un œil bouge. De bas en haut. Tremble devant le surcroît de lumière.

– Vous voulez quoi ?

Sa voix est faible. Mais il semble lucide. S.M. se tourne vers Petit Poil.

– Un peu de flotte !

Après un moment, une pointe de rose apparaît au-dessus de la barbe de l'ecclésiastique, et il peut répondre aux questions de Saint-Mars.

– On a été subitement débordés. Des dizaines et des dizaines d'Indiens se sont pointés avec la *grippa,* explique-t-il, la voix lente. Des Macuxis, des Mandurukus, des Panikours, des Jivaros achuar, des Yanomanis… On ne pouvait plus les soigner. Plus de morphine, plus d'antalgiques… Le *Padre* Luis y a laissé sa peau !

– C'est la fin du monde… déplore Petit Poil, en jetant un œil par la fenêtre principale.

Le Père lui renvoie un regard vide.

– Alors, ils sont venus ici s'entasser et mourir. Quelques-uns sont repartis dans la forêt.

Il fait un signe vague vers la fenêtre.

– Le plus étonnant, c'est qu'il s'agit de tribus évangélisées depuis longtemps et habituées aux virus des blancs. Il se dit que quelque chose de terrible se passe dans la forêt, que tout s'y dérègle, tousse-t-il.

Saint-Mars, qui voit l'heure tourner, jette un œil désespéré à Petit Poil, puis pose sa main sur le bras du Père Marcello.

– Vous rappelez-vous d'un Matéo, qui serait passé par ici, il y a quelques mois ? Il accompagnait le Professeur Loiseau et un certain McHenry, ils étaient partis à la rencontre des Arumgaranis.

– Oui. Matéo. Je m'en rappelle, fait le Père après un temps.

Il se souvient qu'il est arrivé épuisé un soir, les pieds en sang, et qu'il disait à tous qu'un malheur était arrivé sur les hauts-plateaux. Que les deux blancs s'étaient fait la guerre parce qu'ils se disputaient un livre noir, croit-il.

– Un livre noir ? remarque, très intéressé, La Marquise.

– Loiseau disait que c'était tout son travail qu'il y avait dans ce livre, et toute la culture des Arumgaranis aussi, qu'il n'était pas question pour lui de s'en défaire. Et là, McHenry serait devenu comme fou. Leur opposition serait devenue violente. Les deux hommes ont adopté chacun un coin de la forêt, en amont et en aval du *Rio*.

Le *Padre* commence à s'échauffer et fait des grands mouvements de bras, comme s'il expliquait Trafalgar à une bande de myopes.

– Loiseau et l'Américain avaient des villages et des familles autour d'eux. C'est resté ainsi, pendant quelques semaines, chacun restant de son côté, puis peu à peu tous se sont querellés. Sur tout : les territoires de chasse, les potagers, les coins de pêche. Les embuscades devenaient quotidiennes. La guerre a alors envahi cette partie de la forêt.

Le *Padre* secoue la tête, avec un air navré.

– La forêt change les hommes ! Loiseau et McHenry sont devenus plus sombres. Plus tourmentés. Le Professeur a adopté le mode de vie des Arums. Il s'est peint le corps comme eux et vêtu comme eux. Peu à peu, il a gagné en influence sur eux. Matéo a dit que ça s'est fait un soir, lors d'une veillée. Tous les chasseurs se plaignaient d'être revenus bredouilles ; certains pensaient que c'était dû à la guerre qui opposait les frères aux frères, les cousins aux cousins. Alors Loiseau a pris la parole. Il a dit qu'il fallait faire la paix.

À ce moment-là, le Père Marcello reprend son souffle, et Ratain lui donne à nouveau un peu d'eau dans une coupe. Des plaintes viennent de l'extérieur du bâtiment. Des pleurs aussi. Le récit épuise le Jésuite.

– Il a organisé alors une fête de réconciliation entre les deux villages. Et c'est lors de cette fête que le massacre a eu lieu. À peine McHenry et les hommes de son village sont-ils arrivés que les plus jeunes guerriers du village de Loiseau les ont cernés, et rabattus sur le centre de la place. Le reste, c'est de la sauvagerie. McHenry est mort sous les coups de Loiseau, avait dit Matéo.

Le Père a soudain les yeux humides.

– Comment ont-ils pu en venir à ces extrémités ?

– Combien de morts ? l'arrête La Marquise.

– Je ne sais pas. Une dizaine peut-être. Peut-être plus. Les Arums ne font pas de prisonniers, et les blessés sont systématiquement achevés.

Il déglutit et faiblit de plus en plus.

– Bah merdemerde, alors, marmonne Petit Poil. Quelle merde ! Et c'est là-bas que vous voulez nous emmener ? Et c'est ce type que vous allez chercher ?

Saint-Mars ignore sa remarque, et revient au jésuite.

– *Padre*, on m'a dit que les Arums étaient non contactés. Que Loiseau était le premier à les atteindre. Ça ne colle pas, votre histoire.

Dehors, un drôle de piaf produit un long cri d'avertissement. Lugubre. Plus loin, des centaines d'autres lui répondent. Pendant un bon moment, c'est une cacophonie inquiétante.

– J'en ai jamais vu un seul. Les Arums, murmure le Père Marcello, sont les Indiens les plus farouches qu'on connaisse. Les histoires à leur propos sont légion. Ils sont féroces, barbares, cruels, cannibales. Les *mirabaras* n'ont jamais pu les approcher sans y laisser leur peau...

– Les chasseurs d'esclaves, précise Petit Poil pour Saint-Mars. Par ici, un Indien se vend cent cinquante dollars...

– Toutes les autres tribus en ont une peur bleue ! Mais le professeur Loiseau a toujours dit qu'ils étaient moins sauvages que le laissait croire la légende.

S.M. secoue la tête et deux ou trois rides lui barrent le front. Quand Loiseau a-t-il pu lui parler des Arumgaranis puisque Loiseau et McHenry les contactaient pour la première fois et qu'ils ne sont pas redescendus à la mission ? Et comment Loiseau pouvait-il dire qu'ils étaient moins sauvages que ce que tous pensaient puisqu'il était censé ne pas les avoir contactés ? Il se prend la tête à deux mains et se frotte les tempes.

– Loiseau était bien le premier à les approcher ? reprend-il lentement.

– Oui, bien sûr ! Lui seul en était capable, je pense.

– Je me trompe, ou vous semblez dire qu'il les connaissait depuis plus longtemps.

– D'après ce que je sais, c'est la troisième fois qu'il les approchait.

S.M. se lève d'un bond et regarde Petit Poil, incrédule.

– Troisième fois ? Vous êtes certain ?!

– Vous savez, la mission est presque un passage obligé pour ceux qui vont là-haut, fait le Père en levant un pouce.

Saint-Mars le regarde fixement. Le *Padre* ne tremble pas, il n'a pas les yeux injectés de sang, il ne bave pas, bref, il sait visiblement ce qu'il dit.

– Quand les a-t-il approchés avant cela ?

L'autre lève les yeux, et jette un œil à l'extérieur. Il se concentre quelques secondes.

– Il y a dix ans, la première fois, je dirais. Je n'étais pas là, mais *Padre* Luis l'avait rencontré alors. Il était accompagné de deux Américains, à l'époque. Puis il y a quatre ans, encore ; ou cinq ans, peut-être. Encore avec des Américains.

– Les mêmes ?

– Non, je ne crois pas !

– McHenry ?

– Non plus !

– Des chercheurs, comme lui ? Des ethnologues ?

Le Père sourit.

– Ils n'avaient rien de savants. Des aventuriers, plutôt.

Une petite chaise branlante traîne à terre, La Marquise la ramasse, vérifie qu'elle est solide, et s'assoit dessus. Ou plutôt tombe dessus. Trop de questions sans réponses. Les idées lui paraissent confuses, maintenant. Loiseau fréquentait donc les Arumgaranis depuis dix ans. Pourquoi le cacher ? Pourquoi faire croire qu'ils étaient non contactés l'année dernière encore ? Quel intérêt un chercheur a-t-il de conserver secret aussi longuement le produit de ses recherches ? Voulait-il préserver les Arumgaranis de toute atteinte ?

– Qu'est-ce que vous voulez dire par « aventuriers » ?

Le Père Marcello s'irrite. Ses mains s'agitent.

– Des gens qui ne s'intéressaient pas aux Indiens. Ils vérifiaient sans cesse leurs armes et le matériel ; ils maltraitaient les porteurs ; traitaient avec dédain le Professeur...

S.M. devient dubitatif : des barbouzards. Que faisaient-ils avec le savant ?

– *Padre* ? demande-t-il. A-t-il parlé d'un Docteur Wayne ?

Le jésuite hausse les épaules mollement.

– Je ne sais pas. Matéo a dit qu'un autre *gringo* les accompagnait, et Matéo disait que c'était un *medico*. Je ne sais pas qui parce que le *Professore* n'est pas passé par la mission, cette fois-ci.

Il secoue la tête.

– C'est bizarre, d'ailleurs. J'aimais bien parler avec Loiseau. On parlait de musique. Il chantait très bien, vous savez. De littérature aussi.

La Marquise le coupe :

– Et que vous a dit Matéo encore ? Que s'est-il passé après la mort de McHenry ?

– Comment le savoir ? Matéo est parti juste après le massacre. Matéo était du côté de l'Américain, vous savez. Enfin...

– Oui ?

– La forêt parle... les Indiens qui sont venus jusqu'à nous, parlent.

– Et que disent-ils ?

– Le bruit court que Loiseau veut rester dans la jungle, avec les Arums ; qu'il est devenu indien ; qu'il est immortel, qu'il est devenu une sorte d'esprit ; qu'il est un roi ! La forêt est son écrin. Certains…

– Oui ?

– Certains décrivent une malédiction…

– C'est-à-dire ?

– Un Indien est arrivé, est entré dans cette pièce, est tombé là où vous êtes… Il vomissait sans cesse, et avait le teint jaune. C'était un Machuar… Les Machuars viennent très rarement jusqu'à nous !

– Et ?

– Et ce qu'il a dit, tousse-t-il,…

S.M. ferme les yeux. Il se dit que le mec est mourant en face de lui, et que la moindre indélicatesse pourrait le faire clamser. Alors il joue la patience, la petite patience :

– Mais encore ?

– Il a dit… il a dit qu'il était « le dernier »…

– Et alors ? demande distraitement La Marquise qui se lève pour rejoindre le bateau.

– Les Machuars…

– Oui ?

– Les Machuars sont les plus proches des Arumgaranis. Ce qui touche les Machuars touche les Arums.

Chapitre 4

Le matin du troisième jour.

Le jour n'est pas encore vraiment levé, et sur le *San José,* tout le monde dort. Les perroquets aussi. Juste quelques singes et quelques toucans qui crient. Depuis la fin du premier jour, ils n'ont vu personne sur le fleuve ou sur les rives. Ils sont seuls, la forêt, les bestioles exotiques et eux. Des arbres, par millions ; un fleuve, et des millions de litres d'eau.

Saint-Mars ouvre un œil lourd. Jusqu'à ce matin, c'est Barth qui l'a réveillé, avec une bonne tape sur l'épaule et un bol de café. En plus d'être le mécano, il fait aussi fonction de cuistot, et de chauffe-bouillon. Bien noir, le café. Bien épais. Bien amer. Mais là ce matin, pas de Barth, pas de tape sur l'épaule, pas de café. Personne ne semble bouger sur le bateau et quelque chose, pourtant, l'a réveillé. Le bateau est immobile. Barth, Petit Poil et Ducon sont à l'arrière du navire ; lui, occupe la cabine d'équipage. La plus petite. Il ouvre l'autre œil. À peine. À l'écoute. La main contre la coque pour stabiliser le hamac qui gémit. Pendant un long moment. Tous les muscles tendus, la tête levée comme s'il essayait de voir un bruit dans le noir. Mais rien.

Et alors qu'il se détend, soudain, deux chocs sur la coque. Deux chocs brefs, à son niveau. De l'autre côté de la paroi, à peu près là où sa main est posée. Il l'ôte dans un geste vif ; et entend à nouveau, plus net encore, les deux même chocs.

Il sort son *Astra* coincé dans une sacoche, et se lève pour aller chercher Petit Poil dans l'autre cabine, avec des pas de chat. Mais il n'y trouve qu'un enchevêtrement de membres noirs et blancs, de bras et de jambes enlacés. Les deux corps, celui de Ratain et du nègre sont serrés l'un contre l'autre, nus, sans pudeur, brillants de sueur, arrosant cette partie du navire d'une odeur d'étreintes chaudes et humides. Ducon dort avec eux, et c'est lui qui fait le plus de bruit. Un ronflement caverneux qui donne à l'ensemble un air bestial. Il regarde le corps noueux du Bambara, fin, fort, long, et celui de Ratain, râblé, mou, terne. Alors que son regard touche le visage nègre, il surprend les deux yeux de Barth qui le regardent ; des yeux fixes, assurés, sans aucune gêne. Ratain, lui, reste dans les bras de Morphée. Il fait demi-tour sans dire un mot et monte à l'échelle de coupée, le plus délicatement possible. Le plus silencieusement possible. Au-dessus de lui, le jour, timide, reste blafard, gris et bleu.

Deux chocs à nouveau. Plus forts.

Il sort la tête. L'air est lourd. Côté berge : la forêt, sombre, prise dans la nuit encore, ne semble pas avoir bougé. Il se retourne vers le fleuve, plus clair, plus jaune, et ne voit rien de particulier. Deux chocs encore. À quelques mètres de lui, du côté de la proue. Il monte sur le pont, nu, le flingue dans la main droite, et découvre, tout autour du bateau une dizaine de pirogues. Sur chacune d'elles, quatre ou cinq gus armés jusqu'aux dents. Des fusils, des revolvers, des arcs, même. C'est l'un d'entre eux qui cogne sur la coque avec la crosse d'un fusil *Springfield*. Il est plus grand que les autres, plus élégant aussi, c'est-à-dire avec un pantalon et un grand chapeau noirs.

– Ola, dit-il, sans sourire, le visage fermé.

Puis il demande, en regardant partout sur le bateau, de manière ostensible, quasi provocatrice :

– Tout va bien ?

Saint-Mars a du mal à réaliser ce que peuvent faire tous ces gens de si bon matin dans une contrée réputée déserte. Ratain lui avait montré hier encore cette zone sur la carte, en lui expliquant qu'on était à une bonne dizaine de jours de marche du premier village ou de la première ferme. Le grand chapeau noir insiste :

– Tout est bien ?

S.M. fait un vague signe de tête, et décroche le cran de sûreté de son *Astra*. Il a le souvenir des mouches sahariennes. Dans un désert où nulle vie honnête n'existait, il suffisait de s'arrêter quelques minutes pour faire le plein pour qu'une colonie de mouches vous tombe dessus. Il n'y en avait pas avant ; il y en avait partout après, et en nombre. Il ne s'était jamais expliqué cette génération spontanée. Ces quarante bonshommes qui encerclent le navire lui donnent la même impression. D'où peuvent-ils venir ? Autour d'eux, il n'y a que la jungle.

Tout à coup, il remarque que l'œil de chapeau noir glisse au-dessus de son épaule, il se retourne et voit Barth s'approcher de lui. Il vient de sortir du ventre du *San José*. Lui aussi est resté nu, en sueur, et son apparition provoque une petite hésitation sur les pirogues que S.M. voit mieux maintenant, le jour se levant. Des métis et des guaranis, visiblement peu coutumiers de la vision nègre : ils marmonnent tous, et quelques-uns ont commencé à pagayer à l'envers, à reculons, inquiets devant cet homme noir comme le bois brûlé. À cet instant, les pirogues en cercle autour du *San José* miment un lotus qui éclot. Le chapeau noir se met à hurler, dans une langue inconnue, contre son équipage effaré et celui des autres pirogues. Avec des gestes amples et frénétiques. Tous s'immobilisent.

Saint-Mars se retourne de nouveau vers Barth, qui n'a pas bougé, et qui ne semble pas comprendre qu'il est à l'origine de ce frémissement et de cette répulsion.

– Va chercher Petit Poil, et qu'il prépare des armes.

Le visage allongé de Barth montre qu'il a bien compris, et La Marquise peut revenir à sa surveillance. Il n'aime pas cette bande de *desperados*, et il n'aime pas leur chef, grand échalas avec un visage ovale, taillé à la machette, un grand nez, des pommettes hautes, des cheveux noirs et fins qui tombent sur un front étroit. Une gueule de mort. Il se rappelle qu'on lui a dit que le *Rangero* étendait son pouvoir à la forêt. Vient-il jusqu'ici ?

– *Gringo* ! crie chapeau noir, sans amabilité. On cherche un homme.

La Marquise fait un signe d'ignorance, un peu gêné par sa nudité maintenant que le jour est levé. Il sent derrière lui Petit Poil.

– Merdemerde, c'est quoi ce merdier, lieutenant ? demande ce dernier.

– J'en sais rien, Ratain ; ces types ne sont pas très clairs. Il faut se tenir prêts.

– Vous avez vu un homme par ici, hier ? demande à nouveau la gueule de mort.

– On n'a vu personne ! Vous cherchez qui ? demande en criant La Marquise.

Le chapeau noir regarde le bateau dans tous les sens, comme s'il pouvait voir au travers de la coque et découvrir le type qu'il cherche. En face, les pirogues progressent maintenant vers le *San José*.

– Putain, ces types se préparent à nous aborder, lieutenant.

– La *Thompson*, Petit Poil. Sors la *Thompson*.

– Un de mes ouvriers s'est sauvé hier soir. Je dois le trouver. Vous n'avez vraiment vu personne ?

À ce moment-là, Petit Poil ressort avec la mitraillette, le canon clairement pointé sur la première pirogue. Immédiatement, les visiteurs s'énervent. Deux arcs sont bandés, des revolvers sont armés, et des fusils chargés. Le tout dans un grand bruit métallique. Leur chef, peu impressionné, lui, lève le bras en l'air.

– Il s'est sauvé d'où ? crie S.M.

L'autre le regarde, et montre la forêt, vers le nord, et baragouine une vague réponse qui parle d'une plantation de caoutchouc. Le déserteur travaillait depuis un mois chez lui, mais il devait une année.

– Une année entière, et il n'a travaillé que trente jours. Il n'a pas respecté son contrat.

S.M. se tourne vers Petit Poil.

– Ils se font autant suer pour un type qui n'a pas pointé, hier matin ?

– Ces types sont de véritables esclavagistes, fait Petit Poil en montrant l'homme au chapeau noir. Ils achètent de pauvres Indiens en leur vendant des conneries. Des casseroles en fer, des machettes, des vêtements, même, des fois. Comme ces Indiens sont aussi pauvres que demeurés, ils s'endettent. Ils achètent une casserole contre soixante, cent, trois cents jours de travail. Un contrat absolument légal. Le problème c'est qu'ils ne savent pas compter ; ou que ça les fait chier. Trente ou trois cents jours pour eux, c'est du pareil au même. Et ils se font rouler dans la farine. Les désertions sont fréquentes.

– Alors, qu'est-ce qu'il va devenir, le gars ?

– Bah, soit il crève dans la forêt ; soit il est rattrapé...

– Et alors ?

– Ils le crèvent.

– C'est absurde ! fait Saint-Mars en regardant les hommes sur l'eau, qui commencent à s'éloigner du *San José*, apparemment refroidis par la *Thompson*.

– Ce système est la clé de l'exploitation de caoutchouc.

S.M. garde un air dubitatif.

– Et c'est rien à côté de ce qui se faisait, il y a dix ans encore, on pouvait tuer légalement un Indien. Ce que vous voyez là...

Ratain montre les pirogues.

–... c'est un progrès social.

Ni au revoir, ni adieu, les pirogues font demi-tour. La Marquise n'aime pas !

– Donc il faut faire peur, continue Petit Poil. Une balle par mois dû ! Voilà ce qui se fait vers Santa Margarita ; mais par ici, j'en sais rien.

Il fait un signe vers la forêt avec la *Thompson* en main, et quelques Indiens sur la pirogue baissent la tête comme si une rafale imaginaire les avait touchés.

– Je ne pouvais même pas imaginer qu'il y avait des plantations par ici, continue-t-il.

Le chapeau noir continue de les regarder en descendant la rivière, visiblement amer.

– Allez Barth, en route. Ce matin, on se passe de café et on appareille tout de suite. Partons loin de ces crevures.

– À vos o'd yeut'enant !

Chapitre 5

40 mg à 8h00

Cinquième jour de navigation.

« *Rio* », sans article défini, c'est ainsi que Barth appelle le fleuve, comme s'il s'agissait d'un nom propre, moins pour se familiariser avec lui que pour s'en inquiéter ou le vénérer ; et depuis vingt-quatre heures, *Rio* ne bouge plus ; le courant est invisible, trop lent, presque inexistant, et la forêt sur les côtés avance à peine. Une grande nature immobile. En sommeil.

Cinq jours, c'est la mi-parcours, a dit Ratain, avec un air assuré et un œil sur la carte ; et cependant, Saint-Mars a l'impression de ne pas progresser. Tout, autour d'eux, est uniforme : la rivière molle, les arbres équivalents. Le mouvement, sans repère, n'est pas vu ; il n'est pas perçu. Parfois, pour mesurer la faible avancée du navire, il fixe un point sur la rive : une branche cassée, ou une roche à fleur d'eau ; ou une plage rouge. Et il entreprend de ne pas le quitter des yeux, même pas de baisser les paupières, jusqu'à ce qu'il arrive à lui. Il se concentre, et pourtant, à chaque fois, à force d'attendre, son attention l'abandonne, et son repère s'évanouit.

Ici tout est identique. Les arbres aux autres arbres, les rives aux autres rives, et les veilles aux lendemains.

On lui avait promis des inondations, des courants violents, des cataractes brutales, mais il n'a devant lui que l'image figée d'une photographie, d'un temps inchangé depuis le jour de la Création.

Exactement : l'impression d'une immobilité de toujours. Ils auraient pu être là, il y a dix ans, cent ans, dix mille ans. Le même paysage, les mêmes ombres, les mêmes falaises, *Rio*, auraient déjà été là.

Il doit être midi. Le soleil est au plus haut, et le moteur du *Sanjo* tourne bien. Il s'est habitué à son ronflement, à sa rondeur pépère. C'est même devenu sa berceuse préférée. Midi, c'est la meilleure heure de la journée. Parce qu'il fait si chaud que les moustiques restent planqués. Une étuve, mais une étuve sans piqûres. Le seul moment où le hamac devient un réel lieu de repos. Alors il en profite. Les yeux clos, la visière de la casquette basse sur le front, les jambes et les bras qui sortent du hamac qui lui donnent un air de homard, sa respiration s'est adaptée au tour du diesel. Régulière et sonore. Il fait des rêves de douceurs, des rêves de rousse et de caresses voilées, de chants suaves et germaniques, il ne sait pas lequel, mais il sait que c'est du Brahms, un lieder, une berceuse. Il rêve aussi d'un liquide sirupeux et épais, un liquide tiède et mielleux qui lui coule tout doucement au fond de la gorge.

Lorsqu'une pince lui serre le bras, et le secoue avec vivacité.

– Yeut'nant ! Yeut'nant !

Il ouvre un œil, et se retrouve face aux grandes dents blanches de Barth, à quelques centimètres de lui. Ses grandes dents, ses grands yeux, ses narines, et son odeur âcre de cale et d'huile de moteur.

– Yeut'nant ! Yeut'nant ! J'ai cru ti mort ! Tu fais peu' ! J'ai eu peu' !

Il ouvre l'autre œil.

– P'ti poi' y veu te voi', là-haut, y sé passe une d'ôle de chose !

– Non, Barth ! C'est pas mon quart !

– P'ti poi' y veu te voi', ti de souit', y sé passe une d'ôle de chose, yé ti di' !

S.M. soupire ; il râle un bon coup, mais se lève et suit le nègre sur l'échelle de coupée. Mais, devant lui, Barth s'arrête, le doigt dressé vers le pont.

– Ti entend, yeut'nant ?

Au-dessus d'eux, le carré blanc et lumineux de l'écoutille. Saint-Mars fronce les sourcils et tend une oreille. Mais il n'entend que les rebonds du diesel. On ne peut rien entendre d'autre dans un tel vacarme. Et alors qu'il s'apprête à pousser Barth pour qu'ils accèdent tous les deux au pont, il perçoit une inflexion du diesel. Le rythme n'est pas le même. Les vibrations diffèrent. Plus rapides, plus aiguës. Il se tourne vers les machines, qui sont plus loin vers la poupe, derrière deux portes en fer. Le moteur s'emballerait-il ? Devant lui, le visage inquiet du Bambara ne le rassure pas vraiment. Sauf qu'étrangement la nouvelle vibration vient du pont ; et pas de la salle des machines. Une tape sur le cul nègre, et ils sortent. Devant, sur bâbord, Petit Poil a sa canne à pêche devant lui mais avec la tête en l'air, complètement indifférent à la vie du bouchon. Il scrute le ciel, vers le devant, vers la percée du fleuve.

– Qu'est-ce qui se passe ? demande S.M. en voyant dans les mains du sous-off la *Thompson*.

Sans se retourner, la pipe éteinte vissée dans le coin de la bouche, et restant à son examen des environs, Petit Poil bredouille un truc incompréhensible.

– Un moteur, dit-il après que S.M. a demandé une précision.

Saint-Mars regarde dans la même direction que Petit Poil, sans savoir vraiment ce qu'il doit chercher, et derrière lui Barth adopte la même attitude. Seul Ducon est resté fidèle à son point d'horizon arrière.

– Un moteur ? demande-t-il ; un bateau, par ici ? Qui descendrait le *Rio* ?

– Non.

– Quoi non ?

L'autre change de poste, de bâbord à tribord. S.M. le suit ; Barth suit S.M. ; Ducon reste là où il est. Le bruit se fait plus fort, à peine. Et peut-être vient-il de ce côté-là de la rivière, plutôt que d'un autre.

– Alors ? C'est quoi ce bruit ?

– Un avion.

Saint-Mars écoute plus attentivement et se rend à l'évidence.

– Un bimoteur… précise en marmonnant Ratain.

Soudain, Petit Poil s'excite, « merdemerde ! » pleure-t-il, saute sur ses petites jambes épaisses. « Là !! Là !! », il fait en montrant un point invisible dans le ciel, et il demande ses jumelles à Barth qui panique en pleurant des « p'le au cul » à la tonne, et plonge dans les cabines.

– Là ! reprend l'autre.

La Marquise regarde, ribouldingue les yeux autant qu'il peut, et parvient à saisir un maigre éclat métallique. À dix heures.

– Là, fait-il à son tour.

Barth ressort.

– Ji l'ai !

Petit Poil balaye l'horizon avec ses jumelles, avant de les passer à La Marquise. D'après ce que celui-ci peut voir, l'avion ne suit pas la rivière, mais il la coupe.

– C'est le *Junker 52* de Mattews, assène Petit Poil.

– Et qu'est-ce qu'il fait là ? demande S.M. les yeux vissés à la binoculaire.

– J'en sais foutre rien. D'habitude à cette période, il fait plutôt le *Mato grosso*. Le courrier entre l'intérieur et la côte ; ou le *Chaco*. S'il est là, c'est qu'on lui a demandé ; et je connais qu'un seul type qui peut faire plier Mattews…

– Le *Rangero* ?

Ratain acquiesce, avec un petit air perplexe, le même que s'il avait ramené le monstre du Loch Ness au bout de sa canne anglaise.

Chapitre 6

30 mg à 8h00

Septième jour de navigation.

Des pluies ; des rideaux de pluie. Sans prévenir.

Le ciel est bleu, le soleil plombant, comme d'habitude ; on s'approche du soir. Saint-Mars s'ennuie à regarder des insectes rebondir sur la surface, et ne voit rien venir, ne remarque rien. Il ne voit pas que les oiseaux ont cessé de tourner autour du bateau et de traverser d'une rive à l'autre. Que les singes se planquent et font les morts. Non, lui regarde la surface de l'eau et repense à Santa Margarita, à son cimetière, son bordel, son formol, son curé S.S. ; non lui rêve de sa femme rousse, du cul de la McHenry et ne voit pas le nuage, gris foncé, qui plonge sur eux.

Puis ce sont des seaux d'eau qui leur tombent sur la tête, des citernes de flotte chaude, si compacte, si dense, que la visibilité est nulle, alors qu'il sont dans un chenal pas si large que ça et que l'échouage peut arriver à tout instant. Trente minutes à serrer les fesses. Les moteurs au ralenti. Derrière S.M., Ratain balance des ordres et des « merdemerde » inaudibles, pendant que des rigoles d'eau descendent dans les cales et dans la salle des machines, allant baigner les pieds d'un Barth tétanisé, les yeux grands comme des œufs durs. Les pompes de la cale vont à plein régime pour recracher la flotte et donner une chance au moteur de survivre au déluge. Tout le monde panique, sauf Ducon, immobile sous cette douche, la langue sur le côté à baver de la pluie. Saint-Mars voulait du changement : il en a.

30 mg à 8.00. 50mg à 15.00

Huitième jour de navigation.

Le matin. Une brume épaisse qui les scotche sur leur point d'amarrage. Les suites de l'orage. Impossible d'appareiller dans cette purée de pois.

Vers midi, ils ont pu avancer de deux milles vers les grandes cataractes. La brume s'est levée. Mais les pluies de la veille ont profondément modifié leur progression. L'ont rendue difficile, parfois périlleuse. Des troncs, des branches charriés par la rivière boueuse, des arbres entiers avec leurs racines, leurs fruits encore accrochés, leurs fleurs orchidéales et broméliacées, des arbres qui peuvent à tout moment emporter le bateau, endommager les hélices ou défoncer la coque. Saint-Mars doit sans cesse surveiller les courants, plus forts après la pluie. Penché sur le bastingage, jusqu'à la nausée, il doit percer la surface, lire les remous, les blancheurs et les mousses pour repérer les dangers des profondeurs et les tourbillons traîtres. Plus aucun repos.

Deux heures après, seul sur le pont pendant que Ratain et Barth, dans les cales, colmatent des brèches, après que des rivets ont sauté côté bâbord, il est pris d'une crise de fièvre violente et commence de trembler. Le bras et les doigts qui tiennent la main courante tressautent avec une amplitude extraordinaire, comme s'ils ne lui appartenaient plus. Comme si deux ou trois singes s'y balançaient. Et quand il lève les yeux, il est pris tout de suite par une sorte de vague hallucination. Non pas que ce qu'il voit ne soit pas là. Les arbres sur les côtés de la rivière ou leur feuillage dense. Mais parce qu'il sent que l'interprétation qu'il en donne ne va pas dans le bon sens. Devant lui, des nœuds de troncs épais et de troncs étroits, des combinaisons compliquées de branches mortes et de branches vivantes, attachées et enchevêtrées par des lianes compliquées, deviennent des hautes murailles. Il voit des tours, des plates-formes, des portes et des fenêtres étroites. Comme un rempart autour d'un village de primitifs. Comme si quelque chose avait architecturé cette masse végétale, comme si quelqu'un avait tenu à se cacher, à se protéger. Il reste une bonne demi-heure à trembler de peur et d'effroi face à la forêt immobile devant lui, et quand Ratain et Barth remonteront, la crise aura cessé.

Le soir. Le fleuve, à nouveau, se fait vertical et douche le *Sanjo* et ses hommes. La même pluie, le même déluge que la veille. Avec ces gouttes grosses comme des poings qui cognent le pont et produisent un boucan de cascades folles. C'est brutal. Visuel et sonore. Un cri long et permanent. Pendant deux heures, comme la veille. Quand la pluie cesse, Barth jaillit de son antre mécanique, tremblant, trempé, en furie ; il s'arrête au bastingage, fixe de ses grands yeux *Rio*, épais de boue sombre et l'agonit de « p'le au cul ! p'le au cul » rageurs et d'insultes bambara. Avec de grands gestes, et des grosses larmes. Pendant dix minutes, devant un Petit Poil et un S.M. décontenancés, il perd les pédales, et crie tout ce qu'il a dans les poumons. Ducon l'accompagne en jappant. Jusqu'à l'épuisement. Puis il redescend, comme il était monté, aussi rapidement, et recommence à écoper en marmonnant dans sa langue sauvage, la pompe ayant rendu l'âme. De toute manière, elle tirait trop sur les batteries du rafiot, a dit Petit Poil tout à l'heure, envoyant le nègre la remplacer.

La nuit tombante, ils décident de s'amarrer à un tronc flottant, jugeant l'ancrage trop risqué si les eaux devaient monter. Dans la nuit, le vrombissement d'un moteur, d'un bimoteur, loin vers l'ouest.

20 mg à 11.00

Neuvième jour de navigation.

Le courant, à cause des pluies, est devenu si rapide, si puissant, que le bateau n'avance presque pas parfois. Lorsque la rivière se fait plus étroite ; les fonds plus hauts. Alors le bateau force, et Barth doit pousser le régime. Ratain a indiqué à La Marquise, sans sourire, qu'avec un tel courant, une panne de moteur serait absolument fatale. En secouant la tête, presque résigné. En regardant les masses d'eau sublimes du fleuve qui s'écoulent à une vitesse folle de part et d'autre du *San José*. Alors S.M. écoute le bateau. Avec les mains sur le bastingage, il compte les vibrations des bielles et des pistons, les compare, les examine. Comme un *medico* pose son stéthoscope sur la poitrine d'un tubar. Il sent quand il s'essouffle et se fatigue ; il sent quand il reprend de l'élan et de la force. Et il l'encourage même, quand il voit arriver des tourbillons, des ridelles à la surface qui annoncent des petits rapides, quand la surface se creuse et produit des remous dangereux.

Ils n'avancent plus. Ils n'ont pas fait trois milles dans la journée.

Vers midi, Barth monte prendre l'air, et pousse un cri. Aussitôt S.M. et Ratain sortent, l'un avec son *Astra*, l'autre avec la *Thompson*. Barth est en train de regarder la berge avec des yeux énormes, comme si ses paupières n'existaient plus, et une bouche à avaler un éléphant. Sur la berge, un indigène, debout comme une vigie, immobile, grand et droit comme les arbres qui le flanquent, avec une grande lance emplumée qui pointe vers le ciel. Il les regarde passer lentement, sans montrer aucune crainte ni aucune gêne. Sans animosité non plus. Que fait-il là ? Seul ? Jamais S.M. n'a vu d'Indien si grand. Jamais vu de telles couleurs peintes sur la peau.

– Un Arumgarani ? chuchote-t-il.

Petit Poil met un certain temps avant de répondre :

– Comment savoir ? On n'en a jamais vu ! Mais si bas sur le fleuve, ça m'étonnerait.

Le soir, les mêmes pluies, les mêmes gouttes folles, la même douche. Ils sont épuisés et un peu désespérés, mais c'est le visage indifférent de cet Indien qui hante Saint-Mars au moment de s'endormir, comme un sombre présage.

Dixième jour de navigation.

Le matin. La brume est encore plus épaisse que les autres matins. Petit Poil et La Marquise sont sur le pont et guettent le mur de ouate blanche qui bloque le *San José,* pour qu'elle se déchire, pendant que Barth astique sa machine et finit d'écoper la cale avant. Depuis les orages, Barth préfère les matins aux soirées, et il chantonne.

– « *Ah ! ça i'a, ça i'a, ça i'a,*
Les a'istocrates on les pend'a ;
Et quand on les au'a tous pendus,
On leur fiche'a la p'le au cul... »

Deux heures que le soleil s'est levé, mais ils ne voient pas mieux qu'en pleine nuit. Et *Rio* reste impraticable. S.M. fait la remarque à Petit Poil que de là où ils sont, c'est-à-dire la poupe, ils ne voient pas la proue, et qu'il pourrait s'imaginer capitaine d'un long navire, d'un destroyer, ou d'un grand sous-marin. Ratain glousse, et regarde en l'air, lui disant qu'il n'aperçoit pas les voiles : pourquoi pas une frégate à double rangée de canons, une belle frégate fine et racée ? La Marquise sourit à son tour, mais se glace lorsqu'il entend un cri dans la forêt. Juste là. Un cri unique, plaintif, plein d'une souffrance et d'une surprise profondes.

Le cri d'une femme.

Curieusement, Ratain se tourne vers le nord pendant que Saint-Mars regarde vers l'ouest. Dans le brouillard, le son circule de manière aléatoire et diffuse.

– D'où ça vient ? chuchote S.M.

Visage effaré de Ratain. Ducon plonge en miaulant à l'arrière du bateau, et Barth sort une tête ; il a arrêté de chantonner, les sourcils hauts, et le regard qui cherche à se rassurer dans celui de Petit Poil. La Marquise a eu l'impression que le cri avait été poussé à quelques mètres seulement du bateau. Sur la berge. Ses cheveux sont encore dressés sous la casquette, et les poils de sa peau hérissés sous sa chemise. Longtemps, un silence fait écho à la plainte. Les singes et les oiseaux se taisent. Toute la forêt s'est tue, terrifiée par le hurlement. Sur le bateau, personne ne bouge ni ne parle et tous se demandent ce qu'ils doivent faire, chacun à scruter le blanc qui les enceint, et sans se parler, dans un accord tacite, ils entreprennent d'appareiller le plus silencieusement possible. Sur la pointe des pieds. Malgré la brume épaisse et traîtresse. Impatients de s'éloigner du cri, mais sans savoir s'ils ne le rejoignent pas, finalement. Barth marmonne, tremblote et pleurniche dans son coin : tout cela n'est-il pas de trop pour le grand Bambara ?

Ce cri était-il à leur intention ? Les appelait-on à l'aide ? Cherchait-on à les dissuader ?

Chapitre 7

10 mg à 8.00. 10 mg à 11.00

Onzième jour de navigation.

Saint-Mars s'ennuie comme un rat mort dans sa cale et son hamac, à compter les rivets du plafond de la cabine, à entendre le diesel turbiner. Ils ont prévu une remontée de la rivière en dix jours. Mais ils progressent trop lentement. Les réserves s'épuisent. Ratain est inquiet. Ils prennent trop de temps. Le temps, c'est là tout le problème, pense Saint-Mars. Et ce fleuve, *Rio,* comme l'appelle Barth, c'est du temps à l'envers. Plus on avance, et plus on s'éloigne du terme. Plus on remonte la rivière, et plus on a l'impression de revenir aux premiers âges du monde, mais pas jusqu'à Loiseau. Au milieu de ce monde de *la Genèse*, il oublie d'où il vient. Il oublie Santa Margarita. Et il oublie où il va. Le meurtre, *Rangero* Villejos, le professeur Loiseau, les Indiens féroces. Même le parfum de la McHenry et l'image de la rousse s'effacent.

Douzième jour de navigation.

Plus une goutte de morphine. Mais étrangement son ventre le laisse tranquille. Le bateau s'est envasé. En plein après-midi, sous un soleil irradiant, le chenal a soudain disparu, et les hauts fonds sont arrivés sur eux sans que La Marquise ne les vît. Pourtant, il sondait le fleuve comme Ratain lui avait suggéré, tous les cinquante mètres ; aucune remontée ne s'annonçait. Mais, un frottement et un brusque ralentissement du navire les ont soudain tous fait basculer. L'hélice a bourré, râlé, puis a cessé, entraînant avec elle le silence des machines.

– P'le au cul !

– Merdemerde !

– Bande de cons !

Petit Poil, après quelques atermoiements, a dû confectionner avec une serviette de tissu, une sorte de grande poche qu'il a mise sous sa longue barbe, attachée derrière la nuque, « pour l'hélice », a-t-il dit, et il a plongé dans l'eau sans hésitation. L'eau est épaisse et sombre, et il s'y efface tout de suite, laissant place à des nuages bruns. Pendant de longues minutes, S.M. l'entend ramper sous la coque, entre les hautes algues, le voit ressortir et souffler comme un hippopotame, et plonger à nouveau. Il interpelle Barth, plusieurs fois, pour qu'il lui donne un marteau, une paire de pinces, une clé de 21. Et Saint-Mars doit plonger à son tour, pour lui transmettre, à la demande, le marteau, la paire de pinces, ou la clé de 21 ; il s'étonne aussi que Petit Poil puisse rester si longtemps en apnée. Plusieurs fois, il s'engouffre dans les profondeurs de l'eau, prêt à lui porter assistance, mais à chaque fois Petit Poil lui fait un signe rassurant et remonte avec lui.

Après une heure d'un travail acharné, Petit Poil a presque dégagé l'hélice et La Marquise revient à terre, essoufflé et épuisé, en rampant presque sur la berge, le corps couvert d'un sable gris argent et brillant, qui se retire progressivement, comme une mue subite, ce qui impressionne le pauvre Barth qui le regarde alors comme s'il ne l'avait jamais vu, comme si La Marquise était la proie d'un sortilège dont il se demande comment on peut l'en délivrer.

– Yeu'tenan, c'est toi ? Yeu'tenan, c'est toi ?...

Barth, à demi levé de la souche où il s'était installé, est prêt à se barrer en courant dans la forêt derrière eux. Et lorsque par magie, La Marquise apparaît enfin derrière sa peau d'argent, le grand nègre reprend sa place, assis sur sa souche, rassuré, en soupirant, et reprend son air mélancolique et impavide.

Quinzième jour de navigation.

Ils devraient être en aval des rapides. Ils devraient avoir posé le *San José* sur une plage, le plus au sec possible, et commencé la partie terrestre de leur périple. Au lieu de cela, ils sont pris dans des détours d'eaux stables et molles que nulle carte n'indique. Non pas une rivière, mais des rivières, une arborescence de rivières et de culs-de-sac. L'eau y est de plus en plus sombre. Profondément noire, parfois. Gagnée par les arbres en décomposition qui l'envahissent. Régulièrement, ils doivent se battre avec leur machette pour dégager la rivière : combien de temps vont-ils pouvoir tenir de cette manière ?

Ils ne cessent de perdre leur chemin, comme dans un désert sans arbre ni repère. Et la carte, blanche ou imprécise pour cette zone, ne leur est plus d'aucun secours. Saint-Mars s'était perdu une fois dans le désert saharien ; toutes les dunes se ressemblaient, il y avait douze horizons identiques qui se copiaient. Il aurait payé cher à l'époque pour avoir un arbre, une fleur qui lui servît de repère. Là, en pleine jungle, il y en a trop.

Après une heure de navigation, le bras de rivière dans lequel ils se sont enfoncés, qui les emmenait déjà trop au sud, est bloqué par un arbre tombé dans l'eau, un monstre à la circonférence presqu'égale à la largeur du bateau : impossible à pousser ou à découper. Ils restent un long moment, tous les trois, à le regarder, comme s'ils attendaient qu'il bouge de lui-même. Puis ils font route arrière, et alors S.M. s'étonne, comme un enfant, de cette inversion : la proue devient la poupe, le bâbord le tribord ; et pour une fois Ducon regarde la route avant.

Dans les trois heures qui suivent, la même opération se reproduit deux fois. La rivière est devenue un labyrinthe. Une seule certitude pour La Marquise: ils ne sauraient tourner en rond. Comment une rivière pourrait-elle revenir sur elle-même ?

Midi et début d'après-midi, ils trouvent un nouveau bras d'eau, d'abord très étroit. Ils doivent de chaque côté écarter les branches, gaffer les berges. Plus large ensuite, mais il devient très tortueux, serpentin. Le moteur tourne mollement. Où vont-ils ? se demande S.M. Aucun repère. L'eau est stagnante, immobile. Eux-mêmes pensent être immobiles. Pas un mot échangé avec Ratain depuis plusieurs heures. Faut dire qu'ouvrir la bouche est une horreur : une livre d'insectes avalés à chaque bouffée d'air inspiré. De quoi s'étouffer. Les insectes ont un goût bleu.

Petit Poil a l'air désemparé, il secoue la tête, il grogne et marmonne, il dit qu'ils ont définitivement perdu le fil du *Rio*, qu'ils ne trouveront pas les cataractes, qu'à tourner comme ça, bâbord, tribord, à tournicoter, à avancer, reculer, ils n'arriveront jamais à destination, qu'il faut songer à planquer le *San José* et, à la boussole, aller trouver les Arumgaranis. À pied.

– Combien de jours de marche ? lui demande S.M.

Petite moue de Petit Poil.

– Huit jours… dix peut-être. On marche, on chasse, on dort en l'air dans des hamacs.

Saint-Mars qui repense à sa crise de l'autre jour, à son ventre qui recommence à le torturer, à la morphine qui lui manque, cache une grimace… Et pourquoi pas laisser tomber ? Le retour serait rapide : huit jours, peut-être sept. Et plus facile puisqu'ils ont cartographié assez méticuleusement leur progression et qu'ils n'ont qu'à se laisser porter par le courant. C'est clair et évident. Il s'en fiche de Loiseau et de McHenry. Les moustiques, depuis qu'ils avancent si lentement dans cette eau immobile, sont des tueurs, aussi gros que des guêpes : ils ne piquent pas, ils poignardent. Il se tourne vers Petit Poil, et son visage fermé, pour lui en toucher un mot. Mais il ne dit rien.

Il ne dit rien parce qu'à bâbord, derrière Petit Poil concentré sur le détour compliqué de la rivière, il y a une petite falaise de terre rouge qui surplombe la berge. Et que sur le haut de la falaise, il y a une cahute de palme et de terre. Elle est fragile, et pour partie en ruines, mais c'est incontestablement un symptôme de l'intelligence humaine. Sur la berge, sous la vigie, un *puerto*. Un long ponton en bois défoncé, et au bout, ce qui ressemble à une cabane, avec des parois en roseaux et un toit de chaume. Tout est fortement délabré, manifestement abandonné depuis plusieurs mois, sinon des années. Petit Poil l'a vu à son tour ; le *San José* ralentit.

– Bah merdemerde, alors !

Le bateau s'arrête à la hauteur de la petite construction. Le long du ponton, ils peuvent voir une longue pirogue de bois complètement noyée. Le type qui habitait à cet endroit ne s'en est pas servi pour s'en aller, estime Saint-Mars. Il est le premier à aborder le ponton, branlant et instable. Suivent Ratain et Barth. À l'intérieur du cabanon, des roseaux transpercent le plancher, et une petite table en roseau reprend vie, avec quelques feuilles qui sortent des pieds. Ratain fouille de son côté et, sur la table, S.M. trouve un carnet de quelques feuillets. La couverture est en cuir, mais attaquée par une pourriture verte et grise qui en fait un velours. Il a la taille et l'aspect de certains journaux de bord. Il l'ouvre avec émotion : certaines pages sont des miettes qui tombent au sol ; les autres, qui ont résisté à l'humidité, sont blanches et vierges. Il les parcourt avec délicatesse, s'attendant à lire les derniers soupirs d'une âme, quand un appel leur parvient, de l'extérieur du cabanon, un cri paniqué. Ils sortent tous les deux d'un pas rapide, et trouvent Barth à genoux, devant un trou dans le sable que Ducon vient de creuser. Le sable est rouge, et Ducon aussi. Dans sa gueule, un petit os blanc ; et dans les mains de Barth, dans les mains noires du Bambara, une main blanche et son avant-bras, ou plutôt un squelette de main accompagné du radius et du cubitus. Au sol, d'autres os mélangés à des charbons de bois : deux têtes de singe, une carapace de tortue, des arêtes de poisson… Mais cette main, elle, est humaine, sans hésitation pour S.M. et pour Barth qui la jette au sol et la fixe, étonné et dégoûté.

– C'est quoi ? demande Ratain.

– Une main, dit S.M., avant de préciser, une main de femme…

Barth se lève d'un coup et fait un pas en arrière, avec un grand visage ouvert, les sourcils hauts et le menton bas.

– Et pourquoi pas une main d'homme ? demande Petit Poil.

La Marquise pose un genou au sol et ramasse la main qui pend, attachée à l'articulation du poignet.

– L'annulaire et l'index font la même taille. Chez les hommes, l'annulaire est généralement plus grand. Enfin, c'est comme ça chez le Caucasien ; c'est aussi le cas chez l'Africain, voyez Barth… On peut penser que c'est pareil chez les Indiens.

– Et qu'est-ce que fait la main d'une femme dans ce trou ?

S.M. fait un signe indéfini. Il ne dit pas que l'avant-bras a été sectionné net au niveau du coude, que des marques d'un instrument tranchant sont visibles à plusieurs endroits le long du cubitus et du radius. Il se lève, et laisse la main dans le sable. Il ne connaît rien des mœurs indiennes, ou locales, mais celui qui vivait dans ce *puerto* goûtait la chair humaine. Il remarque que Barth se refuse à rentrer dans le cabanon. Lui, revient au carnet et parce que c'est un objet d'écriture, il se refuse à l'abandonner, et parcourt à nouveau les pages nues. Pas de dessin, pas de notes… Mais des points noirs sur la dernière page, des points qu'il n'avait pas vus dans l'ombre du cabanon. Il les examine : ce ne sont pas des points, mais des lettres, et des mots, sinon un texte entier qui a été écrit puis effacé par l'humidité. Un texte minuscule, avec des lettres minuscules, constitué, à bien y regarder, des mêmes mots, répétés sur toute la page, et même, après qu'il a vérifié, sur toutes les pages, recto et verso, les mêmes mots notés des centaines de fois, des milliers de fois peut-être, petits, si petits qu'il doit approcher l'œil à quelques centimètres du carnet pour les lire : « *Run ! Run ! Run !* ». Rien d'autre. « *Fuis ! Fuis ! Fuis !* ». Ni signature ni justification. Petit Poil se rapproche de S.M. et lit au-dessus de son épaule. Il lit à voix audible, décrypte d'abord, relit pour comprendre ensuite.

– Merde et bergamerde. C'est quoi ce bordel ?! marmonne-t-il.

Saint-Mars a senti que sa voix flottait, presque tremblante. Il se tourne vers lui, interrogateur, et le dévisage. L'inquiétude se lit dans ses yeux. Petit Poil a peur. Encore quelques heures, et c'est lui qui demandera à repartir pour Santa Margarita. Il remarque, sur le col de sa chemise, une ligne verte : des algues et des moisissures. Et sent pour la première fois l'odeur terrible de croupissement qui accompagne le sous-off. Un peu gêné, il retourne au petit mot invisible, tourne les pages, y voit encore et encore les mêmes mots, les mêmes lettres, la même écriture folle, obsessionnelle, les mêmes courbes… « *Run ! Run ! Run !* ».

Chapitre 8

Dix-septième jour de navigation.

Aujourd'hui, le jour ne s'est pas levé. Le brouillard s'est allégé, mais demeure. Épais, inégal, humide et chaud. La navigation devient éreintante. D'autant que depuis l'échouage, le bateau prend l'eau de plus en plus. Et Barth ne cesse d'écoper et de pomper manuellement ; Ratain ou Saint-Mars, alternativement, l'aident. Depuis ce matin, ils se rationnent. À part les citernes d'eau douce, que les pluies ont remplies, la viande séchée, le tabac, le café et les haricots commencent à se faire rares. Ils ne font plus qu'un seul repas par jour. S.M. a bien essayé de chasser, la veille, pendant que Ratain et Barth finissaient d'amarrer le *San José*. Il s'est posté à une cinquantaine de mètres de la berge, se disposant à l'affût, pendant une petite heure. Mais il n'a pas aperçu un seul gibier. Ni même entendu. Et il a été vite dissuadé par des nuages de moustiques, si compacts qu'ils pénétraient les narines et la bouche à chaque fois qu'il respirait ; il toussait et éructait sans cesse et à chaque fois, recrachait une pâte sombre et sanguinolente d'insectes moribonds.

Pour le peu qu'il en voit, sur les rives, la végétation s'est modifiée. Les arbres sont moins hauts, les sous-bois ont l'air plus denses, et les plantes plus extravagantes, avec des guirlandes de feuilles qui lui paraissent énormes, larges comme des grands oiseaux déployés.

Tout a l'air paisible, bordé de coton blanc et bercé par le lent roulement sonore du *San José*.

Barth lui fait un signe, à l'avant. Il a un air inquiet et empressé, il montre avec de grands gestes une zone sur les berges tribords et S.M. a beau regarder, il ne voit rien. Tout est blanc. Des arbustes auraient bougé, et des branches se seraient écartées. Sur ordre de La Marquise, le *San José* ralentit encore, mais ils sont bien à cinquante mètres de la rive, et Barth a pu être le jouet d'une illusion. Et quelle importance ? souligne Ratain, venu les rejoindre. Une quelconque bestiole a pu rentrer dans la jungle en les entendant. Mais Barth, les yeux fixés sur la rive, reste circonspect, et marmonne quelque chose dans sa langue comme une sorte de prière alors que ses grandes mains noires serrent le bastingage avec une force intense. Le bateau continue avec la même allure, et la rivière se resserre et les berges se rapprochent.

À un moment, c'est Saint-Mars qui croit percevoir des mouvements confus sur la rive, des feuilles secouées, des branches relâchées à la hâte, des éclaboussures dans l'eau. Le mouvement paraît suivre le bateau, au même train, comme une ombre verte, comme un souffle qui ferait remuer les feuilles et les branches, comme si la forêt elle-même réagissait à leur passage. Est-il encore la proie de visions ? La morphine, il en boirait une citerne entière. Puis, Ducon vient se glisser dans ses jambes, l'oreille basse et la queue entre les pattes. Depuis ce cri affreux de l'autre jour, c'est la première fois qu'il le voit ainsi. Aurait-il senti lui aussi quelque chose ?

Une sourde impression le gagne, celle qu'ils sont épiés ou surveillés. Il se tourne vers Petit Poil, mais celui-ci, droit derrière sa grande barbe, main sur la barre, ne semble rien remarquer. Il surveille sa carte, sur laquelle il dessine avec précaution tous les détours du fleuve, les reliefs des berges, les falaises, les affluents, les confluents, les plages et les îles. Il s'est découvert une âme de géographe. C'est tout juste s'il n'impose pas à Barth d'aller cueillir des fleurs et des minéraux pour analyser la qualité des sols.

Soudain, La Marquise se retourne ; il a entendu un craquement long et sinistre, intense, dans la brume ; en amont du navire, peut-être un mille en avant. Immédiatement, ce sont les cris de Petit Poil, « machine arrière », pour freiner le bateau, qu'il répète, « machine arrière », comme s'il avait trente matelots à ses ordres alors qu'il est le seul à pouvoir contrôler les moteurs. La géographie et l'hydrographie du grand bassin amazonien passent au second plan.

– Merdasse ! C'était quoi ce boucan ? s'inquiète-t-il, tendu.

Ils sont tous appuyés sur la main-courante de la proue, à scruter le mur de ouate qui les rend aveugles.

– Aucune idée, susurre La Marquise. On aurait dit... on aurait dit qu'une bestiole éternuait.

– Balèze la bestiole ! remarque Ratain, à voix basse.

Sans lui répondre, S.M. descend dans la cabine et remonte son *Astra*, la *Thompson* et un *Springfield*. Rien ne se montre à bâbord ou à tribord.

– Qu'est-ce qui se passe ? lui demande Ratain qui l'attend à la sortie de l'écoutille.

– Aucune idée... mais j'ai idée qu'il faut se tenir prêts.

– Prêts à quoi ? insiste le sous-off.

La proue du *San José* porte une plaque en acier au niveau du bastingage, à peine ajourée. S.M. se glisse derrière elle et fait signe à Barth et Petit Poil de se tenir à l'abri derrière la cabine de pilotage. Il montre de manière ouverte qu'il décroche le cran de sûreté de son revolver, et Ratain en retour, charge la mitraillette *Thompson* et la pose près du lieutenant. Le *San José*, lourd bateau de cinquante tonneaux, est presque immobile maintenant. La brume apparaît moins lourde à cet endroit du fleuve, et La Marquise peut voir, à quarante ou cinquante mètres de la proue, un arbre énorme en travers du lit du fleuve. C'est lui qui éternuait, et c'est sa chute qu'ils ont entendue. Il garde le silence sur ce qu'il voit, et réfléchit aux probabilités qu'un arbre chute à cet instant, à cet endroit, de cette manière, perpendiculaire au lit du fleuve ; et il se convainc facilement qu'ils sont tombés dans un guet-apens. C'est alors qu'il réalise que la forêt s'est tue. Les singes et les oiseaux se la bouclent.

– Là ! chuchote nerveusement Ratain, en montrant l'arbre couché devant eux.

Et S.M. voit, furtives, deux silhouettes humaines traverser la rivière en courant sur le tronc. Elles portent des arcs, et semblent nues, et pas très grandes. Des Arumgaranis ?

– Là ! chuchote à nouveau Ratain, les muscles du cou bandés à rompre, en désignant des branches qui surplombent le *Rio*, où s'agitent des ombres pâles.

Il tourne la barre pour s'éloigner des arbres, mais le *San José* reste presque inerte. S.M. voit sur son visage les symptômes de la peur et de l'incompréhension. Si Ratain fut un soldat courageux, et La Marquise n'en doute pas, il n'est absolument pas prêt à affronter une hostilité fantomatique comme celle-ci. Qui les attaque ? Par où ? Pourquoi ? Comment ? Avec quelles armes ?

– Là ! s'exclame encore Petit Poil, au bord de la panique.

Cette fois-ci, il s'est levé et indique le sillage du bateau. Saint-Mars se lève à son tour, et devine l'ombre d'une demi-douzaine de pirogues qui s'écartent de la berge tribord et s'en vont à leur rencontre. En silence. Il voit pour chaque pirogue trois ou quatre pagaies, ce qui fait au moins une vingtaine d'assaillants, sans compter ceux qui sont sur la berge. Sont-ce les hommes de « chapeau noir » qui les auraient poursuivis jusque-là ? Pourquoi les agresseraient-ils maintenant alors qu'ils avaient tout loisir de le faire avant ? Et surtout, comment auraient-ils pu les suivre si longtemps ? Puis, il entend des petits chocs sur l'acier du pont du bateau, sur l'acier de la coque, sur celle de la plaque du bastingage avant. Comme une pluie de grêle. Comme si un gamin leur lançait des graviers. Des chocs qui se répètent quelques secondes plus tard, qu'il n'identifie pas jusqu'à ce qu'une flèche roule jusqu'à lui, et qu'une autre frôle sa cuisse. Ça a l'air de jouets. Ça a l'air d'une plaisanterie. D'autres cognent encore le navire, rebondissent et tombent à l'eau, et filent en sifflant près de ses oreilles. On les canarde avec des flèches et des fléchettes. Il rentre la tête dans les épaules, en attendant la prochaine salve, et la suivante. Toujours aucun cri, aucune parole. À croire qu'ils sont attaqués par des mimes.

Derrière lui, Barth pleure. Dans un premier temps, il se dit qu'il craque et qu'il a peur. Après tout un Bambara n'a rien d'un corsaire. Mais il aperçoit vite le sang qui coule de la jambe droite du grand nègre. Deux flèches l'ont traversée. Une lui a perforé la cuisse, l'autre le mollet, en faisant éclater l'os dont des esquilles sortent de la peau. Le nègre les regarde avec effroi plus qu'avec douleur. Les flèches sont longues d'une trentaine de centimètres, avec une pointe inégale, en fer blanc émoussé, des tiges grossières et des plumes sommaires, grises et fines. Les pirogues se rapprochent, et le *San José* se trouve maintenant à quelques mètres du grand arbre abattu ; sur le tronc, dans les branches, dansent des ombres menaçantes. Ils ne peuvent avancer ; ils ne peuvent reculer. Et toujours le même silence. Comme dans un cauchemar blanc.

Entre deux nappes de brume, S.M. aperçoit sur la berge un grand type maigre, à moitié nu. À une trentaine de mètres. Des points de peinture noire parsèment son buste et son visage et lui font une parure de coccinelle. Il porte un grand arc qu'il bande et qu'il dirige vers la cabine, un arc presqu'aussi haut que lui, et Saint-Mars se rappelle ce que le *Rangero* Villejos disait des arcs arumgaranis. Il l'ajuste et le tire avec le *Springfield* au moment où la flèche part.

Le premier coup de feu. Le silence oublié. Des singes hurleurs hurlent ; des nuées de aras braillants s'envolent, et les emplumés d'en face continuent de se taire. Petit Poil s'est glissé jusqu'à Barth et cherche à le soigner. À la militaire : il a brisé la flèche de la cuisse, et la pousse pour l'extraire. Le mécano ne dit rien ; il regarde Petit Poil s'affairer autour de sa cuisse comme il pourrait s'intéresser à l'art de découper un gigot. Avec un immense détachement. Seuls ses yeux, perdus dans deux grosses larmes, signalent une détresse.

– Il faut faire demi-tour, Ratain, et leur foncer dessus ! crie Saint-Mars.

Ratain fait un geste de dénégation.

– Il faut les allumer ! Rien d'autre à faire, lieutenant. En marche arrière, le *Sanjo* est trop lent, et je ne peux pas faire demi-tour. Le chenal est trop étroit.

Peu à peu, sa voix a forci, du chuchotement au braillement. Comme s'ils étaient au milieu d'un champ de bataille ou d'une canonnade.

– Et de toute façon, je n'aurais pas le temps de le lancer, reprend-il. Ils vont nous aborder dans dix minutes, ces enfoirés. Il faut les allumer…

– Ils sont encore trop loin pour la *Thompson*, le coupe Saint-Mars ; et on voit rien ! Putain, mais qu'est-ce qu'ils veulent ?

Ratain regarde La Marquise, avec un drôle d'air, mais ne répond pas. S.M. entend des clapotis maintenant. Les pirogues approchent ; elles devraient être à portée de la mitraillette dans peu de temps. Et il ne peut s'empêcher de penser à ce que Monneron lui avait raconté du pauvre Anderson qui avait arrosé de balles des Arumgaranis avant de se faire massacrer par eux. Quelle nécessité pousse l'histoire à se répéter ? Jusqu'aux armes employées ? Jusqu'aux détails les plus sordides ?

Il se lève, et voit tout autour du *San José* des têtes à fleur d'eau qui les encerclent ; les pirogues dérivent plus loin, vides.

Il serre les dents, et arrose de balles la rivière, tenant la *Tommy* au-dessus du bastingage. La puissance de l'arme est telle qu'il ne peut viser, mais aux cris et aux gémissements, il sait qu'il fait mouche. Pendant vingt longues secondes, jusqu'à ce que le chargeur se vide, il tire dans la brume, vers une eau qui rougit. Puis il s'abaisse à nouveau, derrière sa plaque d'acier. Petit Poil de son côté s'est rapproché de la poupe et tire sporadiquement avec son *Browning* calibre 32. Chargeur de sept balles, qu'il change toutes les trente secondes. Il n'ira pas loin avec ça, analyse La Marquise. Barth, lui, a reçu une nouvelle flèche, comme s'il les aimantait. Dans l'épaule, cette fois-ci, mais il n'a pas l'air de s'en être rendu compte et reste obsédé par son mollet éclaté. Ses joues sont inondées de larmes. Saint-Mars a réussi à glisser un nouveau chargeur circulaire. Il a dû s'y reprendre à deux fois, l'arme est ancienne et les agrafes censées retenir le camembert sont écrasées.

À tribord, deux crochets viennent d'être lancés. Ils sont abordés, et il voit une plume rouge apparaître progressivement. Mais au lieu d'un chapeau large et du visage fin d'Errol Flynn, de sa petit moustache et de son sourire subtil, c'est le visage gras et émacié d'un Indien qui apparaît. Il a de gros yeux rouges, des peintures noires lugubres, et une tête éclatée après que S.M. lui a tiré dessus avec la *Tommy*, à bout portant. La rafale l'a littéralement décapité, et son corps sans tête reste accroché à l'échelle de corde le long du bateau, comme s'il voulait terminer le boulot. D'autres crochets sont lancés, d'autres échelles, d'autres têtes qui explosent comme des citrouilles, un cri de Petit Poil au corps à corps avec un grand type nu, un Indien qui hurle alors que Ducon le traîne sur le pont par les couilles, couilles qu'il arrache, recrache, et re-mord à nouveau, en secouant la gueule et grognant, la queue battante, il est heureux le Ducon, la truffe rouge de sang, une autre flèche qui traverse le visage de Barth de part en part, de chaque côté du nez, et lui fait une bouche bée et un visage de sauvage, le *browning* de Petit Poil qui tombe à l'eau, la *Tommy gun* qui s'enraye, et un choc à l'épaule de Saint-Mars. Qui le repousse jusqu'à la cabine devant laquelle il tombe, le cul le premier, les jambes raides et les bras ballants devant lui. À un mètre du pauvre Barth, effondré sur le bastingage, qui le regarde du coin de l'œil, impuissant, et qui ressemble de plus en plus à un porc-épic. Derrière lui, il n'entend plus les cris de Petit Poil. Ni les grognements de Ducon. Il remarque aussi que le brouillard commence de se dissiper au-dessus du *San José*. Son épaule le fait souffrir, et la *Thompson* est lourde. Il regarde son épaule, elle saigne copieusement. Il aurait juré avoir entendu un coup de feu sur la berge, juste avant que son épaule l'emporte plusieurs mètres en arrière ; le claquement net et reconnaissable d'un fusil *Garand M1*. Cela signifierait qu'il a un trou dans la peau d'un diamètre supérieur ou égal à 7,62mm. Comment un tel flingue a-t-il pu se retrouver dans les mains de tels dégénérés ? En pleine forêt ? À plusieurs milles de Santa Margarita ? Puis, il sent une présence dans son dos. Il essaie de se retourner mais sa nuque et son épaule sont aussi raides que celle du *Laocoon*. Il ne voit qu'un bout de genou, à la hauteur de son épaule gauche, et une sorte de marteau aussi, au bout d'un bras, une masse de pierre grossièrement attachée à un manche de bois par des fils de fer, une masse qui s'éloigne de sa tête, lentement, et qui revient à une vitesse folle.

Le jour ne se lèvera donc jamais aujourd'hui ?

Chapitre 9

Une offrande de miel. Elle est nue, le soleil plat et sa peau blanche. Elle pleure. Avec un sourire triste. Des larmes grosses comme des poings, des larmes épaisses et lourdes comme un sirop. Il ne voit que ses épaules, son dos, sa colonne, ses fesses, tout est courbe, et recouvert d'une chevelure d'un miel roux. Elle caresse une image, une idole antique aux reflets dorés, ou un enfant ; elle lui dit des mots qui sortent de sa bouche comme des baisers sucrés. Jamais on ne l'a aimé comme ça. Une offrande de miel. Puis elle se couvre ; elle a froid ; une robe bleu satin. Une robe, fine, étroite, mais déchirée à une épaule. Elle se retourne...

– Lieutenant !

Elle se retourne, elle veut l'appeler pour qu'il la réconforte, elle a besoin de lui, il sait qu'elle a besoin de lui, il va enfin voir son visage...

– Lieutenant !

Il ouvre les yeux. Il grimace. Il a mal. C'est la nuit tout autour de lui. Il a envie de dormir, ses paupières sont lourdes, son épaule le fait souffrir, ses mains aussi. Du sang séché partout...

– Lieutenant !

C'est la voix de Petit Poil. Il ne le voit pas. Ses mains sont nouées derrière le dos, et une corde épaisse l'attache à un tronc d'arbre. La corde lui prend l'épaule et le lacère horriblement ; tout mouvement est une déchirure.

– Où es-tu ?

– Là !

S.M. voit un autre arbre, et une masse sombre qui bouge.

– T'es blessé ?

Un silence.

– À la cuisse ; mais ça peut aller.

Au loin, il aperçoit un feu, haut et large, et quelques silhouettes devant. À trente bons mètres. Ils ne peuvent pas être entendus. Ceux qui sont là-bas parlent fort et rient encore plus fort. Plus loin encore, deux sortes de cahutes, bancales et tordues, avec des tringles qui dépassent de tous côtés, font des ombres grossières. Deux chiens se roulent une pelle à proximité du feu : deux fois plus gros que Ducon. Tiens, il est passé où celui-là ?

– Il faut se barrer d'ici, lieutenant.

– Oui, mais comment ?

– J'en sais rien, mais faut trouver.

– Et Barth ? s'inquiète S.M. qui se souvient des flèches que recevait le Bambara.

Un temps silencieux.

– Il est là-bas.

– Il est resté sur le bateau ?

– Non, là-bas, avec eux.

Saint-Mars revient au feu, et cherche à comprendre. Il se sent faible d'un coup ; ses idées s'embrassent et se mélangent. Une grosse envie de dormir.

– Dans quel état ? Et qu'est-ce qu'il fait ? dit-il dans un nouvel effort.

– Ce ne sont pas des tendres, ces enfoirés.

– Qu'est-ce qu'ils lui veulent ?

Petit Poil se tait. Saint-Mars le regarde, mais la masse sombre a cessé de gesticuler. Le feu, au loin, grossit d'un coup et les ombres chinoises rigolent encore plus.

– Petit Poil !

Un sanglot. Un sanglot d'homme. Ravalé. Râpé. Un gros bruit de respiration.

– Ils l'ont bouffé.

Saint-Mars est électrisé d'un coup. Sa fatigue s'évanouit, et il regarde le campement comme s'il devait y trouver des indices qui expliquent ce que vient de dire Petit Poil.

– Ils l'ont torturé pendant des heures ; il a hurlé pendant des heures, et ils se sont marrés pendant tout ce temps. Et puis, quand ils ont jugé qu'ils avaient assez joué avec lui, ils l'ont découpé. J'entendais les coups de machette d'ici ; découpé vivant. Ils ont séparés les bras et les jambes du tronc, puis la tête. Barth a arrêté de crier après le second bras. J'entendais les coups de machette d'ici ! Un coup, un cri, un rire...

Il sanglote.

– Un coup, un cri, un rire...

– La tête ? Les bras ? demande Saint-Mars, qui ne réalise pas.

– Ils l'ont ouvert et ils l'ont vidé. En rigolant parce que ça puait. Puis ils l'ont foutu à la broche et ils l'ont bouffé !!

– Barth est mort ? demande bêtement Saint-Mars.

Comme s'il y avait encore une possibilité que Barth fût Pinocchio dans le ventre de *Monstro* en train de tailler le bout de gras avec Gepetto. Bouffé mais vivant.

– Ils lui ont coupé le bras alors qu'il était vivant, vous entendez lieutenant ?

Le lieutenant n'a rien à dire.

– Ça a empesté le cochon grillé tout le temps de la tambouille.

Il pleure.

– Ils ont tout bouffé ces enfoirés ; il ne reste plus rien de Barth. Je les ai vus lécher la graisse et sucer la moelle.

Il jure.

– Vous comprenez, quand ils ont vu le nègre, ils se sont dit que c'était trop beau !

– C'est qui ?

– Ils en avaient jamais vu, jamais goûté.

– Petit Poil !! C'est qui ces types ? Des Arums ?

Petit Poil marmonne dans son coin. Ça tourne pas rond : il parle de viscères, de Barth, de torche, de poils.

– C'est qui ?

– Les Arums ont les oreilles coupées. Pas eux.

– Alors ?

– « *Es gente perdida* »...

– Quoi ?

– Ce sont des *perdidos !* Des saloperies de pirates. Des Indiens revenus à l'état sauvage, mélangés à des *garimpeiros* de la pire espèce.

– Et pourquoi pas des Arums ?

– Vous avez vu leurs flèches ? Aucun Indien digne de ce nom ne ferait des flèches aussi mal fichues. Mais c'est pire que des Arums.

Puis après un temps.

– Ils sont partis pour nous bouffer, lieutenant. Pour nous découper comme le Barth, nous découper vivants, et nous rôtir ! Vous entendez ?

Il crache et reprend avec un ton méprisant.

– Ces enflures préfèrent devenir cannibales que d'aller chasser.

Il crache de nouveau.

– Ils savent même plus chasser...

Il crache encore.

–... même plus pister...

Il n'a plus rien à cracher. Alors il pleure !

– Même... cueillir une pomme... ils savent pas, ces salopes ! Ces putains de bâtards dégénérés...

– Ils nous ont attaqués pour nous bouffer ? coupe La Marquise, indifférent au délire de Ratain.

– À mon avis, ils en voulaient surtout après le bateau. Nous, on est la cerise sur le gâteau.

– Le bateau ? Qu'est-ce qu'ils en feraient ? souffle S.M., soudain exténué.

– Dans la forêt, le moindre morceau d'acier vaut une fortune. Pour eux, ce n'est pas un bateau, c'est une mine de fer. Ça représente des femmes, des heures de cueillette, des armes à échanger, des peaux de caïmans, des oiseaux à revendre ensuite en ville, de l'or aussi…

S.M. n'écoute plus ; le menton retombé sur la poitrine, le corps légèrement avachi sur le côté, il succombe à la fatigue et retourne à son offrande de miel.

Chapitre 10

Le matin, il ne sent plus son épaule ; mais sa tête, si ! Elle bourdonne, et il a l'impression qu'un brasseur à guimauve lui mouline les méninges. Lentement, mais inéluctablement. *Vroummm* ; puis *vroummmm* ! Et re-*vroummm*. S'il pouvait détacher ses mains, il se comprimerait les tempes pour arrêter ce boucan. Ses mains ! Il ne les sent plus ! Il veut les bouger, mais ne le peut pas. Il remue les bras, à peine, et une douleur intense lui irradie toute la partie supérieure du corps. Jusqu'à l'épaule. Il ne peut réprimer un gémissement et une grimace. Il regarde son épaule : elle est recouverte d'une dizaine de bestioles qui fouillent la chair : des insectes volants et rampants, des fourmis en nombre qui font la queue-leu-leu tout le long du bras pour festoyer là-haut. Des trucs avec de grosses ailes irisées bleues et vertes. Il est pris d'effroi et de dégoût, et se secoue dans tous les sens pour faire tomber la ménagerie, il cherche même à se lever, mais il ne gagne qu'une nouvelle douleur électrique. À bien y réfléchir, il y a des trucs qui lui chatouillent le nez aussi, et le front, et les oreilles. Il se souvient de toutes les histoires que le *Rangero* lui a racontées sur les mouches qui pondaient où ça leur chantait, et il panique un peu. Il se tourne alors vers Petit Poil, les yeux plein de larmes, et ne le voit pas. Il l'appelle alors, mais l'autre ne répond pas. Il doit comprimer ses paupières pour cesser de pleurer et sécher ses yeux, et après une minute, les ouvre à nouveau. Tout redevient plus clair, et il apparaît que l'arbre est orphelin de Petit Poil. Au sol, les cordes. Et des liens de cuir, aussi. Se serait-il enfui ? Sans lui ? Il regarde au loin, là où, hier, le feu montait jusqu'aux premières branches des arbres. Il voit deux *perdidos,* près d'une fumée épaisse, mais rien d'autre. Il entend des chocs, également. Un bruit de ferraille. Peut-être ont-ils commencé à déconstruire le *San José* ? Des aboiements plus loin. Oui, mais Petit Poil, ils en ont fait quoi ?

Soudain, un de ces démons s'approche de lui. Il ne le voit pas, mais il l'entend. Il distingue sa respiration et ses pas lourds et irréguliers. Il paraît tituber. Il chantonne aussi, avec une grosse voix, juste derrière lui, à moins d'un mètre. Saint-Mars s'inquiète pour sa nuque ; pour sa tête, ces sauvages étant capables des plus folles atrocités. Il a beau tourner la tête, il ne l'aperçoit pas. Un gloussement. Un mot inconnu, avec un ton interrogatif, un mot répété avec le même ton. S.M. ne dit rien et serre les fesses, tirant autant qu'il peut, c'est-à-dire à peine, sur les liens qui enserrent ses mains. Subitement, un liquide chaud lui inonde le crâne, et l'épaule surtout. De la pisse. L'autre lui pisse dessus, ni plus ni moins. En se marrant et en reprenant son chant. S.M. retient sa respiration, l'onde lui baignant le visage, les narines, la bouche, pendant un temps infini. Son épaule soudain s'échauffe et brûle. Quand l'autre a fini, l'odeur âcre est infecte, elle imprègne ses cheveux, sa chemise, son pantalon, dégouline sur sa peau. Et le sauvage incontinent s'en va, comme il est venu, par derrière et titubant, baragouinant et rigolant, seul.

Plus tard, vers le soir, Petit Poil n'est toujours pas apparu. Mais un petit groupe de *perdidos* vient se poster devant Saint-Mars. Ils le tirent de son sommeil bruyamment, en le frappant à l'épaule, en le sentant, en affectant les dégoûtés, en se moquant de lui et de son odeur jaune. Ils sont cinq, presque nus, et ont tous un œil mauvais. L'un d'eux, toutefois, se démarque des autres. Il est plus petit, rigole moins et porte le fusil *Garand* qu'il a entendu sur le bateau. Identique à ceux qu'il a vus dans la réserve d'Alejandro. Il le tient étroitement, comme un sceptre, et aucun des autres ne saurait y prétendre. À la ceinture, son *Astra 9mm*.

Sur son signe, l'un des plus grands s'avance vers S.M. Avec un drôle de sourire. Et le frappe. *Bloum* ! Comme ça, sans prévenir, et ses copains se marrent bien. Et il tape encore, et encore, et fort, *bloum-bloum* ! avec de grands gestes bien amples, des embrassades qui partent loin derrière l'épaule et qui tombent sauvagement sur son nez, sur ses lèvres qui éclatent, et ses joues qui enflent. Et les autres sont vraiment à la fête. Leur grand costaud de pote y met du cœur, le monstre, et il fait ça bien, S.M. doit en convenir. Pas de questions, pas un poil de curiosité de leur part, c'est pas une interview, c'est seulement un bon vieux passage à tabac. Avec livraison de tartes à gogo. S.M. ne gémit pas, ne crie pas, ne dit rien, pas la force ! Il est toujours attaché à son arbre, avec la tête qui valdingue un coup à gauche, *bloum* !, un coup à droite, *bloum* !, et puis ça s'arrête, comme ça a commencé.

Tout est brutal par ici. Et sans raison. Il les voit qui s'éloignent, de manière trouble parce que les yeux ont morflé, et qui retournent vers le feu que d'autres ont rallumé, et il a l'impression que son corps est un de ces os que Ducon adorait taquiner. Aucune partie n'est intacte. Des dizaines de bestioles continuent de lui monter dessus, de lui piquer la peau, de lui grignoter les burnes, les pieds… Mais plus aucune ne s'aventure sur le visage, vu la pluie de poings qui lui est tombée dessus. Ses yeux, qui ne sont pas loin d'exploser, sont-ils ouverts ou fermés ? Il n'en sait rien… Va faire avec !

Un cri. Il se réveille. Et, par réflexe, il veut se lever. Il s'arrache à son arbre, tirant sur son bras et son épaule, et crie à son tour, retenu par ses liens de cuir. La douleur le rend fou ; les idées dans sa tête tournent, sa tête tourne, et il manque de sombrer à nouveau. Il fait presque nuit. Des moustiques partout. Sa chemise, encore humide d'urine, semble les attirer. Ils forment un nuage autour de lui, dans un bruit assourdissant, et sont posés par dizaines sur son visage ; étrangement, peu traînent autour de la plaie qu'il a à l'épaule. Ce n'est pas bon signe, se dit-il.

Le feu est haut, plus loin, et les chocs métalliques sur le *Rio* ont cessé. Il voit dix ou douze silhouettes devant le feu. Les *perdidos* boivent et rient joyeusement. Un cri à nouveau. Qui lui glace le sang. Il jurerait que c'est Petit Poil. Une bonne nouvelle : il est vivant ; une mauvaise : il n'est pas à la fête. Des aboiements encore.

Des pas derrière lui, des pas irréguliers, le poivrot ondinien de la fois dernière revient. S.M. se crispe. Et le même liquide chaud qui lui tombe dessus. Odieux et puant. Le même rire grave. S.M. grogne, jure derrière le rideau d'urine, l'insulte, de rage, il en avale, il cherche à se lever, mais ne parvient même pas à se retourner, à peine voit-il les gros godillots sans lacets du type, qui rit, qui lui crache même dessus, avant de s'en aller du même pas flottant.

Au loin, Petit Poil crie encore, mais il s'en moque, et ses larmes coulent sur des joues déjà mouillées et souillées. Il sanglote seul dans la nuit, un long moment, en entendant, comme une litanie, les plaintes de Ratain, il pleurniche jusqu'au moment où, pour la première fois depuis qu'il est accroché à cet arbre, il parvient à bouger ses mains, et à donner du jeu à ses poignets.

Alors il se rappelle de la prison de *Tuyên Quang*, après Dien Bien Phu ; les Viêts les avaient tous parqués dans la cour de la prison, et attachés à des grilles ou des tringles en fer au sol. Le capitaine M., arrivé après les autres, avait été le seul à être attaché par des liens de cuir alors qu'eux étaient soit menottés, soit ligotés avec des fils de fer. Et bien serrés, à nécroser les tissus et flinguer les articulations. C'était la saison des moussons, et pendant plus d'une semaine, la flotte n'avait cessé de leur tomber sur la tête ;

rien pour se mettre à l'abri. *Tuyên Quang* avait été un véritable mouroir. Mais après cette grosse semaine de pluie, le capitaine M. avait pu libérer ses mains, les liens de cuir, trempés de manière discontinue, s'étaient détendus, et il avait pris la tangente la dixième nuit de sa détention. Seul. La pisse de ce chacal, c'est sa mousson à lui. Voilà ce que se dit Saint-Mars. Et il se marre presque dans la nuit. Une offrande de pisse ! Une liberté jaune ! Et il se marre encore plus. Il se tourne sur le côté gauche, puis sur le droit, produit des acrobaties immobiles, se baisse, pivote, gesticule, massacre ses articulations, se contorsionne et peut glisser sa main droite le long de son poignet gauche, de quelques centimètres, insuffisamment encore pour la libérer, mais au moins il a progressé.

Quand soudain une ombre court vers lui, venant du feu, en produisant des grognements bizarres ; et de curieux sauts ; l'a-t-on vu se démener ? A-t-on deviné qu'il est en train de défaire ses liens ? Vient-on le chercher pour l'embrocher à son tour ? D'autres ombres arrivent, à la suite de la première. Au petit pas. Des torches, des lampes. Lui, panique ; il cherche à se soulever, mais c'est trop tôt, ses liens résistent et il reste bloqué, mais c'est aussi bien trop tôt pour crever. Pas comme ça ! Il gémit d'impuissance, il enrage quand la première ombre arrive à lui. Il la voit mieux maintenant. C'est la nuit, mais il devine la taille et l'allure, et surtout la barbe, blanche et longue.

– Putain, Petit Poil ! C'est toi !?

Et Petit Poil se tourne vers lui, presque immobile. Il n'a pas l'air normal ; pas l'air d'avoir toute sa tête, il met la main en cornet sur l'oreille, comme un sourdingo. Et Saint-Mars insiste, les autre arrivent, derrière.

– Petit Poil ! Viens me détacher bordel !

Curieusement, les poursuivants se sont arrêtés à quelques mètres de Ratain, et font un vague cercle autour de lui, sans se préoccuper de l'attraper. Certains le regardent sans s'inquiéter, les bras croisés comme au spectacle ; d'autres rient. Il se demande s'ils ne lui ont pas déjà bouffé la cervelle.

– Putain, qu'est-ce qu'ils t'ont fait ?

Et Petit Poil caresse sa barbe, et se tourne vers les *perdidos*. Sans crainte. En dandinant du cul. Saint-Mars ne comprend rien. L'un des *perdidos* porte une lampe *Coleman*, et il s'approche de Petit Poil. Et S.M. réalise soudain : la barbe n'est pas aussi blanche qu'il le pensait ; plutôt rose, et avec des reflets sombres. Elle est pleine de sang séché ; et Ratain affiche un nez bien trop gros, et il se fend la poire. Un rire si intense qu'il ne produit pas de bruit, contrairement à celui de ses camarades qui tous ont les épaules qui se gondolent. Ratain n'est pas Ratain, et il le comprend quand le type se met la barbe sur la tête, sans être gêné par le sang qui lui tombe sur le visage et qui coule de la pièce de peau restée attachée aux poils. Le menton, une partie des joues et du cou de Petit Poil, et même la moustache. Un véritable masque de carnaval. C'est la première fois que Saint-Mars voit un scalp de barbe. Ils se le passent entre eux, et rigolent encore plus lorsque l'un d'entre eux le glisse entre les cuisses ; et c'est le délire lorsque la barbe devient une queue que l'un d'eux fait mine de remuer. Un seul ne rit pas : le petit au fusil *Garand*. « *Jefe* », comme ils l'appellent. Pendant tout ce temps, bien appuyé sur son fusil comme sur une canne, il examine S.M., comme un primatologue observe un babouin, comme un entomologiste étudie une termite, avant de les découper et de les analyser.

Il jappe un ordre, et tous se taisent. D'un coup, ils font tous la gueule. Visiblement, c'est pas un rigolo le gars, et ses copains sont au courant. Un nouvel ordre, et trois *perdidos* s'en vont vers le feu. Fissa. Et reviennent aussitôt en traînant derrière eux une grosse masse, qu'ils laissent devant S.M. Une grosse masse qui gémit ; qui respire fort ; qui remue un peu. La lampe *Coleman* l'arrose d'une vague clarté bronze.

Petit Poil meurt. Couché sur le flanc, complètement nu, il jette un œil par en-dessous vers Saint-Mars, mais rien ne dit qu'il le reconnaisse. Ses oreilles ont été coupées, ou arrachées, son nez a été tranché, et sa bouche – quelle étrange vision – est béante. Saint-Mars peut voir l'os du menton et ses mâchoires mises au jour, fines, et longues ; les dents bien visibles, on a l'impression que tout le visage s'est glacé dans un cri... Deux des crapules lui nouent les pieds, et les mains, sans délicatesse, ils le désarticulent presque, et lui ne râle même pas. Pourquoi l'attachent-ils ? Il n'est qu'un légume, il ne risque pas de se barrer ! Le petit au fusil prend les choses en main, et lance des ordres, et comme des petites fourmis, tous les autres s'affairent dans tous les sens. Ça ne sent vraiment pas bon pour Ratain.

Au loin, des flammes énormes ; ici, un *perdido* plus grand que les autres s'approche avec une machette longue comme sa jambe. Le petit ordonne, et le grand exécute. Il tire sur une des cordes qui, par un jeu savant de détours, lève la jambe, encore et encore jusqu'à la déboîter et qu'elle fasse un extravagant angle droit avec le reste du corps resté au sol. Et Ratain se laisse faire, ainsi pendu, la tête posée au sol. Pas un gémissement. Alors, le grand s'approche, et avec son immense couteau découpe une fine tranche du mollet. Ça a le mérite de réveiller Petit Poil qui aussitôt ouvre des grands yeux et hurle. Sa drôle de grande bouche se met à saigner abondamment. Le boucher file la tranche de Petit Poil à un de ses acolytes, qui la transmet à un troisième, qui s'en va vers le feu. Puis le grand recommence ; même hurlement ! Et recommence encore, en faisant bien glisser le couteau sur la chair pour que la tranche se tienne et soit unie, avec délicatesse. Les hurlements sont aussi longs que les gestes sont lents. Et pendant tout ce temps, le regard du petit au fusil passe du mollet à S.M., froid, observateur. Il veut voir l'effet que ça fait sur lui. Ce type torture deux gars en même temps, et s'en régale. Il donne un nouvel ordre, et le grand sabreur passe à la cuisse. Ça découpe, ça hurle, ça découpe, ça hurle… Le dixième et le onzième hurlement se font plus faibles que les autres. La viande fatigue. Saint-Mars tremble et pleure sans larmes.

Il est prêt de s'évanouir quand l'une des brutes revient du feu ; avec un bol, et dans le bol, une tranche de Petit Poil rôtie, une tranche de Petit Poil que le *jefe* avale d'un coup, en mâchant comme un porc, avec du jus de sang qui lui coule sur le menton et dans le cou. Tous se marrent… Tout ça devant un Ratain à l'agonie. Un signe de la part du *jefe*, et le boucher reprend son travail.

Le découpage est l'occasion d'une longue fête arrosée qui dure une partie de la nuit. Ratain, lui, a résisté une demi-heure. Puis à un moment, Saint-Mars a vu la poitrine se relâcher soudainement. Ils ont essayé de le réveiller, à coups de pied, à coup de tison rouge, mais il était fini. Ça a un peu gâché la fête. Maintenant qu'il est mort, et désossé, il n'intéresse plus les *perdidos*, qui font là-bas, près du feu, ripaille de sa chair. Ils ont abandonné sa carcasse, pendue comme un pantin à l'envers, à quelques mètres de La Marquise. Elle vaut pour lui comme un présage sinistre. Il a envie de chialer, mais n'y parvient pas.

Seul motif de réjouissance : avec tout ce qu'ils boivent, ils vont sacrément avoir envie de pisser !

Chapitre 11

Il court comme un affamé. Sa poitrine est oppressée ; son souffle devient quasi asthmatique ; ça siffle et ça râle. Son épaule hurle de douleur à chaque bond. C'est le petit matin, et tout est grisâtre.

Les troncs, petits et gros, défilent sur sa droite, défilent sur sa gauche ; une souche devant lui, il la saute plutôt qu'il ne la grimpe, puis il évite un trou douteux au sol, mais se retrouve face à un mur vert compact ; il tourne ferme, à 90°, et découvre une longue ouverture devant lui : il plonge et court, encore et encore, il s'essouffle trop vite. Il n'en peut déjà plus, et il ne va pas pouvoir poursuivre longtemps à cette cadence. Les arbres, les trous, les fossés, tout tourne autour de lui. Il croit entendre pas très loin le bruit des pas qui le poursuivent ; le jappement des clebs ; les chocs du tranchant des machettes. Il allonge le pas, renforce l'impact de sa course sur le sol ; ses dents se cognent à chaque pas, alors il serre les mâchoires, mais il étouffe immédiatement ; alors, à grande bouffée, il avale l'air ambiant, plein de flotte et de moustiques, et perçoit tout de suite la forte odeur de la pourriture. Le sol est glissant ; « faut pas que tu te ramasses, bonhomme », se dit-il ; ça l'obsède même ; « c'est pas le moment de flancher » ; alors il pense chaque millimètre carré de ses jambes : la flexion de ses chevilles, les talons qu'il monte haut, presque sous les fesses, la tension des muscles de ses cuisses, de ses mollets, de ses pieds même : en un éclair, il revoit mentalement les planches anatomiques de papier glacé du *Larousse illustré* de sa piaule qui lui arrachaient des grimaces d'horreur lorsqu'il était môme : un grand bonhomme chauve et rose auquel on vient d'arracher la peau afin que la chair filandreuse des muscles soit mise au jour ; bras écartés, jambe posée de manière improbable, en tout cas impossible à reproduire devant un miroir, une manière d'homme de Vésale sécularisé, glacé et froid. Il se souvient des yeux, profonds et complètement dépressifs du type, et de ces cordes roses tendues et entrelacées tout le long des jambes ; et là, maintenant, ces cordes, il lui paraît qu'il les tend à rompre, qu'il les secoue, les tire, les relâche, qu'elles deviennent dures, très dures même, il a mal, et se mélange les pattes dans une foutue branche basse et s'étale au sol. Il est sonné, pendant quelques secondes. Et ce n'est plus à l'homme de Vésale auquel il pense, mais à Petit Poil, à la chair de ses muscles que ces sauvages avaient découverte, à ses jambes désarticulées, à ses yeux perdus… Puis il entend à nouveau les chiens, et les cris des salopards qui les titillent.

– *Yoyoyo…*

Il a l'impression d'être dans un délire du brigadier Monneron. Il se relève, puis retombe à quatre pattes ; se relève et court ventre à terre. Sauf que dans cette foutue jungle, où tout se ressemble, il est complètement perdu. Il a perdu le fil de sa course. S'il continue, il va se jeter dans la gueule du loup. Sûr ! Les arbres, la rivière, pas très loin, renvoient les sons de manière trompeuse. Tout est écho. Les chiens semblent être devant ; ils semblent être derrière… Il doit se reposer. Les reins contre un tronc, les mains sur les genoux, la poitrine parallèle au sol, il tente de retrouver un rythme de respiration normal ; il se concentre en même temps. Il tend l'oreille, mais il semble bien que les cris et les aboiements s'éloignent. Sait pas où ! Mais il les entend moins. Bonne nouvelle car ses jambes auraient refusé de le porter plus loin. Ses poumons, il les imagine roses et émulsionnants ; sa douleur, il la ressent froide et brûlante en même temps, comme s'il avait avalé un gros bol d'azote liquide.

Il gonfle bien ses poumons, puis les vide consciencieusement, et entre chaque souffle, il écoute à s'arracher les oreilles le silence qui l'entoure. Juste ce qu'il lui faut pour prendre du temps, pour prendre de l'air, et un peu de calme. Il se met en apnée, et écoute la forêt. Encore. Que dalle. Les mastards ont l'air d'être loin. Il les a semés.

Le problème, là, maintenant, c'est qu'il perçoit clairement un clapotis. Il dégage une branche, sans faire de bruit, marche sur quelques mètres, aussi discrètement qu'un skieur nordique, et découvre absolument consterné l'étendue du *Rio*.

Il est revenu sur ses pas. Croyant s'éloigner du fleuve, il s'en est rapproché ; croyant leur échapper, il est revenu chez les dingos ! Il voit sur sa droite, à deux ou trois portées de fusil, la carcasse désossée et éventrée du *San José* : le pont est démonté, les bastingages sont au sol, des câbles et des tuyaux sortent de partout, la cabine repose sur la vase, enfoncée de moitié, et la coque montre un immense trou floral. Plus près de lui, un petit ponton, avec l'ombre d'une pirogue.

Et pourquoi pas ?

Après avoir remonté le fleuve par la berge, avec prudence, il arrive à quelques pas de l'embarcation. Il entend les chiens à nouveau, et des éclats de voix : « *yoyoyoyo* ! » Ils reviennent, ils ont peut-être retrouvé sa trace, et ils doivent avoir les crocs.

La pirogue a l'air en bon état : il lui suffit de se laisser porter par le courant, avec un peu de chance, il n'y aura personne plus haut sur la berge pour le voir partir. Mais au moment de la détacher, accroupi pour que personne ne le voie, il sent qu'elle est étonnamment lourde, et il s'aperçoit qu'elle est encombrée. Il pense à un tas de linges sales d'abord ; puis à une sorte de poubelle flottante ensuite, à cause de l'odeur ; mais en réalité, c'est un des *perdidos* qui y est couché de tout son long ; sans doute venu là pour dormir tranquille après le festin de la veille et la bonne picole qui l'a accompagné. Il est couvert de pisse et de sang, le sang de Petit Poil. Saint-Mars ne peut pas revenir en arrière : les chiens sont à quelques dizaines de mètres – « *yoyoyoyo !* » – ; et il ne peut pas se débarrasser du pionceur sans se faire remarquer. Qu'une possibilité : s'embarquer avec le bonhomme, le plus doucement possible, sans le réveiller. Et traiter le problème en aval du fleuve.

Il parvient à monter sur l'arrière de la pirogue, sans la faire trembler, à l'écarter du ponton, et à prendre le fil de l'eau, en le caressant de sa pagaie. Il est tellement tendu que les muscles du dos lui font mal, plus mal presque que son épaule. Pendant dix bonnes minutes, il ne cesse de regarder au-dessus de celle-ci pour voir si ça bouge au niveau du *San José*, si d'autres pirogues sortent de la forêt et le suivent. Mais tout reste calme. À un moment, il croit voir quelques ombres s'activer à l'endroit d'où il est parti, mais la distance est telle qu'il n'est sûr de rien ; de toute manière, le *San José* et le campement des *perdidos* disparaissent maintenant derrière une courbe du fleuve, il va bientôt être hors de portée, la tension retombe, mais quand il se retourne, il voit les deux grands yeux de l'Indien qui le regardent sans sympathie. Le bonhomme est en train d'émerger, et il n'a pas encore tout compris. Et là S.M. se dit d'un coup qu'il n'a pas pensé à la possibilité que cette raclure fût armée. À peine y a-t-il songé qu'il se lève et lui balance la pagaie en pleine tête, c'est un peu traître dans la mesure où le *perdido* n'avait pas tout à fait fini son réveil. La rame se casse en deux, mais la tête du gars également, qui se met à saigner abondamment et à saloper toute la pirogue. S.M. se retrouve avec un bout de rame brisé en main ; et le buste de l'Indien qui se met à faire la bascule. Il a un vague souvenir d'escrime, du commandant Fraîchecourt, son maître d'arme, qui lui criait de se fendre avec le buste et non seulement avec le bras, pour mettre de l'allonge et de la force, la précision étant accessoire. Qu'importe où l'on touche, si on touche ! Il s'exécute, et se fend joyeusement, le corps en profil, le bras bien dans la ligne de l'épaule, et le buste tout en avant. La rame cassée pénètre l'œil du *perdido* comme dans un pot de saindoux. Avec le même bruit gras et aqueux. Le bateau ne tremble même pas. L'Indien, qui bave un peu et saigne beaucoup, bascule en arrière, cogne le fond du bateau et rebondit vers lui, comme un culbuto, avec le bout de rame qui lui traverse le crâne. Comme ça, se dit pendant quelques secondes Saint-Mars, il a un petit air de girouette, une girouette qui lui saisit le bas du pantalon, avec force. Mais il va le foutre à la baille, si ça continue. S.M. a beau secouer la jambe, l'autre reste accroché, alors il secoue plus fort : les secousses se transmettent à l'ensemble du corps du *perdido* et même à l'ensemble de la pirogue. Mais l'autre ne lâche rien. Pour maintenir la sûreté de l'embarcation, S.M. entreprend de détacher l'Indien de son pantalon, doigt après doigt. Ça prend un temps fou, trois ou quatre secondes par doigt, et pendant tout ce temps, l'autre frétille avec son écharde, et pleurniche. Le dernier doigt craque un peu, mais S.M. peut enfin faire basculer l'autre crevure par-dessus bord, le faire entrer dans l'eau doucement, encore vivant mais bientôt mort, qui le regarde de son œil sauf. Pareil à une petite bulle blanche qui tombe vers le fond.

Mais tout de suite, un bruit se fait entendre de l'autre côté du bateau.

Il se tourne, alerté. Quand va-t-on lui foutre la paix ?! Une bestiole nage vers lui. Aussi directe qu'une torpille. Un mélange de croco et de canard ; deux grosses narines qui flottent, et qui soufflent. Il se lève, les jambes bien écartées, il ne parvient pas à l'identifier. La chose progresse vite, et il serre la pagaie, bien résolu à ne pas la laisser approcher. Elle est à dix mètres. Il lève la pagaie. Elle est à cinq mètres. Encore quelques secondes, et il la coupe en deux. Et c'est alors qu'il reconnaît le brave Ducon. Qui commence à s'épuiser. À zigzaguer. D'où débarque-t-il celui-là ? Saint-Mars plonge la pagaie en douceur, et Ducon le fidèle la mord comme un désespéré. Sur sa tête, une dizaine de plaies. Son oreille droite a rejoint la gauche au bureau des objets perdus. Cette bête est un mutant, se dit-il, il en pleurerait presque, mais il se marre plutôt.

Chapitre 12

Il pousse de moins en moins sur la pagaie. Un bras seulement reste valide ; l'autre est fichu. Et sent de plus en plus mauvais. Le tissu de sa chemise est pris dans la plaie, une plaie rouge devenue brune, avec de drôles de reflets blanchâtres. Il est en train de pourrir de ce côté-là. Et rien de neuf sous le soleil. Du vert partout ; des arbres mous et grands ; la flotte toujours recommencée. Par deux fois, il a dû faire demi-tour ; par dix fois, il a été piqué par des guêpes énormes ; grosses comme des piafs. Il a chaud : chaud dedans, chaud dehors ! Et faim ! Il n'a rien mangé depuis quatre ou cinq jours ; si, il a chopé un piranha, grand comme sa main, qu'il a bouffé sans même le cuire ni le vider. Simplement décapité à coups de rame.

Sans arme, sans machette, sans hameçon, sans couteau : il n'a aucune chance.

Les nuits sont terribles. Il a froid, et dort à peine, pris de cauchemar. Peur que le « ow-ow » l'attaque. Qui lui a parlé de cette bestiole ? Il ne le sait plus, mais elle l'obsède. Il l'a entendue dans les bois, qui rôdait près de son dernier campement. Mais qui lui a parlé de cette bestiole ? Une sorte de loup amphibie, un loup des eaux, qui s'attaque aux hommes isolés ; non pas que le ow-ow ait peur des hommes en groupe ; rien ne l'effraie, le ow-ow ; mais il aime la discrétion. Fort comme le loup, rusé comme le renard des plaines, on lui avait dit. C'est un Viêt qui lui en a parlé, maintenant il s'en rappelle. Rien à voir avec l'Amazonie. N'empêche, il lui fout les foies. Personne ne l'a jamais vraiment vu, mais il est attesté. On peut le sentir venir toutefois ; rien ne pue plus que cet enfoiré. Il s'appelle « ow-ow » parce qu'on a juste le temps de deux respirations quand il t'attaque et te bouffe, voilà ce que disait le petit Viêt. Alors, La Marquise ne dort pas ; il reste sur ses gardes, la pagaie bien serrée, prêt à frapper. L'Amazonie, ça ressemble vachement à l'Indo, il se dit, par moments.

Hier, il a encore entendu l'hydravion. Pas vu, mais entendu, qui faisait une rotation. Là, il a réalisé alors qu'il était sur le chemin du retour. Le *San José* avait remonté le fleuve, lui, le redescend. Grâce au courant.

Depuis combien de temps a-t-il quitté les *perdidos* ? Il a oublié de compter. Trois jours peut-être. Depuis quelques heures, il n'avance plus. Il s'est perdu dans un jeu complexe d'affluents. Son épaule saigne à nouveau, et c'est rien à côté de ses mains, qui ont doublé de volume à force de ramer, rouges de sang et d'ampoules.

À un moment, alors qu'il vient de faire demi-tour à nouveau, qu'il enrage et souffre, qu'il râle à chaque coup de pagaie, contre les moustiques ou la pirogue qui prend la flotte de toutes parts, alors qu'il arrive à un nouvel embranchement, entre flotte et boue, où le courant paraît des fois illisible, il remarque une chose qui nage à quelques dizaines de mètres de la pirogue. Qui descend très lentement la rivière, sur tribord. Il y a des centaines de débris ou d'animaux qui flottent sur le fleuve ; mais là, malgré lui, celui-ci a attiré son attention. Il retire la pagaie de l'eau, et se lève, légèrement en équilibre, pour mieux voir. La chose est sombre, presque noire, et se laisse porter par le faible courant. Ducon l'a vue, et grognasse mollement. Il n'a plus la même pêche qu'avant, le pauvre. Saint-Mars fait d'abord l'hypothèse d'un petit croco, et pense aussitôt à son estomac tout en se disant qu'il doit faire attention à ne pas exploser sa pagaie sur la peau épaisse du saurien. Mais fausse alerte. Ce n'est qu'un morceau de bois. Un petit tronc. Mais il est noir, le tronc. Carbonisé. Un morceau de bois brûlé.

– Ma pelle au cul, jure-t-il, sans copyright.

Quelqu'un a fait du feu pas très loin. Ça peut être les *perdidos*, mais peut-être pas. Peut-être les Arumgaranis. Il regarde passer le tronc comme une vache le train. Tout près de la pirogue.

– Les Arums, pour sûr ! dit-il, pour lui-même.

Le problème, c'est qu'il n'a aucune idée de là où il est. Comment savoir s'il est en territoire arumgarani ? Dans son crâne, la carte est blanche.

– Totalement blanche, murmure-t-il.

Blanche comme du coton ; d'ailleurs toute sa tête est pareille à du coton.

– Et pourquoi pas l'équipe du *Rangero* ? reprend-il.

Il se rappelle qu'il a entendu l'avion.

– Ou des *garimpeiros* ?

Mais tout de suite, il fait un geste de dénégation de la tête, et se tourne vers Ducon.

– Il n'y a pas de *garimpeiros* par ici ; ils ne sont pas suffisamment fous pour s'aventurer dans le coin.

Il se bouffe la joue intérieure.

– Trop loin dans la forêt, trop loin sur le *Rio*.

Il réfléchit une bonne demi-heure, assis en tailleur à l'avant de la pirogue, à attendre que de nouveaux signes se présentent à lui : du bois grillé, une carcasse, une sirène, mais rien ! Un nuage d'insectes s'est formé autour de lui, mais c'est rien à côté du bourdonnement qu'il a dans la trombine. Jusqu'à ce qu'il décide de remonter le courant.

– Parfaitement, énonce-t-il.

Il va aller en amont du fleuve, et tourner le dos à Santa Margarita, pour peu qu'il y allât auparavant ; il va remonter la rivière. Contre le courant ; il part du principe, très falsifiable, que le foyer qui a largué le bout de bois cramé n'est pas très loin.

Après quelques milles, le principe paraît se confirmer. La rivière a été travaillée. Des petits troncs ont été coupés, à la machette, peut-être. Des percées semblent avoir été faites dans les sous-bois ; il croit voir des départs de piste. Il redouble les mouvements de rame. Là, sur la berge, n'est-ce pas une sorte de barrage ? Des pierres amoncelées. Possible. La pirogue glisse comme jamais. Il souffle comme un rhinocéros en rut. Les ampoules des mains éclatent, et lui laissent la chair des mains à nu. Mais il rame toujours ; et il souffle encore plus. Il ne se rend même pas compte que le courant pousse contre lui. Que la pirogue n'avance quasiment plus. Lui, continue de cogner la flotte. Avec détermination. Jusqu'à l'épuisement ; jusqu'à l'évanouissement. Net. Brutal. À un moment, il est assis à bouger comme un dément ; l'instant d'après, il est tombé dans le fond de la pirogue, le visage à moitié plongé dans l'eau croupie.

La pirogue sans pilote ne peut pas tenir longtemps comme ça, à flot, balancée de droite et de gauche par le courant – « Glisse Barque funèbre… » – et la première pierre venue, elle cogne et Ducon tombe à l'eau, à la seconde, elle se disloque et chavire, faisant valser le pauvre Saint-Mars dans des remous puissants, le laissant comateux et aussi inerte que le tronc calciné de tout à l'heure, malmené par des flots tourbillonnants, qui le recouvrent et le découvrent régulièrement, jusqu'à une petite plage de sable rose.

La tête vaguement au sec. Le nez dans la vase. La vase dans les narines. Avec des petites bestioles qui lui montent dessus. Qui le pincent, le piquent, et se demandent si ce n'est pas Noël avant l'heure, vu qu'il y a de quoi nourrir la petite famille pour des années. Mais dans son coma, Saint-Mars repense au « ow-ow ». Il se dit même que ce salopard de loup amphibie est en train de lui lécher la pomme. Il sent son haleine chaude et pestilentielle sur lui, et dans quelques instants, la bête va le gober. En deux souffles. Même pas le temps de voir sa vie débouler qu'il sera déjà en train de visiter les entrailles du monstre. Alors, depuis le fin fond de son palais du sommeil, il entreprend d'ouvrir les mirettes. Une paupière, puis l'autre. Et il ne comprend pas ce qu'il fait là au milieu de dizaines de crabes d'eau douce et de petits cafards avec des antennes si longues qu'on pourrait capter Radio-Luxembourg. Non, il ne comprend pas. Il fait un check-up : il a les guibolles dans la flotte, jusqu'aux roubignoles, et il ne parvient pas à les remuer ; son épaule est toujours à 600° ; il a un crâne bien amoché aussi ; sans la voir ni la toucher, il sait qu'il a une bosse grosse comme la burne d'un chameau.

Mais rien de tout cela ne l'inquiète prioritairement. Non, sa priorité, c'est de savoir qui est le type qui le regarde, à moins de deux mètres, couché comme lui sur le ventre, la tête tournée vers lui, la joue dans la flotte. Le mec le zyeute intensément, avec ses petits yeux noirs comme deux petites billes fébriles. Saint-Mars trouve tout ça plutôt curieux. Ils sont là, tous les deux allongés sur une plage amazonienne, à quelques mètres l'un de l'autre, inertes, à se rincer l'œil mutuellement. Pas un pour l'ouvrir. Se présenter. Faut dire que l'autre a un drôle d'air, pense-t-il après un temps. Avec ses petits yeux qui bougent faiblement, mais pas d'une manière vraiment synchrone. Pendant que l'œil droit va à gauche, l'œil gauche va à droite ; un véritable contorsionniste du regard, le type. Voilà que l'œil droit se fait la malle, maintenant ; il sort carrément de son orbite et tout tranquille descend le long du nez, puis remonte, puis repart le long du sourcil, et saute sur la plage. L'œil est un petit bousier sphérique qui se retrouve sur le dos, dans le sable, avec plein de papattes qui se débattent. Le regard de S.M. revient au visage du type. Son orbite est creuse, profonde et noire, et un nouvel œil en sort, encore plus gros que l'autre. Ce mec est un cadavre ; et c'est lui qui puait le ow-ow faisandé. Des heures, peut-être des jours, qu'il est là. Cette plage est un véritable cimetière d'épaves.

Le genou gauche. Puis le droit. Qu'il parvient peu à peu à ramener sous lui ; et il se soulève. Il allonge une grimace et a l'impression d'être hydrocéphale : il voit mieux son copain de plage, maintenant. Il a la bouche ouverte, comme s'il demandait de l'aide, et l'intérieur de sa bouche est noir de mouches et de punaises, qui entrent et sortent librement des profondeurs de la chair. Il frissonne ; ce type est un adage, une promesse ; la promesse de ce qu'il sera dans quelques heures s'il ne dégage pas tout de suite. Le cadavre porte sur le dos, encore tout attaché, un petit sac à dos. Et ce sac à dos, en toile fine et à multiples poches, La Marquise le reconnaît pour en avoir vu des semblables dans la réserve d'Alejandro, à Santa Margarita. Ils étaient destinés à l'équipe du *Rangero*. Ses méninges tournent avec turbines. Donc, il y a de fortes chances que ce gars soit un porteur du *Rangero*. Dieu seul sait ce qui a pu lui arriver. Sur l'autre flanc du cadavre, il découvre une petite flèche ; et un autre point noir à quelques centimètres. Ce type a fait une mauvaise rencontre, songe-t-il. Et il tire sur la flèche qui sort, difficilement, de quinze bons centimètres. Et il sifflote :

– Ça a dû faire du grabuge là-dedans !

Il n'a rien d'un spécialiste, mais il sait reconnaître un objet fait avec art. Petit Poil avait raison ; les *perdidos* ne savaient pas ou ne savaient plus confectionner des flèches dignes de ce nom. Celle qu'il a dans les mains est parfaitement droite, équilibrée, harmonieuse et le choix des plumes de l'empennage évidemment fait avec goût. Le trait est sombre, presque noir. Il essaie de le briser, mais il apparaît comme absolument résistant ; à peine le plie-t-il. Du *quebracho*. La pointe est noire aussi. Il la gratte, sans même la rayer, et il lui semble bien qu'elle soit en bois également. Il n'a jamais entendu parler d'une flèche qui fût d'une seule pièce : trait et pointe taillés ensemble. Les plumes sont collées au trait par de la cire. Celle-ci reste dure même après qu'il l'a malaxée et frottée. Sans doute a-t-elle été chauffée plusieurs fois. Des petites fibres végétales, sous la cire, attachent les petites plumes bleues et rouges. Il agite la flèche autour de lui, et le frottement de l'air est inaudible. L'envol d'une chouette, une nuit de chasse, ne ferait pas mieux. Pas de fer ; pas de pierre travaillée ou polie. Il lève les yeux, regarde la forêt autour de lui.

– Arumgarani ! énonce-t-il avec certitude.

Chapitre 13

Le cadavre l'a regardé partir comme s'ils ne devaient plus se revoir. Avant, Saint-Mars l'avait détroussé au mieux. Dans cet univers, le paquetage du bonhomme s'est révélé être plus précieux que les mines du roi Salomon. Une petite machette, un couteau, une boussole qui yoyotait, mais pas toujours, une petit torche, pleine d'eau mais il ne désespérait pas de la sécher, une fiole de rhum à moitié vide, un briquet à silex qu'il a pu faire fonctionner à force de frottements, et une cuillère de métal blanc.

Le premier soir, il peut ainsi faire un petit feu. Que du bonheur : la fumée éloigne les moustiques, et il a réussi à attraper une tortue d'eau, coincée dans un nœud de bambous. Elle n'est pas plus grosse qu'un gant de boxe, mais c'est pour lui l'annonce d'un festin. Sauf qu'une tortue, c'est sacrément coriace. La tête et les pattes planquées dans la carapace, elle reste impossible à tuer ; il touille avec le couteau, mais il ne récupère qu'un jus sanguin aqueux assez détestable ; elle fuit la lame, la fourbe. Il la tournicote dans tous les sens, la balance contre un arbre pour que la coque se fende, la cogne à coups de talon, rien n'y fait. Alors, de dépit, il la cuit vivante, carapace vers le feu, les pattes en l'air qui gigotent en pleine panique pendant quelques minutes. En jugeant finalement que c'est assez pratique : contenant et contenu dans un même lot.

C'est à peine plus rapide pour elle que pour Petit Poil, se dit-il, maussade. Une fois cuite, la carapace inférieure s'ouvre comme une coquille d'œuf, laissant apparaître une chair aussi tendre que de la volaille. Il en a la trique. C'est tout juste s'il ne sent pas les protéines s'agglomérer en lui.

Après, il profite du feu pour aseptiser la cuillère et le couteau. Son projet ? Aller chercher la balle dans l'épaule. Vu la douleur, il sait que l'omoplate l'a bloquée. Il n'aura pas long à la chercher. Il avait vu des potes le faire en pleine brousse en Indo. Un des sergents coloniaux du 9ème DIC* s'était pris un éclat de *lazy dog* dans la cuisse droite, après un bombardement ami, alors qu'ils s'étaient paumés dans les rizières, et qu'ils étaient poursuivis par des Viêts plus nombreux là-dedans que des morpions dans la culotte d'une *congay* de Cholon. Le mec ne pouvait plus marcher, et sa cuisse était si explosée qu'aucun de la section ne voulait y toucher. La plaie était large et profonde et le sergent avait pu, seul, y glisser la moitié de lame de son poignard *US-M3*. Après quelques minutes, tous l'avaient vu sortir deux éclats métalliques longs comme le pouce. Le mec était blanc comme un linge, mais sauvé, et prêt à courir un marathon. Mais ça n'a pas l'air si simple pour S.M. Le petit couteau est presque rouge-fusion, mais la main gauche a la tremblote. Malgré le reste du rhum qu'il s'est enfilé d'une rasade. Au premier contact avec la plaie, il manque de tourner de l'œil ; au second, c'est pas mieux, au troisième, il syncope et tombe à la renverse. La lame ne s'est pas enfoncée d'un demi-centimètre. Au réveil, le feu encore chaud, la nuit avancée, c'est à la cuillère qu'il ira, laissant la balle dans l'épaule, mais ramassant tout le pus qu'il peut sur la plaie.

Le matin, un forte fièvre l'anime encore, et c'est à peine surpris qu'il découvre devant lui, bien campé sur ses pattes arrière, un œil en moins certes, une langue bien rose sur le côté, un Ducon au

* 9ème Division d'Infanterie Coloniale.

taquet. Cette bête est un mystère, et Saint-Mars lui donne une petite tape amicale sur la truffe. La bête grogne.

La forêt est épaisse ; le sous-bois est dense, la progression, laborieuse. Des fougères géantes, des arbrisseaux en permanence. Sans cesse des lianes qui pleuvent des arbres, qui barrent les voies qu'il invente dans la jungle. Il marche dans une boue permanente. Ici, tout est liquide ; la terre est de l'eau.

Plus aucune trace d'humanité. Il est seul dans la forêt ; et il le sait, ses jours sont comptés. Au loin, vers l'ouest, il a repéré des hauts-plateaux. Chaque matin, la brume s'accroche à eux. Ils doivent être à dix ou quinze kilomètres. Un Indien, ça doit pas être si con que ça, il se dit ; ça doit chercher le sec, donc la hauteur ; donc les plateaux.

– Ouaip, mais d'un autre côté, ils ne peuvent pas s'éloigner trop du *Rio*, réfléchit-il à haute voix.

Alors, il faut le suivre, ou un de ses affluents, jusqu'aux hauts-plateaux. Il se donne huit jours pour les atteindre. En calculant deux kilomètres, peut-être trois par jour.

C'est sa dernière chance, aussi décide-t-il de foncer. Toujours rien à bouffer. Cette forêt est déserte. Il a vite compris que ces enflures de poissons aiment les eaux profondes. Que ces enfoirés de singes aiment les arbres hauts. Et qu'entre les deux, il n'y a rien de comestible. Il entend des bêtes ramper, d'autres entrer dans l'eau à son approche, mais il ne les voit pas. La tortue est amèrement regrettée, et Ducon parfaitement inutile.

Au-dessus de lui, le soleil ne passe pas. Les grands arbres se touchent : une ombre perpétuelle et une chaleur suffocante. Même quand il ne pleut pas, il est en eau. En fin de jour, il a l'impression qu'il s'est baigné tout habillé de longues heures dans le fleuve.

Il moisit à vue d'œil. Ses vêtements et le sac de toile se recouvrent d'une sorte de lichen, celui-là même qui couvre les arbres les plus bas de la forêt. Des moisissures vertes, des moisissures grises apparaissent partout sur la peau.

Après quatre jours, ses ongles ont perdu de leur dureté. Une saloperie noire en est tombée amoureuse, s'est enfilée par-dessous, et les dévore un peu plus tous les jours. Les ongles se décollent. Comme des peaux mortes. Et toujours la même fringale. Sans parler des moustiques, de la pluie, des bestioles qui rôdent, du sol spongieux, des crises de fièvre, des hallucinations pleines de rousses voilées, du *Rangero* et des chiens : des chiens, partout, qui lui courent après, des chiens qui ont tout du loup amphibie, et même le guépard du salon jaune de grand-père. Il ne dort que d'un œil et son corps le torture : les blessures anciennes, les nouvelles, la faim, les manques... Il ne tiendra pas jusqu'aux plateaux.

Le matin du cinquième jour, il arrive à une clairière : en son centre, un arbre curieux, de taille moyenne, plat au sommet. On voit peu la canopée dans la forêt. Et une dizaine de grosses larmes pétrifiées tombent de ses branches moyennes. De longues larmes d'un bon mètre. Il reste tétanisé, comme s'il s'agissait d'un signe surnaturel, d'une promesse maudite. Il n'a jamais rien vu d'aussi sinistre. Sauf dans les westerns, quand John Wayne traverse des cimetières indiens. Puis les larmes se mettent à vomir des dizaines d'oiseaux, petits et jaunes et noirs, qui foncent vers lui, et piaillent à ses oreilles : les larmes sont des nids suspendus, et il s'en réjouit quelques instants en se disant qu'aucun esprit malade n'a conçu ces architectures mélancoliques. Il s'en approche, à pas lents, légèrement ragaillardi, lorsqu'il est piqué cinq ou six fois, violemment, par des guêpes monstrueuses et féroces. Elles se sont mêlées aux piafs et il détale.

Il a remarqué que la forêt a changé. Après la clairière aux larmes. La Marquise n'entend plus les gros toucans ni n'aperçoit ces drôles de perroquets colorés qui volaient par couple. Les petits mandarins jaunes et rouges, non plus. À la place, un oiseau qui ne cesse de pousser un long cri lugubre. Le jour, la nuit. Infatigable, ce piaf. Invariablement, un même cri long et monotone. Il le boufferait bien. À la broche.

Le soir, il est à bout. Rien mangé depuis trente-six heures, il se sent faible, et ils ont à peine avancé aujourd'hui. Ducon pionce à côté de lui, aussi épuisé que lui. Une grosse pierre n'est pas loin. Elle est suffisamment grosse pour assommer la bête.

Deux coups sont nécessaires.

Chapitre 14

Sixième jour, le soir. Il découvre un sentier. Encombré, recouvert de broussailles, mais résiduel. Incroyable ! Pendant une longue minute, il reste interloqué et immobile, à le contempler. Puis il le suit quelques mètres et il tombe soudain sur une grande trouée. Une clairière de cent mètres sur cent. Un carré. Il reste bouche bée.

Parce qu'au bout, il aperçoit nettement des ruines. Des chemins empierrés. Des grands baraquements rectangulaires. En sale état, mais encore debout. Il n'en croit pas ses yeux. Il en compte dix, non onze. Ils font dix mètres de long et cinq de profondeur. Des toits de tôle ondulée ; des grands murs de planche. Dans un premier temps, il pense à une *Capuera*, une plantation sauvage abandonnée. Mais, rapidement, il se dit que ce n'est pas possible : c'est trop loin de la rivière, et bien trop loin des premières villes, ou des centres de traitement du caoutchouc.

Après une visite rapide, il constate que quelques-uns de ces baraquements ont servi de dortoir. Il voit encore au sol le trou des pieux qui soutenaient des lits. Il en compte cinq pour sept baraquements, soit trente-cinq bonshommes qui ont occupé les lieux. Ça fait beaucoup par ici. À quelle fin ? Pour combien de temps ? Quand ? En tout cas, il a une certitude : ce n'étaient pas des *Garimpeiros*, ou des *Haqueros,* des pilleurs de tombe, ou des *Seringueiros*, ou des *Perdidos*... L'installation pue le militaire. Que des bidasses pour monter des baraquements aussi clairs et réguliers. Un timbre de civilisation dans un infini sauvage, voilà ce qu'il vient de découvrir. Il se sent remonté, d'un coup.

Pour autant, il y a des trucs pas ordinaires : sur les toits, de longs fils de fer courent. Pour tenir des grandes feuilles de palme ? Qui aurait caché les toits ? L'installation serait donc clandestine, du moins secrète. Pourquoi ? Les trois derniers baraquements ne sont visiblement pas des dortoirs. Un plus grand et plus central, sans parois latérales, coiffé d'un simple toit de tôle à deux pentes, devait servir de cantine et de cuisine ; on voit encore assez nettement à son extrémité un foyer et du charbon de bois. Deux ou trois coups de pied, et La Marquise peut voir que le foyer était profond : les feux avaient donc été nombreux et intenses. Comme ça, sans trop y penser, il estime que le camp est désaffecté depuis deux ou trois ans, peut-être quatre.

Un autre petit baraquement a fortement souffert des intempéries ; il n'a plus de toit, sans doute emporté par un coup de vent, mais il a au sol une sorte de plancher ; il parie pour le bureau des officiers, ou des chefs. Rien aux murs. Rien qui puisse l'orienter. Au sol toutefois, sur les planches pourries, un petit éclat de miroir, sous des palmes végétales. Il le ramasse, se regarde et peut constater combien il a une sale tronche ; il ne se reconnaît pas. Il est émacié comme jamais, ses yeux sont veineux, capillarisés et rouges, et la paupière gauche tremble en permanence. Il se trouve un visage dur, osseux, et froid. Couvert de poils noirs et gris. Et partout des plaies.

Plus loin, il trouve dans les hautes herbes un amoncellement de barres de fer. Elles font dix mètres de long, une trentaine de longues barres soigneusement étalées. À l'extrémité de l'une des tiges de fer, plusieurs connexions électriques. Il cogite quelques secondes, lorsqu'il fait l'hypothèse d'une antenne radio ! Vu la taille de l'engin, dix mètres de hauteur, elle devait servir à transmettre à quelques centaines de kilomètres : à qui ? Tout a été scrupuleusement nettoyé : Pourquoi ? Le dernier bâtiment l'intrigue. Il reste un long moment à l'observer. Il remarque d'abord sa disposition très légèrement isolée du reste de l'installation, au plus près de la sente qu'il a empruntée pour arriver. Il est long et étroit, et partagé par une mince cloison ; sur les deux tiers, les parois de bois sont percées d'ouvertures encore grillagées. Une prison ? C'est trop léger. Mais alors pourquoi ces grillages ? Il cogite en militaire, étudie à nouveau la disposition des autres bâtis, et conclut avec plus de certitude qu'il doit s'agir de l'infirmerie, idéalement isolée pour une quarantaine éventuelle ; les deux parties de la structure correspondent d'une part à une partie technique et d'autre part à une salle de soins pour accueillir les malades ou les blessés. Sauf que cette dernière partie est extravagamment surdimensionnée pour le campement. Il a compté une trentaine de militaires alors que la salle de soins pourrait visiblement recevoir une cinquantaine de malades ou blessés. Quels blessés étaient accueillis ici ? Quels malades ?

Il peut pénétrer dans l'infirmerie malgré les planches de bois pourri. La porte lui reste dans les mains et lui cisaille la paume. Il jure et pisse le sang.

Le soleil se couche, et commence à tomber bas sur la forêt. Cela fait longtemps qu'il n'a pas vu un coucher de soleil ; il en profite : quasi nu, adossé au baraquement de l'infirmerie, il se chauffe aux derniers rayons du soleil. Longtemps d'ailleurs qu'il n'a vu le ciel si dégagé, qu'il n'a vu autant de lumière, et autant de nuages : il en compte une petite dizaine ; des petites balles de plume roses éparpillées inégalement.

Pourquoi ne se sent-il pas plus serein ? Il vit là un moment de réconfort, mais son crâne besogne sans son autorisation, en alerte, et lui envoie une tonne de signes d'alerte. Quelque chose l'a frappé, et il doit deviner quoi. Il regarde encore autour de lui, fait le tour de la clairière du regard, une fois, deux fois... et il voit le décroché. Sur la ligne de la canopée. Très net, trop net pour être naturel. Plein ouest, là où la lumière éclate maintenant en des teintes sanguines. La forêt a été proprement découpée, sur quinze mètres de large peut-être. Il lui reste peu de temps. Soit il va voir en se frayant un chemin à la machette : mais il a bien cinquante mètres à faire de cette manière, et le temps lui est compté avant la nuit qui va brutalement tomber dans quelques minutes. Soit il...

Il court vers le baraquement réfectoire, sans doute le plus solide et le plus haut, et monte le long d'un des piliers latéraux ; son épaule le fait souffrir, et il saigne à nouveau : son bras et son torse sont rouges. Lorsqu'enfin il peut se mettre debout sur le toit, en équilibre, un peu à la manière de ces *long boarders* qu'il avait vus dans la baie de *Bei Dong*, en Indochine, il voit de manière synoptique l'ensemble de la clairière. Et la forêt découpée lui paraît avec une grande évidence : non seulement elle est découpée sur quinze mètres de large mais aussi sur une centaine de mètres de long, au moins. Même si les arbres ont commencé de repousser, la démarcation reste évidente. Il croit d'abord à une route ; mais où irait-elle ? Puis il penche finalement pour une piste d'atterrissage. Et la radio serait la tour de contrôle. Du haut de son surf de tôle, il peut contempler tous les stigmates de la rationalité militaire. Comment ont-ils pu acheminer le nécessaire aussi loin dans la forêt ? Longtemps il reste sur le toit ondulé, accroupi, en équilibre, jusqu'à ce que le soleil se cache derrière les arbres. La nuit, alors, tombe en quelques secondes. Comme toujours dans la forêt amazonienne. Aussitôt après, les bruits de la nuit se lèvent : et toujours ce foutu oiseau. Comme s'il le suivait.

Le lendemain matin, il entreprend de dessiner un plan de la zone. Il l'a ruminé toute la nuit.

Il a dormi dans le bureau des infirmiers. Loin du sol et des rampants en tout genre. Et avec un toit dur au-dessus de la tête. La meilleure nuit depuis longtemps. Au réveil, en furetant ici ou là, il peut constater combien ceux qui occupaient les lieux avaient pris soin de tout évacuer. Rien : aucun objet, nul ustensile. Le nettoyage a été comme le reste : très efficace.

Il a eu beau le retourner cinquante fois dans sa tête, le plan qu'il trace ne tourne pas rond. Une grande clairière à peu près carrée ; en haut du carré, et pointant vers le centre, mais sans l'atteindre, une droite : la piste d'atterrissage supposée. Sur un autre côté du carré, touchant la forêt, les baraquements. Mais ça lui laisse toute une moitié de la figure sans usage. Pourquoi défricher une telle zone pour n'en occuper qu'une partie ? Il va devoir aller jeter un œil à cette autre moitié.

Et puis, alors qu'il sort de son hôtel improvisé, sous un groupe de fougères, sous une couche de terre rouille, un éclat attire son œil. Un éclat de verre. Il découvre une grande fiole de verre ; puis une autre ; et une autre.

Il peine à les mettre au jour, parce qu'elles sont profondément enfoncées, qu'il ne veut pas les endommager, et que la chaleur rend chacun de ses gestes lourd et pénible ; il souffle et gratte le sol et ses mains sont rouges de terre et engourdies. Il se sent faible : à deux ou trois reprises, il sent de légers évanouissements. Sans les arbres, le soleil cogne direct sur le crâne.

Il sort une dizaine de fioles ; il en distingue cinq autres brisées. À l'intérieur des fioles, des couronnes de verre vides. Il se rappelle en avoir vues des semblables lors de grandes opérations de vaccination à Alger, en 60 ou 61. Elles sont censées recueillir des éprouvettes. Pour quoi faire, des éprouvettes dans la jungle ? C'est alors qu'il sent sous ses doigts quelque chose de plus lourd, de plus mat ; dans la terre. Il se sert d'un éclat de verre et gratte et creuse encore plus. Une petite bombonne se montre vite ; d'un bleu clair. En métal. Il creuse encore, et doit s'arrêter plusieurs fois, exténué, avec la tête qui tourne. La bombonne fait la taille d'une bouteille à oxygène de plongée ; d'ailleurs elle en a l'aspect, le poids, la forme. Lorsqu'enfin il peut la sortir et la bouger, il remarque tout de suite une grande étiquette, un brin délavée, vaguement jaune, à peine rouge… Elle le laisse pantois.

Elle contient un grand dessin, plutôt un symbole, en forme de trèfle, trois triangles noirs sur un fond jaune passé qui se rejoignent en un centre, un grand trèfle abeille. Par réflexe, La Marquise relâche la bombonne, pousse un petit cri et se jette en arrière, cul à terre. Et se cogne lourdement l'arrière du crâne contre une petite barre qui traînait derrière lui. Mais il rampe encore ; sous la barre, en arrière, sur le cul, le plus loin possible de la bombonne. Il regarde ses mains, s'attendant à les voir fondre, cuire et rougir ; il examine ses ongles et s'étonne de voir qu'ils ne tombent pas, frotte sa peau comme si elle allait partir en lambeau. De haut en bas, il frissonne. Que peut faire un putain de produit radioactif, ici ? Que fout cette merde nucléaire en pleine Amazonie ? L'épaule qui saignait encore la veille, la plaie à la tête qu'il vient de se faire, la fièvre et l'infection, l'anémie et la faim qui l'ont épuisé, et maintenant cette base militaro-clandestine à laquelle il ne comprend rien. C'est trop. Son esprit n'assimile pas. Il est au bord de la rupture, blanc comme la mort. La bombonne, il ne cesse de l'observer. Elle lui file une pétoche du tonnerre, et lui brouille les idées. Et le monde autour de lui. Et cet oiseau qui ne cesse de gueuler depuis des jours et des jours. Il s'effondre face contre terre. Inanimé.

À moins de deux mètres de la mort de masse !

QUATRIÈME PARTIE

Les larmes du rimacana

Chapitre 1

Trois jours d'un lent délire. À rôtir. Saint-Mars se rappelle qu'il était resté à terre, avec pour seul toit le ciel et les nuages. Il avait voulu se lever, mais n'y était pas parvenu et était reparti dans les limbes, de nombreuses fois. Il avait vu la nuit, deux fois, et les étoiles tourner. Il avait vu de grosses bestioles le rejoindre, genre gros cochon, et lui flairer l'entrejambe ; il en avait entendu d'autres qui furetaient dans le sol, à quelques mètres de lui. Un serpent s'était rapproché, et des insectes aussi, fourmis ou autres, qui lui avaient grimpé le long de la jambe et l'avaient bouffé partout. Il allait crever oublié de tous, après s'être tapé des *perdidos* dégénérés et des rapides sur un rafiot déglingué. Trois jours d'une longue panique quasi inconsciente. La nuit, la fièvre ; le lendemain, la fièvre encore. Son corps bouillait.

Il se rappelle aussi le visage de sa mère, rose et doux, avec son éternelle peau de porcelaine, avec des boucles brunes et des yeux pleins de larmes, qui se penchait sur lui, qui lui disait des mots en guirlandes. Il devait avoir sept ou huit ans. Ils avaient fait un concours de pirouettes sur balançoire avec le cousin Jean-Hubert, dit le « petit Jub », et il se rappelle qu'il avait tutoyé les branches les plus hautes du grand cerisier du potager. Jamais il n'était allé aussi haut. Un vieux cerisier, vérolé, faible, qui avait cassé. Il était retombé à plat dos ; il se rappelle du fou rire de « petit Jub », des pleurs de sa mère penchée sur lui, on avait craint pour ses jambes, pour son dos, pour sa colonne, on avait craint qu'il restât un légume toute la vie. Il avait été immobilisé pendant huit semaines dans un corset de fer et de plâtre, à regarder le plafond du salon jaune, celui-là même qui abritait le guépard furibard avec des dents de piranha, un salon improvisé en sanatorium rien que pour lui – Grand-père avait fait la gueule – avec son plafond staffé, mouluré et fleuri, des feuilles d'acanthes par-ci, des feuilles de fougères par-là, peint en ciel, bleu et gris, plein de tâches d'humidité et de moisissures, un ciel d'Amazonie.

Il se rappelle d'une autre tête également. Il a cru un moment que c'était « petit Jub » qui revenait. Le même âge, la même manière extravagante de parler, le même débit affolé. Sauf que ce Jean-Hubert-là était plus bronzé peut-être, ou plus rouge, avec des petites plumes qui lui tombaient des oreilles, et un grand trait noir qui lui barrait le front ; et qu'il parlait une drôle de langue ; et qu'il se baladait nu, avec les œufs à l'air, ce que n'aurait jamais pu supporter Jean-Hubert de Saint-Aubin, aussi frileux qu'un King-Charles à poil ras. Il se souvient aussi d'une autre tête qui l'examinait, une grande tête plate et rouge qui marmonnait des trucs gutturaux, avec force gestes et grimaces, une tête avec deux grands yeux noirs brillants, un moignon d'oreille qui ressemblait à celui de Ducon et une grosse bouche fumante. Ah, oui ! Il avait un bâton en travers de la lèvre inférieure.

Le voyage lui parut long. On le tirait par les pieds et régulièrement, il se cognait sur des souches et des pierres. Il y avait des cris aussi. Des cris de jeunes hommes, de gamins, des cris joyeux. Tout cela reste très confus. Il se souvient d'autres têtes qui l'observaient des bords d'un chemin, qu'on le soulevait sans précautions. Il avait protesté ; ils avaient ri. En fait, il se rappelle de plein de têtes, des têtes avec des grandes plumes qui bougeaient dans tous les sens pendant qu'on le portait et d'autres qui l'examinaient de près, couvertes de peintures rouges. Et d'autres, plus petites, noires et brillantes, une vingtaine, peut-être plus, décapitées et fichées en haut de poteaux de bois, tout le long d'un chemin qui allait au village, des têtes massacrées et figées dans d'atroces grimaces, comme des totems funestes. Des yeux tuméfiés ; des nez écrasés ; des blessures qui fendaient la peau ; des petits fils qui tombaient du cou, peut-être des nerfs, ou des veines séchées. Après, ce fut un lit de palmes, sous un toit de palmes, près d'un feu fumant.

Le même petit feu qui couve à deux ou trois pas de lui maintenant. Sur le feu, une sorte de pot noir de suie. Une odeur singulière et rance règne partout dans la hutte. Il perçoit des bruits dehors, des cris d'oiseaux, des perroquets, des jappements de chiens, des cris d'enfants aussi, des rires peut-être, très lointains. Il est couché sur le flanc. Sur l'épaule, un gros cataplasme de feuilles et d'une sorte de pâte brune. De la boue. Il a la tête lourde, et en portant la main à la tête, il s'aperçoit que le même cataplasme recouvre le front et l'arrière du crâne. Tous ses cheveux sont collés. Il se sent faible, d'un coup, avec une forte envie de dormir.

La pluie. Il l'entend qui cogne le toit de palme au-dessus de sa tête. La hutte doit faire quatre mètres de diamètre ; avec un toit en pointe. Pas de fuite. Le feu a faibli, et il ne reste que des braises rougies sous le pot. La nuit est tombée. Il rampe au sol, vers la sortie de la hutte, en grimaçant et renâclant. Il voudrait que la pluie lui arrose le visage, le cou, le lave de cette boue et de cette langueur, mais au lieu de ça, il est pris d'une vive crampe d'estomac, et il se vide sous lui, puis retombe sur la terre battue de la hutte, dans la bile qu'il a laissée.

Quand il se réveille, il est à nouveau sur le lit de palmes. Toujours souillé. La nuit est encore là, et le feu a été ravivé. Il est trop faible pour tenir levées les paupières, mais il lui semble bien qu'il y a une ombre dans la hutte, pas très loin de lui. Accroupie. De l'autre côté du feu. Qui le regarde. Il voudrait lui parler, mais rien ne sort. Aucun son. Il baisse les paupières. Il se sent faible. Il a rêvé de la rousse. De sa voix, grave. De sa berceuse. De son visage. Il sait qu'il a revu son visage ; qu'il en a été étourdi. Une peau blanche à peine rosée, des lèvres pâles, des dents nacrées, des oreilles minuscules, percées mais sans bijou.

Au matin, l'ombre le nourrit en lui enfonçant une pâte très épaisse dans la bouche, de force, sans délicatesse en tout cas, comme on pourrait gaver une volaille, en lui éclatant les lèvres et les dents ; ça a un goût de bois : il se débat, repousse la main, râle et gueule, maudit la mère indienne de cet enfoiré d'Indien, manque de s'étrangler, et s'effondre, épuisé, alors que la même main continue de lui triturer la bouche, continue de la remplir encore et encore, en poussant jusqu'au gosier, pendant qu'il tousse et hoquète. Une heure après, il vomit. Près de sa couche. Personne ne nettoie.

Vomir et se vider, voilà le job. Comme si la grande Amazone le traversait ; comme si elle l'essorait. Il se dilue et l'odeur est infecte. Peut-être fait-il une allergie à leur bouffe toute grumeleuse et toute pâteuse ? Peut-être a-t-il choppé une bactérie ? Une maladie amibienne ? Et pourquoi pas le béribéri ? Il regarde ses jambes ; elles ne paraissent pas enflées. Il y a des rats aussi, le soir et la nuit, qui viennent le visiter.

Chapitre 2

Le quatrième jour, il va un peu mieux, et pour la première fois, c'est dans les fougères, dehors, qu'il va vomir. Un sacré progrès ! Il s'est levé, en tremblant et en s'appuyant sur le poteau qui tient l'ensemble de la cabane, et il est parvenu jusqu'à son entrée, aussi vif qu'un vieux poivrot, et s'est soulagé, plié en deux, produisant avec sa gorge des sons énormes et étranges. Quand il se relève, et qu'il reprend son souffle, il aperçoit deux gamins devant lui. Ils se tiennent à quatre ou cinq mètres. Un garçon et une fille. Les yeux noirs, la peau cuivrée, presque nus, le ventre légèrement rebondi, et des cheveux de suie qui leur tombent sur les épaules. Ils le contemplent sans aucune crainte, avec un grand intérêt et un air grave plutôt. Et des grands yeux de chouette, aux cils allongés. Ils semblent frère et sœur, mais Saint-Mars ne peut pas l'assurer. Il essaie de leur sourire, mais une crampe d'estomac se réveille à ce moment-là, et il affiche un gros rictus de pervers. Qui ne les inquiète pas. Tous deux se chuchotent des choses en montrant, très attentifs, les fougères qu'il a arrosées. Le son de leur langue est doux et musical. Il voit le village à plus de cinquante mètres derrière eux. Et des ombres qui s'affairent autour d'une grande hutte ouverte et rectangulaire. Il compte une douzaine de sauvages. Il a la dalle ! Il est prêt à bouffer un bœuf entier. Il montre son ventre, et fait mine de porter des aliments à la bouche ; aussitôt, les deux gamins s'en vont en courant vers la grande hutte. En silence.

Il entreprend de les suivre. Doucement, en s'appuyant sur un bâton qu'il trouve contre un arbre, en se demandant comment il va être reçu. Le chemin monte et glisse, et il met une éternité à rejoindre une dizaine de cabanes, construites en cercle autour de la hutte allongée. Il s'arrête à la première. Elle est sombre, enfumée, et dégage une odeur fade. Il n'y voit pas grand-chose, sinon une petite forme qui tremblote, puis qui vient à lui. Un singulier Indien qui lui rappelle les *tsantsas* de Monneron : une tête en pâte à modeler, des couleurs mélangées, tirant vers le kaki vomitif, des yeux opaques et vitreux qui le regardent sans le voir et des fils en guise de cheveux mettant au jour un cuir chevelu squameux et suintant, abject. Saint-Mars remarque aussi une épaule plus développée que l'autre, et une grosse bosse au niveau de l'omoplate. Une malformation. Le petit Indien sans âge se rapproche encore, la tête vibrante et curieusement inclinée, cherchant à le sentir, en le ventant avec son nez à coups d'intenses expirations, à moins de dix centimètres. À force, il se fait péter un vaisseau, le crétin, et un liquide sombre s'échappe d'une de ses narines, narine plus ouverte que l'autre d'ailleurs. Il saigne un sang noir et épais. Saint-Mars reste silencieux, fait celui qui ne voit rien. Mais le sang s'écoule, de plus en plus abondant, et S.M. commence à s'inquiéter, il se tourne pour voir s'il n'y aurait pas un de ses congénères pour lui porter assistance. Les deux gamins apparaissent à quelques mètres.

– Hep, petits, regardez, il saigne, allez chercher quelqu'un… le chef… ou le sorcier ? Vous avez bien un sorcier, non ?

Les mômes sourient, ne s'attardant aucunement sur l'autre qui coule. Qui coule de plus en plus. Le sang a passé la bouche, goutte sur le torse et arrose le sol ; la seconde narine se met à fuir aussi. S.M. a la curieuse sensation que les événements lui échappent. En tout cas, le gars face à lui conserve le même masque impassible. À un moment, il sort une langue fine et longue, et sans hâte, va chercher le sang qui perle et qu'il aspire d'un coup. « *Slurp* ». Puis, avec le dos de la main, il s'essuie lentement, faisant un long trait rouge sur la joue. Un instant, le type ressemble à un Apache de cinéma sur le sentier de la guerre, et parce qu'il a été enfant avant que d'être homme, Saint-Mars frissonne. Alors, mine de rien, sur la pointe des pieds, il recule et s'en va vers le reste du village, vers le petit hall couvert d'un toit de palmes.

Au centre de celui-ci, un feu poussif, et deux vieilles femmes qui s'éventent avec des grandes feuilles. Elles ne le regardent pas, elles ont des yeux enflés qui pleurent des larmes jaunes, et elles dégurgitent régulièrement une pâte verte qui tombe à leurs pieds. Le long d'une poutre, des rongeurs pendent, et attendent d'être préparés ; des oiseaux aussi, qui attendent d'être plumés. D'autres femmes, plutôt vieilles, toutes les seins à l'air et pendants, les fesses molles, des hommes aussi, plus jeunes, des ados, et aucun pour s'intéresser à lui. Comme s'il n'était pas là ! Indifférents. Ils sont petits, le plus grand ne dépasse pas un mètre soixante.

Saint-Mars s'approche des vieilles, et de leur grande marmite, et marmonne un vague « bonjour », comme il l'eût fait aux grands éviers du camping municipal de Saint-Ambroix pour la vaisselle collective. Mais nulle ne lui répond. Elles ne l'ont pas entendu. Ces sauvages, à poil, laides et naines, fripées et négrillonnes, le snobent royalement, s'éventant comme des duchesses dans un salon de la place Vendôme. Sa randonnée l'a épuisé, il est toujours aussi affamé, et la tête lui joue des tours. Aussi s'assoie-t-il face à elles, sur un petit tronc coupé qui est près de la marmite. Histoire de reprendre son souffle. Là-bas, l'Indien asymétrique continue de saigner.

Une petite brise traverse la hutte, et il se prend les vapeurs de cuisson dans les narines. Tout devient trouble d'un coup. Il fixe les vieilles qui continuent de pleurer leurs curieuses larmes, jaunes et blanches, presque crémeuses, mais il sent que ses paupières se mettent à vibrer, et il bascule en arrière. *Boum* ! C'est quoi ce qu'elles font cuire là-dedans ?

Une voix singulière, une voix de tête. Les elfes des bois de son enfance devaient avoir ce timbre : fin, fluet, cristallin. Puis il devine une haute et large ombre qui lui cache la lumière. Un arbre parmi les arbres, se dit-il. Solide, massif, l'homme est immense, et il paraît porter le toit de chaume au-dessus de lui. La Marquise évalue sa taille à un bon double mètre, avec à son sommet un visage élargi, presque surdimensionné. Quel curieux corps ! Allongé et déséquilibré à la fois. Quelle curieuse tête ! Les yeux, notamment, sont bas, presque au niveau du nez. Cela lui donne un air arrogant. Une tête de lama, se dit-il. Comme si la nature avait voulu déployer en haut ce qu'elle avait compensé en bas. Cela lui évoque l'histoire d'un artiste antique qui avait voulu sculpter un dieu pour qu'on l'exposât en haut d'un temple. Praxitèle, Polyclète, ou même le grand Polydore, peut-être ? Quoiqu'il en fût, il le sculpta pour qu'il fût splendide perçu d'en bas, par le commun des mortels, ce qui supposait une perspective : un corps de plus en plus large et vigoureux à mesure qu'il s'élevait, et finalement un visage difforme et vaste. Cet homme qui le surplombe, lui qui est affaibli par des jours de jeûne, par la maladie, la faim, les blessures, a tout d'une statue grecque bâclée et esquissée ; avec sa taille d'atlante, il a tout d'un dieu sans perspective. Et il reconnaît Loiseau. Tout correspond : la taille, l'âge, l'air pédant, la peau blanche. Loiseau, qui lui balance des baffes. Pas des petites, des grosses.

Rapidement, S.M. se met sur son séant, se protégeant le visage et prêt à répondre coup pour coup. Mais tout de suite, il est pris de nausée, et tout le village autour de lui se met à flotter. Il réalise que les vieilles ne sont plus là. Il n'y a plus que Loiseau et lui.

– Content de voir que vous allez mieux.

La même voix fluette d'elfe des forêts.

– Vous avez respiré de la fumée du *yudiui*, fait Loiseau en montrant la marmite, et le feu dessous. C'est tout à fait toxique ; et même mortel. En vérité, c'est un mélange de toxines végétales, tirées des feuilles du *rimacana*, et de toxines animales, un mélange assez complexe dont je n'ai pas percé encore le secret entier. Mais grosso modo, il y a bien une quinzaine de composants.

Vu de face, il présente un visage plus étrange encore. Des petits yeux, complètement explosés et traversés de veinules roses, un nez fort et haut, de petites lèvres foncées, une forte et longue barbe, très blanche et fournie, d'épais sourcils, blancs également, et un crâne rose et parfaitement rasé. Il est quasi nu, à l'exception d'une sorte de linge rouge qui lui enserre la taille. La peau est brunie, et son épaule traversée par une forte cicatrice aux reflets disgracieux. Récente, la cicatrice.

– Les deux vieilles y sont depuis hier. Elles chauffent leur soupe depuis près de quinze heures ; normalement elles se servent d'une grande feuille de fromager pour se protéger des inhalations. Mais elles sont déjà trop vieilles pour s'inquiéter de leur santé.

Loiseau s'installe sur une autre souche, en prenant bien soin de ne pas être dans l'air qui lui porterait les restes des fumées empoisonnées de la marmite. S.M. n'a toujours pas dit un mot, mais réalise mollement qu'il est arrivé chez les Arumgaranis. L'autre reprend :

– Le village désigne pour la préparation du poison des *tirumpiyu,* des vieilles au « vagin sec » ! Elles sont faibles et ne pourront pas suivre les prochaines migrations. Alors leur ultime fonction consiste à concocter le *yudiui*. Car on se relève rarement d'un tel exercice. Elles seront peut-être mortes demain matin.

Loiseau a dit cela sans montrer d'émotion. Derrière lui, les deux jumeaux s'approchent, tous deux portant avec délicatesse des petites écuelles.

– Ça, c'est du *Tuimfui* ! Ils peuvent vous nourrir, maintenant qu'ils vous ont purgé.

La Marquise lève les yeux, vaguement étonné.

– Oui, il était important pour eux que vous fussiez purifié. Le chaman vous a préparé et donné à plusieurs reprises une pâte à base de coca qui a une forte fonction émétique. Et tout ce que vous avez rejeté vaut pour initiation en quelque sorte. Vous vous êtes lavé de votre ancien moi, et de votre ancien monde. Maintenant, vous pouvez être nourri et fréquenté.

Il dit ça avec lenteur et douceur, en fermant les yeux. Comme s'il en était profondément convaincu. De son côté, Saint-Mars se jette sur le plat qu'on lui propose.

– C'est un peu fort, attention ! C'est une sorte de ragoût à base de pécari fumé et de manioc... Après cela, passez une bonne nuit.

Les deux gamins se marrent en le regardant manger. Loiseau, lui, se lève.

– Demain matin, ils vous demanderont de quitter votre hutte. Il vous faudra alors construire la vôtre. Vous êtes guéri – enfin selon les critères locaux – vous pouvez laisser les parents de ces deux gamins regagner leurs pénates.

Il s'en va et traverse le village, sans se retourner. Il ne lui a posé aucune question : ni qui il est, ni ce qu'il vient faire, ni ce qu'il va faire. Mais La Marquise n'en a cure, pour l'instant. Il mange. Et pendant qu'il se bâfre, un petit attroupement se fait vite autour de lui. Quatre ou cinq Indiens, sans compter les deux gamins qui l'ont servi puis quelques-uns de leurs petits frères et petites sœurs, ou camarades. Ils sont bientôt une quinzaine. Tous plus ou moins peinturlurés, avec des motifs compliqués, rouges, noirs, à base de points, de traits, de courbes savantes, à poil, avec des tubes de bois autour du pénis pour les hommes et rien pour les dames. Ils le regardent tous avec de gros yeux impressionnés. Il l'apprendra plus tard, mais rien n'est pire, chez les Arumgaranis, que le gâchis, que le prélèvement outrageux de la vie, que la démesure destructive. Prendre abusivement, tuer trop, chasser et pêcher sans limites, et le déséquilibre s'installe, au risque de réveiller les mauvais esprits, les mauvaises influences qui dorment dans les profondeurs de la forêt et de mécontenter le grand *Yamadù*. Sa voracité apparaît donc comme le signe d'une bénédiction naturelle. Il mange tout ce qu'on lui donne. C'est bien. On rit, on lui frappe le dos, et on lui en remet une bonne dose ; c'est bon signe pour tous, notamment pour le chaman qui a pris sur lui de le soigner, et chacun semble en droit de commenter sa performance. S.M. sourit ; il dit merci ; il essaie de refuser le rab, mais ne peut pas résister trop souvent.

– *Noékido ! Noékido*, disent-ils sans cesse.

Et ils le massent, le pressent, le caressent. Aucun de ceux-ci ne ressemble aux terribles Amazoniques qu'on lui avait décrits. Féroces, immédiatement hostiles, anthropophages, pervers, cruels, méchants. Non, aucun ! Il ne voit qu'une vingtaine d'indigènes, et beaucoup de gosses et d'ados, rieurs et taquins. Aucune raison d'avoir peur. Mieux : ça fait longtemps qu'il ne s'est pas autant amusé. L'un d'entre eux, un gamin, a une main de travers, avec quatre doigts, et c'est un véritable clown.

– *Noékido ! Noékido...*

S.M. ne sait ce qu'ils entendent par là. Mais c'est dit avec un ton guilleret, ça fait rire tout le monde et ça lui suffit. Le soir venu, il connaît à peu près toute la tribu, ou du moins tous les hommes, les chasseurs, reconnaissables à leur oreille droite coupée, et quelques enfants, notamment la petite Misma, aux grands yeux noirs et aux grandes dents blanches, et son frère, Pituyi, tout en sourire joyeux, les jumeaux. Il les a comptés : ils sont près de cinquante. Loiseau, lui, a disparu.

Chapitre 3

De bon matin, pas de Loiseau mais deux Arums penchés sur lui. Il ouvre les yeux, et leur face rouge et noire est à moins de cinq centimètres de lui. Grands sourires et haleines de champignon. Ils lui tendent immédiatement une hache, bois et pierre, et un piquet de bois. Il doit débarrasser le plancher et aller se fabriquer sa propre bicoque. Une dizaine de pieux, un toit de palme, des ficelles de chanvre, un torchis d'argile. Rien de compliqué ! Les deux gamins Misma et son frère Pituyi, qui jouent au rémora, lui indiquent les meilleurs arbres et les meilleures branches pour soutenir la bicoque, ils lui apprennent à sécher et à aplanir les grandes feuilles de bananier qui serviront de toit, lui montrent comment mélanger les feuilles et les boues d'argile pour faire un torchis. Il se rassure : ce sera fini dans la journée. Après six heures d'efforts acharnés, quatre pieux sont montés, qui soutiennent une dizaine de branches de palme, non étanches. Rien ne résiste à la pluie qui douche la jungle, en début d'après-midi. Tout est mis à terre en un rien de temps.

Toujours pas de Loiseau. Il le cherche toute la journée. Il a demandé aux uns et aux autres, en mimant le chauve et le barbu, le grand et le pédant. Les Arums rient, mais ne disent rien, soit qu'ils ne savent pas où est le Prof, soit qu'ils taisent ce qu'ils savent.

Première nuit chez lui, c'est-à-dire dans un hamac hâtivement suspendu sous une feuille de bananier. La nuit est froide, humide et bruyante. Pendant un long moment, son hamac vibre et tressaute. En haut de l'arbre qui sert de soutien à son abri, une bestiole se balade. Un singe, un macaque... Ou un gros piaf. Il met pied à terre, et balance une pierre en l'air à l'aveugle ; par deux fois.

Après quelques heures insomniaques, à caillasser dans tous les sens, il réussit tout de même à s'endormir, mais un bourdonnement l'éveille peu de temps après ; et une vive douleur au pied et à la jambe qu'il avait laissé pendre en dehors du hamac. Il ouvre une paupière puis deux, et des points d'interrogation l'assiègent. La confusion la plus absolue : où est-il ? La nuit tout autour : il ne voit rien. Deux ou trois singes hurleurs, pas très loin. Il s'assoit, ce qui exerce une pression supplémentaire sur le hamac qui craque et le fait tomber au sol : pour le coup, le réveil se précipite. En tombant, il se rapproche du bourdonnement ; à dire vrai, il est dessus ; non mieux, il est dedans, car des fichus trucs rampants sont partout autour de lui et font « *bzzzz-bzzzzz* » ; et ces trucs ne se contentent pas de ramper ou de faire « *bzzz-bzzz* », ils piquent ou mordent, partout, les jambes, les bras, les couilles, le dos. « Aarrrght ! », il se lève et hurle tant qu'il peut, sa peau s'enflamme... Putain où est la flotte, le fleuve ? Il se frotte, se secoue, se roule à terre après s'être éloigné du hamac, et il hurle encore. Quelques secondes passent sans que les douleurs s'atténuent, et il devine quelques points lumineux, plus loin, dans le village : des Indiens avec des torches courent vers lui. Ils apportent des arcs, des flèches, des petites lances, des haches. Ils se disposent autour de lui, et il peut admirer leur chorégraphie guerrière : deux tiennent des arcs énormes, bandés, les flèches prêtes à partir, dirigées l'une vers la cime des arbres, l'autre vers les fourrés ;

deux autres manient des sortes de grosses haches, et les secouent vivement d'avant et arrière, tournant sur eux-mêmes... Comment ont-ils fait pour se mettre si vite sur le sentier de la guerre ? Leurs visages dansants l'interrogent bientôt et il leur montre son hamac, et il fait « *bzzzz-bzzzz* », et il exhibe ses cuisses boursouflées et ses fesses douloureuses. C'est comme si on l'avait badigeonné de piment sauvage.

Un des Indiens se met à rire, un gros rire silencieux, agitant sa petite torche de mouvements frénétiques et donnant aux ombres environnantes des tremblements stroboscopiques ; les autres baissent les arcs et les haches, pas moins guillerets, visiblement soulagés de ne pas avoir à découper d'autres hommes. On prend S.M. par le bras pour le ramener à son arbre et son lit de corde, difficilement tant celui-ci résiste ; l'un d'eux, plié en deux par les convulsions du rire, la torche baissée, lui montre au sol une flaque noire, flaque mouvante et épaisse qui s'étale et qui remonte même les troncs qui soutiennent le hamac.

L'effroi. Il est comme médusé par cette ombre qui bouffe son hamac, bouffe son sac à dos et ses vêtements, comme une sorte de grand néant sombre qui efface tout sur son passage. Il arrache la torche des mains de l'Amazonique, et l'approche de la matière sombre : des milliers de fourmis, des fourmis énormes, ont investi son campement. Des monstres. Les plus grosses qu'il ait jamais vues ; certaines mesurent bien trois centimètres ; quelques-unes ont deux ou quatre ailes, et l'ensemble avance d'une manière irrésistible. La moitié de son sac à dos a proprement disparu, toile et cuir, et le reste bouge comme s'il vivait ; une partie de son hamac est réduite à rien. De la poudre. Un Indien, à quelques mètres, agite sa torche, faisant signe de le rejoindre ; il lui indique avec des petits cris qui ressemblent à des toussotements une grosse souche qui vomit sans fin des colonnes myrmécéennes. Tous, ensemble, ils mettent le feu à la vermine. Les fourmis produisent de curieux éclats en brûlant.

Le matin, sa jambe gauche, qui le démange encore, a changé de couleur. La fièvre le gagne et il se sent las. Son campement a été dévasté par un troupeau d'éléphants et tout est à refaire. Alors il se dit qu'il ne va pas rester longtemps dans ce cirque, au milieu de ces primitifs et de leur foutue faune, et lorsque Loiseau arrive le matin, encadré d'une dizaine de jeunes guerriers, il est furax.

– Faut qu'on parle, Loiseau !

Le ton est dur, le visage de S.M. fermé, et le signe qui invite le professeur vers son campement ravagé, impératif. Les Arums s'arrêtent tous comme un seul homme ; ils ont perçu le malaise. Loiseau, qui les dépasse tous d'un buste, est comme le berger au milieu de son troupeau.

– De quoi ?

– Savez-vous ce que je viens faire ici ?

– Comment le saurais-je... lieutenant ? sourit-il, de manière ambiguë.

Ce mec joue au con, il sait déjà que je suis flic, se convainc Saint-Mars.

– Où est passé McHenry ?

Un petit silence. Puis le professeur montre la jambe de Saint-Mars.

– Vous devriez soigner cette jambe.

– Répondez-moi !

– McHenry, c'est ça ? Je crains qu'il nous ait quittés.

– Dans quelles conditions ?

Derrière Loiseau, les Arums effectuent un mouvement de recul. Ils ont senti que ça chauffait entre les deux *berui* – c'est ainsi qu'ils appellent les étrangers, littéralement les « autres-autres » : non seulement ceux qui ne sont pas de leur tribu, mais même pas de leur forêt ; ce sont ceux qui vivent là-bas, au-delà des limites du monde des hommes.

– Nous avons eu... Comment dire ?... un différend !

S.M. le regarde fixement. Regarde ses sourcils, ses yeux, ses lèvres : aucun signe de gêne ou de panique ; aucun soupçon de culpabilité, aucune fêlure dans la voix.

– Il est mort ?

– Votre jambe !

– Laissez ma jambe, Professeur. Est-il mort ?

Loiseau affiche un sourire triste, long, affecté. Ses yeux se portent sur les arbres tout autour, comme s'il cherchait l'inspiration.

– Je crains que oui, reprend-il. C'est absolument malheureux.

Puis il fait une moue.

– Mourir… comme ça… loin de chez soi et des siens. C'est vraiment très regrettable.

– Êtes-vous responsable de sa mort ?

Loiseau prend alors une grande respiration, tout en se massant le cuir chevelu. S.M. peut voir que malgré l'âge, le corps du Professeur est resté athlétique et mince. Les pectoraux plats.

– Responsable ? Oui, sans doute. *Maquito* ne connaissait rien à la forêt. Rien aux Indiens ! Rien à…

– L'avez-vous tué ? le coupe S.M. sèchement.

Loiseau se tourne vers lui. Avec un regard désapprobateur. Le même que lui montrait Grand-père quand, môme, il se prenait les pieds dans la conjugaison de l'imparfait du subjonctif. Et un regard attentif et inquiet, maintenant.

– Vous vous sentez bien ?

S.M. ferme les yeux. Ce type se fout de lui et mérite un poing dans la gueule, et un autre dans les burnes. Peut-être une ou deux ratiches en moins. Il sent ses mains qui tremblent, et les muscles de sa mâchoire qui se tendent.

– Vous avez été mordu par des *veintiquatros*.

– Et alors ? fait S.M., les dents serrées, en regardant son mollet.

– Ça veut dire que, pendant vingt-quatre heures au moins, vous allez ressentir des douleurs partout où vous avez été piqué, des douleurs très vives ; des inflammations aussi. Votre jambe va prendre un ton violacé, et dans une journée ou deux, les douleurs se seront estompées, mais votre jambe aura doublé de volume.

Il prend un air très affecté. Les yeux mi-clos.

– Vous n'en êtes qu'au début. Ne vous frottez pas les jambes ; ne grattez pas vos piqûres, elles s'infecteraient ; et vous devriez appliquer...

– Merci, le coupe La Marquise, mais revenons à...

– Ça veut dire que pendant un bon bout de temps, vous vous moquerez complètement de ce qui est arrivé à McHenry ; et de qui est responsable de quoi, et de tout le reste.

Et Loiseau se lève et commence à s'en retourner vers le village. Sans autre forme de procès. C'est une habitude, chez ce type ? Saint-Mars n'en revient pas ! Il compte bien l'attraper avant qu'il ne soit trop loin, mais sa jambe se dérobe sous lui. Elle ne le tient plus. Il a l'impression qu'on s'en est pris à elle avec un marteau-piqueur, et il tombe lourdement un poussant un cri de pinson des arbres. La face en avant. Le choc est tel qu'un temps, il pense s'être fracassé le nez. Quelques Arums s'empressent vers lui pour lui porter assistance. En marmonnant et jappant dans leur langue bizarre. Sympas les sauvages ! Mais ils sont immédiatement arrêtés par Loiseau. Il lève juste la main, et ils s'immobilisent tous comme s'ils jouaient à un-deux-trois soleil.

Saint-Mars, le bec dans le sable, parce qu'il n'est pas le dernier des crétins, retient trois informations et développe autant de questionnements : primo, il faut faire gaffe en choisissant son campement et éviter les fourmilières et autre tanière de bestioles rampantes. Interrogation : y a-t-il un endroit dans cette fichue forêt qui échappe aux insectes les plus sordides ? Deuxio, les Indiens et Loiseau sont visiblement comme cul et chemise ; mieux, les sauvages lui mangent dans la main. Quelle influence réelle a-t-il sur eux ? Tertio, Loiseau sait désormais qu'il n'a pas les intentions les plus aimables à son encontre. Quelle va être son opposition ? Car c'est une chose de venir mettre les menottes aux poignets de Loiseau, pour peu qu'il soit réellement coupable, c'en est une autre de l'exfiltrer d'une forêt où des Indiens féroces et sanguinaires lui sont dévoués et soumis. Il songe à tout cela, et c'est sa joue intérieure qui en prend pour son grade. Mais il ne la sent pas, parce que sa jambe a atteint maintenant la température du métal en fusion. La nuit sera longue.

Chapitre 4

Le village de Loiseau ne représente qu'un nœud d'un réseau plus vaste. Ce côté-là du fleuve, une dizaine de petits villages, distants de quelques heures de marche, entretiennent entre eux des rapports étroits. Ils sont tous cousins, frères, oncles, beaux-frères. S.M. s'en est rendu compte en voyant sans cesse passer des têtes nouvelles dans le *shinunto*, la halle centrale du village, là-même où les deux vieilles s'empoisonnaient l'autre jour. Ce sont des chasseurs qui viennent porter du gibier ou des pêcheurs des broches de poissons. Aucune trace du conflit qui les opposerait à d'autres villages.

La petite jumelle, Misma, un véritable feu follet, l'aide pour avancer dans sa compréhension globale de la vie Arum. Elle fait office de guide et d'institutrice, et lui donne les premiers mots et les premières règles les plus utiles. C'est elle qui lui apprend que Loiseau est parti de l'autre côté du fleuve. Avec le cacique, le chef des villages d'en bas. Elle le dit avec une mine grave, et inquiète. Et il comprend que des choses importantes se passent là-bas. Pas sûr que la gamine sache de quoi il s'agit, et il ne l'interroge pas plus. Par contre, grâce à elle, il apprend où crèche le Professeur, elle lui indique les grands arbres, sur la colline, légèrement en retrait du village, et elle se met à faire de grands gestes grotesques, presque une danse de clown, avec un visage taquin traversé d'un sourire aimable. Jusqu'à ce que Saint-Mars comprenne qu'elle est en train de mimer le grand Shuwa, c'est-à-dire Loiseau et de se foutre de lui. Il rit avec elle.

L'activité des Arumgaranis se concentre essentiellement le matin. À l'aube, les chasseurs s'en vont flécher les pécaris et les singes ; plus tard, les femmes préparent le manioc ou les boissons, vont au potager ou tressent des paniers ou des filets, et les jeunes s'en vont pêcher ou ramasser du bois. Le déjeuner est l'occasion de réunir le village. Nombre d'activités se font collectivement, chez les uns ou les autres, ou dans le *shinunto* central. Là, on discute énormément, en même temps qu'on y vide les poissons, dépèce le singe, ou coiffe la plus jeune. Après le déjeuner, tout le monde s'écroule dans un sommeil aussi subi que profond. Comme si un sort tombait avec brutalité sur le village, aux mêmes heures, et surprenait les Indiens à leur tâche : celui-là s'endort devant son poisson à peine écaillé et celle-ci avec le peigne en main. Même les animaux domestiques succombent à cette léthargie brutale. Tous bercés par la moiteur et la musique de la forêt.

C'est à cette heure-là que S.M. choisit de s'embarquer vers les grands arbres, sur la colline, vers la retraite de Shuwa-Loiseau. Une béquille sous l'épaule, que lui a confectionnée Ruvac, le père de Misma, et il se carapate. Sa jambe, qui reste faible, ne le fait plus souffrir : grâce à une pâte à base de coca et d'une autre herbe aux vertus analgésiques étonnantes que le chaman lui a filée. Saint-Mars s'en goinfre. Matin, midi et soir.

Un chemin discret qui serpente entre de gros arbres et des arbustes tout en pointes et lianes, et il découvre une sorte de petit hameau, constitué de trois cabanes, l'une étant plus grande que les autres, avec une pirogue de fer retournée en guise de toit. Une demi-douzaine d'Indiens dorment à l'ombre d'un gros copayer, et il reconnaît le frère de Misma, Pituyi – « petit singe » - à l'écart, dans les bras de Morphée lui aussi. Deux ou trois chiens errants vagabondent entre les foyers éteints, et deux petits singes, attachés à une laisse à un poteau central, s'épouillent mollement.

Ce sont tous de jeunes hommes, des ados, même ; il ne se rappelle pas les avoir vus en bas, à part le frère de Misma ; il remarque qu'ils sont tous exagérément colifichés, avec des colliers de coquillages, l'un d'entre eux porte même une curieuse ceinture de fleurs. Tous sont plus ou moins emmêlés ensemble, couchés les uns sur les autres. L'un d'eux ouvre un œil, avec paresse, lorsqu'il arrive, le regarde à peine, laissant juste le temps à La Marquise de voir que ses joues ont un teint soutenu, presque rosé, tout à fait incongru sur cette peau cuivrée, comme s'il était maquillé. Et ses yeux, ses cils ne sont-ils pas soulignés de noir, non plus ? Mais le gamin déjà se recouche contre la poitrine d'un autre. Derrière eux, une sorte de fauteuil de bambou avec dossier est décoré de plumes. Le meuble reste simple, mais dans cet univers luxuriant, il devient un trône baroque. Celui du roi Shuwa, peut-être bien.

Saint-Mars continue son chemin vers la plus grande case. Comme pour les autres baraques, nulle porte, mais un rideau de lianes tressées. À l'intérieur, un lit de palmes, des étagères de bois fragiles, et, chose étrange dans ce paradis des hommes nus, un porte-manteau. Il note un ensemble de livres, les premiers qu'il voit dans la jungle. Il y a une table aussi, aux pieds de bambou, qui n'est pas sans lui évoquer celle qu'ils ont trouvée dans le *puerto* abandonné de la rivière. Dessus, des feuillets nombreux. Tous sont glissés dans une grande chemise en plastique, sans doute pour les protéger de l'humidité.

Il les sort avec attention, et les parcourt : des dessins représentant le village, ses habitants, le talent de Loiseau saute aux yeux, il reconnaît la petite Misma, son frère, Pituyi, leur père aussi, Ruvac, le chaman et le cacique du village, l'une des vieilles empoisonnées, il reconnaît leurs airs ingénus et ouverts, les détails signifiants sont reportés avec délicatesse, des paysages amazoniens également, la rivière, la forêt dans la brume ; sur d'autres pages, des schémas décrivant le village, les villages avoisinants, la rivière qui les sépare. Il s'arrête sur un croquis.

Sur deux pages, la rivière y est encore dessinée, des croix représentent des villages ou une colline ; il y a des traits vifs qui lacèrent l'ensemble. La Marquise les tourne dans tous les sens, pour y deviner un ordre, un haut, un bas… Lorsque l'évidence lui saute aux yeux. Ce sont les zones tenues par McHenry, enfin par feu McHenry, de l'autre côté de la rivière. Des lignes fléchées indiquent les différents moyens de gagner ces croix. Si ce n'est pas un plan de bataille, ça y ressemble bien. Sans hésiter, il détache ces deux pages du reste. « Pièces à conviction », murmure-t-il, non sans avoir conscience que ces mots sont plus insolites encore que ces pages.

Il aperçoit alors un épais carnet noir, sous une planche à dessin. Il jette un œil dehors, pour s'assurer que les jeunes Indiens n'ont pas bougé et ne se réveillent pas, et se baisse pour l'ouvrir. Avec beaucoup de difficultés, parce que sa jambe lui résiste et qu'elle n'a pas encore totalement désenflé.

C'est une sorte de journal de bord, avec des réflexions et des notes sur les coutumes du village. Lorsqu'il le parcourt, des feuilles pliées en tombent. Dessus, des chiffres, des lignes, des courbes. Qui dansent devant les yeux. Des numéros, en face desquels sont inscrites des formules, et des courbes. Et des dates. Et des noms aussi : Tarui, Matuiri, Gubi, Ruvac… Des centaines de courbes. Des milliers de chiffres, comme si on avait voulu réduire les Indiens à une sorte d'équation. Et ces satanés tampons « *Secret Defense* » sur chacune des pages.

Il se relève et soulage sa jambe tout en réfléchissant. Il repense à son séjour à l'hôpital *Lanessan* de Hanoï, après la prison de *Tuyên Quang*. Son sang, lui avait dit un doc, était empoisonné. Anémie, béribéri… et il insistait pour qu'il prenne ses médocs. Il devait s'en enfiler une bonne vingtaine par jour, des gélules grosses comme des balles de 7.45, qui lui déformaient l'œsophage à chaque fois, et lui flinguaient l'estomac. Il chiait de plus en plus rouge. Avec des remontées gastriques qui avaient tout de montées en pression de chaudière à vapeur. Alors un jour, il avait dit « non » à l'infirmière. Le doc s'était ramené, il avait un accent niakoué à la con, et il secouait des feuilles au-dessus de sa tête, en gueulant d'une voix aiguë : « analyse sang, pas bonne ! Sang empoisonné ; anémie, béribéri... sang empoisonné. Analyse pipi, pas bonne. Pipi empoisonné. Toi prendre pilules ! ». Le doc, en se barrant, avait oublié les analyses pipi et raisinet sur les draps du lit. Saint-Mars avait essayé de les comprendre, avec difficulté : mais les feuillets tombés du carnet noir qu'il a sous les yeux, là, dans la case de tonton Loiseau, ressemblent comme deux gouttes d'eau à ses propres analyses indochinoises. Qui analyse-t-on, ici ? Un sacré nombre de sujets, visiblement. Pourquoi ? Et ce carnet noir, est-ce celui qu'avait évoqué Matéo ? Étaient-ce ces feuilles ou ce carnet qu'exigeait McHenry et qui l'avaient poussé à se confronter à Loiseau ?

Après qu'il a tout rangé, au mieux, et alors qu'il s'apprête à sortir, il voit, près de la paroi de torchis, deux grands yeux blancs éberlués qui l'observent. Ils sont étrangement fichés au ras du sol, comme s'il s'agissait des yeux d'un être rampant. Il frémit et reste un temps tétanisé, à chercher à percer la pénombre. Il doit s'approcher pour comprendre qu'il s'agit de deux balles de golf. Il se demande, en les ramassant, si leur présence n'est pas, ici, plus surprenante finalement que celle d'un démon chtonien. Il peut voir juste à leurs côtés un club de golf, tout en fer, un *wedge* apprécie-t-il. Un objet simple, droit, magnifiquement usiné et pensé, et décalé dans cet univers sauvage où le tors et l'irrégulier sont la règle. Il sourit en imaginant Loiseau balancer des swings au-dessus des arbres jusque dans les fourrés denses de la forêt sauvage, puis envoyer ses cadets efféminés retrouver les balles. Mais le plus consternant n'est pas là. Il fronce les sourcils. Il se rapproche de l'ouverture de la case pour attraper la lumière. Les balles portent la marque *Goblin Four*, comme celles de l'agent Stewart, le gars au bob de la CIA. Bien entendu, il existe des millions de balles de cette marque, enfin, sans le savoir, il s'en doute. Mais la probabilité que la même marque se retrouve ici, après s'être trouvée dans l'appart de Stewart, paraît bien mince. Alors, comment ont-elles pu s'acheminer jusqu'à cette case ? Ce qui revient à s'interroger sur ce qui relie Loiseau à l'agent Stewart ? À la CIA ? Et cette putain de CIA à ce carnet noir ?

Lorsqu'il traverse le hameau dans l'autre sens, les jeunes hommes en fleurs émergent doucement et le regardent passer comme une ombre étrange.

Chapitre 5

Il fait encore chaud et humide, et tous, Saint-Mars, Ruvac, Pituyi et Misma, se reposent dans une de ces petites clairières miraculeuses que la jungle a épargnées. Deux heures que Saint-Mars et Ruvac portent sur l'épaule, suspendus à une branche torse, les deux singes laineux que Ruvac a chassés avec sa sarbacane. Une mère et son petit. Fatigué, La Marquise s'est posé près de Ruvac sur la première souche venue.

– Dis-moi, Ruvac, l'autre *berui* (blanc), celui de l'autre village, Maquito, comment il était avec vous ?

– *Mroni* ! (En colère.)

– Il venait souvent dans le village ?

– Il venait.

– Et que faisait-il ?

– Il disait qu'on était *Chafui*.

– *Chafui* ?

Et Ruvac fait mine de tousser et révulse ses yeux.

– Il disait que vous étiez malade ? C'est ça ?

– *Trani*.

– Des fléchettes ?

S.M. ne comprend pas bien, mais Ruvac montre son bras, qu'il pique avec son doigt. McHenry voulait lui enfiler des seringues ?

– Et qu'est-ce qu'en disait Shuwa-Loiseau ?
– *Mroni* (colère.)

Et Ruvac ferme les yeux, signe que la conversation est close. S.M. hoche la tête, lui aussi est épuisé, il veut dormir mais à peine ferme-t-il les yeux que la petite Misma se met à pousser des petits cris, et à l'appeler.

– Samaârs ! Samaârs !

Elle est mignonne, elle le fait sourire quand elle l'appelle ainsi, en accentuant la deuxième syllabe, mais il lui foutrait bien des tartes, des fois, pour qu'elle la ferme un peu. Comme elle vient de surprendre un « *ga tchouhuiiii* ! *ga tchouhuiiii* ! » – « c'est quoi encore un *ga tchouhui* ? » – il faut que tout le monde aille la féliciter et s'exclamer, et lui en particulier qui va devoir produire un masque rigolo pour montrer combien il est épaté, « oh, la bonne fifille à son pépère !! », etc. Il se relève, avec une envie de meurtre, et se rapproche des deux gamins, qui sautillent comme des pétards du bal des pompiers. Au milieu d'eux, un *jararaca*, une saleté de crotale latino, sonnant et sifflant, est en train d'exécuter une curieuse danse. Face à lui, un petit gecko, haut sur ses pattes et sur sa queue, se trémousse et cherche à se sortir de ce sale pétrin.

« Le lézard est frère du serpent », explique Ruvac, et avec un petit bâton, il se met à exciter l'un et l'autre. De son côté, Misma et Pituyi leur balancent des petits cailloux et des bâtons. La Marquise, lui, reste à distance ; il n'aime pas les créatures à sang froid, à la peau luisante, aux yeux fendus, aux mouvements lents. Le jararaca-tchouhui avance maintenant vers le lézard. Misma crie pour l'encourager, claque des mains, rit à gorge déployée en invitant Samaârs à faire de même, et lui ne pense qu'à son petit roupillon. Il a marché dans la jungle pieds nus, pendant deux heures, dans une boue rendue grasse par les dernières pluies, en traînant sur le dos des primates bien denses et puants, et ses jambes, son dos, ne le portent plus.

– Il est frère du serpent, reprend Ruvac…

– Hein, qui ? baille ostensiblement S.M.

– … le lézard est frère du serpent, et c'est pourquoi il a peur ; et le fuit ; il a des pattes pour courir loin de celui qui rampe et qui est son frère.

Saint-Mars a un doute, soudain : Ruvac parle-t-il du lézard et du serpent, ou de ses relations avec les autres Arumgaranis, ceux de la rivière et de McHenry ?

– Ohohoh ! crie Misma en voyant le serpent jeter sa gueule en avant vers le lézard.

Son cri mêle joie et crainte.

– Mais si le serpent l'attrape ou le mord, continue Ruvac, lui injectant le venin qui donne la mort, le lézard aussitôt se sépare de sa queue déjà morte, il se sacrifie, et il se fuit lui-même en même temps qu'il fuit son frère. Comme le lézard, il faut savoir donner.

Et il tape sur la queue du lézard qui immédiatement se sépare du corps et gesticule avec frénésie. Le *Jarajaca* se jette alors dessus. L'attaque est si rapide que S.M. ne peut retenir un cri. Il a sursauté, et Misma et Pituyi se moquent de lui. Puis Ruvac reprend en souriant :

– Regarde : le serpent est heureux. Il ne sait pas que le lézard s'en est allé ; il croit l'avoir dévoré en entier.

Puis, il se glisse sous le pieu qui soutient les deux singes, et attend que Samaârs prenne l'autre extrémité. Celui-ci s'exécute de mauvaise grâce. Ils reprennent leur marche, et Samaârs examine chacun des pas qu'il doit faire : pas envie de mettre le pied sur un autre crotale. En même temps, il se demande ce qu'il faut retenir de la fable de Ruvac, et de son histoire de queue de lézard. Parle-t-il des événements arumgaranis les plus récents ? Des dernières batailles entre les deux groupes de l'ethnie, de chaque côté de la rivière ? Mais alors, qui serait le lézard ? Qui serait le serpent ? Qui a sacrifié quoi ? Sur sa droite, un mouvement dans les fourrés, il presse tout de suite le pas, ne parvenant pas à retenir un frisson qui lui malmène l'échine. L'autre jour, ils ont surpris une grenouille *aparo* à quelques centimètres d'un feu qu'ils improvisaient avec Pituyi et Misma. Violette. Et orange, même. Elle portait sur son dos sa douzaine de mômes qui la ventousaient comme des acrobates. Un simple contact avec sa peau, et c'était un aller direct pour Cythère ! Paralysie partielle, puis générale après quinze minutes, et arrêt cardiaque quelques instants plus tard. Misma avait attrapé un bâton incandescent et brûlé les petits pendant que la mère restait immobile à la regarder faire. Saint-Mars marque un arrêt, impromptu et cogitatif, alors que Ruvac va bon train, et il y laisse la moitié de l'épaule : McHenry constituait-il une queue de lézard ? Aurait-il été sacrifié au nom de la paix ? Pour un ordre métaphysique supérieur ? Pour que les choses, justement, entrent à nouveau dans l'ordre ? Devant, Ruvac se retourne et râle, il montre le chemin sur l'avant. Il faut continuer, dit-il, le village est devant, à quelques pas. L'épaule de Saint-Mars ne supportera pas longtemps les deux singes.

– Les syndicats vous connaissez, ici, Ruvac ?

– *Ponkui* ? (« je ne comprends pas, répète »).

– Ouais, c'est ce qu'ils disent tous... Et le temps de pause, qu'est-ce que t'en fais ? Et les journées de travail encadrées ?

– *Ponkui* ?

Ruvac, soudain, se plie en deux et s'agenouille, toussant et râlant, crachant au sol ses dix derniers repas. Son corps saute à chaque convulsion. Lorsqu'il relève la tête, ses yeux se sont enfoncés de dix bons centimètres dans les orbites et son visage a viré au verdâtre. Une perle de sang s'écoule du nez.

– Ruvac, tu vas bien ?

Le redoutable chasseur peine à reprendre son souffle. Il s'essuie le visage et du sang tâche ses doigts, sans que ça l'étonne. Puis il sourit à Saint-Mars et s'avance vers les gamins qui les appellent, le pas faible.

– *Guchu, guchu, guchu* crient-ils en montrant un vieil arbre.

Le pauvre Ruvac reprend des couleurs mollement, et rejoint à petits pas les deux gosses, qui ont découvert des larves de mynda, une grosse chenille verte à points bleu sombre ; la truffe des Arums, leur caviar : une chair douce et grasse, avec un jus épais en guise de crème à l'intérieur. On la trouve dans l'aubier de quelques vieux arbres. S.M. les voit en train de massacrer une écorce pour chopper les bestioles, mais observe dès qu'il le peut leur père. Ruvac serait-il malade ? *Chafui* ? Et malade de quoi ? Que savait donc McHenry à ce propos ?

Les cuire serait un non-sens, lui disent-ils, car alors le ventre de la larve se perce et le jus s'écoule et brûle. Mais lui, tient à les faire frire ; pas question qu'il les bouffe crues et vivantes ! Le feu est nourri, et tout le village se réjouit d'une chasse et d'une cueillette si généreuses.

– *Kaa gatui* (« la forêt a été bonne »), lui dit-on à tout bout de champ.

Misma reste à ses côtés, ses lèvres dégoulinent du jus blanc des larves dont elle se régale. Quel âge a-t-elle ? La Marquise n'a jamais été fortiche en mômichard, d'autant que les Arumgaranis sont des petits formats. Neuf ans. Peut-être dix ? Sa poitrine pointe à peine, ses joues sont pleines, et sa chair montre partout une densité encore enfantine. En même temps, elle manifeste une maturité qui l'impressionne. Plusieurs fois, il l'a surprise, avec son air de petite mère sérieuse, à s'occuper du potager, pourtant éloigné du village, à préparer les poissons avec des gestes habiles et précis, ou à réprimander son frère, du même âge pourtant qu'elle et jamais à court de conneries. Partout, dans le village, on vient la chercher pour se faire peindre le torse, le visage, les bras. Elle n'a pas son pareil pour les tatouages et les ornements compliqués, qu'elle dessine avec application, la tête posée sur l'épaule, en sifflotant des mélopées monotones, pendant que ses sujets la complimentent, bercés et caressés. Et ce qui est rare chez les Arums, elle a la préférence du père.

– Tarui, dit-elle en s'essuyant la bouche, aimait les *Guchu*, les larves du *mynda*, c'est lui qui le premier lui en a fait goûter.

Elle lui parle avec des mots simples. Misma reste celle qu'il comprend le mieux. Souvent, elle s'arrête en pleine phrase, les lèvres décollées, un œil au plafond, cherchant les mots les plus usuels ou les plus aisés à expliquer.

– Qui est Tarui ?

– Le frère de mon père...

Ils n'ont pas de mot pour « oncle », alors même qu'ils ont la trombine pleine d'arbres généalogiques.

– Il savait les arbres où il y avait les chenilles.

Elle prend un air grave. Presque triste.

– Où ? (*diyo*, pour « où est-il ? »), l'interroge-t-il.

– Il n'est pas revenu.

– Où ? (*diyo*, pour « où allait-il ? » ; son vocabulaire est rudimentaire, mais elle le comprend.)

– La forêt, dit-elle, la voix basse. Il n'est pas revenu. Il est allé chasser, et il n'est pas revenu.

– C'était un grand chasseur ?

Elle réfléchit. Il a mis le doigt sur quelque chose.

– Papa plus grand chasseur, fait-elle avec un sourire triste.

À cet instant, on apporte à Saint-Mars une grande écuelle pleine d'une soupe brune épaisse. Dans sa tête, après les chenilles, l'angoisse : qu'est-ce qu'ils veulent me faire avaler encore ? Sous le toit de palme, la lumière reste faible : le feu et une petite torche pour seules loupiotes, mais ce qu'il voit lui retourne le sang. Une main flotte à la surface du bouillon, une main de môme. Il lève les yeux, Ruvac en grignote une de son côté et en suce les phalanges, les yeux perdus dans le vague, et tous les autres louchent sur son plat : visiblement, c'est un mets royal. Pendant deux secondes, il se demande qui est ce môme qu'il doit sucer, lorsqu'il se souvient les avoir vus préparer le petit singe laineux qu'ils ont chassé dans la matinée. Ils l'ont grillé d'abord pour le défaire de ses poils, puis ils l'ont rincé dans la rivière avant de le découper : il avait déjà eu l'impression glauque d'assister au démontage d'une poupée et avait repensé à Petit Poil. Il revient à la main : les doigts sont démesurément longs et la nausée réelle. Comment va-t-il pouvoir manger ça ?

Misma se lève et lui tire le bras ; comme si elle avait compris le malaise, et l'emmène vers sa case. Que veut-elle, la petite ? Tous n'ont d'yeux que pour son auge, et aucun ne s'intéresse à eux. Pas sûr qu'il retrouve la main à son retour. Arrivés dans sa hutte vide, l'une des plus grandes du village, elle lui montre un objet accroché au poteau central de la structure. Il laisse ses yeux se familiariser avec l'obscurité, et reconnaît l'un de ses fameux arcs arumgaranis : deux mètres de haut, un bois dur comme le fer, des liens de chanvre. Un très bel objet.

– Tarui ! fait-elle fièrement en montrant l'arc de son oncle.

Chapitre 6

Il est arrivé quelques heures plus tôt, par la colline, le soleil dans le dos ; un rayon transperçait les arbres et le crucifiait comme une ombre chinoise. Un long bâton, et un petit pécari mort au bout, il leur revenait, et mille éclats de rire d'enfants, mille cris d'hommes, l'ont accueilli. Le grand mage blanc. Avant même qu'il atteignît la première hutte, tous s'agglutinaient autour de lui, le touchaient, caressaient sa barbe épaisse, et surtout ses cheveux qui avaient commencé à repousser et lui faisaient une mousse blanche sur le crâne. Pituyi, comme les autres gamins, était intrigué, et il avait escaladé le colosse blanc, à la force des bras et des jambes. Shuwa-Loiseau, de fort belle humeur, riait et repoussait mollement ses assauts. Le gamin, arrivé au niveau de l'épaule, caressait la chevelure rase, tout en la commentant pour les autres. Il l'avait reniflée même, en la ventant bruyamment. Rires et cris.

La nuit, maintenant, est tombée depuis plusieurs heures. Des feux, des torches, des pécaris qui tournent sur une broche, des marmites qui fument. Les femmes se sont peintes. En rouge et noir. Avec de l'huile de roïco. Ils se sont tous beurrés les cheveux. Des cheveux qui brillent dans la nuit. Deux Indiennes préparent une mixtion à base d'herbes confuses, de manioc, de salive pour ce qu'il en voit, et tous la convoitent, l'œil en coin. Les Arums ont agencé une petite plate-forme, ont posé le fauteuil à plumes de Loiseau, après l'avoir descendu avec précaution du hameau, puis y ont posé le Professeur avec les mêmes soins. Ses jambes s'étalent de chaque côté, les fesses glissent vers le sol, il a beaucoup bu, et depuis quelques minutes se laisse souffler dans le nez, par un de ses disciples Arums, une épaisse fumée à l'odeur si âcre qu'elle arrache des larmes à La Marquise. Lui-même n'est pas net, après s'être enfilé une tonne de pâte de coca.

Chacun leur tour, ils viennent câliner Shuwa et le baiser. Les Arums sont très tendres. Quoiqu'ils ne savent pas embrasser ; enfin, ils ne savent pas presser les lèvres sur d'autres lèvres, ou même presser les lèvres sur la peau. Ils n'embrassent pas, ils mordent. Ils sont donc très tendres et ont tous une dent pour Loiseau, qui s'y prête joyeusement : il tend une oreille, une joue, un bout de cou, une main peut faire l'affaire. À chaque baiser, une gorgée de *Gumpi*, sorte de *matè* ultrafermenté. Le vieux est stone, les yeux clos, et les lèvres qui tremblent légèrement. Au-dessus de lui, son pote Arum souffleur fait des grands gestes chamaniques. Il ronronne aussi. Ou plutôt marmonne des mots. Comme une litanie chialeuse. Et tous le regardent, avec attention et respect. Et, des fois, réagissent à certains mots, en hochant la tête, ou en le répétant. Ça, être grande magie, se marre intérieurement Saint-Mars. Quoiqu'il se marre intérieurement jaune, et qu'il a plutôt envie de mettre le chaman, ses gestes et sa fumée dans le fleuve pour qu'on le laisse interroger le Professeur. Huit jours qu'il l'attend, et il est à peine arrivé que ces sauvages le mettent dans le gaz. Il répond de manière évasive, articule peu, avec des paupières qui tombent, et des propos qui partent dans tous les sens.

– Les Arums sont des nomades. Socialité explosée, explique Loiseau difficilement. Je dois les…

Il produit un grand geste avec les bras ; comme s'il embrassait une baleine, et les paupières tombent sur les yeux.

–… les fédérer !

Il se reprend.

– Les protéger ! marmonne-t-il.

– Contre qui ?

Il entrouvre les yeux.

– Les Américains !

Sa tête titube, et l'autre chaman en rajoute une couche, et lui ressouffle dans les bronches, en ronronnant ses mots étranges, et en reprenant ses gestes de derviche tourneur.

– Mais vous avez tué McHenry. Contre qui voulez-vous les... ?

– Il y a toujours des McHenry, fume-t-il du nez.

– Vous savez que la sœur de McHenry a juré votre perte !

Il retrouve un peu de sa vivacité.

– McHenry, pour ce que je sais, n'a jamais eu de sœur, lieutenant !

– Comment ça, pas de sœur ? C'est qui cette femme que j'ai... que j'ai rencontrée à Santa Margarita, si ce n'est pas sa sœur ? fait S.M. avec un petit air désemparé.

– Elle était avec le *Rangero* ? souffle l'autre, qui n'est pas loin d'une sinusite carabinée, les yeux et le nez rouges.

– Oui. Enfin, en quelque sorte.

– Alors, les Américains.

Saint-Mars le regarde.

– Quoi, les Américains, encore ? Ça veut dire quoi, ça ?

– Wayne...

– Quel rôle joue-t-il ce Wayne ?

– CIA...

– Quoi, la CIA ? Quel rapport ?

– Commission...

– Quelle Commission ? Bordel, Loiseau sortez du brouillard !

Loiseau incline sa tête en arrière doucement, et le chaman dragon lui souffle dans les narines la même fumée épaisse. Les gestes sont lents et précis. Pas une volute qui ne soit aspirée par le Prof. Tout y passe.

– Vous entendez Remanayu ? demande Loiseau en montrant le chaman. Il récite les ancêtres.

– Comment ça ?

– Il cite les morts. Tous ceux qui sont morts ; tous les guerriers, les filles, les fils, les mères, les pères, les enfants qui sont morts.... Tous les Arumgaranis depuis que les Arumgaranis sont Arumgaranis.

La Marquise regarde le vieux chaman plus attentivement. Les yeux clos, les narines en feu, les lèvres qui remuent mécaniquement.

– Et il remonte jusqu'à quand ?

Loiseau sourit.

– Allez savoir. Jusqu'aux premiers temps de la forêt, j'imagine. Il le fait à chaque fois qu'il y a des morts, pour les lier aux autres. Dans une même parole infinie. J'imagine que cette fois-ci, c'est pour Touya, l'autre vieille qui faisait la potée au curare le soir de votre arrivée. Elle est morte la semaine dernière.

À cet instant, une vieille Indienne traverse la place centrale du village, et file droit vers La Marquise. Des filets de bave verte et de morve coulent de sa bouche et de ses narines. Elle a un air morbide, des cheveux rares et est d'une extrême maigreur. Elle vient lui montrer son avant-bras. Elle n'a pas l'air d'avoir toute sa tête : ses yeux sont vides, ses paupières basses, et elle secoue la tête d'une manière tout à fait désordonnée. Elle insiste. « *Baratuyi, baratuyi* », répète-t-elle. « Prends, prends ! », et avance son bras, que Saint-Mars examine. Un filet de sang part de l'intérieur du coude jusqu'au poignet. Elle a dû se couper en manipulant un de leurs outils en bois, un bois si dur qu'il est aussi tranchant que du métal. Que veut-elle ? Qu'il la soigne ? Qu'il prenne son sang ? Il la repousse vivement. Et sans égard. S'il a bien compris une chose des mœurs des Arumgaranis, c'est que les vieilles sont traitées comme les dernières roues du carrosse.

Chapitre 7

Lorsqu'il revient à Loiseau, celui-ci n'est plus tout à fait là. Il est parti dans sa fumée ; dans sa tête, parti s'empaffer de grands dragons verts aux écailles d'or. Il le touche de la main.

– Loiseau, les Américains, c'est qui ? Qui était McHenry ? Que voulaient-ils aux Arumgaranis ? C'est quoi cette histoire de maladie ?

Loiseau ne réagit plus. Pas sûr, même, qu'il l'entende. Puis subitement, derrière eux, des cris. Loiseau rouvre les yeux, et dans ses pupilles, bien explosées, la joie se mêle aux reflets des torches. Saint-Mars se retourne et découvre une dizaine de guerriers, l'allure féroce, arcs et haches en main, peinturlurés et perruqués à outrance, des plumes partout, les yeux surdilatés, qui crachent et éructent dans tous les sens. « C'est qui ceux-là ? » s'inquiète-t-il.

Tout s'accélère d'un coup. Car un autre groupe surgit, du haut de la colline. Aussi nombreux. Aussi apprêtés. Aussi hurlants. Et les deux groupes courent l'un vers l'autre, puis s'arrêtent à quelques mètres l'un de l'autre, près de s'écrabouiller, et commence une sorte de danse, où on ouvre grand les bras, on lève haut les arcs, où chacun cherche à impressionner l'autre par ses cris, et ses postures. Ils s'insultent, se crachent dessus. Ce sont des litres et des litres de salive qui naviguent sous les yeux de La Marquise.

Et ils soufflent tous, comme des buffles en rut. Un petit guerrier sort de son groupe, à reculons, en criant un odieux contre-ut à vous flinguer les tympans et les gencives, et s'en va défier ses adversaires en leur montrant son cul, comme s'il était un bon petit babouin, puis repart, marche avant cette fois, en hurlant à tue-tête sur le même ton. S.M. en a la chair de poule. C'est à cet instant qu'il remarque qu'un des guerriers n'est pas comme les autres. Il a les jambes recouvertes d'une peinture blanche, ou pâle... Et il ne porte pas de plumes.

« *Yaaaarhhhgt* !!! », les deux groupes se jettent littéralement l'un sur l'autre. Le choc est terrible. Tête contre tête, bois contre bois, faisant trembler et résonner le sol. Puis ils se balancent des flèches sans pointes ; puis ils se jettent des petites lances sans embouts. Ils jouent, mais S.M. pisse dans son froc ; ils vont se faire mal, si ça continue. Il s'est levé, malgré lui. La bouche entrouverte, glacé par ce qu'il voit. À côté de lui, Loiseau jubile, ses yeux s'obnubilent comme ceux des guerriers, et il crie, il commente, il interjecte et il rit à gorge déployée, comme tous les autres Arums spectateurs, d'ailleurs ; il n'en perd pas une miette. Un nouveau choc ; un nouvel assaut, la terre qui vibre sous les pieds, encore. Deux ou trois guerriers tombent au sol, en tremblant, l'écume aux lèvres, une écume verdâtre et abondamment mousseuse. « N'ont pas bu que de l'eau, ceux-là » songe La Marquise. L'un d'eux saigne, même. Authentiquement. Au bras, et plutôt copieusement, mais nul ne s'en inquiète, et lui ne songe même pas à demander de l'aide, ou à se relever ; le gars reste dans son rôle.

Tout à coup, un cri plus fort que les autres. Déchirant. Puis un silence. Tout devient immobile brutalement, ou presque. Le guerrier blanc sans plume est au sol ; un genou, puis l'autre. Il bave, il tremble. Face à lui, un grand couteau en fer dans la main, un autre guerrier, et S.M. le remarque pour la première fois, sans plumes, lui non plus. Le guerrier blanc s'affaisse lentement, face contre terre. La minute est intense et solennelle. Pas un mot ; pas un rire ; pas un bruit. Un temps, il se demande si c'est du lard ou du cochon ; si le couteau a réellement frappé. Sans doute, ces deux guerriers correspondent-ils à une symbolique précise. Faudra qu'il songe à demander l'explication à Loiseau quand il sera redescendu sur terre. Il lui jette un œil, et surprend l'ethnologue à le regarder en coin, la mine moins joyeuse que tout à l'heure, un peu avec la gueule d'une bourgeoise à qui on a mis la main au cul dans le métro.

La Marquise fronce les sourcils, et revient au champ de bataille pour comprendre ce qui défrise le tondu. Le show est terminé. Quelques guerriers se relèvent et regagnent tranquillement leur hutte, maintenant, en commentant leur performance. Bras-dessus bras-dessous. En plaisantant, parfois. Certains traînent la patte tout de même. Le guerrier au couteau, c'est Ruvac, le père des jumeaux, et il ne montre rien de sa faiblesse de l'après-midi, il a même plutôt l'air content de sa prestation. Seuls restent à terre les deux ou trois qui furent abstraitement tués. Et notamment celui qui saigne, toujours de plus en plus abondamment.

Et S.M. comprend alors. Le tout blanc par terre, c'est McHenry. Enfin, un guerrier qui a joué le rôle de McHenry. Les jambes blanches figurent soit un pantalon, soit des jambes d'homme blanc. L'autre guerrier intrus, que jouait Ruvac, et qui ne portait aucune plume, ce devait être Loiseau. Tous ces clowns ont rejoué devant lui la querelle qui a opposé Loiseau et McHenry, voilà ce qu'il vient de réaliser, et il en est baba. Dit autrement : ils lui ont fait une sorte de reconstitution judiciaire à leur manière, avec, il doit le reconnaître, un certain souci de réalisme. Le peinturluré blanc se relève maintenant, et une vieille sans dents vient poser une pâte boueuse sur le bras du blessé qui cesse immédiatement de saigner, sans jamais s'être plaint.

Que faut-il comprendre ? Qu'il y a bien eu bataille entre les deux groupes, les deux villages. Que les Arumgaranis de

McHenry ont attaqué ceux de Loiseau, en descendant du haut de la colline, prenant sans doute le village par surprise. Que la version de Matéo retranscrite par le Père Marcello à la mission jésuite est fausse. Que la confrontation a laissé trois ou quatre gus au sol, dont McHenry, que Loiseau aurait tué lui-même, à coups de couteau. C'est vrai que le gabarit de Loiseau, même à son âge, doit en faire un sacré combattant. Tout cela accable le Prof, et c'est pourquoi il tirait la tronche pendant le spectacle. Mais, à bien y réfléchir, ça le décharge aussi. Circonstances atténuantes : non seulement le coup fut donné dans une rixe généralisée, et on peut donc imaginer que la mort fut accidentelle. Coup malheureux en quelque sorte, et légitime : il n'a pas porté le coup, il l'a rendu. Pour un peu, il leur demanderait bien de recommencer. La Marquise se concentre à nouveau. Maintenant qu'il y repense, il ne se rappelle pas que le guerrier en pantalon blanc portait une arme sur lui. Donc, pas sûr que ce fût si accidentel et si légitime, et il jette un œil à Loiseau reparti à ses fumigations.

Les guerriers reviennent maintenant vers la grande hutte centrale. Ils ont enlevé leurs plumes, leurs peintures… Ils sont en civil. Ils s'approchent tous de la vieille qui a marmité toute la soirée et qui commence à distribuer son jus de sorcière. Non sans se protéger les yeux et le nez avec une tresse de feuille de palme. Comme les deux anciennes le faisaient l'autre fois pour le poison qu'elles confectionnaient. Les deux anciennes qui sont mortes. Je serais eux, je me méfierais, rigole pour lui-même Saint-Mars. Ça n'a pas l'air d'être du *Cacolac*, ce qu'elle a fait, la mère Michel.

Mais à cet instant, une main lui saisit les cheveux et le tire en arrière. Il tombe violemment sur le cul devant le sourire de Loiseau. Et le chaman, qui n'a toujours pas terminé son recensement des morts, approche sa bouche de ses narines, et lui souffle dedans toute la fumée de *Yopo* qu'il peut. Comme ça, sans autorisation. Tout de suite, Saint-Mars ferme les yeux, est pris d'une forte nausée, il se courbe en deux, prêt à vomir ; cinquante fourmis sont dans ses narines et les ramonent, avec leurs petits crochets bien aiguisés ; et dans ses oreilles aussi, et dans sa gorge, quoique là, elles se transforment en petits boules de feu. Et c'est curieux, mais Saint-Mars imagine ces boules, bleues : ça existe du feu bleu ? Des boules de feu qui remontent jusqu'aux yeux. Ils les rouvrent mais ne voit rien. Le truc l'a rendu aveugle pour la vie, il en est certain. Mais il n'a pas le temps de faire une lettre de réclamation qu'on lui tire à nouveau les cheveux en arrière. Ils sont deux, peut-être trois à lui tenir les bras et les jambes. Une main lui masse violemment le cou, si violemment que la pomme d'Adam se fait défoncer. Si fortement qu'il ne peut crier. La bouche ouverte et rien qui sort. Mais par contre, quelque chose entre. Liquide, bouillant, amer. La mixtion de la vieille. Un truc si intense que son corps entre immédiatement en fusion. Non seulement les lèvres, la bouche, la langue, la gorge, les oreilles, mais aussi, en même temps, par un sacré tour de force, les poumons, le ventre, le bas-ventre, les jambes. À croire que leur béchamel s'est instantanément agglomérée au sang et qu'à chaque battement de cœur, elle est balancée dans toute la tuyauterie. Une, deux, cinq gorgées de leur soupe immonde. Il a beau gueuler, faire des bulles avec, ils lui font tout boire. La combustion instantanée, ça existe donc ! Et il se rappelle soudain ce que lui avait dit le *Rangero* Villejos en parlant du « *jugo de muerte* », de leur « jus de la mort » : du *matè* mélangé à un jus qu'ils extraient du corps des morts. Du jus de décomposition. Du jus de pourriture. De la boisson cannibale !

Puis tout se calme.

Certes, sous la peau, on frise une chaleur de trois mille cinq cents degrés. Mais foncièrement, tout le reste se pose. La Marquise le perçoit intimement. Les lumières s'estompent et les sons s'apaisent, une nuit douce... Non, *la Nuit* tombe sur lui, la Nuit des nuits, la Nuit absente de tout luminaire, sans étoile ni lune. « *Guten Abend, gute Nacht* », comme elle chantait. Il ferme encore plus les yeux. Il les ferme intérieurement, et il sent chaque atome d'air contre sa peau ; il tend la main, et soupèse chaque centimètre carré de l'air qui l'environne. Dans quinze secondes, il sera le roi Beatnik... Plutôt crever ! Il les emmerde tous, ces fiottes à fleurs ! Bande de cons ! Loiseau, t'es une crevure ; tu m'as empoisonné.

Son cœur. Les battements du cœur ralentissent. Et cessent. Il les entendait ; il ne les entend plus. Son cœur s'arrête de battre. Tout de suite, il porte la main à la gorge, pour sentir son pouls. Il attend ; rien. Au poignet : rien ! La tête tourne, et tout est blanc autour de lui. Une nuit blanche. Il n'entend plus sa tête, non plus. Quel merdier ! se dit-il, et aussi ça : faudra qu'il songe à retrouver le grand couteau en fer de Ruvac, ce sera sa pièce à conviction numéro 2. Il croit entendre Loiseau : « Connaissez-vous la terreur de celui qui s'endort ? ». D'où qu'il la ramène encore, ce vieux con ?

Chapitre 8

Il était une fois… Le lendemain ? Deux jours ? Une semaine plus tard ? Il était une fois une moissonneuse-batteuse avec des lèvres énormes, des lèvres de carpe chinoise. Qui moissonnait, moissonnait ; qui battait, battait… Un bruit qu'il aurait aimé se sortir de la tête. Mais ses lèvres refusaient de s'ouvrir et de se décoller ; une grande bouche aux lèvres collées. Mais à la réflexion, ce n'est pas un bruit comme les autres. Plutôt une chanson. Une chanson italienne. Sarde, c'est ça ! Avec des montées chromatiques à base d'acide citrique. Et des tambourins, et des cymbales.

– Samaârs !

Curieux refrain ! Et voyez cette beauté qui s'avance vers lui. Mon Dieu, ces jambes, cette allure, et cette grâce ! Elle s'approche de lui, avec un déhanché prometteur et aguicheur, et l'invite à danser d'une telle manière qu'il ne peut refuser. Il sait bien pourtant qu'on n'a jamais vu une moissonneuse-batteuse à bouche de carpe chinoise danser sur la place d'un village sarde, mais vu les nibards qu'elle a, la petite danseuse, on ne va pas se compliquer la vie.

– Samaârs ! Samaârs !

Direct, il les tripote, les nibards. Et là deux choses l'étonnent. La première : il réalise qu'elle est voilée, la garce. Serait-ce la rousse de Santa Margarita ? Serait-elle sarde, la Grecque ? La seconde : ses seins ont un gros nez et une grosse bouche. Aurait-il mal touché ? Il ouvre les yeux.

– Samaârs ! Samaârs !

Remanayu, le chaman fumant est penché sur lui. Le visage grave. Il projette sur lui une haleine humide et végétale.

– Samaârs ! Samaârs !

Il le secoue. Il lui parle. Et depuis le temps qu'il fréquente les Arumgaranis, qu'il les entend parler avec cette langue douce et posée, il sait que cette fois-ci le ton est alerté, vif, paniqué même.

– Samaârs ! Samaârs !

Il se lève, et une moissonneuse-batteuse qui se verticalise, ça fait du foin. Il grince et grimace, les articulations craquent, mais l'autre n'en a cure, le prend par le bras et le tire à lui, le fait sortir. Sans précaution. Et là, La Marquise connaît l'émotion du prisonnier qui sort de la Caverne, l'aveuglement intense et douloureux, l'étonnement et le foudroiement... Et surtout un mal de crâne carabiné.

– Mollo, Remanayu.

Il se reprend.

– *Compuya riu...*

« Marche tranquille », en arumgarani première année. Mais l'autre, soit n'a pas compris, soit s'en contrefiche, car il continue de le tirer, et lui, avance à l'aveugle, l'avant-bras et la main déployée en pare-soleil.

– Où on va, Remanayu ?

Le pas du chaman, après deux ou trois minutes, ralentit enfin. Il s'arrête même. « *Fa* ! », dit-il. Ce qui signifie aussi bien « voilà ! » que « regarde ! », que « c'est fait ! », que « attention »... Donc Saint-Mars regarde attentivement. Grande clarté, petites ombres. Il met un certain temps à comprendre ce qui se passe autour de lui. Une silhouette paraît plus grande que les autres. Loiseau. Juste à ses côtés. Il a une triste mine.

– *Ute Samaârs* !

Le Prof, fidèle à lui-même, porte les paupières basses sur des yeux aux reflets « coucher de soleil ».

– Quand ils m'ont demandé qui vous étiez, l'autre jour, je leur ai dit que vous étiez un grand guerrier. Ils m'ont demandé si vous étiez flécheur, souffleur de sarbacane, piégeur, pisteur, etc.

– Et vous avez dit quoi ?

– J'ai dit que vous aviez une spécialité un peu particulière, dit Loiseau avec un air mystérieux.

– Ah ? Laquelle ?

– Que vous étiez flic ! fait-il sèchement.

La Marquise l'examine, l'autre reste imperturbable.

– Et ça se dit comment, « flic », en Arumgarani ?

– « *Gu yamindu* » : celui qui sait lire la mort. J'ai expliqué que vous saviez, en regardant un mort, qui l'avait tué. Comment il avait été tué. Que vous expliquiez la mort. Ils m'ont longtemps questionné à ce sujet, il y a deux soirs, après la fête.

– Deux soirs ?

– Oui, pour un ancien militaire, vous avez des lendemains de cuite de petite fille. Impossible de vous réveiller.

S.M. se passe une main sur la nuque. Autour de Loiseau, une demi-douzaine d'hommes du village sont là. Et ils font tous la gueule. Pas la gueule des lendemains de cuite ; pas la gueule triste non plus ; plutôt la gueule inquiète, voire teintée d'angoisse. Et ils le regardent tous fixement.

– Qu'est-ce qu'on fait là ?

Loiseau affiche un sourire crispé, et montre la case devant laquelle ils sont tous.

– Il faudrait que vous alliez voir là-dedans. Et que vous leur disiez ce qui s'est passé.

Il fait sombre. Très sombre. Il entend dehors les Arums qui continuent de jacasser, et la voix du Prof qui domine toutes les autres.

La case est petite, et il voit tout de suite, en entrant, le corps de l'homme et sa position étrange. Il est au sol, pas très loin d'un hamac, le dos légèrement appuyé à la paroi de la cabane. Il devait être à genoux quand il est tombé en arrière, et du sang a giclé sur les murs et le sol. Jusqu'à l'entrée, à vrai dire. Au cou, une grosse plaie, et du sang en abondance qui a séché. L'aorte a dû être sectionnée. Son visage, cendré, est comme vide. Les morts ne ressemblent pas aux vivants. Les muscles du visage s'affaissent, autour de la bouche notamment, les paupières ne se tiennent plus, les joues perdent de leur gravité. Pourtant, il a tout de suite reconnu Ruvac.

Subitement, une douleur lui perfore l'estomac. Douleur objective ? Peut-être le signe ambigu de l'attachement qu'il porte aux deux petits ? Comment est-il mort, Ruvac ? Il observe rapidement ce qui l'entoure, les rares objets et les parois de la hutte. Il s'agenouille près du corps, touche la chair : elle est ferme ; il fait jouer les mains, les bras, qui restent encore mobiles ; la nuque, les mâchoires, sont, elles, absolument soudées au reste du corps. La mort date de quatre ou cinq heures. Pourtant, il dégage déjà une forte odeur de pourriture, et il songe, en passant, aux baignoires de formol du Père José. Il regarde les mains de la victime : la paume, le dos des mains, le détail des peaux. Il se relève, et pivote à 380°, pour se donner une idée de l'espace réel de la case. Trois mètres cinquante pour diamètre, un foyer éteint en son centre, deux ouvertures percent les parois, des objets de bois au sol. Il se baisse à nouveau sur Ruvac, et examine ses ongles, regarde s'il y a des écorchures, sur les jambes, les bras, sur le visage... Pas d'arme visible, ou d'objet qui eût pu servir d'arme. Aucune trace de lutte n'est perceptible. Par contre, au sol, dans la mare de sang, des pas sont visibles. Qui vont du corps à la porte... Des pas qui ont marché dans les flaques de sang, et qui s'en sont allés... Plutôt que de les suivre, il revient au corps.

Autour de l'aorte, des traces de doigt. Sur la pomme d'Adam exactement. Trois. À égale distance de la plaie. De même sur l'épaule gauche. Plus confuses. Il ne les avait pas vues à la première inspection. N'est-il pas vrai que l'on n'observe que ce qu'on cherche ? Il est à peu près sûr que les doigts sont ceux de celui qui a marché. Saint-Mars se retourne et s'accroupit. Les traces de pieds ne montrent même pas une précipitation. Pas de glissade et pas d'orteils enfoncés qui auraient pu indiquer un empressement ou un appui soudain. Tout a l'air de s'être passé tranquillement. Il suit les pas, dehors ; quand il sort de la case, les conversations se taisent. Tous, y compris Loiseau, le regardent avancer, légèrement voûté, qui piste les traces ensanglantées. Elles le mènent jusqu'aux fourrés à près de dix mètres, et disparaissent dans les fougères. Il s'arrête, un peu déconcerté. Les pas s'en vont nettement vers l'extérieur du village, vers la colline, vers la maison de Loiseau et celle de ses tourtereaux fleuris.

– Ce qui importe pour l'instant, c'est de savoir si un Arum de l'autre côté de la rivière est impliqué dans ce... crime, marmonne le Prof.

Saint-Mars se tourne vers lui avec des petites lignes parallèles sur le front, et secoue la tête mollement. D'un air dubitatif.

– Parce que si c'est le cas, reprend Loiseau, je veux dire, si ce sont les autres qui sont venus jusque-là pour tuer l'un des nôtres, on est devant un *casus belli* clair et franc.

« L'un des nôtres »... Loiseau se considère comme l'un des leurs, maintenant. À noter, se dit S.M. ; à noter quelque part dans le crâne, à côté des toutes les folies qu'il voit et qu'il entend, qu'il boit et qu'il fume depuis quelques jours.

– Vous les avez vus, l'autre soir ; ils sont bouillants.

Tustsa, un des chasseurs, vient à lui et parle avec brutalité, et de manière si vive que S.M. ne capte pas un mot. Loiseau traduit.

– Ruvac était un grand chasseur, un *brutete* ; lui seul était capable de trouver à chaque coup la *kaa gatui*, la forêt abondante.

S.M. lui sourit bêtement. Comme il l'aurait fait pour la veuve d'un soldat mort au combat. Et se tourne vers le Prof, après un silence qu'il juge décent en fonction de critères de savoir-vivre transculturels qu'il vient d'établir tout seul.

– Un Arumgarani de l'autre côté de la rivière ?

– La moindre étincelle, et c'est la guerre, lui confirme Loiseau. C'est-à-dire, chez les Arumgaranis, un mort sur deux. Pas de blessé ; même pas d'écorchures. Ici, soit vous gagnez, soit vous mourez. Ils ont un petit côté Romains de la grande époque.

Le Prof n'a pas cessé de sourire et de fixer droit dans les yeux le lieutenant. Comme s'il voulait être sûr que La Marquise le comprenne bien. Lui, fronce les sourcils, pour montrer qu'il est en mode réception intelligente, que les vapeurs fongiques et toxiques des choses bues et fumées s'en sont allées, mais il reste circonspect. Le Professeur aurait-il un quelconque intérêt à réveiller la guerre entre les deux côtés du *Rio* ? Puis après un débat intérieur, un peu vif et désordonné, il se demande s'il n'assiste pas plutôt à un début de confession. En parlant de la guerre indienne en général, il parle de sa bataille en particulier : McHenry et ses Indiens nous ont attaqués, on s'est défendus, on s'est battus, à la manière arumgarani, fièrement, sans concession, en hommes des bois ; les autres ont perdu, les autres ont donc été mis à mort. McHenry comme les autres. Et encore : ce n'est pas Loiseau qui a tué McHenry, mais Shuwa, le guerrier blanc, en vertu d'une coutume indienne et de la relativité culturelle ! La Marquise fixe les fourrés où les traces ont disparu, traces qui vont à l'exact opposé de la rivière. Il regarde le Prof et répète avec un rictus :

– Un Arumgarani de l'autre côté de la rivière ?

L'autre montre un visage de marbre.

– J'en doute ! grince Saint-Mars.

Chapitre 9

Deux jours que le corps a été découvert, et aucun Arumgarani pour venir lui demander de faire « parler le mort ». Aucun procureur pour le presser comme un citron, aucun juge instructeur pour lui demander des comptes, aucun divisionnaire pour exiger des rapports, roses ou jaunes, sur l'avancement de l'enquête. Les Arums ont une administration judiciaire plutôt décontractée.

Pendant ces deux jours, une bonne moitié du village s'est préoccupée des obsèques. Le mort était un membre éminent du village : bon chasseur, bon flécheur, il comptait trois femmes jeunes et vigoureuses et il avait montré son intérêt pour une jeunette d'un des villages du *Rio Parani*, plus haut, derrière les collines, à deux jours de marche. D'après Loiseau, ça avait fait débat car les Arumgaranis du *Rio Parani* n'étaient pas loin de se regrouper avec ceux de feu McHenry ; et la moindre déception pouvait être fatale à une confédération. Or pour beaucoup, Ruvac, le mort, avait déjà assez de femmes.

– Ce qui compte, chez les Arums, ce sont les femmes, lui avait dit Loiseau, lors d'un de ses rares moments de lucidité. Voilà l'aune réelle de leur valeur guerrière et sociale. Ils sont toujours prêts à se battre pour avoir des femmes ; quand il n'y en a pas assez dans le village, il faut aller en chercher ailleurs. Et c'est un fonctionnement qui n'est pas que symbolique, mais politique, et même économique. Ils n'ont rien : pas de fer, pas de canoë, et surtout pas de propriété, d'autant que le village est sans cesse en mouvement et qu'ils ne peuvent pas se fixer : leur case n'est pas leur case, mais à tous et le potager est partagé. Mais pourtant, ils sont en guerre perpétuelle. Entre eux. Entre villages. Vous n'êtes pas puissants par la force, chez les Arums, ou par la ruse, mais par la qualité et la quantité des femmes qui vous sont liées. C'est un paradoxe que notre morale judéo-chrétienne n'est pas près de comprendre : ils les battent, les violent, les massacrent en permanence... J'en ai vu un tuer sa femme à petit feu ; chaque soir, il cognait un œil, le même ! Un œil qui enflait, qui sortait même de l'orbite, comme une excroissance ; il le repositionnait avec les doigts, comme on enfonce une hernie, puis recommençait à cogner. Ils les cognent, mais en même temps, ce sont elles les marqueurs sociaux : elles sont le sceptre du pouvoir. Car plus on a de femmes, plus on a d'enfants, plus on pèse sur le village. Certains, à Paris, ou Berkeley, estiment qu'abolir la propriété, c'est abolir le mal, la guerre, le meurtre, le vol.

Il se tourne vers les Arums.

– Voyez-les. Ils sont la preuve qu'ils se trompent. Ils sont l'antithèse de tous ces humanistes matérialistes du Quartier Latin !

Depuis la découverte du corps de Ruvac, il n'a vu aucune larme, et de manière plus globale, aucun visage triste. Pas de pleureuses, pas de plaintifs. Par contre, les femmes les plus anciennes du village entreprennent, avec beaucoup de précautions, de tisser une sorte de panier géant, à base de feuilles de *rimacana,* ce panier est destiné à recevoir le corps. Ces feuilles sont réputées imputrescibles et presque tout à fait étanches. Elles s'assoient, par rangées de trois, et pendant de longues heures cousent ensemble feuilles et lianes, tout en marmonnant ou chantant. Leur parler pendant ce temps est tabou, lui dit Misma, les yeux secs. Puis, lorsque ce travail de confection est achevé, cinq des Arums les plus vigoureux apportent le corps de Ruvac, sans réel ménagement. Les Arumgaranis, superstitieux à l'extrême, ne doivent jamais toucher le mort. Aussi l'attachent-ils par le pied à une liane tressée, et le tirent-ils sur tout le trajet qui va de sa hutte au panier. Jamais la traction ne faiblit ; ils sont trois à tirer, et quand ça bloque, ils tirent plus. Puis, ils roulent le corps dans le panier et le suspendent à une branche, à deux bons mètres du sol et le laissent ainsi hors de portée des insectes rampants et des bestioles aux goûts de charognard, laissant le temps au village de préparer une tombe. On prévient Saint-Mars : l'âme est lourde et prête de tomber, gare à celui qui passerait dessous.

L'enterrement se fait à la hâte. Pas de cimetière, remarque-t-il. Un espace libre entre deux troncs, à quelques dizaines de mètres du village, semble les satisfaire. La terre est meuble, tellement humide, facile à creuser, mais les racines sont multiples et fortes. Ils suent tous, et sur leur visage, sur leur corps, les peintures rituelles coulent comme un rimmel sur les joues d'une pute de la rue de Charonne un bon soir de septembre. Enfin, quand ils jugent le trou satisfaisant, ils basculent sans détour le corps ; pas une parole, pas un geste, la cérémonie paraît complètement désacralisée. Et hop, hop, les paquets de terre sont remis, et sur la tombe, pour la marquer ou la protéger des fouineurs, une treille de bois est disposée, et c'est fini, on ne parle plus du bonhomme.

– Parfois, on les brûle, lui dit Misma. Tout simplement.

Chapitre 10

Ce matin. Du dérisoire.

Remarquant que la plupart des Arumgaranis étaient imberbes, S.M. a pris la décision de se raser. Sans rasoir, sans miroir, le grand couteau trouvé dans la besace du mort du fleuve fera l'affaire. Il s'en va vers le fleuve, un bon quart d'heure de marche, suivi comme son ombre par Misma, qui gazouille en permanence derrière lui. Pas de Pituyi. Misma, malgré la mort du père, reste la même. Un grand sourire, et une jactance que rien ne peut altérer. Un petit cousin lui court dans les pattes, comme un chat qui demande à bouffer après une semaine de jeûne.

Arrivé à la rivière, il commence par choisir une pierre de la rivière pour y affûter le couteau. Misma, qui, comme tous les Arumgaranis, ne connaît pas le travail du métal, est médusée. Avec le plus grand sérieux, et des gestes abondants, Saint-Mars fait jaillir, du contact du couteau et de la pierre, des petites étincelles, passe son doigt sur le fil de la lame, se fait saigner, les deux mômes crient et rient, il exerce le couteau sur une grande feuille de capoyer qu'il coupe en deux sans difficulté, non mais vous avez vu ça les petits ?! Derrière les gamins, les Arumgaranis, comme par magie, se multiplient. Ils sont trois, puis cinq, des enfants, des adultes, puis dix, presque tous les ados en fleurs de

Loiseau s'approchent, puis une petite vingtaine. Ils commentent, rigolent, l'imitent. Enfin, Pituyi émerge, l'air grave.

Dans l'eau, son reflet. Il se voit d'abord un visage de Robinson. La barbe lui a mangé la totalité du visage, grise et noire, épaisse, broussailleuse, et remonte jusqu'en haut des joues, non loin des yeux, et redescend presque jusqu'au torse. C'est là qu'il commence, en s'électrisant la peau, et se faisant saigner par litres. La lame rougit et coule. Il jure, et les Indiens commencent à ricaner. La compassion, connaissent pas, ceux-là. Il doit adoucir les gestes. L'opération, rien que pour le cou, lui prend vingt minutes ; il taille d'abord dans les poils, pour raccourcir la barbe, la désépaissir, et ensuite passe à ras de la peau et tond au mieux. Le menton lui arrache des larmes, et la moustache le fait éternuer. Les Arums se bidonnent à nouveau. Il se touche la peau du visage, et découvre la cuisse d'une poule tout juste déplumée, une peau grumeleuse, abîmée, hérissée. Mais ainsi, après une grosse demi-heure, il se retrouve avec un visage de clown velu : le cou, la gorge et les atours de la bouche se montrent nus, alors que tout le reste du visage est couvert de poils. Il se fait rire lui-même et fait rire les gamins en grimaçant, aux éclats. Puis il recommence son manège : la joue droite d'abord, et à nouveau, il fait le pitre, velu d'un côté, imberbe de l'autre. Comme un Janus altéré. Il cligne de l'œil, pour accentuer l'asymétrie. Se met de profil, puis se retourne et expose son autre profil, changeant de voix et de silhouette : l'imberbe, grand et droit, le velu, vieux et courbe. Misma, Pituyi et son petit cousin se roulent à terre. Comme les autres.

Puis le silence se fait. Il commence la dernière joue. Tous l'examinent. Avec des grands yeux de gamins aux bords de la piste d'un cirque. Une petite tension se fait sentir. Les Arums savent que le véritable visage de Saint-Mars va leur apparaître. Quelques-uns s'accroupissent, très attentifs ; les commentaires, toujours aussi nombreux – les Arums sont de grands bavards – se font plus feutrés.

Son visage redevient nu. Il sent l'air sur sa peau humide, la fraîcheur d'un léger souffle. Quelques passages de couteau, et ce sera fini. Il associe sa barbe au *San José*, à Petit Poil, à Barth, au fleuve et à ses lenteurs... Tout un pèlerinage pour l'Enfer qui tombe au sol, par petites touffes, à peine déporté par le vent, et qui s'en va au fil de l'eau.

Mais la comédie prend fin. D'un coup. Quelques Indiens se lèvent, les adultes notamment, et les ados, ensuite. Un peu trop hâtivement au goût de Saint-Mars, qui ne les regarde pas, mais qui sent toutefois qu'ils s'agitent. Très vite, il perçoit un malaise. Non seulement ils se lèvent tous, mais ils reculent. Ils se mettent à marmonner, et à parler d'une manière encore plus rapide qu'à l'accoutumée. Une manière presque panique. Les mômes se sauvent carrément. Ceux qui restent le regardent et se mettent à souffler comme des buffles. D'où il est, il les entend vider leurs bronches avec grand bruit. Presque en rythme, et il suspend son geste, le couteau et le bras en l'air. Il lui reste un centimètre carré de poils à couper, mais d'un coup, ça lui paraît insurmontable. Mais qu'est-ce qui leur prend ? *Boum, boum*, ils piétinent le sol. Qui veulent-ils impressionner là, maintenant ? Une petite dizaine d'indiens continuent de reculer doucement. Certains ont l'air terrifiés et c'est lui qui les terrifie. Il se passe les doigts sur la joue. Et sent sa cicatrice. Sa cicatrice en étoile. C'est ça qui leur fait peur ? Mais elle ne saigne même pas ! Puis soudain, ils partent tous ventre à terre, avec de grands éclats de voix. Ils ont tous des visages lacérés et scarifiés, eux ! Pourquoi le sien les brusquerait-il tant ?

Trois heures qu'il cherche, dans la forêt épaisse. Sans réel repère, sinon le bruit de la rivière, et le choc d'une hache dans le village. La priorité : ne pas se perdre. D'habitude, il a toujours un gamin Arum dans les pattes qui lui sert de guide : s'il s'égare, le gamin le ramène ! Mais là, depuis l'épisode absurde de la cicatrice, ils lui font tous la gueule. Il avance donc prudemment, en se souciant en permanence de l'écho de la rivière, à gauche, devant, et de celui du village sur sa droite, légèrement derrière lui. Il progresse prudemment, mais, malgré tout, ses jambes et ses bras, son torse et son visage, sont griffés par les lianes et les arbustes. Il commence à fatiguer.

Si ses souvenirs sont corrects, elles bordaient la sente qui menait au village ; sur une bonne dizaine de mètres. Et il n'y a que quatre sentes qui vont au village. Et c'est la quatrième qu'il parcourt. Donc, soit il va tomber dessus d'un moment à l'autre, soit ils les ont ôtées. Il s'arrête, exténué. Son regard pivote, son horizon ne dépasse pas trois mètres. Tout ressemble à tout, donc à rien. Il parcourt une cinquantaine de pas, et tombe enfin sur ce qu'il cherchait. Elles sont bien plus nombreuses que dans ses souvenirs. Vingt, compte-t-il, et comme il s'en souvenait, elles bordent le chemin comme des statues d'Hadrien. Il s'avance vers elles. Non sans dégoût. Elles n'ont rien de *tsantsas* ! Les Arumgaranis ne sont pas des *Jivaros*, et leurs têtes coupées n'ont pas été travaillées, ou alors sommairement. Elles sont fichées sur des bâtons de *quebracho*, des bâtons hauts de deux mètres à peu près. Des veines, et des nerfs tombent des cous, des lambeaux de peau aussi, des cous qui ont été tranchés à la sauvage, laissant visibles les traces des couteaux de pierre qui ont découpé les chairs. Les peaux restent sombres, nécrosées, peut-être fumées.

Il se positionne devant chacune des têtes, sur la pointe des pieds, et les examine avec soin. Il frotte les peaux, soulève les paupières, touche la chair tranchée, et desséchée. Une tête présente des traces de coup sur le front et la bouche, complètement déformée. Une autre, une plaie à la tempe, signe sans doute de la pénétration d'une flèche. Celle-là montre un nez écrasé et aplati. Celle-ci, un restant de moustache. La dernière, moustachue aussi, a la moitié du cuir chevelu qui s'en est allée, et est défoncée sur l'arrière, laissant voir un crâne vide de toute cervelle. Soit ils l'ont siphonnée, soit la vermine a tout nettoyé.

S.M. reste immobile, en proie à une intense réflexion. Il doit se rendre à l'évidence, McHenry n'est pas là. Aucune tête, ici, n'a appartenu à un blanc. L'ont-ils enterré à la mode Arum, après suspension dans les airs ? À l'occidentale, dans une tombe ? L'ont-ils brûlé ? Et, est-il seulement mort ? À bien y réfléchir, il n'a en sa possession que le témoignage d'un Indien qui a disparu, celui d'un prof junky et une pièce de théâtre baroque jouée par des Indiens. Rien d'autre n'atteste que le crime ait eu lieu. Autre problème : il pensait trouver là les victimes des guerres entre Loiseau et McHenry, mais il y a beaucoup trop de latinos et de moustachus, et il se demande s'il n'a pas devant lui les camarades de son copain de plage, les hommes du *Rangero*. Est-il possible d'imaginer que ces vingt têtes soient tout ce qui reste de la grande équipée montée par la sœur McHenry ? Il examine les têtes une dernière fois : vingt têtes de pauvres types qui ne connaîtront jamais la justice.

C'est à ce moment qu'une nouvelle tête apparaît, devant lui, entre deux piquets. Bien plus basse que les autres, mais bien plus éveillée aussi, plus vive. Une tête qui parle. Qui dit *borouii, borouii* ! Calmement, et distinctement. Et ça, La Marquise comprend ; c'est même un des premiers mots qu'il a appris, et intérieurement, il se satisfait de voir que sa compréhension de l'arumgarani s'est fortement enrichi et devient efficient. « *Borouii, borouii* », ça signifie « frappe, frappe », quoique, dans certaines situations, cela peut signifier « presse-toi », ou même « parle » au sens de « décide-toi à parler ». Mais là, il n'y a pas d'ambiguïté. Vu le choc et l'intense douleur qu'il ressent à l'arrière du crâne. Par deux fois.

Chapitre 11

De la boue. Dans le nez, profondément ; dans la bouche, sur les lèvres. Et un mal de tête carabiné. Un tube d'aspirine, ce serait bien. Deux, même. Ça bourdonne. Beaucoup. Dans sa tête, du moins c'est ce qu'il croit dans un premier temps ; mais en fait c'est autour de lui que ça bourdonne. Il ouvre un œil, devant lui un pied, puis deux ; il ouvre un deuxième œil, et ce sont trois, quatre, six, dix pieds qu'il aperçoit à quelques centimètres de lui. Il est dans une forêt de pieds. Au loin, il reconnaît l'entrée de la case du chaman. Et il y a un foyer éteint plus loin, sur sa droite. Tiens, des pieds plus blancs et plus grands ! Loiseau est là, au milieu d'eux. S.M. se concentre. Ils parlent tous dans tous les sens : c'est ça le bourdonnement. Et dans ce bourdonnement, il y a le ton plus haut et plus nasillard de Loiseau. Voilà qu'on le soulève sans ménagement. Il retient ses plaintes, mais il peine à tenir debout sans être porté de chaque côté. Et en position debout, son crâne lui fait un mal de chien. Comme si un poids d'horloge était attaché à ses cheveux et tirait un peu plus, encore et encore, pour la sonnerie de midi. Loiseau lui parle, à dix centimètres du visage, il sent son haleine gâchée. Il fronce les sourcils, il ne comprend rien, avec cette horloge qui sonne.

– Quoi ?

– Ils veulent vous voir à poil !

– Quoi ?

– À poil ! Déshabillez-vous ! dit-il fermement.

Cette fois-ci, La Marquise ouvre grand les mirettes. Il voit des dizaines de têtes d'Arumgaranis, hommes, femmes, enfants, et il n'en a jamais vus autant. D'autres villages se sont pointés, visiblement. Il est au centre d'une grande partie du peuple arumgarani, et on a beau être endurci, ça impressionne. Des visages fermés, graves, illisibles. Il y a Pituyi au premier rang, sa sœur plus loin. Même eux ont perdu de leur bienveillance.

– Et pourquoi ?

– C'est compliqué… fait Loiseau avec un geste d'impatience.

S.M. se sent mieux, se libère de ses deux porteurs, et porte une main à la nuque, et découvre très étonné une noix de coco sous le cuir chevelu. Il grimace.

– Je ne me mettrai pas à poil ! Pas question ! fait-il en regardant pour la première fois avec attention le tube de bambou que tous les Arumgaranis portent autour de leur pénis.

– C'est pas le moment de faire sa pudique, prévient Loiseau. Je crains qu'il y soit question de vie ou de mort.

– De vie ou de mort de qui ?

– De vous, lieutenant.

La Marquise les regarde tous, incrédule, et lit dans leurs yeux, maintenant, une sorte d'hostilité apeurée. La même que la grande tante Astrid exprimait lorsqu'elle racontait que son manoir normand craquait et geignait tous les 31 août, jour de la mort de son illustre et tumultueux époux. Il a face à lui l'incarnation même de la peur de l'Autre.

– Ils pensent que c'est vous qui avez tué Ruvac, souffle Loiseau, en le fixant.

La bonne blague, se dit La Marquise tout de suite. Mais au vu du festival de sales gueules qu'il a autour de lui, il se ravise. Ce crétin de Loiseau ne plaisante pas. Et les autres polychromés d'en face, non plus. Alors, il fronce les sourcils, les dévisage, se bouffe encore l'intérieur de la joue, *greugneugreugneu*, et se dessine une dizaine de lignes horizontales sur le front. Mode cogitatif niveau douze. Son mal de tête se balade maintenant partout. Front, nuque, cime des arbres...

– Mais... quand Ruvac a été tué... bafouille-t-il, j'étais dans les vapes, dans la case... Tout le monde le sait !

Loiseau le regarde en secouant la tête.

– Ça ne veut rien dire !

– Comment ça, ça veut rien dire ? Si je ne suis pas dans la case avec la victime, comment je peux la tuer ?

Il dit cela les bras bas et les paumes ouvertes, vers tous. Comme s'il était devant un tribunal, alors que tous le regardent sans comprendre.

– Que vous l'ayez vraiment tué, ils s'en moquent. Ce qui compte c'est qu'il soit mort, mort de mort violente, et il faut un responsable.

La Marquise se prend la tête.

– « Responsable », « responsable »... Mais...

– Ne réfléchissez pas en termes de logique, lieutenant ; pas en termes de possibilités, ni de circonstances, ni de mobiles, ni d'alibi, même...

Il dit tout cela avec son petit ton de sorbonnard pédant. Plutôt que de le rassurer ou de le défendre. La Marquise se retrouve au milieu d'une centaine, peut-être plus, d'Indiens cannibales, certainement féroces, qui lui en veulent, le jugent responsable du meurtre de l'un d'entre eux, le regardent avec des yeux noirs comme de la merde de sanglier, et l'autre, là, il donne un cours d'anthropologie comparée.

– Ce qu'ils voient, eux, c'est que l'un de leurs meilleurs chasseurs est mort. Dans la force de l'âge.

– Et alors ?

– C'est une mort importante !

– Et alors ? interroge S.M. de plus en plus pressant.

– Il faut qu'elle ait un sens. Elle doit s'emboîter dans un système d'explication...

– Putain, je ne comprends rien, Loiseau.

Il a un peu l'impression d'être sur la scène d'un théâtre du Quartier Latin, à jouer une pièce absurde et avant-gardiste. Mais à cette exception qu'il ne tire aucun sourire de ces faces plates indiennes ; à cette exception qu'ici, les spectateurs mécontents émasculent les acteurs et font frire leur bite pour l'apéro.

– Et pourquoi je dois me déshabiller ? C'est quoi le système d'explication qui fonctionne, là ?

Devant eux, les Arums commencent à choper des crampes, et les plus vieux s'assoient, ou s'agenouillent. Deux ou trois autres jeunes, derrière, commencent à s'ennuyer ferme, et se filent deux trois baffes, histoire de passer le temps, et quelques Indiennes s'en vont alimenter le feu. Faut bien penser à la tambouille de ce soir. Et malgré lui, La Marquise se demande ce qui est prévu. Sera-t-il comme les autres devant l'assiette, ou dedans ? Pendant qu'il observe tous ces mouvements, le Prof continue de professer.

– Ruvac était un fier guerrier ; il avait un nombre de femmes conséquent. Trois...

– Et c'est pour ça que je dois montrer mon sexe ? C'est quoi la logique, là-dedans ? Ça n'a pas de sens ! Ça n'a aucun sens, bordel ! Ce n'est pas qu'ils n'ont pas la même logique que moi, Loiseau ; c'est qu'ils sont cons, c'est tout ! Hier, ils me demandent d'enquêter sur le meurtre ; et aujourd'hui, ils me le foutent sur le dos. Ils sont cons : moi c'est ça l'explication que j'ai : ces mecs sont cons à bouffer du foin, aucune relativité culturelle !

– C'est que vous n'avez pas toute l'explication, Saint-Mars. Leur problème, c'est que vous avez rasé votre barbe.

S.M. se retourne vers Loiseau, puis à nouveau vers les Arumgaranis. Une demi-douzaine d'entre eux, lassés de leurs dialogues, s'en vont, en étoile : l'un vers le *shinunto*, d'autres vers la forêt, d'autres encore, vers quelques huttes. Lui, secoue la tête, complètement largué.

– Arrêtez de déconner ! J'aurais tué Ruvac parce que j'ai rasé ma barbe ? Sachant que j'ai rasé ma barbe deux jours après sa mort. Putain, j'ai le couteau magique !

– Non, ce n'est pas exactement ce que je veux dire.

Et Loiseau lui raconte une fable à dormir debout, une histoire d'étoile venue se poser sur un Indien, qui est devenu démon, et qui bouffe tous les Indiens qui traînent, et patatipatata…

– Et alors ? coupe-t-il, ils pensent que je suis ce démon étoilé ?

Loiseau acquiesce.

– Que vous pouvez l'être. Et Ruvac serait votre première victime.

– Et encore une fois, quel rapport avec mon… sexe ?

– Si vous avez un sexe, ils pourront choisir une autre explication et conclure que vous n'êtes qu'un homme qui a tué son rival et qui cherchait à lui prendre ses femmes. Vous êtes célibataire ! Et vu toutes vos cicatrices, vous êtes un redoutable guerrier ; enfin c'est ce qu'ils pensent. Donc, il est naturel que vous demandiez à un moment ou l'autre la possession et l'usage de femmes.

– Et si je n'ai pas de sexe ?

Il n'en revient pas de poser une question aussi débile.

Chapitre 12

La nuit commence à tomber. Une nuit pleine d'humidité et d'odeurs complexes, enchanteresses parfois. Le jour, la chaleur et les circulations d'air interdisent ce recueil de parfums. Mais lorsque le soir arrive, la brume pose une toile blanche sur la canopée et met en culture les communications chimiques des fleurs et des insectes, de la rivière, plus basse, et des arbres. La concentration des effluves peut être si forte qu'elle se sent d'une manière non seulement olfactive, mais aussi tactile : les yeux de La Marquise, à de nombreuses reprises, se sont irrités, sa peau s'est couverte d'une rosée fleurée. C'est une heure favorable pour pister le gibier : devant lui, les chasseurs se lèvent, et s'en vont flécher ; c'est une heure favorable pour cueillir quelques aromates, quelques piments, quelques fleurs de *kaloa* : les femmes se retirent pour rejoindre le potager. Peu à peu, Loiseau et La Marquise se retrouvent presque seuls à débattre, au milieu de la large clairière qui fait place centrale du village. Tous les autres se sont lassés. Misma, Pituyi, quelques autres mômes, restent, plus ou moins attentifs, certains dorment.

– Loiseau, il y a un truc qui ne tourne pas rond dans votre démonstration.

Loiseau ouvre son visage :

– Et quoi donc ?

– Personne n'a tué Ruvac !

– Comment ça ?

– Vous m'avez demandé d'enquêter sur son meurtre. Ce que j'ai fait… comme j'ai pu… Et bien, ma conclusion est celle-ci : personne n'a tué Ruvac ; il n'y a donc aucun meurtrier ; je ne peux donc être celui-ci ; donc vous calmez vos bougnoules, là, et moi je me tire !

Il a balancé sa tirade la poitrine haute, à la manière de Caton vantant la qualité de ses fruits.

– Bah, mais, le sang, partout, le cou, la plaie dans le cou, les traces de pas que vous avez suivies… bredouille Loiseau.

Sourire de La Marquise. Pour la première fois depuis qu'il s'est pris une comète sur l'arrière du crâne, il a l'impression de reprendre la main.

– La position du corps montre qu'il s'agit d'un suicide !

– Un suicide ?! Ruvac ?

– Quoi ?! Vous allez me faire croire que le suicide n'existe pas chez les Arumgaranis ?

L'œil de Loiseau fixe une sauterelle imaginaire. Il tourne dans tous les sens.

– Rare ; très rare, même. Jamais attesté, dit-il en faisant des gestes intenses de dénégation.

– Attendez ! Vous les avez vraiment observés, vos Indiens ? Ils se font chier à longueur de journée ; ils traînent, ils dorment, ils ne se marrent que quand ils s'enlèvent des échardes grosses comme des traits d'arbalète… Ils sont tous dépressifs !

– N'importe quoi !

– Misma m'a parlé de son oncle, poursuit La Marquise.

– Tarui ? Il ne s'est pas suicidé ; il n'est pas revenu de la chasse, c'est tout !…

– Sauf qu'il est parti chasser sans son arc, sans sa hache, et avec une tronche qui descendait jusqu'aux genoux. Il avait des prétentions sur une femme que Ruvac a obtenue, paraît-il. Dépressif le gars, je vous dis.

– Comment vous savez tout ça, à propos de Tarui ?

La Marquise sourit intérieurement ; sa main se confirme.

– Mon boulot !

– Et comment pouvez-vous dire que Ruvac s'est suicidé ? L'arme a disparu !

Misma, son frère Pituyi, les deux autres gamins qui étaient restés, se sont tous endormis. Devant Loiseau et Saint-Mars, c'est un emmêlement de jambes et de culs nus.

– Ce dont je suis sûr, c'est que Ruvac était à genoux lorsque le coup qui l'a égorgé a été porté. Les marques sur les genoux montrent qu'il est resté longtemps dans cette position avant de mourir. Alors que ses genoux ne touchaient plus le sol lorsque je l'ai examiné. Il avait basculé contre la paroi de sa cabane, vous vous rappelez ?

Signe vague de Loiseau. La Marquise poursuit.

– Deuxième indice : l'angle de pénétration du couteau est de bas en haut. Il faudrait donc un individu de faible taille pour porter un tel coup ; et surtout un crétin de catégorie supérieure dans la mesure où c'est plutôt inconfortable pour frapper. Troisième indice : le sang, sur les mains, était abondant. Surtout sur le dos des mains, mais pas sur les paumes. Comme si, alors qu'il saignait, il tenait fortement quelque chose dans les mains, un couteau par exemple. Je pense que c'est lui qui tenait le couteau qui l'a tué. À deux mains.

Et il mime une sorte de hara-kiri indien au niveau du torse et dans un mouvement remontant.

– Pourquoi n'a-t-il pas frappé le ventre ? J'en sais rien, avoue-t-il.

– Dans le ventre, il y a l'âme.

Loiseau reprend son visage de savant des bois.

– Il ne voulait pas blesser son âme.

Loiseau adhérerait-il à sa thèse ?

– Mais je répète ma question : qu'est-ce qu'est devenue l'arme ? Et comment a-t-elle disparu ? Les suicidés cachent rarement l'arme qu'ils ont utilisée ! reprend le Prof.

– Quelqu'un est entré dans la case, après le suicide, a vu le mort, vu le couteau dans la gorge, et s'en est emparé !

– Un vol ? Pas possible ! Il n'y a pas de vol là où il n'y a pas de propriété !

L'obscurité est devenue si profonde qu'ils ne se voient plus dans la nuit. Loiseau n'est plus qu'une voix.

– Il n'y a pas de propriété là où il n'y a pas de fer ! Pas d'arme en fer. Mais le couteau que vous avez offert à Ruvac, tout le monde le convoitait.

– Et qui, selon vous, aurait pris ce couteau ?

– Un gamin. Les marques de pieds au sol sont celles d'un petit ado, entre dix et treize ans ; celles des doigts aussi. C'est un gamin qui a pris le couteau, Loiseau, et c'est Ruvac qui a tué Ruvac. Vous ne pouvez pas leur dire ça ? Tout simplement ? Suivez l'arme, et lâchez-moi la grappe !

Sur le village, la nuit est tombée. Les mômes se sont détricotés et sont partis casser une graine sous le préau du *Shinunto*. Finalement, plus personne ne semble s'intéresser à son pénis, à sa taille, sa couleur, sa puissance, ses pouvoirs surnaturels ou sa réalité. Pour peu, il s'en vexerait. Ils en ont fait tout un fromage, ils lui ont démonté l'arrière du crâne pour le voir, et maintenant, les voilà tous partis à se raconter des histoires autour de la marmite. Il les voit là-bas entourer le chaman qui leur fait une grande causette, avec des gestes dans l'espace qui pourraient intéresser la géométrie des courbes à double courbure. Leur parle-t-il d'Indien mythique au profil étoilé ? Loiseau le laisse à son tour, qui s'enfonce dans les ténèbres, subitement, sans un mot. La nuit reste sans lune, la clairière est sombre, et il est seul, avec un nœud dans le ventre qui le fait se plier en deux. Depuis qu'il est arrivé chez les Arumgaranis, son estomac l'a laissé tranquille. Mais là, depuis quelques heures, un oursin pousse à l'intérieur, un gros, et un nerveux, qui tourne et se retourne.

Demain, de bonne heure, il ira chercher le couteau et le filera au chaman, et ils comprendront qu'il n'est pour rien dans la mort de Ruvac. Son séjour touche à son terme, sans aucun doute, car il n'a absolument pas l'intention de jouer à la statue de cuir, le long de la sente, en compagnie des têtes fichées sur les pieux. Il va bientôt donner congé, sûr, et il ne compte pas vraiment repartir seul : il va devoir en toucher un mot à Loiseau.

Chapitre 13

Le lendemain matin, une sorte de bécasse à plumet rouge joue au coq de basse-cour et fait un boucan du diable juste à sa verticale. La Marquise paierait cher pour avoir la *Thompson* et un chargeur plein. Cinq cents balles à la minute, ça calme les ardeurs. Un foin du diable alors que le soleil n'est pas encore levé. Alors qu'il n'a pas dormi de la nuit, avec un crâne qui s'est essayé aux maracas dès qu'il s'est couché. Et faut dire ce qui est, les hamacs, au bout d'un moment, on s'en lasse.

Il est le premier du village à ouvrir l'œil, pour peu qu'il l'ait fermé. Sur la place du village, un foyer fume encore, et Zombo, le singe domestique, épluche un *crombao*, une sorte de chou fade que les Arums mettent dans tous leurs bouillons. Dans le *shinunto*, quatre ou cinq ados dorment autour du feu qui s'éteint. Les autres se cachent dans leur case : ça ronfle dans tous les coins. Les Arumgaranis ne sont pas matinaux et la forêt est grise à ces heures-là ; grise et froide, aussi presse-t-il le pas. Il grimpe le chemin boueux, péniblement. Il ne s'habitue pas à marcher pieds nus ; les Indiens ont une manière bien à eux d'avancer, les pieds ouverts, un peu en canard, en pliant les orteils et en griffant le sol, ce qui leur donne une sûreté qu'il n'égalera jamais. Alors, chaque pas lui demande un effort et une concentration intenses, et au bout de cinquante mètres, malgré la fraîcheur, il est en sueur et souffle comme s'il avait couru le marathon.

C'est le silence qui l'étonne. Dans la forêt, chaque arbre est une jungle à soi seul. Un singe, un piaf, genre toucan ou perroquet, se fait toujours entendre. Les arbres parlent aux arbres. Mais plus il s'approche du hameau de Loiseau, là-haut sur la colline, plus la forêt se tait. Il voit la case du Prof, avec son toit en pirogue, et n'entend rien. Il presse le pas, car même si sa fréquentation du monde sauvage reste récente, il sait, il sent que quelque chose d'étrange se trame ici. Il presse le pas, mais y va doucement, en faisant attention de rester discret, le pied léger, et un poil voûté, la tête dépassant juste des fourrés les plus hauts. Il ne perçoit rien de suspect. Sous un toit de palme, trois ados dorment, enchevêtrés. À eux trois, ils ne doivent pas couvrir plus de quarante centimètres carrés du sol de terre battue. Des fleurs les recouvrent, des colliers, des plumes, toutes ces féminités dont aime les affubler Loiseau. Plus loin, la case de ce dernier a l'air aussi tranquille que celles du village d'en bas. Il n'aperçoit pas Pituyi. Serait-il redescendu au village, avec sa sœur ? Misma, plutôt mécontente, lui a assuré l'autre soir qu'il fréquentait de plus en plus les *timbodus*, dit autrement « les empaffés », qu'il tournait de plus en plus autour de Loiseau dont il attendait, comme les autres, toutes sortes de cadeaux et d'objets en métal.

C'est alors qu'un léger crissement vient dans le dos de La Marquise. Comme des ongles que l'on glisse sur du formica. Lentement. Il se retourne vivement et aperçoit Cruyi, ou Croyu, il ne sait plus bien, un jeune de la bande du Prof, s'avancer vers le préau. C'est lui qui crisse. Avec sa bouche, ou ses dents, c'est pas très clair. En continu. Il est à quelques mètres, et Saint-Mars peut voir que le visage du jeune homme est exagérément ridé, crispé, comme si deux mains de titan l'avaient comprimé, l'une sur le menton, l'autre sur le haut du crâne. Trop occupé à crisser, il passe devant lui sans l'apercevoir mais en puant horriblement.

Saint-Mars se couvre le nez avant de le suivre, toujours à pas de chat. Encore quelques mètres, et l'ado titube et tombe, comme une masse, sans une plainte, sur le dos, exhibant au ciel son ventre déchiré : deux immenses lacérations l'ont ouvert. Il sera mort dans quelques minutes. S.M. court vers lui, regarde sans trop comprendre, puis se presse vers le petit préau : les trois ados qui dormaient sont égorgés. Une flèche multicolore s'est égarée dans l'œil de l'un d'eux. Il manque de s'étaler au sol tant celui-ci est rendu glissant par le sang qui s'y est répandu. Une flaque rouge sombre grande comme un tapis sur lequel flottent des fleurs et des plumes. De la tête aux pieds, il a l'impression que des *veinte-quatros* lui dévorent chaque millimètre de nerf. Il court maintenant jusqu'à la case de Loiseau. Il s'attend au pire, et il ne sera pas déçu.

Du clair au sombre, les ténèbres l'aveuglent, et pendant quelques secondes, il ne voit rien. Mais il entend. Des râles et des souffles. Il plisse les yeux, et à trois pas de lui, il aperçoit le couteau de Ruvac qui flotte dans les airs, à hauteur d'homme, avec des petits mouvements incohérents. Comme si un illusionniste de cirque se jouait de lui. Le couteau de la discorde, sa putain de pièce à conviction numéro deux. Le couteau qu'il est venu chercher, de si bon matin, pour le présenter aux sages de la cité et se disculper.

Il distingue mieux les formes et les contours maintenant. Dans le bois des murs, dans la terre battue au sol, une demi-douzaine de fléchettes et de flèches sont fichées, des flèches et des fléchettes arumgaranis.

Le couteau ne vole pas vraiment. Il est enfoncé profondément, jusqu'à mi-lame dans l'œil d'un type. Un type encore debout, qui fait un pas dans un sens, un pas dans un autre, la bouche grande ouverte et les bras en avant. Dans la main droite du type, un flingue que La Marquise ne met pas plus d'une seconde à reconnaître, même dans l'ombre : son *Astra 9mm*. Il ne se demande pas ce qu'il fait là. Pas le temps, car soudain, le type au couteau se tourne et fonce vers lui, comme aimanté : on serait mômes, on jouerait à colin-maillard, on crierait à la tricherie. Saint-Mars l'identifie immédiatement : le *jefe* des *perdidos* ! Qu'est-ce qu'il fait là ? Son œil saigne ; son nez saigne, et il trébuche, une fois, deux fois, sur quelque chose au sol, quelque chose qui râle aussi. Saint-Mars devine un corps: la taille, la barbe blanche, le crâne nu : Loiseau ! En sang ! Une flèche dans le buffet. Mais, à l'instant, il s'en fiche. Car plus loin, contre la paroi de la case, à côté du bureau, et couché sur des dizaines de documents, il y a un autre corps, menu, ramassé sur lui-même, couvert de sang, sans conscience : Pituyi. La Marquise s'approche de lui en tremblant : une balle a frappé son épaule et l'a explosée. Il n'a pas souvenir d'avoir entendu un coup de feu. Le gamin, dans l'ombre, apparaît blanc comme un fantôme. De manière inattendue, il lui caresse la joue, la main ouverte comme une coupe, délicatement, comme un père qui ne veut pas réveiller un fils. Il sent son souffle, à peine. À côté du corps de Pituyi, les balles et le club de golf de l'autre jour. Un *wedge*, c'est-à-dire un club ouvert, avec une tête qui permet de couper la balle et de lui donner des trajectoires hautes : à condition de bien « traverser » la balle, le coup gagne en précision et se « *pitch* » sur le *green*. Dans le jargon des golfeurs, on appelle ça une « lame ». Saint-Mars, qui avait pris des leçons à Hossegor dans sa jeunesse, avec monsieur Hervé, se souvient de tout cela. Il aimait bien le golf, mais pas trop ce qu'il y avait de *british* dedans, notamment les fausses subtilités des règles et de l'étiquette. Sans s'en rendre compte, il s'est levé et a pris le club en main, club qu'il a grippé comme monsieur Hervé lui avait appris : main gauche sur main droite et l'auriculaire de la main droite qui couvre l'index de la main gauche. Quinze ans ? Vingt ans ? qu'il n'a pas touché une canne de golf. Il pivote vers le *jefe* qui a laissé tomber le flingue et s'emploie maintenant, à deux mains, à extraire le couteau de son œil. Dans un silence obstiné. S.M. se dit que c'est une connerie et que ça va causer plus de dégâts qu'autre chose, mais il est qui, pour lui donner des conseils ? Il va même l'aider.

Il fait un pas, et lève la canne, bien haute, sans se presser, avec application, le bras gauche tendu, afin de donner à son geste la plus grande amplitude possible – souvenir d'Hossegor encore – et il l'abat violemment comme on tirerait la corde d'une cloche d'église. Au moment de l'impact, l'extrémité de la canne doit voler à deux cents kilomètres heure. Il l'entend siffler et fendre l'air. Et la tempe du *perdido*, qui fait « *pkrok* », n'aime pas. Et la tête du *perdido*, qui se désagrège littéralement, n'aime pas plus. Devant lui, le couteau vole à nouveau, mais plus rapidement cette fois-ci, en faisant des tourniquets en l'air. Et toutes sortes de matières, à la viscosité problématique, rouges, blanchâtres, orangées même, volent aussi. Ah ! Dernier souvenir de golf : une règle, un peu particulière, dite du « morceau ». Il fut un temps où les balles de golf ne se confectionnaient pas avec du caoutchouc compressé, mais avec des plumes d'oie tassées, mises en boules et recouvertes d'un cuir épais. Il était fréquent qu'au moment du choc, la balle explose. Aussi avait-on prévu la règle du « morceau ». On considérait que le coup portait non pas où la balle se posait, puisqu'elle n'existait plus, mais là où l'on pouvait repérer le plus gros morceau restant. En regardant la tête du *jefe*, La Marquise repense à cette règle. Le cuir chevelu, scalpé assez nettement, est arrivé près de la porte d'entrée ; une partie de la bouche s'est accrochée au petit porte-manteau du mur, avec des poils rougis ; enfin, près des deux balles de golf restées au sol, le reste du visage. S'il devait situer le *perdido*, il le situerait là. Le front, les pommettes, les paupières closes… Et la présence de ces balles, comme deux yeux, si proches de son visage aveugle, le trouble plus que tout le reste.

Chapitre 14

Le matin fut un désastre ; le soir est une fête. Comme le jour de l'exhibition avortée de son zizi, d'autres villages sont là. La Marquise s'attendait à des mines attristées par la mort des quatre ados, aux cris déchirés des mères, aux rages des pères, mais que dalle. Ces mômes étaient trop jeunes pour avoir une réelle importance. Pas guerriers, pas chasseurs. Par ailleurs, tous des empaffés (« *timbodus* ») ambigus du grand blanc (« *gu Berui* »), bref rien. Reste qu'il faudra les venger, ou venger le village, en tout cas, et si La Marquise a bien compris, rétablir l'ordre. Chez les Arums, chaque événement reste le pendant d'un contre-événement, et ce jeu de balancement est la clé de l'équilibre général et juste des choses. À toute attaque, sa contre-attaque donc, et les Arumgaranis du village d'en face n'avaient qu'à bien se tenir. Vont voir de quel bois on se chauffe…

C'est S.M. qui a extrait la balle de l'épaule de Pituyi, devant les regards insensibles et les commentaires bavards de tous les habitants du village, qui faisaient « *aya* » quand il enfonçait sa lame dans la plaie, « *uyu* » quand il essuyait celle-ci, « *oyo* » quand ça saignait abondamment, et rien quand il a pu enfin dégager la balle. Puis tous se sont demandés comment la petite crotte de métal avait pu se loger si haut dans le corps, pourquoi elle ne sortait pas par en bas, comme tout excrément qui se respecte, et comment le blanc à l'étoile avait pu savoir qu'elle était là ! Lui, pendant ce temps, effilait son short, trempait les fils dans l'alcool, et recousait comme il le pouvait les chairs fragiles du gamin, qui était sorti par deux fois du coltard pour chopper sa main et l'appeler, « *puitu, puitu*... » (papa, papa), ce qui avait suscité des kilomètres de commentaires.

Loiseau a ouvert un œil, en fin de matinée, il a raconté faiblement ce qui s'était passé : deux *perdidos* qui s'étaient pointés avec une demi-douzaine d'autres types, peut-être des Arumgaranis de l'autre côté du Rio, peut-être pas, des flèches dans tous les sens, peu de cris, Pituyi qui l'avait défendu en éventrant l'un des deux assaillants et en éborgnant l'autre, une flèche qui lui était arrivée dessus sans qu'il la vît, et... Il a fermé les yeux et s'est effondré, fatigué par son propre récit : deux vieilles et le chaman l'ont alors tartiné du même onguent puant qu'il avait dû, lui, endurer à son arrivée dans le village. Il devrait s'en remettre.

Saint-Mars a suivi les traces des assaillants jusqu'au gué. Un blessé, sans doute le second agresseur de Loiseau, avait saigné abondamment. Le petit poucet n'aurait pas mieux fait. Ils avaient marqué des arrêts par trois fois, sans doute pour soigner leur pote, et Saint-Mars pense qu'ils étaient cinq ou six. Partout au sol, des traces de pompes mêlées à celles de pieds nus : que faisaient les *perdidos* dans le coin, et surtout que faisaient-ils avec les Arums de McHenry ? Saint-Mars avait observé le gué, sans le passer, sa topologie, les falaises qui l'entouraient, et s'était longtemps demandé s'ils étaient venus pour tuer le Professeur et venger McHenry ? Ou simplement pour lui prendre des documents ? Ceux qu'il avait feuilletés, plein de chiffres et de diagrammes ?

Malgré tout, malgré les morts et les blessés, le soir est une fête, parce que c'est la guerre, et que la guerre a quelque chose de carnavalesque, que l'on soit un *condottiere* florentin du XVème siècle, un guerrier arumgarani ou un légionnaire perdu sur le pont du

Pasteur aux abords du port de Saigon. Curieuse permanence spécifique de l'homme. Trois feux énormes sont allumés, dans lesquels on chauffe les extrémités des flèches et des traits en *quebracho*, pour les noircir, pour les durcir, pour les émorfiler ; dans lesquels on rôtit deux énormes singes hurleurs apportés par les villages invités. On boit le *goyop*, la marmiture épaisse à laquelle s'est recollée la sorcière de la fois dernière, marmiture qui vous embarque direct pour le neuvième cercle de l'Enfer ; on fume du *yopo,* la fumée compacte que le chaman aime enfiler dans les narines des autres, on simule des combats, on danse diablement, on ne lui parle plus de son pénis, et la petite Misma revient se frotter à lui, avec ses yeux de chouette et ses rires à deux tons. Même Loiseau rampe jusqu'à eux : voudrait pas en rater une miette, le vieux bougre.

À ses côtés, une vieille bique n'a visiblement pas son pareil pour lier et coudre les empennages des traits de sarbacanes. Chacun leur tour, les guerriers se présentent devant elle, en silence, lui refilant des fléchettes d'une part et des plumes blanches d'autre part. La Marquise, qui regardait jusque-là leur petit manège de manière insouciante, s'y intéresse maintenant. Elle saisit le trait, le détricote de l'ancien empennage, constitué de petites plumes colorées, et ajuste le nouveau avec de longues plumes blanches qu'elle a choisies avec soin dans le petit tas qui lui est donné. La Marquise secoue sans ménagement Loiseau pour qu'il sorte de sa léthargie toxique et lui explique, avec des mots lents et faibles, combien la guerre, dans la forêt, répond à un rituel particulier. Premier point : les embouts ne sont pas les mêmes, en ce sens que le curare, traditionnel à la chasse, doit être neutralisé dans la flamme. L'ennemi n'est pas un singe, il ne s'agit pas de l'assommer pour s'en bâfrer après. De même, à la guerre, l'ennemi doit pouvoir voir la mort arriver ; lui fondre dessus ; il doit pouvoir la regarder en face, et si possible, voir celui qui le tue, car le tueur et le tué restent comme frères. Il lui faut donc entendre les fléchettes qui volent vers lui. C'est pourquoi les Arumgaranis mettent des plumes plus longues et plus sifflantes pour l'empennage des flèches de guerre, et c'est pourquoi aussi, ils visent le plus souvent la tête, car ainsi ils s'assurent que le mort a su qu'il mourait. La cible entend le souffle de la flèche, tourne la tête, et se prend la pointe en pleine face.

À cet instant, un cri long et suraigu retentit et tait toutes les conversations. Tous tournent la tête vers l'extrémité du *shinunto*, là où un second feu commence à faiblir. Juino, un des chasseurs les plus vigoureux du village, tient une femme par les cheveux. C'est elle qui a hurlé ; c'est elle qui hurle encore. Elle se débat, elle se démène, mais lui la tient fermement, par les cheveux, un pied sur le ventre. En l'étouffant presque. Et il les regarde tous, pour que tous le regardent. Misma à côté de Saint-Mars se lève, et malgré elle, enfonce ses ongles dans la chair de son bras, profondément, jusqu'au sang, jusqu'à ce qu'il la dévisage avec surprise, les yeux piqués par la douleur. Elle porte un masque d'effroi : des traits bas, des sourcils hauts, des yeux agrandis. Elle fixe la brute et sa proie, et elle tremble : ses bras, ses jambes sont secoués de minuscules convulsions. Saint-Mars se lève à son tour, et observe plus attentivement ce qui se trame : cette femme, humiliée et rabaissée au rang de trophée, c'est Genui, la veuve de Ruvac, sa première femme et la mère de Misma et Pituyi. Et l'autre la traîne maintenant, la tenant toujours par les cheveux, son dos, sa nuque, ses jambes brinquebalées raclant le sol, se cognant contre des cailloux et des branches. Elle crie, gémit, elle le frappe, mais rien n'y fait, l'autre la balade comme un cabas à roulettes, et malheureusement, quand il s'arrête, au coin d'une des cases qui limitent le village, les choses ne s'arrangent guère pour elle.

Devant tout le village, il tombe à genoux sur son ventre, et elle fait « *fvvouu* » avec la bouche, et elle peine à trouver sa respiration, il la frappe deux ou trois fois sur les flancs, elle étouffe encore plus, avec les poings et les pieds, au visage aussi, avec des gestes si lourds que S.M., de là où il est, les entend tasser la chair. Genui ouvre grand la bouche, pour capter l'air, elle ne crie plus, elle gémit, puis faiblit rapidement, à moitié assommée. Certains, autour de S.M., avancent d'un pas pour mieux voir, dans un silence toujours aussi intense, mais aucun ne songerait à porter secours à la pauvre femme. La vieille aux flèches continue ses travaux manuels comme si de rien n'était. Pas sûr qu'elle ait levé une seule fois les yeux. L'autre est en train de retourner la veuve et de lui hisser l'arrière-train ; elle est dans les vapes. Il ôte son fourreau à bite, bite qui montre vaillamment les étoiles et la lune, et la pénètre violemment, tout ça dans un même mouvement. Les préliminaires ne sont pas son fort, au gars. Elle crie à nouveau. Deux, trois fois. Et il se retire ; elle soupire avec bruit. Il écarte les fesses, crache dessus, et la pénètre encore, mais cette fois-ci en prenant l'escalier de service. Elle hurle de plus belle, alors que lui, sur elle, en elle, danse le twist comme un damné. Elle hurle, mais de moins en moins, puis il se retire, et elle gémit.

À ce moment, les Arumgaranis du public s'autorisent quelques commentaires. Avec un air des plus sérieux. Saint-Mars ne comprend pas tout, mais il semble bien que le monsieur, là-bas, s'y prenne de manière tout à fait satisfaisante. Misma, à ses côtés, s'est rassise, et a cessé de regarder. Elle est aussi blanche que l'était son frère cet après-midi. Juino n'en a pas terminé. Il prend les cheveux de la veuve, et les tire en arrière, comme s'il allait la scalper. De là où il est, S.M. peut voir les yeux de la malheureuse briller dans la nuit, pleins de larmes, avant que la brute ne s'assoie sur son visage, écrase son nez et enfonce dans sa bouche son sexe lunaire et les satellites qui l'accompagnent, complètement, jusqu'à l'étouffer. Elle a des haut-le-cœur à répétition. Qui se mêlent à ses sanglots et qui leur donnent, à tous deux, une allure de centaure au galop. Les commentaires deviennent quasi élogieux autour de La Marquise, tandis qu'il se demande dans combien des neuf orifices de la dame cet audacieux compte s'aventurer. À la cinquième convulsion nauséeuse de la veuve, il râle comme un lion de mer, avec la même grâce, et se vide en elle. Trois, quatre décharges, trois quatre violents coups de rein. Elle vomit abondamment au moment même où il se retire de son visage. Elle est à genoux, le cul et le reste outragés au vu et au su de tout un peuple, et lui, essuie son sexe dans ses cheveux, la poitrine haute et luisante de sueur.

Sans attendre, le chaman s'approche de Saint-Mars, le fixe droit dans les yeux, et baragouine un long chapelet de mots en « *couic* » « *ac* » et « *kouyi* » auxquels il ne comprend rien. Puis le sage se retourne et rejoint ses magies enfumées.

– Il m'a dit quoi, Remanayu ? s'enquiert La Marquise auprès de Loiseau.

Le Prof a l'air abasourdi.

– Il dit que vous n'avez pas tué Ruvac.

– Ah ! Sont pas si cons ; ils sont revenus à la raison. Pas trop tard. Et qu'est-ce qui lui a fait réviser son jugement au grand Zarathoustra ?

Loiseau jette un œil gris à la petite Misma et montre Juino qui tire sa dulcinée vers sa case :

– Il dit que Ruvac est de retour ! Vous ne pouvez donc pas être responsable de sa mort. Il a dit que le mal est éteint, que justice est faite, en quelque sorte. Juino est Ruvac.

Il sourit :

– Ne sont-ils pas surprenants ?

– Putain, ils sont plus dingues encore que ce que je pensais.

Soudain, Loiseau se soulève, se portant sur un coude. Ses yeux paraissent plus grands que leur orbite, ils débordent, ils ne regardent pas Saint-Mars, ils l'assaillent :

– Vous ne comprenez rien, Saint-Mars. Ici, ce sont les métaphysiciens qui mènent les enquêtes. Vous voyez bien que ce n'est pas le meurtre qui pose problème ; mais la mort ! On se fiche du corps, des indices, et des mobiles personnels. Ce qui intéresse les

Arumgaranis, c'est le grand *Yamadù.* Est-ce qu'il est content ? Parce que sinon, vous ne chassez plus rien ; vos cueillettes pourrissent sur pied. L'ordre général des choses, le sens général, voilà ce qui compte. Quel sens a la mort de Ruvac ? Un moment, vous, avec votre étoile, ou votre… sexe, vous donniez un sens à sa mort. Mais ils ont trouvé une meilleure interprétation. Et cette interprétation, c'est Juino, qui l'apporte. En prenant la place de Ruvac dans la couche de Ruvac, près de sa veuve, il remplace le mort, il l'efface en quelque sorte, et efface donc une partie du problème. C'est aussi simple que ça !

– Simple ? s'exclame Saint-Mars.

– Les noms, et les mots dominent leur vie. Si le nom s'est déplacé, alors, les morts se sont déplacés. S'ils appellent Juino « Ruvac », alors c'est Ruvac. Ce sont des nominalistes viscéraux, fait-il, excité.

Cette nuit, alors que le village sera endormi sur des promesses de guerre et de morts sublimes, Misma viendra dans le hamac de Saint-Mars et se collera à lui, glissant ses petits bras autour de son cou et épousant la forme de son dos. Il ne bougera pas, faisant l'endormi, se régalant de sa peau chaude et douce, de son parfum de poivre, il ne bougera pas, même quand il sentira ses petits doigts caresser ses cicatrices, quand il sentira ses dents le baiser, même quand il sentira ses grosses larmes glacées lui couler dans le dos. Il n'avait jamais été très fort pour les consolations. Deux ou trois larmes par minute. Pendant de nombreuses minutes. Combien aura-t-il passé de temps à les compter ?

Chapitre 15

Ce matin, briefing. Ils ont tous répondu présents. Remanayu, le chaman, Baouti, Koalu, les jeunes guerriers du village, et de quelques villages alentours, des brindilles noires partout sur le visage, dans le nez, en travers des lèvres, des oreilles, les plus vieux aussi, même Loiseau, qui a un teint cireux ce matin, mais reste suffisamment alerte pour traduire ; même Juino qui toute la nuit a fait grimper aux rideaux Genui, même Genui qui, après un moment, vient, avec une démarche de pantin désarticulé, se frotter à son violeur, dans un geste tendre, comme s'ils étaient à la colle depuis dix ans, Saint-Mars n'en croit pas ses yeux. À noter le curieux regard que Juino lance à Saint-Mars. Plus loin, il reconnaît encore des guerriers des tribus lointaines du *Rio Parani*, ouaip, se dit-il, c'est du sérieux ! Ils se tiennent tous devant La Marquise, et regardent avec curiosité les grands dessins qu'il trace au sol. Des courbes, des points, des croix – il avait commencé par dessiner des étoiles, mais s'était vite abstenu – des lignes qui s'entrelacent. Pendant ce temps, ils se beurrent tous copieusement les cheveux d'une sorte de pâte terreuse rouge et se dessinent tous sur le buste, le visage, le dos, les jambes et les bras, des points blancs, des courbes, des lignes qui s'entrelacent, rouges et noires, et Saint-Mars s'étonne de ne pas voir Misma jouer de son art. À son réveil, elle avait laissé le hamac, et il ne l'a plus revue depuis.

Ce qu'il trace au sol, à l'aide du grand couteau en fer (pièce à conviction numéro deux), c'est la carte de la rivière et de l'emplacement du village des Arumgaranis de l'aval tel qu'il l'a vu sur le croquis de Loiseau (pièce à conviction numéro un). Il s'agit d'établir la meilleure manière de progresser, la plus rapide et la plus discrète. « *Non garti* », dit Loiseau aux guerriers, mais Saint-Mars ne l'écoute pas. Son souci stratégique, car l'âme soldatesque s'est réveillée en lui, se concentre sur la traversée du fleuve. Les Arumgaranis ne savent pas nager et pas plus naviguer. Ils ne possèdent ni canoë ni pirogue, et n'ont aucune compétence dans l'art d'en élaborer. Aussi, pour rejoindre leurs cousins et adversaires, ils n'ont que deux possibilités. Il s'accroupit tout à son croquis, et virevolte tout autour, en cherchant à être le plus clair possible, ils ont pas fait l'École de Guerre, les gus. « *Non garti* », répète Loiseau. La première reste naturellement le gué, en amont : le moyen le plus commode à cette saison, la rivière étant à son niveau le plus bas, et surtout peu éloigné, à deux ou trois heures de marche, et à peu près à mi-chemin de la zone des villages à attaquer. Le problème, c'est que c'est aussi le plus évident et qu'il est bordé de chaque côté par des falaises assez hautes. Dit autrement, le tir aux pigeons idéal, d'autant que vous avez, les gars, la fâcheuse habitude de marcher en file indienne : il faudrait éviter de rejouer les Thermopyles à la mode perse. « *Non garti* » dit encore l'autre, lui coupant la parole. La seconde possibilité, qui a la faveur de Saint-Mars, consisterait à descendre la rivière assez loin, pour aller attraper, à deux jours de marche, une série de ponts naturels que constituent des troncs effondrés. Deux chasseurs ont assuré qu'ils étaient toujours là le mois dernier. Les avantages tiendraient bien entendu à l'effet de surprise, le nerf de la guerre, leur explique-t-il, puis à la possibilité de les prendre à revers et de multiplier les fronts. Et il trace deux longues lignes qui traversent les croix et les ronds et qui représentent une offensive implacable et nécessairement victorieuse. Mais attention, on pourrait combiner les deux options, par le gué pour une partie des guerriers, par les ponts pour une autre, ce serait une belle offensive, mais là il s'agirait de synchroniser les attaques, et ça, c'est pas du gâteau avec des Néandertaliens dans votre genre. Ouaip, ça serait vraiment la meilleure stratégie.

Lorsqu'il se relève, il découvre que tous les guerriers s'en sont allés, leur maquillage achevé, et que seuls sont restés les vieilles édentées et les gamins au gros bidon qui se décrottent le nez nonchalamment devant lui. Il ne s'est même pas aperçu que Loiseau avait cessé de traduire. Plus loin, une série de culs se dandinent et il comprend que les Arums s'en vont en découdre, sans tarder, droit vers le nord, c'est-à-dire vers le gué, sans l'attendre, et lui panique, lâche Loiseau, de plus en plus jaune, choppe son *Astra* au passage resté sous son hamac, pas le temps de prendre un second chargeur, laboure son tracé dans le sable en le traversant, navrant le petit Foyui, quatre ans, qui trouvait que ça faisait une jolie carte du ciel, et... stoppe en pleine course pour se retourner vers Loiseau :

– Pourquoi ne m'ont-ils pas écouté ? Qu'est-ce que vous leur avez dit ? Ça veut dire quoi, « *Non garti* » ?

Loiseau le regarde, avec un air grave, et hoche la tête :

– Ça veut dire : « N'y allez pas ! »...

– Ah. Et pourquoi ne devraient-ils pas y aller ?

– La mort... Là-bas, c'est la mort... souffle-t-il.

Bah oui, la mort, qu'est-ce qu'il croit le Prof, qu'on va boire le champagne ? La guerre, c'est la mort, mais là, il n'a plus le temps de causer, il doit rattraper l'arrière-garde qui ne l'attend pas, et il reprend sa course. Pas le temps non plus de s'enquérir de l'état de Pituyi, et de sa blessure, et pas plus de dire au revoir à Misma, et ça lui serre le cœur car la gamine en a sacrément gros sur la patate : son père tué, son frangin, mieux son double, blessé gravement, et maintenant sa mère violée et un nouveau beau-père qui ne fait pas dans la dentelle. Il a le souvenir de ses larmes qui lui dégoulinaient dessus en cascade.

Il secoue la tête, désespéré. C'est à pleurer. C'est à se sortir les yeux des orbites, et à les presser comme des citrons pour les essorer. Les Arums à la guerre sont des grands bouffons ! Au lieu de trois heures, pour arriver au gué, ils mettent huit heures. La pluie, qui leur tombe dessus, les ralentit à l'extrême. Ils doivent emprunter des détours improbables, s'arrêter, s'abriter, ils se laissent aller alors à la sieste, et lorsqu'ils repartent, la pluie recommence, détour, arrêt, petit somme, et ça recommence… À pleurer. Enfin, après un piétinement insupportable de huit heures, il découvre, en fin d'après-midi, une rivière en crue et un gué impraticable : non, sans blague, vous n'auriez pas pu le prévoir, les gars ?! Mais le pire, c'est qu'ils décident de bivouaquer sur place, sur la falaise, au-dessus de la rivière, avec feu, abris de palmes et tutti quanti ! Quelle meilleure manière d'annoncer à l'ennemi qu'on est présent ? Loiseau absent, il renonce à les convaincre.

Le lendemain matin, la trentaine de guerriers est assise en rang d'oignon sur les bords de la falaise, et tous regardent sans dire mot le niveau de la rivière qui baisse de quart d'heure en quart d'heure. Juino se tient aux côtés de Saint-Mars, après un jeu d'approche qui lui a pris plusieurs minutes. Parti du flanc gauche de l'alignement, il s'est déplacé en sautant deux guerriers, puis trois, puis deux, puis quatre. Maintenant qu'il se tient aux côtés de La Marquise, il gesticote, se gratouille, ne tient pas en place. La Marquise qui le dépasse d'une bonne tête a envie de lui en coller une. Non, deux. Non, une bonne série, après qu'il le revoit en train de massacrer le cul de la mère des jumeaux.

– J'ai été très doux, dit-il, après un temps.

Saint-Mars le regarde et lève un sourcil.

– J'ai tout fait pour qu'elle ne sente rien…

Saint-Mars lève l'autre sourcil. Il n'est pas sûr de bien comprendre. Juino fixe un point dans l'espace droit devant lui.

– Elle se doutait que je viendrais ; elle pleurait, des larmes grosses comme la rivière (*interprétation de S.M.*) ; elle ne voulait pas dormir. Quand j'arrivais, comme le jaguar *(interprétation)*, elle m'entendait, elle s'en allait vers la forêt, en courant. Alors j'ai attendu toute la nuit pour qu'elle ne souffre pas (*ne crie pas ?)*.

– *Kui ga* (« C'est bien ! »), ronchonne la parade indienne, de chaque côté.

– Elle est maline, et je comprends Ruvac qui l'aimait tant.

Tous se montrent très attentifs à ce que dit le nouvel époux de Genui. Saint-Mars, lui, reste circonspect, n'attrapant qu'un mot sur deux. Pourtant, il sait que Juino fait un effort pour qu'il le comprenne.

– Mais elle n'était pas dans son lit, et je l'ai cherchée (*chassée ?)* longtemps, dans toutes les cases, dans tous les hamacs.

– *Kui ga.* (« C'est bien ! »)

– Alors je suis revenu dans ma case, comme si j'allais dormir, et je l'ai surprise…

– *Kui ga.*

– Elle n'a pas la vigueur (*la force ? la volonté* ?) d'un homme, elle ne sait pas commander au sommeil, et elle s'est endormie. Alors je me suis approché d'elle, plus discret encore que le jaguar (*interprétation*). Je me suis approché d'elle, et je l'ai frappée (*tapée ? tuée ?)* à la nuque avec mon arc…

– *Kui ga.*

Une petite suée, pour Saint-Mars qui est largué par l'histoire. De quoi parle-t-il exactement, l'affreux ? Qui a tué qui ?

– Elle ne s'est pas réveillée ; pas un cri.

– *Kui ga.*

– Elle n'a rien vu.

– *Kui ga.*

Saint-Mars, d'un coup, a l'impression d'avoir raté un épisode.

– Elle ne sait pas qu'elle est morte, et je suis sûr que Ruvac la porte dans ses bras maintenant. Tout le monde est soulagé. Les vivants avec les vivants, les morts avec les morts. Les morts sont des jaguars (*interprétation)*; ils chassent et s'en vont quand ils ont trouvé ce qu'ils veulent.

– *Ga (*« oui, c'est ça »*).*

– Ruvac voulait un compagnon pour rejoindre la forêt des âmes mortes. Qu'on lui donne, et il part. Qui peut être son compagnon ? Non pas quelqu'un qu'il n'aimait pas.

– *Nui (*« non »*).*

– Il veut retrouver ceux qu'il aime ; qui le faisaient rire. Il l'emporte contre son épaule en lui caressant les cheveux, et en lui disant des mots doux *(mous ?). Yamadù* est content.

– *Kui ga* (« C'est bien ! »).

– C'était une femme (*ou femelle*, pour « *qu ruyin* ») intelligente, et je comprends que Ruvac le père voulait qu'elle le rejoigne...

– *Kui ga.*

Ce mot, « *qu ruyin* », reste ambigu : il désigne toujours un féminin : la fille, la mère, la grand-mère, et rattaché à un autre mot, le transforme en féminin. *Kopi*, le singe devient *qu ruyin kopi*, la guenon. *A priori*, pour La Marquise, « *qu ruyin* » signifie simplement, ici, la femme de Ruvac, Genui, que Juino a violée la veille. Mais alors pourquoi parler de Ruvac *« vacui ga »* ? De « Ruvac *le père* » (c'est Saint-Mars qui souligne dans sa tête), et non « le mari » ? Il a peut-être mal compris ; peut-il demander à Juino de répéter ? Difficile tant ils s'excitent tous parce que la rivière a baissé, que les roches du gué apparaissent maintenant et deviennent praticables.

On peut traverser, on est à moins d'une demi-heure du village adverse. Les visages s'étirent, les yeux s'étrécissent, les gestes deviennent feutrés. Déjà, les premiers, dont Juino, passent la rivière, et spontanément, Saint-Mars sort son *Astra* tout en surveillant le haut des crêtes des falaises, tout en s'attardant sur le moindre des mouvements, dans les arbres, dans les broussailles, en faisant attention à chacun de ses pas, pour ne pas glisser sur les pierres mouillées et grasses et tomber dans la flotte avec le flingue, tout en se demandant pourquoi Juino disait que Genui était morte ? Qu'il l'avait frappée avec son arc ? Saint-Mars l'avait vue au moment de partir. Elle faisait sordidement des mamours à son nouvel homme. Et pourquoi racontait-il que Ruvac voulait une femme qui le fasse rire pour rejoindre enfin le monde des morts ? Genui n'a rien d'une rigolote. Il n'a pas le souvenir de l'avoir jamais entendue rire ! Ni de l'avoir vue faire rire les autres. En cela, elle n'a rien à voir avec sa fille Misma : en voilà une drôle, et notamment une drôle qui faisait bien rire son père, songe-t-il en un sourire.

Et à cet instant, La Marquise est foudroyé par la pensée qui lui traverse l'esprit. Et cesse de sourire. Misma ! Qu'il n'a pas vue ce matin. Qui n'ornementait pas le corps des guerriers. Où était-elle ?

Et La Marquise commet deux choses à éviter dans toute opération militaire de ce type. D'abord il crie ; il pousse un cri profond et douloureux qu'un sanglot n'étrangle pas : à déconseiller pour toute attaque surprise. Ensuite, il s'arrête. Il stoppe net, mieux, il fait demi-tour parce qu'il veut retrouver Misma et balayer tous les soupçons qui lui oppressent la poitrine, il stoppe alors même qu'on passe à la queue-leu-leu un mince défilé de roches émergées. Les Arums qui le suivent lui rentrent dedans, se rentrent dedans, se re-rentrent dedans, glissent, tombent à l'eau, se raccrochent à sa jambe, le *9mm* chute dans le fleuve et coule, vite rejoint par un Saint-Mars hurlant « bande de cons » tous azimuts. C'est la Berezina, et c'est par miracle que nul ne se noie !

Chapitre 16

Depuis le *Rio*, vingt minutes d'une course au rythme soutenu, pendant laquelle les Arums à l'attaque piochent dans leur carquois et choisissent leurs flèches, leurs traits, dénouent leur arc et leur sarbacane, préparent leurs haches, leurs couteaux de pierre, vingt minutes d'une longue montée en puissance. Plusieurs kilomètres avalés d'une traite, en terrain difficile, qui monte, qui descend, qui tourne, qui bifurque, qui force à sauter des troncs, des trous, à se voûter sans cesse. Pas une seconde de repos ni de pause. Pas de trot, que du galop. Faut bien avouer que les Arums sont de sacrés athlètes. Ils courent, courent encore, et cueillent le village ennemi alors qu'il se réveille à peine ; ils fondent sur lui en un éclair. Saint-Mars, avec les autres, hurle, comme dans les films indiens de John Ford, avec des yeux et un visage de damné. Il hurle devant ce petit vieux que Juino égorge sans ralentir, il crie encore devant cette vieille décharnée qu'un jeune guerrier massacre avec son arc, il crie à nouveau devant cet ado, terriblement maigre, qui reste inerte en les voyant venir, et qu'une flèche découpe en deux, entraînant au loin un chapelet d'entrailles, il hurle toujours devant cette femme, une mère, toute tremblante, qui n'ouvre pas la bouche, même lorsque sa masse de pierre s'abat sur elle.

Puis ils font silence ; puis ils ralentissent ; puis ils s'arrêtent, tous essoufflés, s'échangeant des regards d'incompréhension. Autour d'eux, un village presque désert qui ne les a pas attendus pour mourir. Des ombres moribondes, une dizaine, peut-être, les os saillants, sont assises devant des cases, et ne bougent pas, elles les ont regardés débouler de la forêt sans résistance, l'œil sans éclat, des ombres transparentes et fantomatiques. Saint-Mars et ses guerriers tournent sur eux-mêmes, les bras ballants, pour ne rien manquer de ce décor désolé. Le village est pris, la bataille achevée, la guerre terminée.

La femme que Saint-Mars a fracassée pleure et geint, l'ado aussi, qui ramène à lui ses intestins comme on tire un poids au bout d'une corde, une main après l'autre, mais ils ne sont pas les seuls. Chaque case a son pleur, sa plainte, son gémissement, des enfants, des femmes, des jeunes et des vieux, c'est le village des soupirs. Devant une case, à quelques pas de La Marquise, deux pauvres bougres agonisent à même le sol, seuls, leur peau est grise, leur bouche énorme et noire, leurs yeux creusés. Que se passe-t-il donc ici ? Comment croire que ces simulacres d'Indiens, ces simulacres d'hommes les ont attaqués, il n'y a pas deux jours, qu'ils ont tué quatre jeunes guerriers ?

Il remarque alors de grands paniers funèbres étalés au sol, en cours de confection, il en compte cinq, mais personne pour les travailler, comme si l'atelier avait été abandonné en plein milieu du chantier, avec des tiges qui attendent d'être tressées, comme si les vanneuses avaient dû courir à d'autres urgences, comme si quelque chose les avait effrayées subitement.

Il avance de quelques pas, la démarche pas vraiment assurée, dépasse les agonisants, les huttes et les sphinges osseuses qui les protègent, et découvre le fond de la clairière, et la température de son corps chute soudain de trente degrés, et plus il se rapproche de la forêt, plus il se glace. Ses cheveux, ses poils se sont hérissés tout de suite, jusqu'à lui faire mal. Sa peau lui fait mal. Derrière lui, il entend Juino, et les autres guerriers, marmonner et claquer des dents, la voix haut perchée et alerte, il ne comprend rien à ce qu'ils disent, mais le ton est de plus en plus aigu, puis il les entend gémir à leur tour. Il se tourne vers eux, ils ont adopté des masques de panique, grandes bouches, grands yeux, ils marchent dans tous les sens, se prenant la tête à deux mains, laissant les arcs et les sarbacanes à terre, ils se cognent entre eux, s'embrassent, se réconfortent, se repoussent, certains tremblent et convulsent. Le *Clinamen* de Lucrèce, cette loi fondamentale qui gouvernerait les atomes premiers, qui les ferait aller dans n'importe quels sens afin qu'ils se choquassent d'une manière aléatoire et donnassent ainsi naissance à la vie la plus spontanée et libre. La chorégraphie absurde et affolée que les guerriers arumgaranis dansent derrière lui en est la meilleure figuration.

Saint-Mars se retourne. Sur toute la lisière, pendus aux arbres, ennuagés d'insectes et de papillons, d'oiseaux aussi, tous charognards à leur manière, et attirés ici par la puanteur insoutenable des chairs usées, de grands paniers funèbres nattés attendent leur crémation. Des morts partout, entre ciel et terre, comme les fruits mauvais d'une forêt funeste : combien sont-ils ? Quinze, vingt, mais il en découvre d'autres plus loin, trente, peut-être plus, comme les cocons qu'un monstre gigantesque et obituaire aurait laissés sur son passage.

Plus à gauche, un grand feu crache des flammes de plusieurs mètres de haut, des flammes jaunes et rouges, et une fumée noire invente des nuages dans un ciel profondément bleu.

Quelques ombres s'emploient difficilement, à partir d'un échafaudage de bambou chancelant, à faire basculer un de ces paniers pour qu'il flambe, leurs bras et leurs jambes sont faibles et maigres, et lorsqu'il tombe, les flammes s'écartent comme la gueule d'un fauve, crachent des milliers de flammèches, puis se referment sur le corps emballé dans les feuilles de *rimacana*.

Sans bien comprendre, Saint-Mars devine que les cadavres sont trop nombreux pour être traités, que les Indiens ont dû différer les crémations et réserver les corps pour qu'ils ne pourrissent pas trop vite au contact du sol, pour qu'ils ne soient pas saccagés par les détrousseurs de cadavres. Une forêt de Polynice.

Pourtant, il lui semble bien que près du bûcher, quelques corps nus, sans leur protection rituelle, sont entassés. Des vieilles Indiennes, une dizaine, décharnées et faibles, tricotent et tissent les paniers, mais trop lentement, et des sortes de vils corbeaux trônent sur le tas funèbre de quelques mètres de haut. Ils bouffent un œil à celui-ci, fouillent le ventre de celui-là, et aucun n'est assez fort pour les déloger.

Et plus loin, entre les femmes et le bûcher, trois ou quatre forçats de la mort, sous des lianes épaisses, halent d'autres paniers verts. Leurs mains et leurs pieds sont en sang. Ils tombent sur les genoux à chaque pas qu'ils font, et se relèvent, s'enfilent sous la corde, s'arcboutent à nouveau, un pas, et s'effondrent. Pas un cri, pas une plainte de ce côté-ci.

La désolation est partout, même dans l'air saturé d'odeurs infectes : celle des corps putréfiés, bien entendu, qui se décomposent dans la forêt à une vitesse vertigineuse. Celle des corps brûlés, qui dégagent des odeurs âcres et épaisses de chairs cuites et de peaux grillées, qui agressent le nez et la gorge, et laissent un goût de cendre. Saint-Mars, lui, est vite pris de toux violentes qui l'éloignent du feu et le poussent vers le fond de la clairière, derrière ces deux petites collines qu'il grimpe arqué et éructant.

D'autres toits de chaume se découvrent alors à lui, une dizaine, en mauvais état, comme s'il y avait un autre village, mais personne pour l'habiter. Des toits éventrés, des murs effrités, quelques-uns effondrés et couchés à terre. Le *shinunto* central est pour moitié affaissé, un de ses poteaux brisé net, le bois fendu en étoile. Plus loin, un entassement de troncs attend d'être embrasé avec, autour de lui, la même construction de bambou que pour l'autre bûcher, et en l'air, en arrière-plan, les mêmes boules vertes qui tombent des arbres, comme des grosses larmes. Une dizaine, encore.

Mais ce ne sont pas elles qui étonnent le plus La Marquise, à cet instant-là ; ce ne sont pas non plus ces toits pointus multipliés qui montrent que des Arumgaranis, un temps, se sont regroupés, en masse, deux cents, peut-être trois cents Indiens vivant ensemble, qu'ils ont même tenté de se sédentariser ; non, ce qui l'étonne, ici et maintenant, après les morts, les fantômes, les odeurs et les bûchers, ce sont ces longs toits allongés et droits, toits à double pente, expression d'une géométrie droite au pays de la géométrie courbe. Le même type de baraquement qu'il avait découvert dans la jungle avant d'être embarqué par les Arumgaranis de Loiseau. Et le même esprit militaire.

Chapitre 17

Deux bâtiments se font face : vingt mètres de long. Avec des persiennes et des portes. Il aperçoit même à l'extrémité de l'un d'entre eux le début d'une potence en fer susceptible de tenir une antenne radio. Et tout autour, sur une surface de trois ou quatre mille mètres carrés, un haut grillage, surmonté de deux lignes de fer barbelé. Le grillage est effondré à de nombreux endroits, les barbelés détendus et brisés. Saint-Mars s'approche des installations à pas soutenus, ne supportant pas le doute, suivi de Juino, qui décidément ne le lâche pas ; il faut admettre qu'il a l'air plus entreprenant que ses camarades qui continuent, agenouillés, là-bas, à quelques mètres du bûcher, de pleurnicher sur leur sort, et le sort de la forêt, celui de leur peuple, sur le désespoir et les malédictions du grand *Yamadù*. Ils passent sans peine la petite grille qu'aucun gond ne soutient, et arrivent à la première baraque : les persiennes sont éventrées, et la porte ne tient plus que par miracle, brisée et pourrie. À l'intérieur, un alignement de petits lits de bois. Un dortoir, mais pour qui ? Sur les murs, sur le sol, des traces de sang, nombreuses, déjà presque noires ; ici, une plume blanche caractéristique des flèches empennées pour la guerre : on s'est battus. Quand ? Il y a une semaine, un mois ? Deux jours ? Deux ans ? Au fond de la baraque, une petite salle avec des râteliers vides au mur. Une dizaine d'emplacements pour carabines et fusils, et des chaînes pour les attacher. Une armurerie. Pourquoi s'armait-on ? Contre qui ? Pour quelle raison les Arums du village n'ont-ils pas pris ces chaînes, eux qui raffolent du métal ? Pourquoi ne se sont-ils pas servis des grilles, du grillage, du fil de fer ? Près du râtelier, une grande caisse ; à l'intérieur, S.M. les identifie tout de suite, des toiles de parachute, dûment pliées. Made in U.S.A., assurément. De quoi le laisser dubitatif.

L'autre baraque, maintenant. Elle a la même taille que l'autre, mais est en plus mauvais état encore. Les persiennes et la porte sont à terre, et le toit est ouvert à plusieurs endroits. À l'intérieur, non pas une salle, mais des petits sas qui se suivent. Vides. Vidés plutôt. Nettoyés. Visiblement, on a pris soin de ne rien laisser. Qui habitait ici ? Qui était cantonné là ? Pourquoi l'équipe de McHenry, si c'était elle, avait-elle besoin d'autant d'espace ? D'organisation ? Autant d'armes ? Il jette un œil par la fenêtre : des Indiens s'approchent du second bûcher, des torches en main. Pourquoi les types qui vivaient dans ces baraques se tenaient-ils autant en retrait des Indiens du village ? Avec eux, mais sans eux ? Et quel rapport avec ces cocons verts suspendus aux arbres ? Une coïncidence peut-être, mais l'instinct policier de Saint-Mars lui dit de ne pas trop y croire. Deux anomalies cousines ont toujours tendance à s'expliquer mutuellement.

Alors qu'ils quittent la baraque, alors qu'ils en font le tour avec Juino, un nouveau doute assaille La Marquise. Les deux baraques s'élèvent sur un même sol, un sol plan et sans relief. Pour autant, il se souvient d'avoir grimpé deux marches dans la seconde baraque et aucune dans l'autre. Il revient donc dans la dernière. Deux petites marches surélèvent le plancher des deux dernières pièces, soit près de la moitié de la baraque, or dehors, rien ne justifie cette différence de niveau. Il appelle Juino, et lui demande de taper le plancher avec le talon, comme lui le fait, et pendant dix minutes, tous les deux, seuls dans une baraque perdue de la jungle guyanaise, ils dansent une gigue sans musique. Près de la fenêtre de la dernière pièce, une latte, pourrie, saute au premier coup donné par Juino. Une seconde la suit aussitôt, découvrant sous le faux-plancher une petite planche tenue par une poignée de fer. Trois autres lattes éclatent, et Saint-Mars la dégage. En y plaquant sa joue, et en regardant sous le plancher, il découvre que celui-ci surplombe de la même manière des dizaines de petites boîtes à petites poignées.

Il retire la planche, en forçant, car le bois est gonflé par l'humidité et Juino doit tirer avec lui. Après trente secondes d'un effort conjoint, ils découvrent une caisse assez profonde, pleine de verres vides, de bouteilles vides et de fioles vides. Qu'est-ce qui méritait d'être caché, là-dedans ? Un signe de tête à Juino, et ils forcent de nouvelles lattes, de nouvelles planches, et découvrent d'autres verres, d'autres bouteilles et d'autres fioles, toutes vides. Et encore. En passant dans la deuxième pièce, qu'ils désossent aussi bien, le matériel mis au jour change et varie d'une caisse à l'autre. Un morceau d'un trépied de caméra, des chargeurs d'arme sans balles, des pièces de rechange pour une radio, des boîtes à pansements neuves, d'autres ouvertes, des compresses, des petites pharmacies, des collections de seringues à constituer, ici l'aiguille, là le piston... Dans une boîte plus grande, un ensemble de petits tubes vides... Ce genre de tubes peut très bien servir à recueillir du sang.

Il se relève, et se dit que tout cela sent l'hôpital de fortune, ce que confirmerait l'apparence morbide des indigènes. Sauf que les malades sont encore là, mais plus les docteurs ! Serions-nous en présence d'une maladie rare, voire inconnue, que des médecins auraient tenté de guérir, sans succès ? Une maladie si redoutable qu'elle aurait poussé des médecins à fuir ?

Enfin, cinq dernières boîtes se présentent verrouillées, avec de gros cadenas rouillés. Saint-Mars reste interdit devant elles et se demande jusqu'où les secrets gigognes vont aller. C'est avec une tringle en fer du grillage extérieur qu'ils forcent les dernières boîtes et leur cadenas, en faisant levier de tout leur poids. Les cadenas lâchent en produisant un bruit de verre.

Dans chaque boîte, des seringues hypodermiques métalliques, avec des tubes en verre gradué, bien rangées et enveloppées, des ampoules de verre également graduées, neuves, capsulées d'une fine pellicule d'aluminium sous une enveloppe aussi, opaque d'un côté, transparente de l'autre. Pleines d'un liquide épais et translucide. Personne n'y a touché. Il a déjà vu ces ampoules de verre, chez Alejandro. Elles étaient couvertes alors d'une étiquette « vaccino ». S'agit-il des mêmes ? Il en perce une, et approche le nez mais l'odeur reste neutre. Dans chaque boîte, il compte cent capsules. Des vaccins ? Pour quelle satanée maladie ? Pour qui ? Sur les capsules, ou sur les boîtes, les étiquettes ont été ôtées. Pourquoi ? Il se saisit d'une capsule et d'une seringue, en se disant que Loiseau, stone ou pas, va devoir parler. Enfin, plus loin, une nouvelle caisse se dévoile. Il la force et découvre une cinquantaine de nouvelles fioles. Cette fois-ci, des étiquettes accompagnent les flacons : péthidine, hydrochloride, méthédrine, diéthazine, pipéridine. Il prend tout.

Quand ils sortent des baraques, ils trouvent devant eux, agrippés aux grillages, qui les observent, une dizaine d'Indiens, des gamins et des vieux, tous excessivement maigres, les yeux creusés, passifs, ne montrant aucune hostilité, seulement une faible curiosité. L'un d'eux, l'un des plus jeunes, peut-être quinze ans, est couvert de pustules rouges et violettes, surtout le visage, des pustules qui lui gonflent les joues, les lèvres et lui mangent les yeux. Il tremble et ne tient que parce qu'une femme – sa mère ? – à peine moins atteinte que lui, le soutient, et qu'il s'accroche au grillage comme un écartelé. Suffirait-il de leur donner le contenu du flacon pour les soigner ? Pourquoi ceux qui occupaient ces baraquements ne l'ont-ils pas fait ? Pourquoi ont-ils dû fuir ? Saint-Mars se retourne et voit Juino, tétanisé, resté en arrière sur l'une des marches de la baraque, le regard effrayé par ses frères de sang. Le brave en prend plein la tronche. Derrière lui, derrière les constructions, brutalement, une grande langue de feu jaillit, et le second bûcher s'allume en sifflant : d'autres corps vont pouvoir rejoindre la forêt des âmes mortes.

Chapitre 18

Ce n'est qu'à ce moment que Saint-Mars voit pour la première fois des huttes maladroites bricolées à la lisière de la forêt, à l'écart. Loin des bûchers. Loin des corps entassés. De longs bâtons désordonnés en jaillissent qui lui rappellent sacrément les cahutes bâclées qu'il avait aperçues dans le campement des *perdidos* près du fleuve. Ses mâchoires se durcissent et son pas se presse dans cette direction. La première cahute est vide de toute présence humaine mais investie d'une pagaille inouïe. Les *perdidos* sont partis en hâte et les quelques Arumgaranis encore vivaces ont tout mis à sac. Deux ou trois fusils *Garand M1* traînent au sol, l'un est brisé en deux, il y a des caisses vides, des bouteilles de rhum, vides également, une radio démontée à la sauvage, une dizaine de sacs à dos en toile comme celui qu'il a trouvé sur la plage… Il y a une bonne partie de la réserve de la quincaillerie d'Alejandro devant lui, achevant de relier les *perdidos* au *Rangero* Villejos. Mais une relation n'est pas une explication. Pourquoi fuiraient-ils tous ensemble ? À quelle fin ?

La seconde cahute n'est pas mieux ordonnée. Des outils en nombre, des toiles de parachute, des planches. Mais elle est occupée en son centre par un hamac ; et par un type qu'on a allongé dessus. Sous le hamac, une flaque de sang si abondante qu'on aurait pu remplir toutes les fioles vides trouvées dix minutes auparavant. Le type, un *perdido*, plus *hispano* qu'Indien, regarde venir à lui Saint-Mars avec des yeux ternes. Il se tient le haut du ventre, et la blessure est si large que sa main ne la recouvre même pas. S.M. se rapproche de lui, lui soulève le bras, et l'autre ne résiste pas, tout juste si ses yeux parviennent à suivre les mouvements de Saint-Mars. Grimace de celui-ci. Sans doute le second gus blessé par Pituyi dans la case de Loiseau. La blessure est profonde, saigne encore, et produit des bulles qui exhalent une puanteur qui ne trompe pas, et une mouche à merde l'a colonisée : c'est blanc d'asticots qui se tortillent. Il n'en a plus que pour quelques heures, conjecture Saint-Mars, autant le laisser crever. Mais à peine s'est-il dit ça qu'il reconnaît, aux pieds du moribond, les godillots sans lacets. C'est le *perdido* qui aimait à se soulager sur lui. Le pisseur fou. C'est pas de chance pour lui. S.M. change d'avis et s'approche de son oreille.

– Où sont tes *amigos* ?

Silence.

L'éventré joue au mec posthume, mais par expérience, S.M. sait que jusqu'au dernier moment, un mec peut parler. Le « trop faible pour dire un mot », dans l'absolu, ça n'existe pas. Alors, il soulève la main du blessé à nouveau, découvre la plaie et y enfonce son index de toute sa longueur, comme s'il devait décrotter le nez d'un chameau. C'est chaud dedans. Le *perdido* crie et verdit en même temps.

– Où sont les autres ? répète Saint-Mars en sortant le doigt.

– Partis, *puta* !

– Où ?

– *Rio y avión*. *Puta* ! gémit le pisseur.

Par avion ? Sans doute le *Junker* de Mattews, imagine S.M. mais pour aller où ?

– *Puta* ! *Puta y puta* ! répond l'autre.

S.M. lui mettrait bien un deuxième doigt mais il note tout de suite que son interlocuteur s'épuise. Il jette un œil à Juino, comme s'il le prenait à témoin, et farfouille dans son sac pour choisir avec soin une petite fiole et une seringue. Dehors, on décroche des corps et on les brûle : les feux hurlent de plus belle, et l'odeur devient insupportable.

– C'est de la méthédrine, lui dit S.M. On m'en a filé des litres, en Indo ; c'est le seul moyen pour que tu tiennes le coup. Une giclée de méthédrine vaut facilement deux d'adrénaline.

L'autre regarde Saint-Mars, l'implore, voudrait se lever, mais ne le peut. « *Wrouff* », font les bûchers à l'extérieur. Alors S.M. le pique dans la cuisse en le bloquant avec son coude au niveau de la gorge. La seringue entière y passe en deux secondes. Le *perdido* frémit et râle, étouffe presque. Puis :

– Alors nouvelle question : qui a attaqué le village de Loiseau, hier ?

Le problème, sous l'effet de la méthédrine, c'est qu'en reprenant du poil de la bête, on oublie vite sa vulnérabilité. Le *perdido,* qui se fait plus vif, le couvre et le recouvre d'insultes. S.M. lève la main, remue les doigts comme s'il s'agissait de la petite bébête qui-monte-qui-monte, et retourne au contact de la plaie en plongeant trois doigts sur trois phalanges de long. En retour, un bruit de succion et la longue aspiration crispée du blessé dont tout le corps se tend sous la douleur. S.M. n'en est pas certain, mais il lui semble sentir de l'air au bout des doigts. Les poumons ne sont pas vraiment loin et fuient comme une chambre à air percée.

– Nous ! C'est nous ! dit le malheureux.

S.M. ôte la main. Le mouvement crispe l'incontinent pneumatique.

– Pourquoi ?

– *No sé ! No sé !*

Des bruits à l'entrée de la tente et des ombres légères. Une dizaine d'Indiens se pressent. Dans cinq minutes, ils passeront une tête, dans dix, ils gémiront avec le *perdido*, et dans quinze, il faudra sortir en les dézinguant tous. Qu'ils aillent enterrer leurs morts ! jure-t-il en mettant la pression sur l'agonisant.

– Qui commandait ? Le *jefe* ?

– *No, el American* !

– Lequel ?

L'autre lui crache dessus. Il n'aurait pas dû parce que jusque-là, même dans les pires bagarres, il ne s'était pas pris un poing dans le ventre comme ça. Il hurle, crache du sang, fait des bulles, mais il parle :

– *Medico*.

– Wayne ? demande S.M. qui doit s'essuyer presque tout l'avant-bras.

L'autre acquiesce nerveusement, presque de manière épileptique.

– Qu'est-ce qu'il faisait là, avec les Indiens, le *medico* ?

– *Vaccino*, faiblit-il.

– Pourquoi ?

– *No sé* !

– Et que voulait-il à Loiseau ? Au *Professore* ? Pourquoi vous avez attaqué le village l'autre jour ?

– *Libro negro* !

Le livre noir évoqué par Matéo ! Sans doute le bouquin griffonné qu'il a vu dans la case de Loiseau. Avec ses considérations littéraires et ses chiffres. Qu'est-ce qu'il y a donc là-dedans pour énerver tout ce petit monde ?

Des bulles encore, des râles, un dernier tremblement, les effets de la méthédrine s'estompent, et l'enfoiré meurt.

Pour sortir de la cahute, Saint-Mars doit passer en revue une vingtaine d'Indiens squelettiques qui s'écartent timidement. Ils sont silencieux, leurs yeux sont ternes, comme résignés, ils ne conçoivent même pas Saint-Mars comme un espoir. Après quelques pas, celui-ci voit, à une cinquantaine de mètres, en haut de la crête par laquelle ils ont déboulé sur le village, une ligne de culs noirs qui processionnent. Il lui semble bien que les copains de Juino rentrent chez eux. Ils rejoignent Misma, Pituyi, Loiseau et les marmitures du Chaman. Vus d'ici, ils ont l'air de s'en retourner aussi vite qu'ils sont arrivés. Saint-Mars jette encore un œil à la clairière, à ses occupants, morts et vivants, et il repense à la prévention de Loiseau avant leur départ : « *non garti* », « n'y allez pas ! », et il se souvient aussi des écritures transparentes du carnet trouvé, il y a plusieurs semaines, sur le *Rio* : « *Run, run, run...* ». Une angoisse le saisit, même s'il n'a jamais cru les augures.

Alors, il court, comme s'il avait la mort à ses trousses, il court et file devant les gosses qui meurent, devant leurs mères, il passe les collines, il sent dans son dos la chaleur des feux, il court devant les sphinges effondrées, il court devant le môme éventré, la femme qu'il a fracassée, les hommes qui agonisent, il court si vite que le vent qui frappe ses yeux le fait pleurer, des grosses larmes, si grosses qu'il ne voit pas vraiment le gosse, la femme, les sphinges, les agonisants, mais il rejoint déjà la forêt – mon dieu où sont passés les Arums ? – non sans se retourner sur la clairière, sur ses feux monstrueux et ses fumées sombres, puis il court encore sur plusieurs kilomètres, en terrain difficile, *gling-gling* font les flacons dans son sac, il monte, il descend, il tourne, il bifurque, pas de trot, que du galop, il court – « *Run, run, run...* » – et il entend derrière lui les pas de Juino qui le colle à la culotte, il court et ne s'arrête qu'à la rivière, qu'après qu'il a passé le gué et qu'il a rejoint les guerriers, qui n'ont pas moins couru que lui, tous cassés en deux par l'effort et la tragédie.

Chapitre 19

– Misma, *diyo* ? (où est Misma ?)

En arrivant dans le village, S.M. n'a pas pu ne pas apercevoir les vieilles du village qui tressaient un nouveau panier de mort. Il a plongé sur elles mais leur activité reste sacrée, et la parole taboue. Leur tressage n'en est qu'au début, et il est incapable d'évaluer la taille du futur panier. Pour un enfant ? Un adulte ? Alors il fonce dans la hutte de Genui et de ses enfants. Pituyi dort profondément, seul ; Saint-Mars le réveille.

– Misma, *diyo* ?

Visiblement, il n'en sait rien. Il est pâle et dans les vapes. Il faudrait trouver Genui. Il va d'une hutte à l'autre, trouve peu de monde, c'est l'heure de la chasse et de la cueillette, mais à chaque fois, des visages effarés lui disent qu'ils ne savent pas où est Misma. Ils ne savent pas ou ne veulent pas répondre.

Saint-Mars monte immédiatement vers le hameau de Loiseau et de ses boys, mais il trouve le Prof les bras en croix, les yeux au plafond et la bouche ouverte. De la fumée partout, une atmosphère irrespirable et trois bols de *gumpi* au sol. Saint-Mars les écrase avec rage et Loiseau ne réagit même pas. Il le saisit par la barbe et le traîne au sol. Loiseau crie à peine. Il le secoue et le cogne aussi, le savate, dans les jambes et les côtes tout en évitant le ventre encore couvert d'un cataplasme qui moisit. L'autre fait « *pfouf* », légèrement. À côté de sa couche, une longue pipe à *yopo* encore fumante ; S.M. la réduit en pièces. Le Prof est complètement chargé. L'a-t-il vu seulement une fois complètement lucide ?

– Loiseau, réveil ! Sortez de votre coma, bordel !

Pas de réaction. Une claque ou deux ne sont pas plus efficaces. Alors, il tire Loiseau par les pattes, dehors, jusqu'aux pédales folles qui n'ont pas l'air plus fraîches que leur mentor psychédélique. Les yeux vers les nuages, elles regardent voler avec passion une tripotée de papillons jaunes qui n'existent pas, le sourire aux lèvres, avec l'air réjoui des débiles profonds. Une calebasse pleine d'eau fera l'affaire, et Saint-Mars la balance en pleine poire du Prof. Victoire, une paupière se soulève !

– Loiseau, Misma *diyo* ?

Le voilà qui parle en arumgarani à Loiseau, maintenant.

– Où est Misma ? se reprend-il.

L'autre ne réagit pas, et puisqu'il le tient, il sort une des fioles sans étiquette et la seringue qui l'accompagne. Une claque.

– C'est quoi cette dope ?

En entendant le mot « dope », Loiseau soulève une seconde paupière, mais quelque chose doit gripper, car elle se bloque à mi-parcours. S.M. cogne à nouveau. Mais cette fois-ci, il vise le cou. La pomme d'Adam. Ça coupe la respiration. Celui qui est frappé ainsi croit tout de suite que sa dernière heure est arrivée, qu'il ne respirera plus jamais, que l'oxygène a abandonné ses poumons comme Elvire a délaissé le poète, sans espoir de retour.

– Loiseau, c'est quoi cette dope ? répète S.M. Et Misma, qu'ont-ils fait de Misma ?

Bien sûr, l'autre ne dit rien ; avec une glotte défoncée, on se fait tout de suite moins causant. Il reste la bouche ouverte à chercher l'air qui l'environne, avec un petit air à la Douglass Fairbanks, période muet. Mais en tout cas, il est réveillé, et les paupières se dégrippent.

– On revient du village de McHenry. Qu'est-ce qui se passe là-bas ? Il y a des morts partout. Et des malades. Ils ont des champignons sur la tronche, et les bras. Vous le saviez, n'est-ce pas ? C'est pour ça que vous ne vouliez pas qu'on y aille !

L'autre continue à faire la carpe et commence à violacer. Les couleurs complémentaires : il était jaune, à cause de son ventre embroché, et la cyanose le fait virer au bleu.

– Et qui était dans ces baraquements ? Où est McHenry ? Où est Misma ?

Et Wayne ? Tout se mélange dans sa tête. Les idées se bousculent. Des semaines qu'ils se font suer dans la jungle à regarder les mouches voler en trèfle, à boire du *Gumpi* et fumer du *yopo* en se racontant des bonnes histoires de larves qui dégueulent blanc, à se morfondre, à se compter les poux et les morpions, à regarder pousser les *crombao* dans le potager, et là, en quelques heures, tout s'accélère.

– Avec son père, chuchote d'un coup le docteur *es* champignons.

– Ruvac ? Mais Ruvac est mort, bordel, dé-comatez Loiseau.

– Ruvac demandait Misma..., souffle-t-il.

– Il est mort ! crie La Marquise, qui perd patience.

– Justement, il faut laisser partir les morts avec ce qu'ils demandent..., asthmatise Loiseau.

Saint-Mars se relève et le fixe, sans trop savoir quoi penser.

– Mais c'est du délire, vous le savez ça, Loiseau.

– Je vous l'ai dit, ici, les morts commandent aux vivants.

Et il s'énerve le vieux con :

– Vous n'allez pas nous chier une pendule parce qu'une gamine manque à l'appel ! Quand comprendrez-vous que votre morale n'est pas leur morale !

De la tête aux pieds, La Marquise s'électrise. On lui aurait mordu les roubignoles que l'effet n'aurait pas été plus fort. La confirmation formelle, dans la langue de Céline, de la mort de la petite. Il se retourne vers les tantouzettes, et il a des envies de s*trike*. Et il pousse un cri majeur. Il expulse tellement d'air dans ce cri qu'il est lui-même au bord de la cyanose en moins de dix secondes. Au loin, un singe hurleur s'intéresse à lui et lui répond. Et un autre répond au singe hurleur. Puis un autre, encore, et toute la forêt lui fait écho. Ses mâchoires se bloquent et poussent l'une contre l'autre, et c'est avec peine qu'il revient à Loiseau.

– Et qu'est-ce qui arrive aux Arums de McHenry ?

Loiseau jette un œil à la seringue.

– La maladie.

– Quelle maladie ?

Le regard du Prof se fait violet, lui aussi, flottant, luttant contre des paupières qui baissent le rideau. Il lui faut une pichenette de Saint-Mars pour que la pupille se fixe.

– La rougeole...

– Quelle rougeole ? C'est pour ça qu'ils y sont les Américains ?

– Et le vaccin, fait le Prof en levant un doigt mou vers la seringue.

Saint-Mars la regarde, sans trop comprendre.

– Ils les vaccinent ?

– Les boutons, d'abord sur la langue et dans la bouche. Puis les yeux, et les intestins...

Loiseau fait un effort pour bien articuler, avec un débit faible, et rester bien précis ; ses doigts bougent pour accompagner chacune de ses paroles. S.M. a l'impression d'entendre une bande magnétique au ralenti.

– Hémorragies après. Partout. Les yeux qui saignent, puis la bouche et puis le cul...

– Vous parlez de quoi ? De la rougeole ou du vaccin ?

– Des deux. Ce vaccin est un poison. Il file la maladie direct. Il est trafiqué. Il ne prévient pas la rougeole, il la donne !

La Marquise se lève et lâche le flacon et la seringue, par réflexe. Comme si des pustules rouges à reflets blanchâtres allaient lui sauter dessus.

– Et pourquoi filer un vaccin qui tue ? Pourquoi les tuer ? marmonne-t-il.

Le Prof a le regard qui flanche et qui flotte dans les airs.

– Il le fallait !

– Pourquoi fallait-il les tuer ? Pourquoi les Américains voulaient-ils tuer les Arumgaranis ? C'est quoi cette connerie ?

– Ils en savaient trop, souffle-t-il.

– Qui en savait trop ? Les Indiens ?

Loiseau cligne des yeux pour acquiescer. Il semble bien qu'il pleure. La douleur ?

– Ils en savaient trop ; mais sur quoi ? hurle quasi hystériquement S.M.

S'il pouvait, il lui enfilerait des litres de méthédrine dans les veines et un bras entier dans la blessure du ventre pour le faire parler.

– J'étais le seul capable de les identifier, continue l'autre de la même voix nasillarde et faible. Ils comptaient sur moi...

– Qui ? Les Arums ? Les Américains ? Putain, c'est pas clair, Loiseau ! Qui avait besoin de vous ?

– C'est comme ça que McHenry les tenait...

– Tenait qui ? s'excite Saint-Mars qui soulève le Prof par le bras, et le secoue.

– Celui qui donne la maladie...

– Accouche, Loiseau !

– ... peut aussi la guérir. C'est un dieu.

– Quoi ?

– McHenry était un dieu pour eux...

– ... parce qu'il les tuait ? beugle Saint-Mars.

Loiseau, qui cesse de bleuir, acquiesce...

– C'est pour ça que vous l'avez zigouillé, pour qu'il arrête de les tuer ? C'est ça ?

Il tient son mobile. Encore un peu, et il a les aveux. Sauf qu'il s'en fout maintenant, car dans cet Enfer, pour un crime qu'il peut comprendre, combien lui échappent ? Ses mains et ses bras se tétanisent, aussi durs que du *quebracho*, et peinent à porter la tête de Loiseau.

– Qu'est-ce qu'ils ont fait aux Indiens pour vouloir les faire disparaître ? demande-t-il, la voix basse.

Mais Loiseau, qui commence à blanchir maintenant, ne répond plus. Le sang a quitté son visage pour aller se balader dans le ventre, ou plutôt sur le ventre. Le cataplasme ne retient plus le sang et ça pisse dans tous les sens. L'hémorragie a repris. Il tourne de l'œil, et Saint-Mars panique, applique les mains sur la plaie en se disant qu'il y est allé peut-être un peu fort.

– Put… Un doc, hurle-t-il…

Puis il réalise qu'il n'est pas boulevard Voltaire.

– Vite, le chaman, Remanayu…

Les tarlouzes aux papillons jaunes ne réagissent pas. Et Loiseau devient aussi blanc que sa barbe.

– Quoi ?

Loiseau avance les lèvres, et Saint-Mars se rapproche d'elles.

– Le carnet…

– Hum ?

– Vous avez le carnet… noir ?

Et boum, la tête s'effondre.

– REMANAYU !!!!

Au loin, le singe hurleur répond. Et un autre…

Chapitre 20

Pituyi, frère de Misma, aime se rappeler de sa sœur, de son père, de son village. Il se rappelle que son père, Ruvac, le plus grand flécheur que le village ait jamais connu, a tué un jaguar, et qu'une flèche avait suffi. Il se rappelle aussi qu'il l'avait découvert, un jour, dans la grande case, avec l'immense couteau en fer du grand blanc dans le cou. Ruvac était un grand guerrier et un grand chasseur, il était naturel qu'il meure brutalement. Voilà ce que s'était dit Pituyi qui n'était pas triste. Mais le couteau ? Pour qui serait-il ? Voilà ce que s'était demandé Pituyi, le petit singe, ainsi l'appelait-on, qui volait tout ce qui traînait. Il s'était rapproché de Ruvac, avait secoué son épaule pour s'assurer qu'il était bien mort et avait retiré l'arme de la plaie. Du sang avait jailli et giclé partout. Le sang est fécond. Le sang du malade tue, le sang du guerrier renforce. Et c'était une bénédiction que le sang de Ruvac l'arrose autant.

Il se souvient aussi qu'un étranger, un *berui*, était venu et qu'il lui avait donné la vie en retirant la boule de fer de l'épaule. Il avait une barbe, puis il n'en avait plus. Il n'était pas beau, mais était comme Ruvac un grand guerrier : plein de cicatrices. Il avait une étoile sur la joue. Un petit peu comme lui en avait une sur l'épaule. Samaârs était son nom. Pituyi l'aimait bien, il disait des choses amusantes, comme Misma : Pituyi aime se rappeler de Misma. Puis le *berui* est parti. À l'époque des grandes maladies. Beaucoup étaient contents qu'il parte à cause de son étoile. Il a laissé Shuwa qui est mort après. Il n'était pas comme tous les autres *berui* qu'il avait vus. Ceux qui venaient leur percer le bras et les fesses avec leurs fléchettes en fer. Qui leur volaient le sang comme des vampires, aussi. Lui, semblait gentil. En partant, il lui a redonné, à lui, Pituyi, le grand couteau en fer. En lui disant qu'il viendrait le rechercher plus tard. Puis la maladie a tué Genui, puis ses cousins, puis Juino, puis tous les chasseurs, presque tout le village. Tous vomissaient des boutons rouges. Et un jour Pituyi fut seul à attendre le retour du gentil *berui*. Tous avaient rejoint la forêt des âmes mortes. Sauf lui. Il montait en haut des arbres, guettait les feux et écoutait les Arumgaranis d'autres villages, mais ne les entendait pas. Il les appelait mais ne les entendait pas. Il semblait que seuls les serpents et les cochons peuplaient la forêt, mais plus les Arumgaranis. *Yamadù* en avait décidé ainsi.

Puis un autre jour, un bateau est passé sur la rivière. Il y avait cinq *berui* dessus. Ils l'ont vu, l'ont attrapé, lui ont pris le grand couteau blanc et le livre noir de Shuwa que tous les *berui* se disputaient, et Pituyi était triste, ils l'ont attaché, frappé, lui ont rendu le livre mais pas le couteau, et Pituyi était triste car ce couteau était à Samaârs. Puis d'autres *berui* l'ont attaché, frappé, et fait travailler dans la forêt. Il ramassait des grandes herbes avec des grandes graines, et parfois des petites. Il dormait dehors, sur la terre, et jamais un Arumgarani n'avait dormi comme ça, et pourtant beaucoup de nuits sont passées ainsi. La nuit, il pensait à Samaârs, à Misma, à Genui et Ruvac, mais il les a tous oubliés aussi. Un peu. À cause du temps qui passe. Il est triste parce qu'il a oublié le visage de Misma, il est triste aussi parce qu'on lui a pris le couteau de Samaârs et qu'il ne peut lui rendre.

Il est vieux maintenant. Il sent qu'il est faible. Une boule pousse dans son cou et lui a pris ses mots et sa voix. Il est seul, et le temps a pris ses yeux aussi ; mais il sait que bientôt il va rejoindre Misma dans la forêt des âmes mortes et entendre son rire à nouveau. Les *berui* le laissent tranquille parce qu'il est vieux et qu'il a une grosse boule dans la gorge et qu'il ne voit plus bien. Il ne travaille plus. Il se contente d'écouter les arbres et les papillons et de se souvenir.

On lui a dit toutefois que le nouveau *berui* qui fait travailler les autres a un grand couteau à la ceinture. Il le prendra, ira déterrer le livre noir de Shuwa que tous les *berui* se disputaient, il avait pris soin de le cacher dans des feuilles de rimacana, et ira là-bas, là d'où viennent tous les *berui* et les donnera à Samaârs. Bientôt.

Chapitre 21

Santa Margarita. 24 décembre 1967.

Un parpaing sur la tête. Et même plusieurs. À la fin, ça fait un mur. Et ça lui fait surtout une tête grosse comme un cul de chameau. Et rouge comme celui d'un babouin. Et *bloum*... Un mur dans la tronche, forcément, ça laisse des traces. Et *bloum*... En voilà un à nouveau, par tribord celui-ci, qui lui démonte une ratiche. Rien de grave, il y a bien dix minutes qu'elle se déchaussait. Devant la fenêtre, le chapeau et la grosse silhouette du *Rangero*, qui le regarde avec une certaine satisfaction. C'est lui le maître d'œuvre de tout ce cérémonial : il lève le petit doigt, et c'est un poing qui lui tombe sur le coin du museau. *Bloum*... Même pas mal... Saint-Mars se marre : il est goinfré de morphine, de péthidine, d'hydrochloride, de diéthazine, vous pouvez y aller les gars, tout va très bien. C'est comme taper sur le type d'à côté. Alors bien sûr, il n'est pas super transparent ni lucide, mais *bloum*... Rien de grave... Plus loin, il aperçoit l'agent Stewart et son bob à fleurs en train de ranger la petite cantine de fer rouge. Dossiers bien alignés verticalement, tranche apparente, par ordre de couleur, il annote, il souligne, il classe. Il évacue son appartement, visiblement, et il le fait avec une certaine méthode. Toutes les dix secondes, il lance une œillade anxieuse vers la fenêtre, et à chaque explosion, ou chaque passage de convoi à cloches, il rentre la tête dans les épaules. Pas une seule fois, il ne s'est inquiété de S.M. et de l'intensité du passage à tabac. *Bloum*... Sur le plancher de l'appartement, des grandes ombres rouges et bleues reflètent le feu d'artifice. L'œil tuméfié, lui-même rouge et bleu, S.M. a du mal à les voir, mais il a l'impression que c'est assez réussi. Il fait effort pour l'ouvrir, son œil, mais l'autre brute en face n'arrête pas de mettre son poing dedans, *bloum*... Plus loin, il y a la salle de bain, son rideau déchiré, sa baignoire émaillée et deux jambes qui en dépassent. Et au bout des jambes, deux pompes, des jolis mocassins en croco ivoire que du sang a salopés. Pauvre Katsuhiko-Friedrich, il n'était pas fait pour ce métier.

En fond sonore, les cloches des pompiers du port, partis du côté de l'église, mais aussi, étonnamment, la berceuse de Brahms qu'il avait entendue au bordel. Et la même voix rousse pour la chanter à côté. Et à vrai dire, il n'entend qu'elle.

– « *...Mit Rosen bedacht,*
Mit Näglein besteckt... »

Dans cette sauvagerie, c'est comme un velours épais et damassé sur lequel il pose une tête alanguie. Comme il l'aime cette berceuse. Envie de dormir.

– Le carnet de Loiseau ? Le carnet noir, il est où ? demande le *Rangero*, en hurlant.

Bloum...

– Et Loiseau, t'en as fait quoi ?

Et *bloum*, une autre brique en béton armé sur le coin de la caboche. Ironie de l'histoire : on l'avait envoyé chercher le Prof, et maintenant qu'il est revenu, il se dit qu'il faut le laisser avec ses cannibales et ses empapaoutés ! Quant au carnet, mystère ; il n'était plus chez Loiseau. Qui l'avait pris ? Il s'en fout !

– « *Guten Abend, gute Nacht,*
Von Englein bewacht... »

Les premiers symptômes sont apparus huit jours après l'attaque. Sur Matiyi, l'un des plus vigoureux guerriers, tout en force et en muscles, un de ceux qui avaient participé à l'assaut. Puis sur un de ses cousins, Juitu, pas moins costaud, celui-là même qui avait éventré le gamin au début de l'attaque. Des fièvres, des toux, des rougeurs sur la peau. Le lendemain, deux autres, le surlendemain, trois autres... Puis les boutons, dans les yeux, sur le ventre, les bouches, sur le crâne chevelu, puis les saignements, les diarrhées, les nausées... Alors, ils s'étaient grattés mutuellement, tartinés d'onguent à base de plante anesthésiante, le visage grave, en marmonnant avec les chamans tous leurs arbres généalogiques qui remontaient aux couilles du grand *Yamadù*, et tous avaient décidé de partir. De quitter le village et la vallée. De remonter plus haut encore dans la forêt et vers les monts, vers *Ywy marae-Lou*, la terre sans mal, leur paradis terrestre, lui avait précisé Loiseau. Lui-même n'était pas des plus frais. Sa plaie au ventre tournait au verdâtre pour ne pas dire brunâtre, et il accompagnait par sa fièvre celle des premiers malades. Bien entendu qu'il les accompagnerait ; jusqu'au bout. Chose curieuse, il n'avait aucun remords. Une tribu amazonienne, lui avait-il dit, disparaît cinq ans après son contact. Les Arums avaient tenu dix ans. Grâce à lui, soutenait-il.

Tout à coup, au loin, une nouvelle boule de feu bleue illumine la ville. Stewart se retourne et jure. Saint-Mars entend sa voix trembler, mais lui, intérieurement se marre toujours autant. Dix jours à descendre le Rio, avec le canot de Loiseau, cadeau de départ ; dans le sens du courant, faut retenir la leçon, c'est sacrément plus facile. Mais question moustique, pardon ! Autre leçon : à la fin de la saison des pluies, la forêt appartient aux insectes. Toutes tailles, avec des dards gros comme des burins. La nuit, le jour, le matin, le soir, le midi... Le temps de pisser et sa bite se faisait allumer une bonne dizaine de fois. Il le sait, il avait compté. Des moustiques à le rendre fou. Dix jours à descendre le fleuve, à l'aveugle, roulé en boule, sous une toile qui n'arrêtait aucun dard, à se blinder de morphine, de péthidine et de diéthazine pour ne pas s'arracher la peau avec les ongles et les dents...

– Cogne-le plus fort, dit le *Rangero*.

S.M. sourit, comme il peut, et crie en retour :

– *Borouii, borouii ! (Frappe ! frappe !)*

Bloum...

Il n'y a qu'un truc pour éloigner ces chiures volantes, Petit Poil était catégorique à ce propos, c'est la fumée. Alors quand il est arrivé, et dès qu'il a pu allumer un feu, avec du bois sec, il s'en n'est pas privé. Et Petit Poil avait raison : ils se sont barrés les *mosquitos* et les *picas toc-toc*, ils l'ont laissé, et lui, a pu enfin pisser en paix. Comment tous ces gens n'y ont pas pensé plus tôt ? D'autant que ça brûle bien, une ville en bois, pleine d'huile et d'alcool, pleine de kérosène et de formol. Le feu a commencé à l'église, rien de grave, et tout de suite, ça a fait des flammes bleues et rouges. L'éther, forcément. Avec de grands panaches, plus hauts que les plus grands arbres. La ville brûlait, les gens s'agitaient pour l'éteindre, avec des seaux en acier bouffés par la rouille qui fuyaient dans tous les sens, et partout des flammèches voltigeaient et allaient se poser sur la rivière, suivaient l'onde qui faisait comme une coulée de lave dans la nuit. Comme elle brûlait bien la ville kérosène. C'était beau !

– Cogne-le plus fort, dit le *Rangero*.

– *Borouii, borouii !*

Bloum...

Il tousse, la fumée devient épaisse. Ils ont raison les Arums, faut cramer les malades. Ce soir, il a des envies d'holocauste. Ces connards ne comprendront jamais que cette ville a toujours flambé. Parce que tout y pourrit et que tout y meurt, et sans doute plus qu'ailleurs, l'âme des damnés : « *Perditio tua ex te* ». Où es-tu Petit Poil ? Où es-tu Barth ? Qui se plaindra de cette ville qui flambe ? Tout va très bien. *Bloum* ! Une ville d'eau croupie, et il repense aux larmes transparentes de Misma qui coulaient le long de son dos ; à celles de Pituyi quand il le recousait ; aux larmes des vieilles qui préparaient la marmite empoisonnée ; il repense aux grosses larmes vertes de la forêt qui pendaient aux arbres et portaient la mort : est-ce bien certain qu'une goutte en vaille une autre ? Que le même pèse sur tout ?

– Cogne ! dit le *Rangero*.

– *Borouii, borouii !* lui répond Saint-Mars.

Bloum ! fait le mastard.

Que vaut la mort de McHenry à côté de celle de Misma ? Et de celle de ces centaines d'Indiens ? Quel sens y avait-il à ramener Loiseau ? Quelle justice ? Ici tout est flotte. Et feu. Ici rien ne demeure à soi-même ; et rien n'est le même ici que là-bas ; pour lui ou pour un autre, et toutes les gouttes ne se valent pas ! Les larmes de Misma, elles coulaient glacées dans son dos… « *Perditio tua ex te* ».

Il tousse, cette fumée, encore. Le *Rangero* tousse, Stewart tousse, ils vont tous crever si ça continue. Il ferme les yeux. Il sent une fatigue subitement. *Bloum*. Il n'y aurait pas un petit parfum de cardamome qui traînerait dans l'air ? *Bloum*… Une goutte au coin de l'œil. *Bloum*… Du sang ?… *Bloum* ! Même pas mal ! Il sait que le gorille le cogne, il sent sa tête qui se balance d'un côté et de l'autre, il entend ses dents qui rejoignent les bocaux d'Alejandro, mais il s'en fout. *Bloum* ! Une grosse fatigue… La péthidine… peut-être ! Ou la diéthazine… Au coin de l'œil, ce ne serait pas une larme ? V'là que la morphine le rend émotif maintenant… À moins que ce soit cette fichue berceuse !…

– « *Schlaf nun selig und süß,*

Schau im Traum's Paradies… »

Bloum !

Bande de cons !

Bloum !

Tout va très bien…

Épilogue

Journal de bord du Professeur Loiseau trouvé sur le sujet « A-14 » décédé le ... mars 2014. Enquête du lieutenant Fred Telli. Description : un carnet de 350 pages, couverture noire passée. État médiocre. 70 pages manquantes, et de nombreuses pages illisibles. Extraits.

« PREMIÈRE CAMPAGNE (1er juin 1955-20 juillet 1955)

5 juillet 1955

Le fleuve tombe, là devant nous, dans un bruit infernal. Il fait trembler la terre sous mes pieds. Les chutes du *Chacho*. Obaldarina les a décrites dans ses mémoires, il a dit son ébahissement, mais les cataractes sont plus impressionnantes en réalité : trente mètres de haut, peut-être quarante, et une impression de bout du monde. Une vapeur fait brouillard, des fines particules partout dans l'air qui s'accrochent en petites perles dans les cheveux, dans la barbe et sur les sourcils. Après cinq minutes seulement, le visage de Roger était blanc comme celui d'un sherpa himalayen... Mais nous ne passerons pas. Trois semaines de marche et de navigation, et nous butons sur les chutes du *Rio Chacho*. Le fleuve coule, et nous, nous nous arrêtons. Nous nous arrêtons parce que Roger se meurt à mes côtés, sa blessure s'est infectée et dégage une odeur insoutenable ; depuis hier, il a la fièvre, et il délire. Nous devons retourner à San Bernardino. (...) Alors demain, nous ferons demi-tour. Nous laisserons les hauts-plateaux derrière nous, la partie la plus sauvage de la forêt la plus sauvage du monde, et les Indiens arumgaranis qui, j'en suis sûr, sont là, à quelques heures de marche seulement. On ne rencontre pas les mythes, m'a dit Roger un jour, et ces Indiens, pour lui, resteront plus irréels que les plus irréelles des Amazones.

DEUXIÈME CAMPAGNE (8 novembre 1956-31 juillet 1957)

9 décembre 1956

(...) Deux pisteurs les ont vus. Les pauvres sont revenus terrifiés. Ils étaient cinq ou six, disent-ils. Avec de grands arcs, et des peintures sur tout le corps. Des peintures de guerre, peut-être ? Ils sont à une demi-journée de marche de notre campement. C'est-à-dire à moins de trois jours des chutes du *Chachos*. Je ne peux pas m'empêcher de penser à Robert. Robert le sceptique. Dire que nous étions si près d'eux et que nous les avons manqués, que nous avons tourné bride au moment même où nous les touchions. Demain matin, nous partirons à leur contact. Wayne et Carter prévoient deux colonnes de trente (*sections alpha et beta*, quels poètes !), l'une qui couvre l'autre. (...) Je reste convaincu qu'ils sont bien plus inoffensifs que leur réputation le laisse entendre. S'ils étaient aussi redoutables, pourquoi auraient-ils fui si loin dans les profondeurs de la Jungle ?

24 décembre 1956

Les Arums se révèlent absolument dociles. Leur prétendue agressivité (...) qu'un mythe qui visait à les maintenir isolés et donc (...) des autres peuples (...) qu'ils appellent avec beaucoup de mépris des *berui*. (...) Wayne et Carter sont repartis ce matin. Avec trente pisteurs (*section alpha*). Chargés comme des mules. Avec des armes, trop à mon goût. Ils emmènent avec eux les jeunes Ruvac et Gourouni, sans doute les jeunes guerriers Arumgaranis les plus ouverts, et vont à la rencontre de trois autres villages sur les plateaux. De là, ils espèrent rayonner dans la vallée du nord. Ils pourraient y trouver cinq ou six autres villages. Puis commencera la seconde phase, vers le sud ; d'après ce que l'on sait, il y aurait une dizaine de villages. L'objectif à court terme : identifier mille sujets. Ensuite, je pourrai commencer le recensement. Embrasser en un regard un peuple tout entier, une culture, une histoire. L'excitation est à son comble.

3 février 1957

Mes rapports avec les Arums sont excellents, ils m'ont adopté (...). Deux, trois jeunes notamment ne me quittent guère, ils ont quatorze ou quinze ans, ils sont forts et musculeux, nerveux, vifs. J'ai installé ma hutte sur une hauteur, et eux passent leurs journées avec moi, me décrivant leurs vies, leurs mœurs, leur histoire, leurs coutumes, leurs croyances et leurs familles. Ils m'ont donné un nom: Shuwa. (...).

9 février 1957

Je ne vois plus que sporadiquement Carter et les *sections alpha et beta* ; ils supervisent l'installation du camp à *Sitting Bull Point*, plus haut, et me laissent seul avec les Arums. Je ne pouvais pas rêver meilleures conditions. Selon Carter, le grand recensement commencerait dans deux semaines.

25 mars 1957

Un hydravion nous a survolés en début d'après-midi, en rase motte, puis a largué cinq parachutes en deux passages sur la clairière de l'autre côté du *rio*. (...) les Arums, de ce côté-ci, effrayés par la machine et les parachutes. (...) La première campagne d'analyse devrait commencer la semaine prochaine. Les moyens mis en œuvre par l'OMS sont impressionnants, et étonnants au regard de sa volonté de rester discret. (...)

15 mai 1957

J'ai relevé jusque-là 395 sujets indigènes, liés à huit cellules distinctes. Il n'existe pas de différences notables entre les cellules ; ils sont tous frères, cousins, oncles. Mais ils se sont tous fait la guerre un moment dans leur vie. (...) Wayne me demande d'accélérer. Il n'est pas le même qu'à Paris. Il était charmant, délicat ; il est ici brutal et expéditif. Sans cesse à comploter avec Carter.

7 juillet 1957

Je n'ai plus accès à *Sitting Bull Point*. Carter a bouclé la zone : grillage et fil de fer. (...) Je suis parvenu au contact de 863 sujets. Pour Wayne, l'échantillon est satisfaisant. Qu'entend-il par satisfaisant ? Ses problèmes de généticien m'échappent. (...) vacciner et analyser l'entièreté d'un peuple. (...) 863 sujets dont 542 hommes. Le déséquilibre des sexes est flagrant, et découle naturellement de leur dynamisme social. La guerre perpétuelle de tous contre tous, et la femme comme joyau et butin. Quand j'évoque ce point avec Wayne, il s'emballe soudainement : « Les Arums sont en guerre en permanence (...) la sélection par la force et la virilité. » Puis : « la guerre n'a rien à voir avec les conditions sociales ; avec la propriété, ou les inégalités, avec le Capitalisme ! Les marxistes sont des escrocs ! La guerre est génétique : elle est à l'homme ce que la chasse est aux lions. »

11 juillet 1957

Un nouveau parachutage a eu lieu sur *Sitting Bull*. Ce matin. Wayne n'a rien voulu m'en dire.

18 juillet 1957

(...) Remanayu m'a raconté ce qu'il a vu à *Sitting Bull Point*. Deux fantômes, m'a-t-il dit, qui piquaient ses frères et ses sœurs. Avec des sortes de grandes robes blanches et des chapeaux et des masques blancs. Pour quelle raison les ont-ils vaccinés de cette manière ? Wayne et Carter ont-ils peur d'être contaminés pour se munir de telles combinaisons ? Quelle maladie redoutent-t-ils ? (...) que les Arums aient acceptés d'être piqués dans ce carnaval en dit long sur leur férocité.

20 juillet 1957

Leurs peintures corporelles sont des poèmes. Toute la forêt s'y exprime : les arbres, le fleuve, les oiseaux, le jaguar, non pas de manière figurative mais symboliquement. La ligne courbe horizontale, c'est le fleuve ; la courbe verticale, la pluie ; un demi-cercle, la lune, le demi-cercle inversé l'oiseau… Mais hier, Calima, la jeune sœur de Remanayu, a fait un singulier tatouage sur le dos de Ratui. Un rond, et trois triangles en son sein, trois triangles noirs. Tous leurs dessins sont incurvés, arrondis et torturés, mais celui-ci est géométrique, droit et clair. La singularité me frappe ; j'interroge Calima, avec douceur, parce que c'est une jeune fille de onze ou douze ans. Elle me dit qu'elle a vu le même symbole dans le baraquement de Wayne, à *Sitting Bull Point*. Sur une grande caisse. Alors je me rappelle les fantômes que Remanayu a vus.

22 juillet 1957

J'ai demandé hier à Wayne ce que faisait un produit radioactif ici ? Dans les sacs à dos de l'OMS ? Wayne m'a dit (…) la perfection biologique que représentent les Arumgaranis. Leur réputation de férocité, leur primitivité ont favorisé leur isolement. (…) ils ont l'un des systèmes immunitaires les plus faibles au monde, et un patrimoine génétique pur. L'AEC* les a pris pour (…) « groupe génétique de contrôle ». Il me parle de l'importance des tests à échelle 1. Je n'ose penser ce qu'il entend par là ! Les mutagénèses, m'a-t-il assuré, dans un contexte de petits groupes ethniques sont deux à trois fois plus rapides. Quelles mutagénèses ? Puis il me parle d'Hiroshima, des enfants qu'il y a vus qui mouraient des effets de la radioactivité. Six mois, un an, cinq ans après. Des cancers, des atrophies testiculaires, de la fécondité diminuée et des altérations génétiques. Que se passerait-il si une guerre nucléaire totale survenait ? (…) C'est folie ? Qu'est-ce qu'ils leur ont injecté ? Qu'ont-ils fait à mes Indiens ?

5 août 1957

J'ai demandé à Ruvac qu'il se glisse dans la cabane de Carter ou de Wayne et qu'il me rapporte tout document qu'il pourrait trouver. Deux feuilles par deux feuilles ; ou un carnet. Pour rester

* Atomic Energy Commission.

discret. Ruvac est un grand chasseur. Nul ne l'entend. Après cinq jours, il a enfin rapporté des choses intéressantes auxquelles je ne comprends pas grand-chose. Que je recopie du mieux que je peux ; un nom générique d'abord : « *Sunshine Project* ». C'est quoi ce Projet ? Et des mots qui font peur aussi : Polonium, Plutonium, Iode 135, Fer-radio 59. Des courbes des chiffres, et des noms (tous les Indiens que j'ai recensés) et des sortes de matricule : « HP-541 » ; « HP-75 » ; « HP-235 », etc. Je commence à réaliser mon utilité : ils ont besoin de mon étude et de mon recensement pour identifier les sujets qu'ils expérimentent. Qu'ils expérimentent dans quel but ? Et je commence surtout à mesurer ma complicité.

22 juillet 1957

Nous repartirons demain. Le camp restera (...).

TROISIÈME CAMPAGNE (21 novembre 1962-1er février 1963)

(...)

6 décembre 1962

(...) Des deux côtés de la rivière, ce sont les mêmes tableaux. Des visages tristes, des corps malades et décharnés. Wayne se régale. Nous pleurons tous, mais lui a les yeux qui pétillent. Il aspire les Arums, les ponctionne, les suce, les vide de leur sang, les met dans des petites fioles, puis des petits flacons, puis des grandes bombonnes de verre... Pas un merci, pas un pansement, pas un mouchoir pour sécher leurs larmes et je suis son complice.

À Santa Margarita, à la fin de la précédente campagne, il y a cinq ans, Carter m'a demandé de ne rien publier de ma recherche. Comment cela ? Nous retrouvons Abel, nous retrouvons Caïn, mieux, nous découvrons l'Homme quintessencié en sa forme intelligible, et je ne devrais rien en dire ? Carter, cet abject factotum de Wayne, entre CIA et barbouze, m'a montré alors des photos odieuses. Son sale sourire tordu de crapule s'élargissait à mesure qu'il me les montrait. Coliu, Chumfui, et même le petit Fao, couchés à mes côtés, leur corps humide et ferme, assommé par la fatigue de leur âge naïf. Ces types-là n'ont pas idée de la pureté de leur cœur ? De leur sang ? De leurs rêves ? Savent-ils que je demande au Seigneur qu'il me juge chaque jour, chaque heure, chaque seconde de cette existence ? Contrition est mon sang ! (...)

6 décembre 1962

Le petit Fao est mort quelques temps après notre départ, il y a cinq ans, voilà ce que j'apprends, et Coliu n'est plus que l'ombre de lui-même, d'une maigreur extrême, les yeux aveugles, et le teint jaunâtre.

J'écris tout.

12 janvier 1963

Remanayu est à la fois savant et sorcier, prêtre et artiste, une sorte d'alchimiste du rêve. Il connaît les plantes intimement, les serpents et leur venin, les *gourasas* et leurs toxines, toutes leurs vertus, mais aussi leur puissance. Il sait qu'elles peuvent nous aider à fouiller les âmes et les transporter dans les eaux de larmes du Léthé. Ici est le rêve, ici est le vrai. Remanayu, mon frère ! Remanayu, mon Abel !

QUATRIÈME CAMPAGNE (5 décembre 1966 - ?)

5 janvier 1967

(...) *Dull Knife Point* est un mouroir (...) allongés dans des hamacs, par dizaines. Des petites plaintes ici ou là. Pas de cris. (...) Gudui, que j'ai vu naître il y a cinq ans, me regarde avec des yeux qui ne voient plus, couverts de boutons et de pus. Il tremble. Moi à McHenry : « C'est la rougeole ? ». McHenry : « Oui ». Moi : « Mais on vient de les vacciner ! ». McHenry : « Le vaccin n'est pas encore efficace ! ». Moi : « Et comment ils l'auraient attrapée ? Ça fait un sacré hasard, non ? Vous savez qu'ils vont tous y passer !». McHenry : « Qu'est-ce que vous insinuez ? ».

Moi : « Que vous les tuez ! Sciemment ! » Il a souri, l'infâme. McHenry : « Personne ne sait qu'ils existent. De quel meurtre parlez-vous ? ».

10 janvier 1967

Comme s'ils sentaient le drame qui se joue, Les Arums ne viennent pas ; ils ne viennent plus. McHenry a beau les menacer de sa malédiction ou leur promettre des couronnes de métal, ils s'enfoncent et fuient loin dans la forêt. (...) McHenry me le reproche ; il pense que j'ai vendu la mèche (...).

25 janvier 1967

(...) Ils les rabattent, comme des bêtes. Ils utilisent des faiseurs d'esclaves, des pirates infâmes qui les pistent et les ramènent à *Dull Knife Point.* Des cyniques ; des tueurs ; des barbares. Qui les terrifient. Qui me terrifient. J'écris tout.

3 mars 1967

Ma vie est en danger et ce journal l'est tout autant. McHenry en a appris l'existence. Il enrage.

15 mars 1967

La guerre de tous contre tous. La guerre si chère à Wayne. McHenry est venu, accompagné de ses barbares, et tous nous les avons repoussés. Je lui ai dit que nous cessions toute relation. Il m'a promis un déluge de feu ; m'a parlé de bombardements, d'avions de guerre, il délirait, m'a promis sa clémence si je lui donnais mes notes, mon « carnet ». Notre village reste peut-être le seul à ne pas être vacciné (...). Hier, lors de la veillée de la Grande Lune, Remanayu a répété un vieux conte, je l'ai relevé précisément :

« *Un jour, la Lune a pleuré la première de ses trois larmes, une larme de sang. Et la larme, comme une étoile qui traverse la nuit, est tombée sur la Terre. Le grand* Yamadù *qui avait soif l'a bue, la première des larmes, la plus sacrée, et le premier homme arumgarani est né, puis un autre, puis un autre encore, et ils se sont fait la guerre parce que ce sont des Arumgaranis et qu'un Arumgarani, enfant de la Lune, sait aussi faire couler des larmes de sang et féconder la Terre. Sont nés alors le serpent qui sort de la Terre, le vampire qui aime le sang, le poisson qui brille et les moustiques. Parce qu'ils ne s'aimaient pas, le grand* Yamadù *leur a donné la forêt. Si grande, si riche, que le serpent ne rencontre pas le vampire.*

Un jour, la Lune a pleuré une deuxième larme de sang. Et la larme, comme une étoile qui traverse la nuit, est tombée sur l'un des guerriers. La douleur l'a terriblement mis en colère, et le feu que la Lune lui avait donné, il l'a retourné contre ses frères. Il voulait être le seul, et devenir aussi grand que le grand Yamadù. *C'est pour se cacher de lui et de la Lune que les Arumgaranis ont couru loin dans la forêt et se sont abrités sous les arbres les plus épais.*

Un jour, la Lune demandera son dû, pleurera sa dernière larme, et comme une étoile, celle-ci traversera la nuit jusqu'à la forêt, et ce jour-là sera le dernier. »

FIN

Achevé d'imprimer sur rotative
par l'imprimerie CPI books GmbH, Germany
en FÉVRIER 2015

–

Dépot légal : FÉVRIER 2015
Numéro d'édition : 001

–

Direction artistique Jany Bassey

–

ISBN : 979-10-91447-29-4